LYNSAY SANDS

Ein Highlander für alle Fälle

Die Romane von Lynsay Sands bei LYX:

Romantic History:

1. Liebe auf den zweiten Blick
2. Eine Braut von stürmischer Natur

Madison Sisters:

1. Ein Earl kommt selten allein
2. Ein Lord mit gewissen Vorzügen
3. Wie angelt man sich einen Lord

Highlander-Serie

1. Die Braut des Schotten
2. Mein rebellischer Highlander
3. Meine ungezähmte Highland-Braut
4. Ein Highlander zur rechten Zeit
5. Ein Highlander zu Diensten
6. Der Eid des Highlanders
7. Ein Highlander auf Abwegen
8. Ein Highlander in Nöten
9. Ein Highlander für alle Fälle

Die Argeneaus:

1. Verliebt in einen Vampir
2. Ein Vampir zum Vernaschen
3. Eine Vampirin auf Abwegen
4. Immer Ärger mit Vampiren
5. Vampire haben's auch nicht leicht
6. Ein Vampir für gewisse Stunden
7. Ein Vampir und Gentleman
8. Wer will schon einen Vampir?
9. Vampire sind die beste Medizin
10. Im siebten Himmel mit einem Vampir
11. Vampire und andere Katastrophen
12. Vampire küsst man nicht
13. Vampir zu verschenken
14. Vampir à la carte
15. Rendezvous mit einem Vampir
16. Der Vampir in meinem Bett
17. Ein Vampir für alle Sinne
18. Vampir verzweifelt gesucht
19. Ein Vampir für alle Lebenslagen
20. Ein Vampir zur rechten Zeit
21. Ohne Vampir nichts los
22. Tatsächlich Vampir
23. Ein Vampir im Handgepäck
24. Frühstück mit Vampir
25. Ran an den Vampir
26. Vampir für dich
27. Was der Vampir begehrt
28. Und ewig lockt der Vampir
29. Vampir und Vorurteil
30. Vampir allein zu Haus
31. Vampir on the Rocks

Anthologien:

Ein Vampir für jede Jahreszeit

Weitere Romane der Autorin sind bei LYX in Vorbereitung

LYNSAY SANDS

Ein Highlander für alle Fälle

Roman

Ins Deutsche übertragen
von Susanne Gerold

LYX

LYX in der Bastei Lübbe AG
Dieser Titel ist auch als E-Book erschienen.

Die Bastei Lübbe AG verfolgt eine nachhaltige Buchproduktion. Wir verwenden Papiere aus nachhaltiger Forstwirtschaft und verzichten darauf, Bücher einzeln in Folie zu verpacken. Wir stellen unsere Bücher in Deutschland und Europa (EU) her und arbeiten mit den Druckereien kontinuierlich an einer positiven Ökobilanz.

Die Originalausgabe erschien 2021 unter dem Titel
»Highland Treasure« bei Avon Books, an
imprint of HarperCollins Publishers.
Published by Arrangement with Avon, an imprint
of HarperCollins Publishers, LLC.

Textredaktion: Susanne Kregeloh
Umschlaggestaltung: Guter Punkt, München, www.guter-punkt.de unter Verwendung von Motiven von © Period Images; AaronAmat/Getty Images; LightFieldStudios/Getty Images; faestock/Shutterstock; MarcelloLand/Getty Images;
mrdoomits/Getty Images; Anthro/Getty Images
Satz: Greiner & Reichel, Köln
Gesetzt aus der New Caledonia
Druck und Verarbeitung: Books on Demand GmbH, Norderstedt
Printed in Germany
ISBN 978-3-7363-1446-7

Weitere Informationen unter:
lyx-verlag.de
luebbe.de | lesejury.de

FSC
www.fsc.org
MIX
Papier aus verantwortungsvollen Quellen
Paper from responsible sources
FSC® C105338

Prolog

Elysande erwachte durch das leise Klirren von Schlüsseln aus einem unruhigen Schlaf. Sie konnte nicht sehen, wer da kam, denn sie lag zusammengekrümmt auf dem feuchten Boden aus festgetretener Erde, den Blick auf die Wand gerichtet. Es interessierte sie auch nicht besonders. Es war entweder de Buci oder einer seiner Männer, der sie zurück in die Große Halle zerren würde, um sie wieder zu schlagen. Vielleicht würde de Buci ihr dieses Mal sogar noch etwas viel Schlimmeres antun, da er bisher trotz der Schläge nicht das bekommen hatte, was er wollte.

Bei dem Gedanken an die noch schlimmeren Dinge krampften sich ihre Finger in die stinkende, zerschlissene Decke, die sie wegen der Kälte hier unten im Kerker über sich gezogen hatte. Bevor sie von de Bucis Männern weggebracht worden war, hatte er ihr für das nächste Mal das Foltern angedroht: Vergewaltigung, das Abtrennen einer Hand oder eines Fußes, das Brandmarken ihres Gesichts mit einem glühenden Eisen, so dass alle sie voller Abscheu ansehen würden. Er hatte noch weitere Drohungen ausgestoßen, aber die hatte sie nicht mehr richtig gehört, da seine Stimme mehr und mehr zu einem gedämpften Knurren geworden war, als sie in die Eingeweide der Hölle – den Kerker von Kynardersley – gezerrt wurde.

Elysande hatte nie viel darüber nachgedacht, ob sie wohl eine mutige Frau war. Was ihr jetzt widerfuhr, verriet ihr, dass sie es nicht war. Hätte sie eine Antwort auf das gehabt, was de Buci von ihr wissen wollte, hätte sie ihm diese schon nach der Hälfte der Schläge gegeben. Doch sie kannte die Antwort nicht, so oft und hartnäckig er auch immer wieder gebrüllt hatte: »Wo ist es?«

»Was denn?«, hatte sie jedes Mal zurückgeschrien und nichts anderes gewollt, als dass die Misshandlungen endlich aufhörten. Aber alles, was sie zu hören bekommen hatte, war: »Du weißt, was! Wo ist es?«

Aber Elysande wusste es wirklich nicht. Am Morgen war sie noch glücklich und unbeschwert in ihrem Bett aufgewacht – in dem Zuhause, in dem sie aufgewachsen war, umgeben von liebevollen Eltern und Bediensteten und Soldaten, die sie als Familie betrachtet hatte. Aber jetzt …

Das Geräusch eines sich im Schloss drehenden Schlüssels brachte sie schließlich dazu, den Kopf zu heben und einen Blick über die Schulter zu werfen. Verblüfft starrte sie auf die Dienerin ihrer Mutter, die vor der Tür der Kerkerzelle stand. Überrascht setzte Elysande sich auf, spürte, wie die abrupte Bewegung sofort eine Woge von Schmerz durch ihren Körper schickte. Sie achtete jedoch nicht darauf, sondern krächzte verwirrt: »Betty?«

Die Augen der Dienerin weiteten sich alarmiert, und sie legte rasch einen Finger an die Lippen, um Elysande zum Schweigen zu bringen. Dann sah sie besorgt zu dem Wachposten, der zusammengesunken auf dem Stuhl beim Tisch vor der Zelle saß und schlief. Als der Mann weiter laut schnarchte, richtete Betty ihre Aufmerksamkeit wieder auf das Schlüsselbund in ihrer Hand. Sie zog den Schlüssel aus dem Schloss und probierte es mit dem nächsten, der sich an dem Ring mit etwa einem halben Dutzend großer Schlüssel befand.

Elysande sah schweigend zu; halb fürchtete sie, dass sie das alles nur träumte. Dann, als Betty es mit dem dritten Schlüssel versuchte, öffnete sich die Tür endlich. Sie zuckten beide zusammen, so laut quietschte die Tür in den Angeln, und ihre Blicke schossen sofort zur Wache. Der Mann schnarchte jedoch immer noch laut vor sich hin.

»Könnt Ihr aufstehen?«, flüsterte Betty.

Bei diesen Worten sah Elysande wieder zur Dienerin hin, ein bisschen verblüfft, dass sie plötzlich direkt vor ihr stand. Sie hatte gar nicht bemerkt, wie sie sich bewegt hatte. Statt die Frage zu beantworten, ließ Elysande die schäbige Decke los und streckte die Hand nach Betty aus. Sie wollte sie anfassen, um sicher zu sein, dass sie echt war, aber die Dienerin musste es für eine stumme Bitte um Hilfe gehalten haben, denn sie nahm sofort Elysandes Arm und fing an, sie hochzuziehen.

Elysande wappnete sich gegen den Schmerz, und mit Bettys Hilfe gelang es ihr, taumelnd auf die Beine zu kommen. Am Ende war sie schweißnass und schwankte, während sie gegen den Schmerz und die Benommenheit ankämpfte.

»Könnt Ihr gehen, Mylady?«, flüsterte Betty besorgt; sie schien den Tränen nahe zu sein, als sie Elysande am Arm festhielt, um sie zu stützen.

Elysande schluckte die in der Kehle aufsteigende Galle hinunter und nickte grimmig. Sie würde gehen, auch wenn es sie umbrachte.

Betty legte sich Elysandes Arm über die Schultern und half ihr, sich zur Tür zu schleppen. Es ging langsam, war mühsam und anstrengend, aber als sie schließlich vor der Zelle standen, bedeutete sie ihr, stehen zu bleiben und sich an dem Riegel festzuhalten. Dann eilte sie ans andere Ende des kurzen Ganges und griff nach einer Tasche, die dort gegen die Wand gelehnt stand. Elysande runzelte leicht die Stirn, stellte aber keine Fragen; sie sah, wie Betty ein Kleid aus der Tasche zog und es rasch mit dem stinkenden Stroh füllte, das überall auf dem

Gang lag. Zum Schluss packte sie auch Stroh in die Tasche und hastete in die Zelle, wo sie beides auf den Boden legte und die schäbige Decke darüber ausbreitete. Als Betty sich schließlich aufrichtete und ihr Werk betrachtete, verstand Elysande, was sie getan hatte. Was dort an der hinteren Wand der Zelle auf dem Boden lag, sah aus wie eine Gestalt, die sich zusammengerollt hatte. Als läge sie immer noch da, begriff Elysande, während die Zofe die Zelle verließ und die Tür hinter sich schloss.

Als deren Angeln dabei erneut laut und protestierend quietschten, spannten die beiden Frauen sich an und sahen argwöhnisch zu der Wache hin. Aber der Mann schlief weiter.

Elysande stieß einen erleichterten Atemzug aus und holte erneut Luft, die sie jedoch anhielt, als Betty vorsichtig zu dem Mann ging. Sie legte die Schlüssel behutsam auf den Tisch vor ihm, von wo sie sie offensichtlich genommen hatte. Obwohl die Zofe vorsichtig zu Werke ging, war ein leises Klirren zu hören, der Mann regte sich aber immer noch nicht.

Betty stieß einen kleinen, zittrigen Seufzer aus, dann kehrte sie rasch zu Elysande zurück und legte sich deren Arm wieder über die Schultern.

»Hier entlang«, flüsterte sie und führte sie zum Ende des Ganges, wo sich die Tasche befunden hatte.

»Mutter?«, fragte Elysande leise, als die Zofe auf einen der Steine in der Mauer drückte und ihn drehte.

»Aye. Sie hat mir erklärt, wie ich den Geheimgang öffne«, erklärte Betty.

Das hatte Elysande nicht gemeint; sie hatte wissen wollen, wie es ihrer Mutter ging. Dann schwang ein Teil der Wand auf, und eine Million Treppenstufen schien sich vor ihr nach oben zu erstrecken. Elysande kam zu dem Schluss, dass es ihrer Mutter gut gehen musste, wenn sie ihrer Dienerin Befehle erteilt hatte. Daher sparte sie sich den Atem und betrat schweigend den Geheimgang.

Die Stufen waren in den Fels gehauen worden und verschwanden in der Dunkelheit; sie waren zu schmal, als dass sie nebeneinander hätten gehen können. Hier konnte Betty ihr nicht helfen. Elysande würde alleine klarkommen müssen. Und das würde sie auch, sagte sie sich fest entschlossen, und wenn sie sich auf dem Bauch kriechend voranschleppen müsste. Und so kam es auch fast. Elysande war auf den Händen und Knien, als sie oben an der Treppe ankam.

Sie keuchte, als sie die letzte Stufe hinter sich brachte. Dann sackte sie erleichtert auf dem kalten Stein zusammen. Jeder Muskel in ihrem Körper zitterte vor Erschöpfung.

»Mylady?«

Elysande seufzte, als sie Betty flüstern hörte. Sie wollte einfach nur liegen bleiben und sterben, aber das konnte sie nicht. Ihre Mutter …

Kühler Stoff strich über ihren Arm und ihre Wange, und sie öffnete die Augen. Sie konnte in der Dunkelheit nichts sehen, aber sie vermutete, dass Betty in dem schmalen Gang vorsichtig über sie hinweggestiegen war und jetzt neben ihr stand; vermutlich hatte sie ihr Kleid gespürt.

»Mylady? Viel weiter ist es jetzt nicht mehr.« Während Betty die Worte flüsterte, packte sie Elysande an den Schultern und versuchte, sie aufzurichten.

Elysande achtete nicht auf ihre Schmerzen, sondern biss die Zähne zusammen und kämpfte sich auf die Knie. Dann stützte sie sich mit einer Hand an der Wand ab, griff mit der anderen nach dem Arm des Mädchens und schaffte es, auf die Beine zu kommen.

»Alles in Ordnung?«, flüsterte Betty besorgt.

»Es geht mir gut«, sagte Elysande keuchend und holte tief

Luft, um sich zu beruhigen. »Gehen wir weiter. Ich möchte Mutter sehen.«

Sie spürte jetzt eher als dass sie sah, dass das Mädchen sich von ihr fortbewegte. Elysande atmete noch einmal tief durch, dann stützte sie sich mit den Händen zu beiden Seiten an den Wänden ab und kämpfte sich voran. Wie weit sie hinter Betty zurückgefallen war, begriff sie erst, als die Zofe gute zehn Fuß voraus die Tür zum Zimmer von Elysandes Mutter öffnete und Licht von dort in den Gang fiel.

Sie streckte die Schultern und versuchte, schneller zu gehen. Doch es kam ihr vor, als würde sie ewig brauchen, den Durchgang zu erreichen – und bis das Licht im Zimmer sie blendete. Es brannten nur zwei kleine Kerzen, aber nach ihrer Zeit im dunklen Kerker empfand sie das Kerzenlicht als so grell, als würde sie in die Sonne blicken. Sie musste die Augen schließen, um sie zu schützen. Glücklicherweise bemerkte Betty das sofort, ergriff sie am Arm und führte sie durch das Zimmer zum Bett ihrer Mutter.

Als Elysande sich neben dem Bett auf die Knie sinken ließ, hatten sich ihre Augen einigermaßen an die Helligkeit gewöhnt, auch wenn sie noch immer blinzeln musste, um etwas sehen zu können. Ihr Blick glitt über die zerbrechliche Gestalt ihrer Mutter, und sie hätte weinen können angesichts der vielen Blutergüsse, die auf jedem Zoll von Mairghread de Valances Körper zu sehen waren, der nicht von den Fellen auf dem Bett bedeckt war.

»Mutter?«, fragte sie leise und nahm deren Hand, ließ sie jedoch sofort wieder los, als sie fühlte, wie geschwollen die Finger waren. Erst jetzt fiel ihr wieder ein, dass de Buci sie ihr gebrochen hatte.

»Oh Mama«, stöhnte sie und legte verzweifelt die Stirn auf das Bett.

»Ellie.«

Als sie die brüchige Stimme hörte, hob sie sofort den Kopf. »Ja, ich bin hier.«

»Die Buchanans«, brachte ihre Mutter hervor; ihre Stimme war so schwach, dass Elysande nicht sicher war, ob sie richtig gehört hatte.

»Die Buchanans?«, fragte sie verwirrt. Elysande war müde, und ihr tat alles weh, in ihrem Kopf wirbelte ein einziges Durcheinander aus Sorgen, Schmerz und Angst. Sie konnte sich keinen Grund vorstellen, warum ihre Mutter ausgerechnet jetzt den Clan erwähnte.

»Der Buchanan-Heiler ist zurzeit in England. Du musst zu ihm gehen. Er kann dich zu meiner Schwester bringen.«

»Nein, ich werde dich nicht allein lassen«, widersprach Elysande sofort, und ihre Mutter öffnete in diesem Moment die Augen. Feuer brannte darin, und Entschlossenheit.

»Das musst du aber«, befahl ihre Mutter und trug ihr auf, was sie tun sollte.

1

»Himmel, Buchanan«, sagte Ralph FitzBaderon fröhlich. Der Baron von Monmouth griff nach seinem Bier, während er weitersprach. »Ich dachte schon, mein letztes Stündlein hätte geschlagen. Ihr habt ein wahres Wunder vollbracht und mir das Leben gerettet. Ich kann es immer noch nicht fassen. Seid Ihr sicher, dass Ihr nicht zum Teil Engländer seid?«

»Aye«, antwortete Rory. Er war nicht ganz bei der Sache, da er rasch die Nachricht überflog, die sein Bruder Alick ihm gerade gegeben hatte.

»Nun«, sagte der Baron mit einem Kopfschütteln. »Ich denke, irgendwo in Euch muss etwas Englisches sein.«

»Wieso?«, fragte Alick neben ihm, und Rory hätte beinahe leise geseufzt; er wusste, dass seinem Bruder die Antwort genauso wenig gefallen würde wie ihm. An die hundert Mal hatte er sich in den letzten zwei Wochen so etwas anhören müssen.

»Weil die Schotten ungebildete Heiden sind«, erklärte Baron Monmouth. »Wohl kaum in der Lage, es zu einer solchen Meisterschaft im Heilen zu bringen wie Euer Bruder. Nein. Irgendwo in Eurer Familiengeschichte muss es etwas Englisches geben.«

»Und doch ist es nicht so«, sagte Rory leichthin, während Alick neben ihm erstarrte. Er rollte die Nachricht wieder zusammen, die er zu Ende gelesen hatte, steckte sie in sein Plaid und stand auf, um den Tisch zu verlassen. »Wir müssen los, Alick.«

»Aye«, knurrte sein jüngerer Bruder, erhob sich ebenfalls sofort und folgte ihm. »Gott sei Dank.«

»Wartet!«, wandte Baron Monmouth ein, sprang auf und beeilte sich, Rory einzuholen, der seinem Bruder voraus auf die großen Türen des Wohnturms der Burg zuging. »Was ist mit FitzAlan? Ich habe Euch doch gesagt, dass er ein Leiden hat und möchte, dass Ihr ihn Euch anseht.«

»Es gibt keine Vereinbarung mit FitzAlan«, entgegnete Rory ungerührt, riss die Tür auf und trat hinaus in den beißenden Wind. Es schien eher Januar oder Februar zu sein und nicht später November. Der Geruch von Schnee hing in der Luft. Es sah so aus, als würde der Winter in diesem Jahr früh einsetzen.

»Aber ich habe Euch ein kleines Vermögen gezahlt!« Baron Monmouth folgte ihm hastig die Stufen hinunter. »Ihr könntet Euch den Mann zumindest einmal ansehen. Er müsste schon bald hier sein. Er – «

»Ihr habt mich dafür bezahlt, Euch zu helfen, wieder auf die Beine zu kommen, und das habe ich getan«, hielt Rory ihm sanft entgegen. Er zog sich den oberen Teil seines Plaids über die Schultern, während er mit langen, raschen Schritten den Burghof durchquerte. »Es geht Euch gut, der Handel ist beendet, und wir brechen auf.«

»Gott sei Dank«, murmelte Alick neben ihm mit einer Mischung aus Erleichterung und Abscheu, was Rory nur zu gut verstand. Das hier war nicht sein erster Besuch in England, aber er war fest entschlossen, dass es sein letzter sein würde. Er hatte eigentlich auch gar nicht herkommen wollen, doch Monmouth hatte ihm ein Vermögen angeboten, damit er in dieses gottverlassene Land reiste und ihn heilte. Zwei Wochen in England waren aber bereits zwei zu viel, und selbst das Vermögen, das er gerade gemacht hatte, war es nicht wert, sich ständig die höhnischen Äußerungen über sein Heimatland und seine Landsleute anhören zu müssen, die er, Alick und ihre Männer hatten erdulden müssen.

Dabei war das, was Monmouth gerade gesagt hatte, sogar noch freundlich im Vergleich zu dem, was die Soldaten des Barons im Laufe der letzten Wochen an Beleidigungen von sich gegeben hatten. Zwei Tage lang hatten sie sich diesen Unsinn angehört, und drei Mal hatte das zu Kämpfen zwischen den englischen Soldaten und den schottischen Kriegern geführt, die ihn und Alick auf der Reise begleiteten. Danach hatte Rory seinem Bruder erklärt, er und ihre Begleiter sollten besser im Wald vor den Mauern von Monmouth lagern. Dort hatten sie dann geduldig darauf gewartet, dass er seine Arbeit beendete und sie endlich aufbrechen konnten.

»FitzAlan wird Euch dafür bezahlen, dass Ihr Euch um ihn kümmert!«, rief Monmouth. Der Mann folgte ihnen immer noch, konnte letztlich aber nicht mithalten und fing an zu schnaufen und zu keuchen, während er hinter ihnen zurück blieb.

»Geht wieder ins Haus, Mylord«, rief Rory entschlossen, ohne sich die Mühe zu machen, sich zu ihm umzudrehen. »Ihr seid zwar auf dem Wege der Besserung, aber noch nicht kräftig genug, um hier herumzulaufen, schon gar nicht bei dieser Kälte.«

»FitzAlan wird Euch geben, was immer Ihr verlangt«, beharrte Monmouth, der jetzt nach Luft schnappte.

Rory blieb stehen.

»Gott, nein, Bruder«, zischte Alick neben ihm. Er klang alarmiert. Rory beachtete ihn nicht und wandte sich jetzt doch zu dem Baron um.

»Was immer Ihr verlangt«, wiederholte Monmouth mit krächzender Stimme. Er bückte sich, stützte die Hände auf die Knie, als würde er versuchen, zu Atem zu kommen.

»Baron, es gibt in der ganzen Christenwelt nicht genug Münzen, um mich dazu zu bringen, noch eine weitere Nacht in England zu bleiben«, sagte er ruhig. »Und jetzt geht wieder hinein, bevor Ihr wieder krank werdet. Denn ich werde nicht bleiben, um Euch erneut zu heilen.«

Alicks Erleichterung war unübersehbar, als Rory seinen Weg zu den Ställen fortsetzte, aus denen bereits ihre Pferde herausgeführt wurden.

Baron Monmouth gab es auf, Rory zu folgen.

»Ich hatte schon befürchtet, du würdest dich von den Münzen doch verlocken lassen und wärst einverstanden, diesen FitzAlan zu sehen.«

Rory schüttelte den Kopf. »Niemals. Ich will nach Hause. Ich habe genug von diesem gottverlassenen Land.«

»Aye«, murmelte Alick und starrte die Leute, die im Burghof herumliefen, finster an.

Rory dankte dem Jungen, der sein Pferd gesattelt hatte und nach draußen führte, stieg rasch auf und wartete, dass Alick ebenfalls bereit zum Aufbruch war. »Abgesehen davon haben wir etwas anderes zu tun.«

Alick nahm die Zügel und sah ihn überrascht an. »Und das wäre?«

»Einen Schatz abholen und nach Sinclair bringen.«

»Stand das in der Nachricht?«, fragte Alick. Er kniff die Augen zusammen.

Rory nickte, schnalzte mit der Zunge und drängte sein Pferd, sich in Bewegung zu setzen.

»Was ist das für ein Schatz?«, rief Alick.

Als Rory auf die Frage nicht antwortete und nur noch schneller davonritt, folgte Alick ihm fluchend. Rory wollte nicht darüber sprechen, ehe sie nicht ein gutes Stück von Monmouth entfernt waren, und ritt in raschem Trab über die Zugbrücke. Als sie das offene Gelände vor den Burgmauern erreicht hatten, trieb er sein Pferd im Galopp über das von Frost überzogene Gras.

Er hörte Alick hinter sich pfeifen, woraufhin die vier Krieger, die ihr Bruder Aulay ihnen mitgegeben hatte, auf ihren Pferden aus dem Wald auftauchten. Rory ritt sofort auf sie zu.

»Habt ihr das Lager abgebrochen und seid so weit, dass wir nach Hause zurückkehren können?«, fragte er und zügelte sein Pferd vor ihnen. Es überraschte ihn nicht, dass sie schweigend nickten. Auf Reisen hatten sie für gewöhnlich nur wenig Gepäck bei sich, da es ihnen genügte, sich des Nachts in ihre Plaids zu wickeln. Es gab daher nicht viel zu tun, um das Lager abzubrechen. Lediglich das, was vom abendlichen Lagerfeuer noch übrig war, musste endgültig gelöscht werden.

»Was hast du vorhin gemeint? Was für ein Schatz soll das sein?«, fragte Alick, als er sein Pferd neben ihm zum Stehen brachte. »Und von wem stammt diese Nachricht, die du heute Morgen bekommen hast?«

Rory wölbte bei der zweiten Frage überrascht eine Braue. »Hat der Bote das nicht gesagt, der sie dir ausgehändigt hat?«

»Nein«, erwiderte Alick grimmig. »Und er ist auch nicht lange genug geblieben, dass ich irgendwelche Fragen hätte stellen können. Er ist kurz hier aufgetaucht, hat Conn die Nachricht zugeworfen und gesagt, sie sei für Rory Buchanan bestimmt. Ehe irgendwer sich auch nur rühren konnte, war er schon wieder auf und davon. Da ich ohnehin zu dir wollte, um mich zu vergewissern, dass wir wirklich heute aufbrechen, habe ich sie dir mitgebracht.«

Noch bevor Rory etwas dazu sagen konnte, neigte Conn plötzlich den Kopf zur Seite und spannte sich an.

»Reiter«, murmelte Alick einen Moment später.

Sie alle schauten sofort zum anderen Ende der Lichtung, aber noch war niemand zwischen den Bäumen zu sehen. Trotzdem drängte Rory sein Pferd rasch weiter den Pfad entlang, damit sie vor Blicken geschützt wären. Die anderen taten es ihm gleich und saßen still und leise im Schutz des Waldes auf ihren Pferden, um zu sehen, wer sich ihnen näherte. Nicht lange, und ein großes Kontingent Soldaten kam aus dem Wald am anderen Ende der Lichtung geritten und hielt auf die Tore von Monmouth zu.

»Denkst du, das ist FitzAlan?«, fragte Alick.

»Nein«, sagte Rory stirnrunzelnd. »Bei diesem Haufen sind keine Adeligen. Das sind alles Soldaten.« Er sah schweigend zu, wie sich ein halbes Dutzend Männer von der Gruppe löste und die Zugbrücke überquerte, während die anderen davor warteten. Rory wendete sein Pferd und spornte es wieder zum Galopp an. Er hatte das unbestimmte Gefühl, dass die Männer etwas mit der Nachricht zu tun hatten, die er erhalten hatte, und dass es gut wäre, wenn er so rasch wie möglich den erwähnten Schatz fand und sie dann nach Norden ritten. Mit diesen Gedanken im Hinterkopf ließ er sein Pferd weiter galoppieren, bis sie eine halbe Stunde später eine Stelle erreichten, an der der Pfad durch den Fluss führte. Rory durchquerte das flache Wasser, zügelte dann sein Pferd und sah sich um. Er musterte die Bäume beiderseits des Weges.

Es überraschte ihn nicht, dass Alick sofort wieder zu ihm kam. Um den Fragen zuvorzukommen, die – wie er wusste – seinem Bruder auf der Zunge lagen, sagte er rasch: »Die Nachricht, die du mir gebracht hast, stammt von Lady Mairghread de Valance, Baroness von Kynardersley. Sie ist die Schwester von Lady Sinclair.«

»Sie ist die Schwester von Jo?«, fragte Alick verblüfft.

Lady Jo Sinclair war die teure Freundin ihrer Schwester

Saidh, Gemahlin von Laird Campbell Sinclair und die einzige Lady Sinclair, der sie bisher begegnet waren.

»Nein. Von Lady Bearnas Sinclair. Cams Mutter«, antwortete Rory geistesabwesend, während er gleichzeitig den Wald um sie herum eingehend musterte und nach dem Hinweis suchte, von dem in der Nachricht die Rede gewesen war.

»Oh«, murmelte Alick. »Dann stammt die Nachricht also von Cams Tante, die möchte, dass du einen Schatz von hier zu den Sinclairs bringst.« Als Rory darauf nicht reagierte, fragte er: »Wonach suchst du?«

»Irgendwo hier muss ein – « Rory machte eine Pause und lächelte. » – eine Schleife sein.«

»Eine Schleife?«, fragte Alick und rückte näher zu ihm. »Ich kann keine – «

Er sprach nicht weiter, als Rory auf die schmale, weiße Schleife deutete, die links von ihnen an einem Baumstamm befestigt war. Daneben befand sich ein schmaler Pfad, der tiefer in den Wald führte. Man hätte ihn leicht übersehen können, hätte dort nicht die Schleife gehangen und ihnen den Weg gewiesen.

»Soweit ich mich erinnere, hat Cam nie erwähnt, dass er eine Tante hat, aber selbst wenn es so ist – was hat sie dann in England zu suchen?«, fragte Alick und rückte sich unbehaglich im Sattel zurecht. »Vielleicht ist es ein Trick oder eine Falle.«

»Vielleicht«, stimmte Rory ihm zu. Er war sich nur zu sehr bewusst, dass die anderen sich bei seinen Worten noch etwas mehr aufrichteten und mit ihren Blicken die Umgebung nach irgendwelchen Hinweisen auf Probleme absuchten.

Sie schwiegen alle ein paar Momente, lauschten den Geräuschen, mit denen der beißende Wind durch die Bäume fegte. Dann drehte Rory sich im Sattel zu den vier Kriegern um, die mit ihnen ritten. »Fearghas und Donnghail, ihr beide bleibt hier und haltet die Augen offen. Holt uns, wenn ihr denkt, dass es irgendwie Ärger geben könnte.«

Er wartete gerade lang genug, dass er die Männer nicken sah, dann wandte er sich an die anderen: »Der Rest kommt mit mir.«

Rory drängte sein Pferd den neuen Pfad entlang, legte dabei eine Hand an sein Schwert, um es beim ersten Anzeichen von Schwierigkeiten ziehen zu können. Der schmale Pfad – wenn er überhaupt als solcher bezeichnet werden konnte – zwang sie dazu, hintereinander zu reiten. Sie ließen die Pferde, angeführt von Rory, im Schritttempo gehen. Alick folgte ihm dichtauf, und Conn und Inan bildeten die Nachhut. Niemand sagte ein Wort, alle beobachteten aufmerksam den sie umgebenden Wald. Schließlich stieß Rory auf eine kleine Lichtung, auf der ein einsamer Wagen stand. Niemand war zu sehen. Als Rory am Rand der Lichtung im Schutz der Bäume haltmachte, kam Alick zu ihm geritten, um ebenfalls einen besseren Blick darauf werfen zu können.

»Wo ist das Pferd?«, fragte Conn mit seiner polternden Stimme. Der Krieger hatte sein Pferd links neben Rory gebracht, während Inan hinter ihnen blieb und ihnen Rückendeckung gab.

Rory verengte die Augen, um die Lichtung genauer zu mustern. Der Wagen musste mit einem Pferd hierher geschafft worden sein, aber es war keines zu sehen.

»Was genau hat Sinclairs Tante in der Nachricht geschrieben?«, fragte Alick grimmig mit wachsamem Blick, während er auf die Antwort wartete.

»Dass wir, wie sie gehört hätte, in der Gegend sind, und dass sie von ihrer Schwester wüsste, wie gut wir Buchanans mit den Sinclairs befreundet sind. Deshalb bittet sie uns um Hilfe. Es gehe um einen großen Schatz, den wir am Ende eines mit einem Band gekennzeichneten Weges finden würden, gleich jenseits des Flusses in den Wäldern außerhalb von Monmouth. Und sie würde uns auf ewig dankbar sein, wenn wir diesen Schatz sicher nach Sinclair bringen.«

»Auf ewig dankbar, ja?«, murmelte Alick und wandte den Kopf, um den Pfad hinter ihnen zu betrachten. »Von einer Belohnung steht da nichts?«

»Nein.«

»Nun ja, wäre es eine Falle, hätte man uns vermutlich eine Belohnung in Aussicht gestellt«, sagte Alick.

»Aye«, murmelte Rory, ehe er Conn und Inan bedeutete, im Schutz der Bäume zu warten, während er sein Pferd vorsichtig aus dem Wald auf die kleine Lichtung lenkte. Er ritt zu dem Wagen und warf einen Blick hinein. Da lag etwas auf dem Boden, ein undefinierbares Bündel, bedeckt von einem großen Fell. Rory zögerte und sah noch einmal zum Wald, bevor er sich vorbeugte, eine Ecke des Fells nahm und es zur Seite zog.

»Was ist es?«, fragte Alick und drängte sein Pferd ebenfalls neben den Wagen.

Rory machte sich nicht die Mühe, darauf zu antworten. Sein Bruder war bereits nahe genug, um es selbst sehen zu können. Er griff nach einem der vier unförmigen Beutel, die von dem Fell verborgen gewesen waren. Er war so leicht, dass er überrascht die Brauen wölbte. Nicht so leicht wie eine Feder, aber auch nicht schwer genug, dass Juwelen oder Gold darin sein konnten. Er vermutete, dass es Stoffe waren, was sich auch bewahrheitete, als er den Beutel öffnete und hineinsah. Blauer Samt lag zuoberst, verbarg andere Stoffe darunter. Rory nahm sich einen Moment Zeit, um den Grund des Beutels zu ertasten und herauszufinden, ob sich dort irgendetwas Festes befand, aber er fühlte nur noch mehr Stoff.

Er zog an den Schnüren, um den Beutel wieder zu schließen, ehe er ihn an den Sattel hängte, damit er ihm nicht im Weg war. Dann griff er nach einem anderen Beutel. Er war genauso leicht wie der erste, enthielt hauptsächlich Stoff und etwas, das sich anfühlte wie eine Bürste, als er den Beutel von außen betastete.

»Kleidung?«, sagte Alick und musterte den Beutel, den er in der Hand hielt, und als Rory zustimmend knurrte, fragte er: »Wo ist dann der Schatz, den wir mitnehmen sollen?«

Rory wollte schon zugeben, dass er keine Ahnung hatte, als er aus dem Augenwinkel eine Bewegung auf der anderen Seite der Lichtung wahrnahm. Sie sahen schweigend zu, wie zwei Reiter aus dem Wald kamen. Es waren englische Soldaten, die sehr langsam ritten, so dass einige Zeit verging, bevor sie den Waldrand hinter sich ließen und hinter ihnen ein drittes Pferd auftauchte. Auf diesem saß eine Frau, die jedoch nicht zu erkennen war, denn sie war in einen fellgesäumten silberblauen Umhang gehüllt, dazu trug sie eine Bundhaube und einen Schleier in der gleichen Farbe.

Rory zog die Augenbrauen hoch. Er hatte schon viele Frauen mit einer solchen Kopfbedeckung gesehen, doch für gewöhnlich bedeckte der Schleier nur den unteren Teil des Gesichts. Diese Frau hatte ihr Gesicht so vollständig verhüllt, dass er sich fragte, wie sie überhaupt etwas sehen konnte. Ihre Gesichtszüge waren jedenfalls nicht zu erkennen.

»Lady de Valance?«, fragte er. Er vermutete, dass sie persönlich hergekommen war, um ihnen den Schatz zu übergeben.

»Aye.«

Ihre Stimme war nur ein leises Flüstern, und er beugte sich über den Hals seines Pferdes vor, um ihre nächsten Worte besser verstehen zu können.

»Ich bin Rory Buchanan, und das ist mein Bruder Alick«, stellte er sich vor, als sie schwieg. »Ihr habt uns um Hilfe gebeten, einen Schatz nach Sinclair zu befördern?«

»Nein.« Obwohl Rory sich weit nach vorn gebeugt hatte, konnte er das Wort nur mit Mühe verstehen. Aber dann räusperte sie sich und sagte etwas lauter: »Meine Mutter, Lady Mairghread de Valance, hat Euch geschrieben. Ich bin Elysande de Valance. Sie möchte, dass Ihr mich nach Sinclair bringt.«

Rory richtete sich auf, während ihre Worte über ihn hinwegströmten. Lady Mairghread de Valances größter Schatz war ihre Tochter, und sie wollte, dass er Elysande nach Norden zu den Sinclairs eskortierte.

Ein Blick auf Alick verriet ihm, dass diese Neuigkeit auch ihn verblüffte. Während er die Nachricht immer noch verdaute, fügte Elysande hinzu: »Ich war mir sicher, dass Tom und Simon genügen würden, um mich nach Norden zu begleiten. Als kleine Gruppe würden wir schnell vorankommen. Mutter schien allerdings zu glauben, dass es besser wäre, wir hätten Schotten bei uns. Sie sagte, dass Engländer in den Highlands nicht besonders gut gelitten sind und es sicherer wäre, auch eine schottische Eskorte zu haben.«

Als Rory nicht sofort antwortete, richtete sie sich leicht auf und fügte hinzu: »Mutter sagte auch, dass Ihr mit unseren Verwandten, den Sinclairs, befreundet seid und deshalb vielleicht einverstanden sein werdet, uns zu helfen. Jedoch würde ich es verstehen, wenn Euch das zu viele Umstände bereitet. Wir werden auch allein zurechtkommen.«

»Nein«, sagte Rory sofort, als sie nach den Zügeln ihres Pferdes griff und Anstalten machte, wegzureiten. »Die Sinclairs sind tatsächlich gute Freunde von uns. Wir bringen Euch gerne zu ihnen.«

Rory bemerkte, wie sich ihre Schultern ein bisschen entspannten, aber statt sich zu bedanken, nickte sie nur knapp und fragte: »Wollen wir dann?«

Einen ganz kleinen Moment zögerte Rory. Er dachte darüber nach, dass ihr überhaupt nicht in den Sinn gekommen war, dass er Gründe haben könnte, nicht sofort aufzubrechen. Sie konnte schließlich nicht wissen, dass er ohnehin geplant hatte, an diesem Morgen zur Rückreise nach Schottland aufzubrechen. Noch wichtiger war die Tatsache, dass sie ihm keinerlei Erklärung für diese Reise bot. Dabei wusste er, dass es eine geben musste – eine interessante noch dazu. Hätte sie einfach nur Verwandte besuchen wollen, wäre sie von einem großen Gefolge aus Soldaten und Bediensteten begleitet worden, zusammen mit Wagen, in denen Zelte und Ähnliches transportiert wurden, damit die Lady es bequem hatte. Ganz sicher wären auch andere Frauen dabei gewesen. Aber sie reiste allein, nur von zwei Soldaten begleitet.

Ein scharfes Pfeifen unterbrach abrupt die Gedanken, die ihm im Kopf herumgingen. Es kam von dort, wo er Conn und Inan zurückgelassen hatte. Er sah zu den beiden Kriegern hin, zu denen sich jetzt auch Fearghas und Donnghail gesellt hatten. Die vier lösten sich vom Waldrand und kamen über die Lichtung zu ihnen geritten.

Rory wölbte die Brauen, als er ihnen entgegenritt; er wusste, dass etwas passiert sein musste. Donnghail und Fearghas hätten den Befehl, Wache zu stehen, sonst niemals gebrochen, um zu ihnen zu reiten.

»Reiter«, erklärte Fearghas, kaum dass Rory nah genug war, um ihn hören zu können. »Eine große Gruppe. Mindestens zwanzig, aber dem Lärm nach, den sie veranstalten, müssen es noch mehr sein. Ich vermute, es handelt sich um die Soldaten, die nach Monmouth unterwegs waren, als wir von dort aufgebrochen sind.«

Rory runzelte die Stirn und warf einen Blick zu der Frau und deren beiden Begleitern; einer von ihnen nahm gerade die letzten beiden Beutel und das Fell aus dem Wagen. Er reichte das Fell seinem Kameraden, der es an seinem Sattel befestigte, während er die Beutel an seinen eigenen hängte. Dies erinnerte Rory daran, dass er immer noch den zweiten Beutel in der Hand hielt, den er sich angesehen hatte. Er hängte ihn zu dem ersten an seinen Sattel und überdachte die Situation, in der sie sich befanden. Er hatte keine Ahnung, ob die Soldaten, die nach Monmouth geritten waren, nach dem Mädchen suchten, aber es spielte auch keine Rolle. So oder so zog er es vor, ihnen aus dem Weg zu gehen. Es konnte immer Probleme geben, wenn man auf Reisen einer größeren Gruppe Soldaten begegnete, und das war etwas, das er auf jeden Fall vermeiden wollte, wenn eine Lady mit ihnen ritt.

»Wir werden uns von der Hauptstraße fernhalten und so schnell wie möglich durch die Wälder reiten«, entschied er und richtete sich im Sattel auf. Er wartete nicht darauf, dass die anderen ihm zustimmten, sondern führte sie zu den Engländern, um ihnen seine Entscheidung mitzuteilen. Die grimmigen Mienen der Soldaten und die Art und Weise, wie sich die Frau anspannte, als sie von den sich nähernden Soldaten hörte, verriet ihm, dass sie wirklich mit Schwierigkeiten zu rechnen haben würden. Er unterließ es aber, sie in diesem Moment dazu zu befragen; dafür hatten sie jetzt nicht die Zeit. Die Antworten, die er brauchte, konnte er auch später bekommen, dachte Rory und brachte sie alle dazu, sofort loszureiten.

»Seid Ihr in Ordnung, Mylady? Möchtet Ihr eine Pause machen?«

Die Worte machten Elysande klar, dass sie in sich zusammengesunken war und ein bisschen schwankte. Sie richtete sich sofort wieder auf und machte ein finsteres Gesicht, obwohl sie wusste, dass Tom ihre Miene durch den Schleier hindurch gar nicht sehen konnte. Oder vielleicht auch gerade deshalb, weil er es nicht sehen konnte. Sie wusste, dass der Soldat gefragt hatte, weil er um sie besorgt war, und sie hätte dies ganz sicher zu schätzen gewusst – hätte er mit seiner Frage nicht ihre Aufmerksamkeit wieder auf die Schmerzen gelenkt, die sie die letzten paar Stunden ihrer Reise zu ignorieren versucht hatte.

Die Wahrheit war, dass es Elysande gar nicht gut ging. Sie war müde, und alles tat ihr weh. Am liebsten hätte sie haltgemacht und sich ausgeruht. Aber das durften sie jetzt nicht. Sie würde erst in Sicherheit sein, wenn sie Sinclair erreicht hatten. Dort würde sie sich ausgiebig ausruhen können, und wenn sie wollte, eine ganze Woche lang schlafen.

Aber guter Gott, ihr ganzer Körper tat so furchtbar weh, dass sie sich nur noch hinlegen und sterben wollte. Und die Schmerzen betrafen nicht nur ihren Körper. Ihre Mutter und ihr Vater –

Elysande unterbrach den Gedankenstrom abrupt, um nicht in Tränen auszubrechen, und zwang sich, ihr Rückgrat gerade zu halten. Sie würde nicht sterben. Zumindest nicht ohne einen ordentlichen Kampf. Sie würde ihre Verluste und diesen höllischen Ritt überleben und Sinclair erreichen. Es war das Letzte, das sie für ihre Mutter tun konnte.

»Ich werde dem Buchanan sagen, dass Ihr eine Pause braucht.«

Toms Stimme riss sie aus ihren Gedanken, und sie schüttelte wieder den Kopf. »Nein, es geht mir gut. Wir werden nicht anhalten.«

Der Soldat zögerte kurz, aber dann lehnte er sich mit einem missbilligenden Knurren im Sattel zurück. Es überraschte sie nicht. Tom wusste, wie schlimm sie verletzt war. Er hatte sie aus dem Zimmer ihrer Mutter getragen, den Geheimgang benutzt, um sie zum Wagen und den Pferden zu bringen, die er und Simon im Wald vor den Burgmauern bereitgestellt hatten. Er hatte sie sanft in den Wagen gelegt, und dann waren sie aufgebrochen, und obwohl sie sich alle Mühe gegeben hatte, nicht zu stöhnen und zu schreien vor Schmerzen, war es ihr nicht möglich gewesen. Dazu war sie auf dem Weg nach Monmouth zu sehr hin und her geschüttelt worden.

Sie waren ein paar Stunden vor der Morgendämmerung auf der Lichtung angekommen, und Elysande hatte sich bis zum Sonnenaufgang ausruhen können. Erst als Simon zurückgekehrt war, nachdem er Rory Buchanan die Nachricht ihrer Mutter überbracht hatte, war sie auf ihre Stute gestiegen. Die beiden Männer waren dagegen gewesen und hatten darauf beharrt, dass sie sich im Wagen fahren ließ, aber Elysande hatte genauso darauf beharrt, dass sie reiten würde. Am Ende hatte sie sich durchgesetzt. Sie hatte nicht auf dem Rücken liegen wollen, wenn sie den Buchanans begegnete. Sie hatte nicht gewollt, dass sie wussten, dass sie verletzt war, und sie wollte nicht die Demütigung erleben, wenn sie zusahen, wie ihre Männer ihr halfen, irgendwie in den Sattel zu kommen. Tom und Simon hatten sich ziemlich viel Mühe geben müssen, um sie auf ihr Pferd zu hieven. Allein hätte sie es niemals geschafft, aber als sie erst dort saß, fühlte sie sich tatsächlich ein bisschen besser. Auf dem Wagen war sie fürchterlich durchgeschüttelt worden, während sie nach Monmouth unterwegs gewesen waren, und sie hatte ununterbrochen Schmerzen gehabt. Es fühlte sich besser an, aufrecht im Sattel zu sitzen. Zumindest solange, bis sie losgeritten waren. Jetzt war es fast so schlimm wie zuvor im Wagen. Im Liegen hatte sie zumindest nicht ihre zitternden Muskeln anstrengen müssen, um aufrecht sitzen zu bleiben.

Als Tom plötzlich zurückfiel, richtete sie ihre Aufmerksamkeit auf den Weg vor ihnen, und sie bemerkte, dass er wieder schmaler wurde und sie hintereinander reiten mussten. Sofern man es überhaupt als Weg bezeichnen konnte. Der Schotte an der Spitze ihrer Gruppe schien die halbe Zeit selbst einen Weg durch den Wald zu schlagen. Aber vielleicht war das auch normal. Sie konnte es nicht beurteilen; Elysande war bisher nie über den Wald um Burg Kynardersley hinausgekommen, während die Buchanans aus Schottland stammten und wissen mussten, wie sie zurückkamen.

Der Gedanke ließ sie den Blick auf den Mann richten, der vor ihr ritt. Sie musterte das dunkle Plaid, das er trug. Rory Buchanan. Er hatte sie überrascht, als er auf der Lichtung aufgetaucht war. Der Mann war größer als Tom und Simon. Seine Kleidung war skandalös, denn zwischen den Stiefeln und dem Rock, den er trug, waren seine Knie und ein Stück der Unterschenkel unbedeckt. Elysande hatte blinzeln müssen, und sie hatte sich des Anstands willen gezwungen, nur auf sein Gesicht zu blicken. Nicht, dass ihr das besonders schwergefallen wäre. Sogar durch den Schleier hindurch konnte sie erkennen, dass der Mann gut aussah und ein nettes Gesicht, strahlend grüne Augen und lange, dunkle Haare hatte, die rot durchsetzt waren. Außerdem war er groß und muskulös, aber nicht sehr massig. Es schien, als wäre das eine Statur, die sie ansprach. Allerdings war der andere Buchanan von gleicher Gestalt, ohne dass sie sich von seinem Anblick auf die gleiche Weise berührt fühlte. Alick, fiel ihr wieder ein, und die Art und Weise, wie er hinter Rory zurücktrat, deutete darauf hin, dass er der jüngere der beiden Brüder war. Dabei ähnelte er dem älteren sehr, hatte die gleichen rötlich-braunen Haare und grünen Augen. Sie sahen beide gut aus, aber Rory Buchanan umgab eine Aura aus Selbstvertrauen, die dem jüngeren Mann fehlte. Vielleicht fand sie ihn deshalb attraktiver.

Als hätten ihre Gedanken ihn gerufen, ritt der jüngere Bruder plötzlich an ihr vorbei, als der Pfad wieder breiter wurde. Sie sah neugierig zu, wie er sein Pferd neben seinen Bruder lenkte und zu sprechen begann. Sie konnte seine leise, tiefe Stimme hören, aber keine Worte verstehen. Elysande war sich jedoch sicher, dass es um sie ging, denn Rory Buchanan warf plötzlich über die Schulter einen Blick zu ihr.

Der Blick verriet ihr, dass sie wieder zusammengesackt war, und sofort zwang sie sich, aufrechter zu sitzen. Sie achtete nicht auf ihre Muskeln und darauf, wie ihre Haut schmerzte. Sie hielt sich steif im Sattel und hob das Kinn. Sie würde keine Schwäche zeigen. Sie konnte das hier schaffen. Abgesehen davon musste es inzwischen fast Mittag sein, versicherte sie sich. Sie würden ohnehin bald anhalten, wenn auch nur, um etwas zu essen und sich zu erleichtern. Zumindest hoffte sie das.

Rory ließ den Blick über die verhüllte Gestalt hinter ihm gleiten. Lady Elysande hatte zusammengesunken im Sattel gesessen, als er sich umgedreht hatte, aber in dem Moment, als sie begriff, dass er zu ihr hinsah, richtete sie sich auf. Es war von ihr wenig zu sehen, da die Kopfbedeckung und der Schleier ihre Haare und ihr Gesicht verbargen. Den üppigen, warmen Umhang zog sie mit einer behandschuhten Hand gegen die Kälte eng um sich, während sie mit der anderen die Zügel hielt. Genau genommen hätte darunter auch eine Leiche oder ein Mann sitzen können, aber es war nicht besorgniserregend, wie sie auf ihrer Stute saß.

»Es sieht so aus, als würde es ihr gut gehen«, sagte Rory schließlich, als er sich wieder nach vorn wandte.

»Aye. Jetzt ja«, sagte Alick irritiert. »Aber ich schwöre dir, dass irgendetwas nicht stimmt. Sie war in sich zusammengesackt und hat im Sattel geschwankt, bis du hingesehen hast.«

Rory sah sie noch einmal an, aber sie saß immer noch aufrecht da, und es schien ihr wirklich gut zu gehen.

»Was denkst du, wieso sie diesen Schleier trägt?«, fragte Alick plötzlich.

Rory zuckte nur mit den Schultern. Er hatte keine Ahnung.

»Denkst du, sie ist so hässlich, dass ihre Mutter Angst hatte, wir würden uns weigern, sie zu begleiten, wenn wir ihr Gesicht sehen würden?«

Das brachte Rory dazu, verblüfft zu lachen, und er wölbte die Brauen, als er seinen Bruder ansah. »Was für einen Unterschied würde ihr Gesicht machen? Wir machen das hier, um den Sinclairs einen Gefallen zu tun, nicht wegen des Aussehens dieser Frau.«

»Aye«, pflichtete Alick ihm seufzend bei. »Trotzdem kommt es mir ziemlich seltsam vor, dass sie sich so vollständig bedeckt. Es muss schwer für sie sein, etwas zu sehen.«

»Sie muss mir nur folgen«, entgegnete Rory unbesorgt. »Der Schleier behindert ihre Sicht offenbar nicht so sehr, dass sie das nicht tun könnte.«

»Hmm.« Alick rückte unglücklich in seinem Sattel hin und her. »Wir wissen noch nicht einmal, wieso sie unsere Eskorte überhaupt braucht. Warum hat sie nicht ein großes Gefolge aus Soldaten und Bediensteten, die sich um ihr Wohlergehen kümmern? Sie hat nicht mal eine persönliche Dienerin als Anstandsdame bei sich.«

Rory brummte bei dieser Bemerkung leise; darüber hatte er auch schon nachgedacht, aber er wusste keine Antwort darauf. Auf der Lichtung war keine Zeit dafür gewesen nachzufragen, als ihm klar geworden war, dass ihnen Soldaten folgten. Er wusste, dass die Soldaten von Monmouth aus die nordöstliche Straße genommen hätten, jetzt aber die nordwestliche nahmen. Er hatte daher beschlossen, dass sie selbst den weniger stark benutzten Weg nach Schottland nehmen würden. Dadurch würde es unwahrscheinlicher werden, dass sie den Soldaten begegneten, die vielleicht Probleme verursachen könnten. Außerdem reduzierte sich so auch das Risiko, von Banditen überfallen zu werden, da solche Schurken ihrem Gewerbe lieber auf den belebteren Straßen nachgingen, wo es mehr Reisende gab, die man überfallen konnte.

»Was denkst du – verdammt.« Alick unterbrach sich und ließ sein Pferd langsamer gehen, um hinter Rory zurückzufallen. Rory richtete seine Aufmerksamkeit jetzt ganz auf die Tatsache, dass der Weg wieder schmaler wurde. Er wurde auch steiler, wie er bemerkte, und so zügelte er sein Pferd ein wenig stärker, um zu verhindern, dass er gegen Inan stieß, der jetzt ebenso wie Conn vor ihm langsamer ritt, um den steilen Abstieg zu schaffen.

Der Pfad brachte sie hinunter in ein Tal, auf dessen anderer Seite es fast genauso steil wieder bergauf ging, wie Rory sah. Er beschloss, dass sie dort unten anhalten würden, um etwas zu essen und den Pferden ein wenig Erholung zu gönnen, bevor sie sich an den Aufstieg machten. Das würde ihm auch die Möglichkeit geben, Lady Elysande all die Fragen zu stellen, die ihm seit ihrem Aufbruch von der Lichtung durch den Kopf gingen. Vielleicht bekam er sogar die Gelegenheit, das Gesicht der Frau zu sehen. Sicherlich würde sie den Schleier doch zum Essen abnehmen?

Er ritt ein Stück zur Seite, um ihr seine Pläne mitzuteilen, und vielleicht auch, um herauszufinden, ob Alick recht hatte und sie wirklich Mühe hatte, mit dem Tempo Schritt zu halten, das er für diesen Ritt vorgegeben hatte. Er wartete also neben dem Pfad darauf, dass Alick an ihm vorbeiritt und Lady Elysande näher kam. Nur deshalb bemerkte er, wie sehr sie kämpfte, und nur deshalb konnte er sie noch rechtzeitig auffangen, als sie aus dem Sattel zu rutschen und zu Boden zu fallen drohte.

2

»Mylady!«

Es war ein Wunder, dass Rory den Ruf überhaupt hörte, denn Lady Elysande schrie vor Schmerzen, als er sie auf seinen Schoß zog. Aber er hörte ihn und sah sich um. Der englische Soldat versuchte, an dem reiterlosen Tier vorbei zu ihr zu gelangen. »Halt ihr Pferd fest!«, brüllte Rory, während er spürte, wie Lady Elysande in seinen Armen erschlaffte.

Zu seiner großen Erleichterung reagierte der Mann sofort und griff nach den Zügeln des Pferdes seiner Herrin, auch wenn sein Gesicht Unzufriedenheit und Besorgnis verriet.

Rory schaute auf die Frau, die reglos in seinen Armen lag. Ihr Schleier hatte sich verschoben und gab den Blick auf ihre Wange frei. Er konnte die Schwellung sehen, die dunklen Blutergüsse. Er presste die Lippen aufeinander und legte einen Arm fest um sie, dann lenkte er sein Pferd den steilen Pass hinunter ins Tal. Er würde warten müssen, bis sie den Talgrund erreicht hatten, ehe er sie untersuchen konnte, und er wollte jetzt so schnell wie möglich dort unten ankommen. Jemand hatte das Mädchen geschlagen. Ihre Verletzungen mussten versorgt werden.

Es dauerte den vierten Teil einer Stunde, bis sie im Talgrund angekommen waren und anhielten. Elysande begann, sich zu rühren. Sie stöhnte leise, als sie nach Luft rang, was Rory verriet, dass sie wirklich sehr leiden musste. Er wusste nicht, was sie so sehr peinigte, bis Tom und Simon von ihren Pferden sprangen und zu ihm liefen, um ihm Elysande abzunehmen.

Die Art und Weise, wie sie mit ihr umgingen, verriet ihm, dass nicht nur ihr Gesicht verletzt war. Die beiden Männer gingen sehr behutsam mit der noch immer bewusstlosen Frau um, als sie sie zu einer grasbewachsenen Stelle trugen und dort langsam und vorsichtig auf ihre linke Seite betteten. Rory schloss daraus, dass etwas mit ihrem Rücken nicht in Ordnung war oder vielleicht mit ihrer rechten Seite oder mit beidem.

Fluchend stieg er ab.

»Lasst sie mich ansehen«, sagte er rau, während er zu den Männern ging. »Ich bin ein Heiler. Ich kann ihr helfen.«

Zu seiner großen Überraschung versuchte Lady de Valance sich aufzurichten. »Ich brauche keinen Heiler.«

Rory blieb vor ihr stehen und starrte auf sie hinunter, als er sie so fauchen hörte. Sie war wach.

»Ihr habt Blutergüsse im Gesicht«, sagte er schließlich, als niemand ihn beachtete. Tom und Simon hockten neben ihrer Herrin und musterten sie besorgt. Elysande starrte auf ihre im Schoß zu Fäusten geballten Hände. Rory vermutete, dass sie versuchte, die Fassung zu bewahren, oder darauf wartete, dass der Schmerzanfall vorüberging. So etwas hatte er oft genug bei Verletzten gesehen. Die vollkommene Reglosigkeit, dieses beinahe Nichtatmen, während sie darauf warteten, dass die Qual nachließ.

Rory schätzte, dass der ärgste Schmerz vorüber war, als sie seufzte und leicht in sich zusammensackte. Nach einem Moment hob sie den Kopf, sah ihn durch den hauchdünnen Schleier an und sagte mit einem Anflug von Ironie in der Stimme: »Ich habe überall Blutergüsse. Aber dagegen kann man nichts tun, nicht wahr? Abgesehen davon, Mylord, brauche ich Euch nicht wegen Eurer Heilkünste, sondern als Eskorte und wegen Eures Schwertarms für den Fall, dass es Schwierigkeiten geben sollte.«

Rory kniff bei diesen Worten die Augen zusammen. Er war es nicht gewohnt, für etwas anderes als seine Heilfähigkeiten gebraucht zu werden. Genau genommen konnte er sich nicht daran erinnern, dass jemals jemand etwas anderes von ihm gewollt hatte, schon gar nicht einen starken Schwertarm. Es war nicht so, dass er in einer Schlacht nicht seinen Mann stehen konnte. In den letzten Jahren hatten seine Brüder darauf bestanden, dass er mit ihnen auf dem Übungsplatz trainierte. Angesichts der Probleme, die sie in letzter Zeit gehabt hatten, hatte er eingesehen, wie sinnvoll das war, und sich an die Arbeit gemacht. Die Übungen hatten seine Statur gekräftigt, und jetzt war er mit dem Schwert fast so gut wie Aulay. Er war es nur nicht gewohnt, dass jemand Bedarf an dieser neuen Fähigkeit hatte. Ihr Ansinnen machte ihn deshalb für einen Moment sprachlos, gleichzeitig empfand er so etwas wie Stolz, der seine Brust ein wenig anschwellen ließ. Sie brauchte ihn als Eskorte und Schutz.

»Richtig«, entgegnete er laut und nickte, bevor er hinzufügte: »Ihr seid wahrscheinlich hungrig. Ich werde Euch einen Haferfladen holen –«

»Wir haben etwas zu essen mitgenommen«, unterbrach sie ihn, wandte sich an Tom und wies ihn an: »Hol den Beutel mit dem Hühnchen und dem Käse. Wir werden mit den Buchanans teilen.«

In Elysandes Beutel befand sich mehr als Hühnchen und Käse. Es waren zwei gebratene Hühnchen darin, Käse, Brot und Äpfel. Genug, dass alle sich sattessen konnten, zumindest für diese eine Mahlzeit. Es war sogar noch etwas übrig, als sie fertig waren und wieder aufstiegen.

Rory sah stirnrunzelnd zu, wie die englischen Soldaten mit ihrer Lady darüber stritten, wie sie am besten in den Sattel gesetzt werden sollte, bevor sie sich schließlich der Notwendigkeit fügte und ihnen gestattete, sie auf das Pferd zu heben. Er hätte ihr anbieten können, wieder mit ihm zu reiten, aber da er vermutete, dass sie das Angebot nicht schätzen würde, hielt er den Mund.

»Wird sie es durchstehen?«, fragte Alick leise neben ihm, während sie darauf warteten, dass die beiden englischen Soldaten ebenfalls aufsaßen und ihrer Herrin folgten, die jetzt zu ihnen ritt.

Rory schüttelte den Kopf; er wusste es nicht. Wenn ihr Rücken ebenso schlimm zugerichtet worden war wie ihr Gesicht, würde der Ritt für sie nicht angenehm sein.

»Wir werden langsam reiten«, entschied er, aber Elysande hatte seine Worte beim Näherkommen gehört und schüttelte den Kopf.

»Nein, nicht meinetwegen. Ich möchte Sinclair so schnell wie möglich erreichen«, sagte sie fest entschlossen.

Rory blickte etwas finster drein, denn er hielt es für einen Fehler, aber er äußerte seine Besorgnis nicht. Er richtete seinen Blick auf Conn, zuckte mit den Schultern und sagte: »Ihr habt sie gehört.«

Conn nickte und setzte sein Pferd in Bewegung; er führte die Gruppe an, als sie die Lichtung verließen. Inan folgte gleich hinter ihm, aber dieses Mal ließ Rory das Mädchen und ihre Soldaten vor sich reiten, ehe er und Alick kamen. Fearghas und Donnghail bildeten die Nachhut. Er wollte Elysande im Auge behalten, um sich selbst ein Urteil darüber zu bilden, wie sie sich machte. Wenn irgendetwas darauf hindeutete, dass sie Schwierigkeiten hatte, bei dem strapaziösen Tempo mitzuhalten, würde er Conn ein Zeichen geben, langsamer zu reiten. Oder er würde sie wieder zu sich auf sein Pferd holen, ob ihr das gefiel oder nicht. Allerdings vermutete Rory, dass es ihr nicht besonders gefallen würde, sich bei ihm anlehnen zu müssen, ob ihr Rücken sie schmerzte oder nicht.

Er dachte in den nächsten zwei Stunden darüber nach, während sie durch den frühen Nachmittag galoppierten. Es war kalt gewesen, als sie Monmouth verlassen hatten, und im Laufe des Tages war es noch kälter geworden. Es herrschte eine empfindliche Kälte, als Lady de Valance im Sattel zu schwanken begann. Rory pfiff, um Conn das Signal zu geben, haltzumachen, dann lenkte er sein Pferd an den englischen Soldaten vorbei zu der Lady.

»Ihr werdet müde«, sagte er ohne große Vorrede, als Elysande ihre Stute zum Halten brachte, sich zu ihm umdrehte und ihn ansah.

»Es geht mir gut«, versicherte sie ihm und setzte sich etwas aufrechter hin. »Es ist nicht nötig, schon so früh für die Nacht anzuhalten. Ich werde es schaffen.«

»Es geht Euch nicht gut«, widersprach Rory. »Ihr habt Euch gut gehalten, aber Ihr fangt an zu kämpfen, und ich möchte nur ungern eine Kopfwunde vernähen oder Euch gar begraben müssen, wenn Ihr Euch beim Sturz vom Pferd den Hals brecht.«

Er konnte ihre Miene nicht sehen, aber die Art, wie sie mit der einen Hand ihren Umhang und mit der anderen die Zügel packte, verriet ihm, dass sie nicht glücklich war. »Ich möchte nicht so früh schon anhalten. Ich möchte so weit wie möglich wegkommen von – «

»Ich hatte nicht gemeint, dass wir anhalten müssen«, unterbrach er sie, und als sie schwieg und den Kopf neigte, sagte Rory: »Ihr könnt mit mir reiten.«

Er sah, wie sich ihr Schleier leicht aufblähte, als sie seufzte und den Kopf schüttelte. »Euch im Rücken zu haben wäre noch schmerzhafter, als allein zu reiten.«

»Aye, so etwas hatte ich mir schon gedacht«, räumte er ein. »Aber was ist, wenn Ihr *hinter* mir sitzen würdet? Wäre das auch so schmerzhaft?«

Bei diesen Worten wurde sie einen Moment still, und er konnte ihre Unsicherheit förmlich spüren. »Hinter Euch?«

»Aye, hinter mir. Ihr könnt mir die Arme um die Taille legen und Euch an mich lehnen. Wir können Eure Hände zusammenbinden, damit Ihr nicht runterfallt, solltet Ihr einschlafen.«

Es verging ein weiterer Moment des Schweigens, und dann sagte sie: »Aye.«

Rory nickte und beugte sich zur Seite, um das kurze Seil aus der Tasche mit den Heilmitteln zu nehmen, die an seinem Sattel hing. Als er sich aufrichtete, waren ihre Soldaten abgestiegen und bereit, ihrer Herrin von ihrem Pferd auf seines zu helfen. Rory wartete ab und sah zu, bereit, seine Hilfe anzubieten, sollte es nötig werden. Allerdings wollte er sie nicht anfassen, ohne die Erlaubnis dazu zu haben.

Von seiner Position aus konnte er sehen, dass Elysande rittlings auf dem Pferd gesessen hatte und nicht im Damensattel. Er hatte das schon vermutet, aber der dicke, voluminöse fellgesäumte Umhang hatte ganz ihre Gestalt verborgen, so dass er sich nicht hatte sicher sein können. Jetzt öffnete sich der Umhang leicht, und Rory sah, dass nicht nur ihre Reitposition für Frauen unüblich war, sondern auch ihre Kleidung. Lady de Valance trug unter den Röcken, die hochgeschoben worden waren, damit sie rittlings im Sattel sitzen konnte, eine Männerhose. Er musste unwillkürlich an Saidh denken, die absolut keine Skrupel hatte, Männerkleidung zu tragen, wenn sie es wollte. Es brachte ihn dazu, über den Charakter dieser Frau nachzudenken. War sie genauso kühn und waghalsig wie Saidh? Oder hatte sie die Hose nur angezogen, weil es notwendig gewesen war?

Rory wusste es nicht. Zur Hölle, er wusste überhaupt nichts über sie, abgesehen von ihrem Namen und dass sie die halbenglische Kusine von Campbell Sinclair war. Er hatte ihr zwar während ihrer Rast einige Fragen stellen wollen, es dann aber doch gelassen. Sie hatte einfach zu erschöpft und abweisend gewirkt, als sie auf einem umgestürzten Baumstamm gesessen und das verzehrt hatte, was ihre Soldaten ausgepackt hatten. Er war zu dem Schluss gekommen, sie nicht bei ihren Bemühungen zu stören, mit ihren Schmerzen fertigzuwerden und zu essen, was ihr gelungen war, ohne dafür den Schleier abzulegen. Aber er musste ihr wirklich schon bald die Fragen stellen, die ihm im Kopf herumschwirrten. Wieso war sie geschlagen worden, was sie ja selbst zugegeben hatte? Wieso reiste sie mit nur zwei Männern statt einem großen Trupp? Und warum wollte sie überhaupt zu den Sinclairs?

Rory wurde aus seinen Gedanken gerissen, als Lady de Valance sich hinter ihm im Sattel zurechtsetzte und er ihre Arme um seine Taille spürte. Er sah auf ihre Hände in den Fellhandschuhen hinunter. Trotz der Tatsache, dass sie sich eng an seinen Rücken drückte, berührten sich nur die Spitzen ihrer Handschuhe. Er hoffte, dass dies nur daran lag, dass sie klein war, und nicht, weil er während seiner Zeit in England zugenommen hatte. Er band jeweils ein Ende des Seils um eines ihrer Handgelenke und achtete darauf, dass es nicht zu stramm war, damit beim Reiten nichts an ihr zerrte.

»Ist es so gut? Nicht zu fest?«, fragte er, als er fertig war.

»Nein. Es ist gut so«, versicherte sie ihm.

»Schlaft ruhig, wenn Ihr möchtet«, bot Rory ihr an. »Ich passe auf, dass Ihr im Sattel bleibt.« Als Elysande darauf nicht antwortete und weiterhin steif und aufrecht hinter ihm saß, wandte er sich um. Er wollte sich vergewissern, dass jemand die Zügel ihrer Stute genommen hatte. Als er sah, dass der Soldat namens Tom diese Aufgabe übernommen hatte, pfiff er in Conns Richtung, um ihn wissen zu lassen, dass sie bereit zum Aufbruch waren. Dann ritt er hinter Conn, Inan und Alick her, die sich unverzüglich in Bewegung gesetzt hatten.

Auf diese Weise setzten sie ihren Weg bis zum Einbruch der Dunkelheit fort. Zu Beginn des Ritts hatte Lady de Valance steif und aufrecht hinter ihm gesessen, aber nach einer Weile entspannte sie sich und lehnte sich an ihn. Als sie schließlich gegen seinen Rücken sank, wusste er, dass sie entweder bewusstlos geworden oder eingeschlafen war. Wie auch immer, es würde ihr guttun. Sie hatte recht – für Blutergüsse gab es kein Heilmittel. Sie brauchten einfach Zeit, um zu heilen, und Schlaf konnte da nur helfen.

Elysande wachte nicht auf, als Rory schließlich anhalten ließ. Sie erwachte auch nicht, als er das um ihre Hände geschlungene Seil löste. Erst als ihre Männer sie aus seinem Sattel hoben, wurde sie wach und schrie vor Schmerz auf, unterdrückte den Aufschrei jedoch sofort. Sie blieb stoisch still, als die beiden Männer sie absetzten, aber Rory vermutete, dass es ihr starke Schmerzen bereitete. Er wünschte, er könnte ihr Gesicht sehen, um einzuschätzen, wie stark. Er hätte sich auch gerne die Blutergüsse angesehen, um festzustellen, wie schwer ihre Verletzungen waren, aber dazu würde er wohl nicht die Gelegenheit haben. Die Frau war von Kopf bis Fuß verhüllt, zudem hatte sie schon zuvor klargestellt, dass sie sich von ihm nicht helfen lassen würde. Es stand außer Frage, dass sie ihm ihre Verletzungen nicht freiwillig zeigen würde. Da dies so war, konnte er nicht viel tun, außer ihr vielleicht einen Trank zuzubereiten, der ihr helfen würde, viel zu schlafen.

Nachdem Rory abgestiegen war, griff er nach seiner Tasche und öffnete sie. Er hoffte, die Kräuter dabeizuhaben, die er für die Herstellung des Tranks brauchte. Erleichtert stellte er fest, dass er alle hatte. Und er hatte auch einen metallenen Becher dabei, in dem er den Trank zubereiten konnte. Er benötigte nur noch Wasser. Er schaute zu dem Bach, der an einer Seite die Lichtung begrenzte. Er war schmal, und an beiden Ufern hatte sich Eis gebildet, aber in der Mitte sprudelte fließendes Wasser. Es würde kalt sein, aber es würde genügen.

Dann sah Rory sich nach Lady Elysande um. Sie ging mit steifen Schritten auf die Bäume zu, zweifellos suchte sie nach einer abgeschiedenen Stelle, wo sie sich erleichtern konnte. Da er den Trank bei ihrer Rückkehr zubereitet haben wollte, ging er rasch zum Bachufer. Hatte sie den Trank erst einmal zu sich genommen, würde sie innerhalb kürzester Zeit einschlafen, was nur gut für sie wäre.

Jeder Schritt schien Elysandes Körper zu erschüttern. Ihre Muskeln schrien bei jeder Bewegung auf, und ihre Haut hätte geweint, wäre das möglich gewesen. Auch sie hätte das jetzt gern getan, doch hatte sie schon vor Stunden so viele Tränen vergossen, das sie jetzt keine mehr hatte. Sie war dankbar gewesen für den Schleier, der ihre Reaktion auf ihre Schmerzen vor allen Blicken verborgen hatte. Dabei gehörte Elysande nicht zu denen, die leicht weinten, aber sie hatte die Tränen einfach nicht unterdrücken können und es auch gar nicht versucht. Es war nicht nur der körperliche Schmerz, der sie zum Weinen gebracht hatte. Sie wusste, dass es auch die Trauer war, die ihre Tränen hatte fließen lassen. Und es war gut, dass es während des Ritts geschehen war. Vermutlich hatte niemand es bemerkt, und das war besser, als vor den Augen ihrer Begleiter in Schluchzen auszubrechen.

Elysande entfernte sich ein gutes Stück von der Lichtung, bevor sie entschied, dass sie weit genug gegangen war, um sich ungestört erleichtern zu können. Sie lehnte sich mit der unverletzten Schulter müde an einen Baum und nahm sich etwas Zeit, um Kraft zu sammeln. Dann bückte sie sich und widmete sich der Herausforderung, die es bedeutete, die Hose hinunterzuschieben, die Röcke zu heben und sich hinzuhocken. Allein das war schon mühsame Arbeit, aber die Hose wieder hochzuziehen und sich aufzurichten war sogar noch anstrengender. Einen Moment fürchtete sie sogar, nicht um die demütigende Erfahrung herumzukommen, jemanden zu Hilfe rufen zu müssen. Aber sie musste sich nur das Mitleid in den Gesichtern der Männer vorstellen, um die nötige Kraft zum Aufrichten zu finden, obwohl es mit quälendem Schmerz verbunden war.

Elysande hielt erneut inne und gönnte sich eine kleine Pause. Sie lehnte sich mit der unverletzten Seite ihres Körpers an einen Baum und wartete, bis ihre Atemzüge sich wieder beruhigt hatten. Guter Gott, ihr Leben war zur reinsten Hölle geworden, und das so schnell. Noch nie in ihrem Leben hatte sie derartig heftige Schmerzen gelitten. Nicht solche. Sie spürte, wie Niedergeschlagenheit und Kummer auf ihr lasteten, sie niederzudrücken versuchten, und schüttelte die Gedanken fürs Erste ab. Sie durfte jetzt nicht schwach werden. Sie musste stark bleiben. Zumindest, bis sie Sinclair erreicht hatten.

Sie hatte keine Ahnung, wie lange die Reise dauern würde, aber sicherlich würden sie doch innerhalb einer Woche dort sein, wenn sie in dieser Geschwindigkeit weiterritten? Erst wenn sie dort war, durfte sie zusammenbrechen und es ihrer Tante und ihrem Vetter überlassen, sich um alles zu kümmern, während ihre Verletzungen heilten. Eine Woche. Sieben Tage. Sieben Tage lang konnte sie alles ertragen, machte sie sich Mut. Sie würde einfach einen Tag nach dem anderen angehen.

Seufzend hob sie den Kopf und richtete sich auf. Sie wollte sich schon umdrehen, um zu den Männern zurückzukehren, als sie Wasser plätschern hörte. Sie folgte einem Impuls und ging dem Geräusch nach, bis sie an das Ufer eines rasch dahinfließenden Flusses gelangte. Dies war das Geräusch, das sie gehört hatte.

Eine kleine Weile schaute Elysande dem raschen Dahinströmen des Wassers zu. Ihr fiel auf, dass sich an den Ufern Eis gebildet hatte, und dass große Steine dort dafür sorgten, dass das Wasser sich ruhig zwischen ihnen sammelte. Es würde bitterkalt sein, wie sie wusste. Aber hieß es nicht, dass Kälte gegen Blutergüsse half? Zumindest hatte ihre Mutter das immer gesagt. Das bezog sich zwar gewöhnlich auf die Zeit unmittelbar nach der Verletzung, und was sie betraf, waren seither bereits einige Tage verstrichen. Andererseits war es gut möglich, dass die Kälte den Schmerz betäubte.

Inzwischen war Elysande ohnehin bereit, alles zu versuchen, und das bezog sich auch auf ein Bad im eiskalten Fluss. Auch wenn sie es sich nicht zutraute, es allein hinein und wieder heraus zu schaffen. Dazu war ihr Körper zu geschwächt, waren die Schmerzen zu groß. Aber vielleicht konnte sie ihre Tunika nassmachen. Wenn sie sie dann wieder anzog, konnte das den Schmerz vielleicht so weit lindern, dass sie in der Lage sein würde, einzuschlafen. Schlaf war im Moment ihre einzige Möglichkeit, den Qualen zu entkommen.

Aye, sie würde es ausprobieren, beschloss Elysande grimmig und griff nach der Schnalle, die ihren Umhang zusammenhielt.

Rory benutzte einen dünnen Zweig, um den Trank noch einmal umzurühren, dann warf er einen Blick auf die Stelle, an der Elysande zwischen den Bäumen verschwunden war. Sie ließ sich außergewöhnlich viel Zeit. Genau genommen so viel Zeit, dass er anfing, sich Sorgen zu machen. Und er war nicht der

Einzige. Er hatte gesehen, dass Tom und Simon beunruhigt zum Waldrand schauten, während sie sich leise unterhielten.

Alick trat zu ihm, und Rory wandte seine Aufmerksamkeit von den Männern ab. Er sah seinen Bruder an, der sich neben ihm auf dem Baumstamm niederließ. »Sie ist schon eine ganze Weile weg.«

Rory fluchte in sich hinein, reichte Alick den vollen Becher mit den Worten »Halt das« und stand auf. Er würde nachsehen und sich vergewissern, dass sie nicht ohnmächtig geworden oder in irgendwelche Schwierigkeiten geraten war, sagte er sich, als er auf die Bäume zuging. Es überraschte ihn kein bisschen, dass die beiden Engländer ihm sofort folgten.

Niemand sprach, während sie sich zwischen den Bäumen vorwärts bewegten. Rory nicht, weil er auf irgendein Geräusch horchte, das ihn zu der Lady führen könnte. Er vermutete, dass auch die beiden Männer aus diesem Grunde schwiegen. Sie waren schon ein ganzes Stück gegangen, als Tom ihn plötzlich am Arm packte und auf etwas ein wenig links von ihnen zeigte.

Rory blieb stehen, um genauer hinzusehen, konnte aber zuerst nicht erkennen, was die Aufmerksamkeit des Soldaten erregt hatte. Doch dann nahm er eine Bewegung dicht am Boden war. Etwa vierzig Fuß voraus, zwischen den dunkelbraunen Baumstämmen, entdeckte er einen Fleck in einem helleren Braun. Er starrte einen Moment darauf, bis ihm klar wurde, was er sah. Lady de Valance kniete auf dem kalten, harten Boden mit nichts anderem bekleidet als der Hose und einer leichten Tunika, die zum Teil von den langen, seidenen Haaren verdeckt wurde, die ihr jetzt offen über den Rücken fielen.

Er knurrte leise als Zeichen, dass er sie gesehen hatte, und ging dann langsam weiter. Er wollte sich einfach nur vergewissern, dass alles in Ordnung war, um sich dann zurückzuziehen, wenn sie es wünschte.

Er war nur wenige Schritte weit gekommen, als ein silbrigblauer Schimmer seinen Blick auf die Kleidungsstücke zog, die neben ihr auf einem Haufen lag. Eine Bewegung lenkte seinen Blick wieder auf Elysande. Sie hatte sich aufgerichtet, schob ihre Tunika hoch und zog sie sich aus. Rory war abrupt stehen geblieben und unterdrückte einen überraschten Aufschrei, als Tom nicht rechtzeitig reagierte und gegen seine Schulter prallte. Und dann standen sie alle stumm da und starrten wie gebannt auf Lady Elysandes Rücken, der Zoll für Zoll von rot und schwarz gefärbten Blutergüssen überzogen war, ebenso wie ihre rechte Körperhälfte. Nur auf der linken Seite war ein Streifen weißer, unverletzter Haut zu sehen.

In all den Jahren, die Rory sich nun schon der Heilkunst widmete, hatte er nur ein Mal eine so schlimme Form dieser Art von Verletzung gesehen – bei einer Frau, deren Ehemann sie über Stunden immer wieder geschlagen und getreten hatte. Sie war kaum noch am Leben gewesen, als sie zu ihm gebracht worden war, und kurz danach gestorben. An inneren Verletzungen, wie er vermutete, die er weder hatte sehen noch heilen können. Wie er sich erinnerte, hatte sie so starke Schmerzen gehabt, dass sie darum gebetet hatte, sterben zu dürfen. Sie hatte den Tod erleichtert willkommen geheißen, als das Licht in ihren Augen erlosch.

Rory hatte die anderen Männer fast vergessen, als Tom neben ihm murmelte: »Ich wusste, dass sie übel geschlagen worden ist, aber …«

»Aye«, sagte Simon leise, als der andere Mann schwieg. »Wie zum Teufel hat sie es geschafft, überhaupt auf einem Pferd zu sitzen?«

Rory antwortete nicht darauf. Das Gleiche hatte er sich auch schon gefragt.

»Was tut sie da?«, fragte Simon, während sie zusahen, wie

Lady Elysande sich nach vorn beugte und die Tunika, die sie jetzt in den Händen hielt, erst nach unten drückte und dann wieder hochhob. Erst jetzt begriff Rory, dass sie am Flussufer kniete. Sie sahen schweigend zu, wie sie das tropfnasse Kleidungsstück auswrang und es sich dann an das Gesicht hielt. Rory dachte an die Blutergüsse, die er auf ihrer Wange gesehen hatte, als ihr Schleier etwas verrutscht war.

»Was ist mit ihr passiert?«, fragte er leise, aber grimmig.

Einen Moment lang herrschte Schweigen, dann begann Tom zu erzählen. »Einer von Baron de Bucis Männern hat sie auf dessen Anweisung hin mit Fäusten und Stiefeln traktiert.«

»Und ihr Vater hat das zugelassen? Ist de Buci ihr Gemahl?«, fragte Rory sofort, denn nur Ehemännern und Vätern ließ man solche Misshandlungen durchgehen.

»Nein. De Buci ist überhaupt nicht mit ihr verwandt. Er war ein Freund unseres Herrn und unserer Herrin, bevor all das passiert ist«, sagte Tom verbittert.

»Was ist dieses ›all das‹?«, fragte Rory, während er zusah, wie Elysande die Tunika wieder ins Wasser tauchte.

Erneut herrschte einige Zeit lang Schweigen, und Rory konnte beinahe fühlen, wie Tom und Simon hinter ihm Blicke wechselten, um sich abzusprechen, wie viel sie offenbaren konnten. Schließlich sagte Tom: »Wir wissen es nicht genau. Wir waren im Auftrag unseres Lords Robert de Valance unterwegs. Wir waren fast eine Woche weg, und als wir zurückkehrten, hat Chaos geherrscht. Wir haben erfahren, dass de Bucis Männer den Wohnturm besetzt halten und dass unser Lord, ebenso wie die meisten Soldaten von Kynardersley, tot ist und unsere Lady im Bett liegt und um ihr Leben kämpft, während Lady Elysande geschlagen und übel zugerichtet im Kerker eingesperrt ist.«

»Wir wären ganz sicher auch getötet worden, wären wir zur Burg geritten«, sagte Simon. »Aber einige Bedienstete sind während des Chaos aus dem Wohnturm geflohen und haben sich im Wald versteckt. Sie haben uns berichtet, was passiert ist. Und uns davor gewarnt, zur Burg zu reiten.«

Jetzt ergriff Tom Wort. »Wir wollten zu unserem nächsten Nachbarn reiten, Lord Grenville, und ihn darum bitten, Lady Mairghread und Lady Elysande zu helfen, aber wir haben es für das Beste gehalten, eine Nachricht von Lady Mairghread mitzunehmen, um Grenville davon zu überzeugen, dass er schnell handeln muss. Also haben wir einen der entkommenen Diener, einen Küchenjungen namens Eldon, in den Wohnturm geschickt. Er sollte versuchen, eine entsprechende Nachricht von Lady Mairghread zu bekommen.«

»Er ist stundenlang nicht wiedergekommen«, erzählte Simon, als Tom eine Pause machte. »Wir hatten gerade angefangen zu denken, dass er es nicht geschafft hatte und gefangen genommen worden war, als Lady Mairghreads Dienerin Betty zu uns gekommen ist. Der Junge hatte seine Aufgabe erfüllt und Lady Mairghread erreicht. Unsere Lady hat Betty zu uns geschickt. Sie hatte eine Nachricht dabei, aber nicht für Grenville, sondern für Euch. Wir sollten Lady Elysande aus dem Wohnturm schmuggeln und zu Euch bringen. Was wir auch getan haben.«

»Aber dies ist das erste Mal, dass wir das Ausmaß von Lady Elysandes Verletzungen sehen«, sagte Tom ernst, während sie zusahen, wie Elysande die Tunika auswrang. Dieses Mal drückte sie sich danach das nasse Kleidungsstück nicht ans Gesicht, sondern begann, es sich in quälend langsamen Bewegungen über den Kopf zu streifen.

Rory machte instinktiv einen Schritt vor, um sie davon abzuhalten, hielt dann aber inne. Es war riskant, bei so kaltem

Wetter eine nasse Tunika anzuziehen. Das Letzte, was sie brauchte, war eine Lungenentzündung. Andererseits würde der Stoff auf ihrer Haut rasch trocknen, und wenn es ihren Schmerz linderte, war es das Risiko wert. Ich werde dafür sorgen müssen, dass sie es nachts warm hat, dachte er und wandte seine Aufmerksamkeit wieder Tom zu, der weitersprach.

»Seit Kynardersley hat sie kaum ein Wort gesagt«, berichtete der Soldat und betrachtete seine Herrin voller Mitgefühl, während diese mühsam ihr Kleid über die Tunika und die Hose zog. »Ich fürchte, etwas in ihr ist gebrochen worden. Es ist eine Schande. Bevor das passiert ist, war sie immer ein glückliches Mädchen. Hat immer gelacht und gelächelt, war zu allen freundlich. Sie hat uns behandelt, als würden wir zur Familie gehören – Bedienstete und Soldaten gleichermaßen. Ich mache mir Sorgen, dass sie sich davon nicht mehr erholt.«

Rory sagte dazu nichts. Es hätte ihn sehr verwundert, wenn eine solche Erfahrung das Mädchen nicht verändern würde. Aber er stimmte Tom zu, dass es eine Schande war. Er musste an Saidh denken, stellte sich vor, wie es wäre, sie hätte so etwas durchmachen müssen. Vielleicht hätte sie sich davon wieder erholt, aber vielleicht hätte sie sich auch in sich selbst zurückgezogen und wäre ganz und gar eine andere geworden. Härter vielleicht, oder verbittert.

Rory wartete, bis Lady Elysande das Kleid angezogen hatte und nach dem Umhang griff. Die Art und Weise, wie sie sich in ihn hineinschmiegte und mit der Schnalle unterhalb des Kinns kämpfte, verriet ihm, wie sehr sie frieren musste. Als er zu ihr ging, war er fest entschlossen, ihr zu helfen, ob ihr das gefiel oder nicht.

3

Elysandes Hände waren vor Kälte steif und zitterten so sehr, dass sie die Schnalle ihres Umhangs nicht schließen konnte. Sie wollte es schon aufgeben, als sie hinter sich das Knacken von Zweigen hörte und erschrocken herumfuhr. Ihre Augen weiteten sich, als sie Rory Buchanan, gefolgt von Tom und Simon, zwischen den Bäumen auftauchen sah.

»Ihr habt so lange gebraucht, dass wir uns Sorgen gemacht haben«, sagte der Schotte freundlich, während er näher kam.

Elysande stand stocksteif da, das Herz hämmerte ihr plötzlich heftig in der Brust. Sie wusste, dass er keine Bedrohung für sie war, zumal ihre Männer ihn begleiteten. Aber er war ein Riese von einem Mann, und die Erinnerung an die Schläge, die sie ertragen hatte, war immer noch frisch, so dass sie sich alle Mühe geben musste, nicht instinktiv vor ihm zurückzuweichen. Elysande kämpfte immer noch gegen diesen Drang an, als er vor ihr stehen blieb und die Schnalle ihres Umhangs schloss. Er tat das so rasch und selbstverständlich, dass sie gar nicht dazu kam, sich zu blamieren, indem sie als Reaktion darauf zurückwich oder sich anspannte. Dann bückte er sich, um etwas aufzuheben.

Erst jetzt, als er sich aufrichtete und ihr die Bundhaube und den Schleier reichte, wurde ihr bewusst, dass ihr Gesicht nicht bedeckt war. Sie nahm ihm beides ab und bedeckte sich rasch. Ein kleiner Seufzer entrang sich ihr, als sie wieder hinter dem Schleier verborgen war. Elysande hatte keine Ahnung, wie schlimm ihr Gesicht aussehen mochte. Es fühlte sich unförmig an und war so sehr geschwollen, dass ihre Haut schmerzte. Sie fürchtete, wie ein Ungeheuer auszusehen. Was ihr gar nicht so viel ausmachte; es ging ihr nicht darum, hübsch für ihn auszusehen. Sie hatte ihr Gesicht verborgen, weil sie hoffte, dadurch dem Mitleid und dem Abscheu anderer Menschen zu entkommen. Denn genau das, befürchtete sie, würde sie bei jedem hervorrufen, der sie in dieser Verfassung sah. Zudem hatte sie den Eindruck machen wollen, als wäre sie stark und als würde es ihr gut gehen. Es bestand immerhin das Risiko, dass die Buchanans ihre Entscheidung, sie nach Sinclair zu eskortieren, überdachten, wenn sie sahen, in welchem Zustand sie sich befand. Sie konnten gut zu dem Schluss gelangen, dass es mehr Mühe erforderte, als sie aufzubringen die Absicht hatten.

Aber jetzt hatte er ihr Gesicht gesehen. Sie hoffte, dass er sich daraufhin nicht weigern würde, sie weiterhin zu begleiten. Erst einmal war sie allerdings dankbar, dass er nicht ein paar Momente früher aufgetaucht war und ihren Rücken gesehen hatte. Vermutlich wäre er geradewegs auf sein Pferd gestiegen und weggeritten, hätte sie und ihre beiden Begleiter einfach zurückgelassen.

»Seid Ihr so weit, dass wir zum Lager zurückgehen können?«

Elysande sah ihn durch den Schleier hindurch an. Wie sie schon zuvor bemerkt hatte, war Rory Buchanan ein gut aussehender Mann mit der Statur eines Kriegers. Er trug allerdings keine Narben, wie die meisten Krieger sie im Gesicht und am Körper hatten, und das weckte in ihr Fragen, was ihn betraf.

»Aye«, sagte Elysande schließlich, als sie begriff, dass er auf eine Antwort wartete. Sie zögerte, als er ihr seinen Arm reichte, aber dann legte sie ihre Hand darauf und gestattete ihm, sie zurück zu ihrem Lager zu führen. Tom und Simon folgten ihnen.

»Ich habe Euch einen Trank zubereitet«, verkündete Rory, als sie die Lichtung erreichten. »Ich habe ihn bei Alick gelassen, während ich nach Euch gesucht habe.«

»Einen Trank?«, fragte Elysande und schaute zu dem jüngeren Bruder hinüber, der in der Mitte der Lichtung auf einem Baumstamm saß. Er hielt einen Becher in der Hand.

»Aye. Es ist das Beste, was ich im Moment tun kann. Er wird Euch helfen, tief zu schlafen, so dass der Schmerz Euch nicht belästigt.«

Elysande schüttelte den Kopf. »Danke, aber ich werde Euren Trank nicht trinken.«

Der Buchanan blieb abrupt stehen und sah sie an; seine Miene drückte Überraschung und Besorgnis aus. »Er würde Euch helfen zu schlafen, Mylady.«

»Tief und fest aufgrund eines Heilmittels«, hob sie hervor.

»Aye«, stimmte er ihr ernst zu. »Aber Schlaf ist alles, was ich Euch anbieten kann, damit Ihr den Schmerz besser ertragen könnt.«

»Aber es wäre schwierig, mich wach zu bekommen, wenn es Ärger geben sollte«, wandte sie besorgt ein.

»Müssen wir denn mit Ärger rechnen?«, fragte er sofort.

Elysande zögerte, dann ging sie weiter, zwang ihn so mitzugehen. »Ich bin mir nicht sicher«, räumte sie ein.

Das war die Wahrheit. Die Hoffnung ihrer Mutter hatte sich darauf gerichtet, dass de Buci glauben würde, sie wäre auf dem Weg in den Süden, an den Hof. Aus diesem Grund hatte sie Elysande nach Norden, nach Schottland geschickt. Ihre Mutter hatte gewollt, dass sie auf Sinclair in Sicherheit war. Aber dann hatte Elysande auf der Lichtung von den anderen erfahren, dass Soldaten auf dem Weg nach Monmouth gewesen waren. Jetzt machte sie sich Sorgen, de Buci könnte irgendwie herausgefunden haben, dass sie nach Schottland reiste, und Männer hinter ihr hergeschickt hatte. Wenn das so war, würden sie ganz sicher Schwierigkeiten bekommen.

»Ihr müsst mir sagen, worum es bei all dem geht, damit wir – ich und meine Männer – vorbereitet sind, wenn es tatsächlich zu einer Bedrohung kommen sollte«, sagte Rory ruhig, während sie den umgestürzten Baumstamm erreichten, auf dem Alick saß.

Elysande betrachtete sein durch den Schleier nur unklar zu erkennendes Gesicht. Er hatte recht, wie sie wusste. Im Grunde war sie sogar überrascht, dass er so lange gewartet hatte, ehe er sie danach fragte. Sie wappnete sich innerlich gegen die Erinnerungen und schob den Moment, da sie zu erzählen beginnen würde, noch etwas vor sich her, indem sie zum Baumstamm trat und sich langsam und vorsichtig neben Alick niederließ. Dann wartete sie darauf, dass Rory sich auf ihre andere Seite setzte, bevor sie den Kopf senkte und auf ihre Schuhe starrte, die unter ihren Röcken und dem Umhang hervorlugten.

»Vor drei Tagen war mein Leben so, wie es immer gewesen war«, begann sie langsam. »Es war ein ruhiges, glückliches und friedliches Leben. Und dann ist de Buci auf Kynardersley aufgetaucht.«

»Vier«, sagte Tom, der sich gemeinsam mit Simon auf den Boden vor sie setzte. »De Buci ist vor vier Tagen auf Kynardersley angekommen.«

»Ihr seid drei Nächte im Kerker gewesen, Mylady«, erklärte Simon, während die Buchanan-Soldaten ebenfalls näher kamen, um zuzuhören. »In der Nacht, in der de Buci angekommen ist, und zwei Nächte danach, bevor wir Euch weggebracht haben.«

Elysande erkannte das Mitleid in Simons Stimme und starrte wieder auf ihre Schuhe, bevor sie murmelte: »Ich war bewusstlos, als sie mich in den Kerker von Kynardersley brachten. Ich muss länger dort gewesen sein, als ich dachte.«

Sie gab ihnen keine Zeit, dazu etwas zu sagen, sondern sprach rasch weiter, fing von vorne an. »Also gut, vor vier Tagen war mein Leben noch so, wie es immer gewesen war … und dann ist de Buci gekommen. Er ist ein alter Freund meiner Eltern. Er ist im Laufe der Jahre häufig auf Kynardersley gewesen, aber dieses Mal hatte er eine nicht gerade kleine Armee mitgebracht. Das war ungewöhnlich, aber er hat es damit erklärt, dass er auf dem Weg zum Hof sei und nur kurz bei uns Rast machen wolle. Den größten Teil der Soldaten ließ er vor den Mauern lagern. Er hat nur ein Dutzend Männer mit in den Burghof gebracht. Seine Ritter.

Vater hat ihn wie immer willkommen geheißen und ihm erklärt, dass wir gerade zu Abend essen wollten. Er hat ihn und seine Männer dazu eingeladen und gesagt, dass er den Stallmeister nach draußen schicken würde, damit der sich um die Pferde kümmert. Aber de Buci sagte, dass er den Stallmeister damit nicht behelligen müsste und befahl seinen Männern, sich selbst um ihre Pferde zu kümmern, und dann zu uns an den Tisch zu kommen.«

Elysande erinnerte sich an das Lachen und unbeschwerte Geplauder, als sie mit dem alten Familienfreund in die große Halle gegangen waren. Sie schüttelte kurz den Kopf, bevor sie weitersprach. »Zuerst schien alles in Ordnung zu sein. Wir haben uns angenehm unterhalten, und dann haben Vater und de Buci angefangen, über Politik oder den König oder so zu diskutieren, und Mutter hat eine Dienerin zu sich gewinkt. Sie trug ihr auf, das Gästezimmer vorzubereiten, aber in diesem Moment wurden die Türen zum Wohnturm geöffnet, und de Bucis Männer sind hereingekommen. Niemand hat auf sie geachtet, aber mir ist aufgefallen, dass es mehr als nur das Dutzend war, das draußen geblieben war, und sie haben sich auch keinen Platz an einem der Tische gesucht, sondern sich um unseren Tisch herum aufgebaut. Ich dachte gerade, dass es fast so war, als würden sie uns umstellen, als Vater plötzlich aufgeschrien hat. Als ich zu ihm blickte, taumelte er vom Tisch weg, und dann sackte er mit einem Messer in der Brust zu Boden. Bevor ich auch nur richtig begreifen konnte, dass er tot war, ermordet von de Buci, zerrte dieser Mistkerl meine Mutter und mich zum Kamin und rief seinen Männern zu, dass sie alle töten sollten.«

Elysande konnte immer noch die entsetzten Rufe und Schreie der Leute an den Tischen hören, die an Ort und Stelle ermordet wurden, ebenso wie jene der Frauen, die dumm genug waren, sich einzumischen. Sie alle waren überrumpelt worden, und sie vermutete, dass nicht einer von ihnen es geschafft hatte, eine Waffe zu ziehen, um sich zu verteidigen, bevor er getötet worden war. Es war ein Gemetzel gewesen, das die Binsen von Blut durchtränkt zurückgelassen hatte. Und der Gestank! Sie hatte sich mit ihrer Mutter schon um viele Kranke und Verletzte gekümmert, und sie hatte gewusst, dass der Tod eine schmutzige Angelegenheit sein konnte, aber nichts hätte sie auf das vorbereiten können, was sie hier hatte mitansehen müssen.

Elysande schluckte, als das wenige Essen, das sie während ihrer Rast zu sich genommen hatte, ihr wieder hochzukommen drohte. Sie schob die Erinnerungen beiseite und räusperte sich. »Meine Mutter und ich standen eng aneinandergedrängt beim Kamin, als de Buci uns losließ. Wir mussten mitansehen, wie seine Männer alle töteten. Es kann nicht sehr lange gedauert haben, ehe alles vorbei war. Dann befahl er einem seiner Männer, uns zu bewachen, und gab den anderen Anweisungen, die Burg zu durchsuchen. Dann stürmte er davon in das kleine Zimmer, in dem Vater alles verwahrte, was mit der Verwaltung der Burg zu tun hat. Ich vermute, dass er dieses Zimmer selbst durchsucht hat.

Mutter stand unter Schock, denke ich. Sie sagte immer wieder, dass alles gut werden würde. Die Wachen auf der Mauer würden erkennen, dass etwas nicht stimmte, und sich um diese Männer kümmern, und dann würden wir Vaters Wunde verbinden, und er würde überleben.« Elysande presste die Finger fest zusammen und schüttelte den Kopf. »Ich konnte jedoch sehen, dass er tot war, und ich war überzeugt, dass unsere Männer auf der Burgmauer und in den Soldatenunterkünften ebenfalls bereits tot sein mussten, sonst wären niemals so viele von de Bucis Männern in unseren Wohnturm gelangt. Ich habe meiner Mutter das nicht gesagt, habe aber später erfahren, dass ich recht hatte. Während de Buci plaudernd und lachend bei uns am Tisch gesessen hatte, war das Dutzend Reiter, die mit ihm in den Burghof gekommen waren, losgezogen und hatten unsere Wachposten auf der Mauer getötet. Dann hatten sie die Fallgitter hochgezogen und den Rest seiner Armee hereingelassen. Als Erstes haben sie die Männer in den Unterkünften getötet. Unsere Soldaten wurden so sehr überrascht, dass sie noch weniger Widerstand leisteten als diejenigen, die mit uns am Tisch gesessen hatten. Danach waren de Bucis Männer in den Wohnturm gekommen, um auch die letzten Soldaten zu töten.«

»Gott im Himmel«, sagte Alick leise neben ihr, und Elysande verzog angewidert die Lippen. Gott hatte mit dem Gemetzel an ihren Leuten nichts zu tun. Und wenn Er doch zugesehen hatte, hatte Er keinen Finger gerührt, um einzugreifen.

»De Buci war nicht lange weg«, sprach sie weiter. Ihre Stimme klang in ihren eigenen Ohren unnatürlich ruhig. »Er fing sofort an, seine Männer zu befragen, ob sie etwas gefunden hatten. Als der letzte Mann von der Suche zurückkehrte und verneinte, wandte er sich an uns.«

Elysande reckte die Schultern und versuchte, sich gegen die Erinnerungen zu wappnen, als sie sie wiedergab. »Er fing mit Mutter an, riss sie aus meinen Armen und schüttelte sie so heftig, dass ich Angst hatte, er würde ihr das Genick brechen. Die ganze Zeit schrie er: ›*Wo ist es? Wo ist es? Wo ist es?*‹«

Die Worte waren wie ein Singsang in Elysandes Kopf. Am Anfang hatte de Buci nur das gesagt, es wieder und wieder herausgeschrien, während ihm Spucke vom Mund geflogen war.

»Als er aufhörte, um ihre Antwort zu hören, schien es, als hätte meine Mutter ihren Schock zumindest teilweise überwunden. Es schien, als würden die Gefühle zurückkehren. Hauptsächlich blankes Entsetzen. Sie schrie, dass sie nicht wusste, was er suchte. Wenn er ihr nur sagen würde, was er haben wollte, würde sie ihm sagen, wo es war, falls sie es wusste. Aber er schüttelte sie nur immer wieder und schnaubte ›*Spiel nicht dieses Spiel mit mir, Mairghread! Du musst es wissen. Sag mir, wo es ist!*‹

Als er auch darauf nicht die Antwort bekam, die er wollte, fing er an, ihr einen Finger nach dem anderen zu brechen. Zwischendurch fragte er immer wieder, ›*Wo ist es?*‹, und dann brach er den nächsten, während sie schrie und ihn anflehte, aufzuhören oder ihr wenigstens zu sagen, was dieses *es* war.«

Elysande presste die Lippen zusammen, als sie sich daran erinnerte, wie hilflos ihre Mutter gegenüber der Kraft de Bucis gewesen war. »Ich habe versucht, ihn aufzuhalten. Ich wollte zu ihm gehen und ihn schlagen oder auf seinen Rücken springen oder irgendetwas tun. Aber sein Soldat packte mich an der Taille, zerrte mich zurück. Er hielt mich fest, und ich konnte nur zusehen und schreien und ihn anflehen, meine Mutter loszulassen, aber er machte einfach weiter, nahm sich die zweite

Hand vor, als er mit der ersten fertig war. Und dann, als er ihr alle Finger gebrochen hatte, schüttelte er sie erneut.«

Elysande neigte unglücklich den Kopf. »Ich habe es gehört, als ihr Genick gebrochen ist, und ich habe gesehen, wie sie in seinem Griff erschlaffte. Ich habe befürchtet, dass sie tot ist, aber dann hat sie die Augen geöffnet und mich angesehen. Aber sonst hat sich nichts bewegt. Sie hat ihre Hände nicht mehr gehoben, um die Schläge abzuwehren, und sie hatte keine Kontrolle mehr über sich. Er hat sie mit einer Hand hochgehoben wie eine Puppe und hat sie mit der anderen geschlagen. Sie schien die Schläge nicht einmal mehr zu spüren, außer, wenn sie sie im Gesicht getroffen haben. Aber in seiner Raserei hat er das gar nicht bemerkt.

Ich dachte, es würde immer so weitergehen, aber schließlich hat er sie zu Boden geworfen und mehrere Male nach ihr getreten. Dann stand er schwer keuchend und wütend neben ihr. Aber nach einem Moment folgte er ihrem Blick auf mich, und er lächelte bösartig. ›*Wenn du mir nicht sagen willst, wo es ist, um dich selbst zu retten, dann verrätst du es mir vielleicht, um deine Tochter zu retten*‹, sagte er. Ich konnte die Angst in den Augen meiner Mutter sehen, ebenso wie die Hilflosigkeit und die Trauer und die Bitte um Verzeihung. Ich begriff in diesem Moment, dass sie wirklich nicht wusste, nach was er suchte, und sie konnte nichts tun, um ihn davon abzuhalten, mit mir das Gleiche zu machen, was er mit ihr getan hatte.«

Elysande hob den Kopf und wandte ihn Rory zu, den sie nur verschwommen erkennen konnte. »Ich dachte wirklich, dass ich genauso enden würde wie meine Mutter und war zu Tode erschrocken. Aber de Buci hatte sich wohl zu sehr verausgabt, als er meine Mutter so zugerichtet hatte, und statt mich zu packen und wieder von vorn anzufangen, ließ er sich auf einen der Stühle vor dem Kamin fallen und befahl dem Soldaten, der mich festhielt, es statt seiner zu tun. Glücklicherweise schien der nicht den nötigen Mumm dafür zu haben.«

»Und ob er den hatte«, knurrte Rory. Er klang wütend. »Ich habe … Euer Gesicht gesehen«, beendete er den Satz nach einem kurzen Zögern, das sie auf den Gedanken brachte, dass er eigentlich etwas anderes hatte sagen wollen und nicht ihr Gesicht gemeint hatte.

Elysande dachte kurz darüber nach, dass Rory und ihre Männer vielleicht doch schon früher am Flussufer angekommen sein könnten, als sie angenommen hatte, und dass er mehr gesehen hatte. Aber da sie daran ohnehin nichts ändern konnte, schob sie ihre Besorgnis beiseite. »Aye. Er hat mich schlimm geschlagen, aber er hat mir keine Knochen gebrochen. Nicht einmal einen Finger. Ich denke, er hat sich auch bei den Schlägen und Tritten etwas zurückgehalten. Und obwohl er mich auch mehrmals ins Gesicht geschlagen hat, hat er die Schläfen und den Kopf ausgespart. Und als de Buci ihm dann befohlen hat, mich auf den Boden zu werfen und zu treten, hat er mich nur in den Rücken getreten, gegen das Gesäß und die Beine. Meine einzige Kopfverletzung stammt vom Sturz auf den Boden. Mein Kopf ist hart auf den Boden geprallt, aber das war wahrscheinlich ein Unfall. Er selbst hat mich nie auf den Kopf geschlagen.«

Elysande war dafür dankbar gewesen. Sie hatte sich auf dem Boden eng zusammengerollt und die Hände um den Kopf gelegt, um ihn zu schützen. Aber es war nicht nötig gewesen. Er hatte sie kein einziges Mal gegen den Kopf getreten.

Sie lächelte ironisch, dass sie einem Mann dankbar war, der sie so schlimm zugerichtet hatte. Sie schaute wieder auf ihre Fußspitzen. »De Buci ist es schließlich leid geworden, zuzusehen. Vielleicht wurde er auch einfach ungeduldig, weil es zu nichts geführt hat. Meine Mutter hat weinend daneben gelegen, und schließlich wurde ich so empfindungslos, dass ich die Schläge nicht mehr spüren konnte und auch nicht mehr schrie. Ich war kurz davor, das Bewusstsein zu verlieren, als er dem Soldaten befahl, aufzuhören und mich in den Kerker zu werfen. Während ich weggezerrt wurde, hörte ich jedoch noch die Drohungen, die er meiner Mutter entgegenschrie. Er würde ihr Zeit zum Nachdenken geben, was er mit uns beiden als Nächstes tun würde, wenn sie ihm nicht sagte, wo es war. Vielleicht würde er uns von seinen Männern vergewaltigen lassen oder uns Stück für Stück die Gliedmaßen abschneiden oder mein Gesicht verbrennen, so dass mich niemals mehr ein Mann ansehen würde …«

Nach einer kurzen Pause zuckte sie mit den Schultern. »Es folgten noch ein paar andere ziemlich hässliche Ideen, bevor ich so weit weg von der Großen Halle war, dass ich ihn nicht mehr hören konnte. Vielleicht habe ich auch einfach das Bewusstsein verloren. Ich erinnere mich nicht daran, dass ich in eine Zelle getragen und eingesperrt wurde. Als ich das nächste Mal aufwachte, war das bereits der Tag, an dem Betty zu mir kam. Es war ihr gelungen, der Wache den Schlüssel zu entwenden und mich rauszuschaffen, ohne den Mann aufzuwecken. Ich weiß immer noch nicht, wie sie das geschafft hat.«

»Lady Mairghread hat ihr aufgetragen, Eurem Bewacher das Essen zu bringen und vorher ein Schlafmittel in sein Getränk zu geben«, erklärte Tom.

»Oh«, sagte Elysande leise. Sie wünschte, sie hätte das damals gewusst. Es wäre etwas weniger anstrengend für sie gewesen. Die ganze Zeit über hatte sie Todesängste ausgestanden, dass der Mann aufwachen und sie packen könnte. Sie zuckte mit den Schultern, bevor sie weitersprach. »Betty hat mir in den Geheimgang geholfen, von dem aus ich ins Zimmer meiner Eltern gelangte. Mutter lag im Bett.« Sie musste eine Pause machen, als das Bild ihrer Mutter vor ihrem geistigen Auge auftauchte. Sie war zwar noch am Leben gewesen, hatte aber blass und schwach dagelegen. Sie hatte sich abwärts vom Hals nicht mehr bewegen, aber immer noch sprechen können, auch wenn sie Schwierigkeiten mit dem Atmen und Schlucken zu haben schien. In diesem Moment hatte sie gewusst, oder zumindest befürchtet, dass ihre Mutter nicht mehr lange durchhalten würde.

»›Die Buchanans‹ waren mit die ersten Worte meiner Mutter«, erklärte sie und sah abwechselnd Alick und Rory an, wobei ihr Blick dann auf dem Älteren hängen blieb, als sie weitersprach. »Sie sagte, dass Ihr ein Heiler und mit unseren Verwandten befreundet seid, den Sinclairs. Sie wollte, dass ich zu Euch gehe und Euch um Hilfe bitte, zu ihnen zu gelangen. Dann sagte sie, dass Simon und Tom noch am Leben sind und sich vor den Mauern aufhalten. Bevor Betty mich aus dem Kerker befreit hat, hatte meine Mutter ihr aufgetragen, ein paar Sachen einzupacken, Münzen und Essen für unsere Reise. Dann hat sie Betty losgeschickt, um die Männer zu holen. Und während wir auf sie gewartet haben, hat sie mich die Nachrichten schreiben lassen, die an Euch und an die Sinclairs gerichtet sind.«

Elysande hielt inne und schaute zu Simon und Tom. Beide hatten ein leises »Ah« ausgestoßen, als hätte sie gerade etwas erklärt, über das sie sich schon gewundert hatten. Vermutlich hatten sie sich gefragt, wie ihre Mutter die Nachricht geschrieben haben sollte, wenn sie doch ihre Finger nicht bewegen konnte. »Mutter hat mir die Nachrichten diktiert, und ich habe mit ihrem Ring unser Siegel aufgeprägt. Ich hatte starke Schmerzen, und mich zu bewegen hat sie nur noch schlimmer gemacht. Ich habe es mit Mühe bis zu ihrem Bett geschafft, bevor ich zusammengebrochen bin.«

Der letzte Teil war eine Lüge. Oder zumindest war es eine Halbwahrheit. Sie ließ unerwähnt, dass sie sich die ganze Zeit mit ihrer Mutter gestritten hatte, weil sie versucht hatte, sie davon zu überzeugen mitzukommen. Sie hatte darauf hingewiesen, dass Rory Buchanan, wenn er wirklich so ein großartiger Heiler war, ihr vielleicht helfen könnte. Aber ihre Mutter hatte sich geweigert, auch nur darüber nachzudenken.

»Niemand kann mir helfen, Liebes, und das weißt du«, hatte sie gesagt. »Es ist in Ordnung. Ich werde wieder mit deinem Vater zusammen sein. Du bist der einzige Grund, weshalb ich noch lebe. Ich muss dafür sorgen, dass du in Sicherheit bist, bevor ich ruhen kann.«

Seufzend sprach Elysande weiter. »Ich bin aufgewacht, als Tom auftauchte und mich aufgehoben hat. Und ich fürchte, ich habe einigen Lärm veranstaltet, was dazu hätte führen können, dass wir ergriffen worden wären.« Sie wandte den Kopf zu den beiden englischen Soldaten, verzog das Gesicht zu einer entschuldigenden Miene, die sie durch den Schleier unmöglich sehen konnten. Tom hatte ihre Schreie erstickt, indem er ihr eine Hand auf den Mund gelegt hatte. Hätte er das nicht getan, und die Wache, die sicherlich vor dem Zimmer gewesen war, hätte sie gehört …

»Es tut mir leid«, sagte sie schließlich. »Aber ich konnte meine Mutter nicht verlassen, so schwach und wehrlos, wie sie war. De Buci hatte sie in Ruhe gelassen, weil sie seit der ersten Nacht so getan hatte, als wäre sie bewusstlos. Offenbar hatte er mehrmals versucht, sie zu wecken, mit Schlägen auf den Bauch und so, aber Mutter sagte, sie hätte keine Schläge mehr spüren können. Deshalb hatte sie weiter vorgetäuscht, bewusstlos zu sein, indem sie einfach die Augen nicht aufgemacht hatte. Doch sie sorgte sich, dass er ungeduldig wurde, und sie glaubte nicht, dass er mich noch sehr viel länger im Kerker lassen würde. Sie hatte Angst, dass er seine ganze Wut und Enttäuschung schon bald an mir auslassen würde. Sie wollte, dass ich fortgehe, um nicht neben ihr zu sterben.«

Elysande senkte den Blick wieder auf ihre Schuhe. »Ich wusste, dass sie recht hatte. Trotzdem konnte ich sie nicht einfach verlassen.« Sie atmete langsam aus. »Offenbar hatte meine Mutter mit so etwas gerechnet und sich darauf vorbereitet. Als ich mich weigerte, wegzugehen, sagte sie zu Betty, dass sie Durst habe und es Zeit für ihr Getränk sei. Erst als Mutter den Becher geleert hatte, den Betty ihr an den Mund gesetzt hatte, gestand sie mir, dass darin Gift gewesen war.«

Elysande schnürte es die Kehle zu, und sie musste mehrmals schlucken, bevor sie weitersprechen konnte. »Ich war entsetzt. Es ist eine Sünde, sich das Leben zu nehmen. Aber sie versicherte mir, dass sie spürt, dass Gott verstehen würde. Sie hatte es getan, um mich zu retten, und sie würde sowieso sterben und hatte es nur etwas beschleunigt. Und falls sie sich im Hinblick darauf irrte, was Gott über diese Angelegenheit dachte, und für diese Tat ins Fegefeuer verbannt werden würde, hielt sie das für ein Opfer, das zu bringen es wert war, solange ich dadurch de Buci entkommen würde. Sie wollte, dass ich sofort aufbreche und Euch suche, am Leben bleibe und nach Sinclair gehe. Sie sagte, es wäre das Letzte, das sie für ihre Tochter noch tun könnte: dass ich leben, heiraten und Kinder haben würde, die ich genauso lieben und schätzen würde, wie sie mich geliebt und geschätzt hatte.«

Elysande musste an dieser Stelle abbrechen und kämpfte gegen Tränen, die sie zu überwältigen drohten.

»Lady Mairghread ist kurz darauf gestorben«, sprach Simon an ihrer Stelle weiter. »Und Tom hat Lady Elysande durch den Geheimgang getragen, bis wir aus der Burg heraus nach draußen gelangt sind. Wir wollten Lady Elysande auf eines unserer

Pferde setzen, aber Betty und Eldon war es gelungen, ihre Stute vor einen Wagen zu schirren und vor die Mauern zu schaffen.«

»Wie zum Teufel haben sie das geschafft?«, fragte Rory überrascht.

Einen Moment lang breitete sich Schweigen aus, ehe jemand etwas sagte. Dieses Mal antwortete Tom. »Offenbar hatten die blutgetränkten Binsen in der Großen Halle zu stinken begonnen, und beim Essen an diesem Abend hatte de Buci wohl die Nase voll von dem Gestank. Er befahl, sie nach draußen vor die Mauern zu schaffen und sofort zu verbrennen. Es waren mehrere Fahrten nötig, um alle hinauszuschaffen. Die Bediensteten hatten seit dem Abendessen damit zu tun und waren zu dieser späten Stunde immer noch damit beschäftigt. Daher haben Betty und Eldon den Wagen mit frischem Heu ausgelegt, ihn dann mit schmutzigen Binsen gefüllt und schließlich Lady Elysandes Stute angeschirrt. Dann hat der Junge ihn nach draußen gefahren. Zunächst einmal dorthin, wo die schmutzigen Binsen verbrannt wurden, aber statt wieder mit den anderen in die Burg zurückzukehren, hat er den Wagen anschließend dorthin gelenkt, wo unsere Pferde warteten. Glücklicherweise war es eine mondlose Nacht, so dass anscheinend niemand bemerkt hat, dass er sich abgesetzt hat. Wir haben also Lady Elysande und unsere Beutel und Felle auf den Wagen gelegt und sind nach Monmouth geritten.«

»Und den Rest kennt Ihr«, sagte Elysande in der Stille, die eingetreten war. »Simon hat Euch die Nachricht gebracht, die meine Mutter diktiert hatte, und Ihr seid zu uns gekommen, und jetzt sind wir auf dem Weg nach Sinclair.« Sie schluckte und fügte hinzu: »Aber um Eure frühere Frage zu beantworten: Ich weiß nicht, ob wir mit Schwierigkeiten zu rechnen haben. Mutter hat erwartet, dass de Buci denkt, wir würden zum

Hof und zum König reiten, deshalb hat sie uns nach Norden geschickt. Sie hoffte, dass ich auf Sinclair in Sicherheit sein würde, während eine Nachricht über das Geschehene an den Hof geschickt würde«, erklärte sie. Sie runzelte die Stirn und fügte hinzu: »Aber ich mache mir Sorgen wegen der Soldaten, die, wie Ihr sagtet, bei Eurer Abreise von Monmouth dort angekommen sind.«

»Weiß de Buci, dass Ihr mit den Sinclairs verwandt seid und möglicherweise zu ihnen gehen könntet?«, fragte Alick und zog damit ihren Blick auf sich.

Elysande dachte über die Frage nach, dann schüttelte sie ratlos den Kopf. »Ich weiß es nicht. Wie ich schon sagte, war er eigentlich ein Freund von uns. Gut möglich, dass irgendwann einmal jemand – meine Mutter oder mein Vater oder sogar ich selbst – von unseren schottischen Verwandten gesprochen hat.« Sie hielt kurz inne und räumte dann ein: »Aber ich mache mir Sorgen um Betty und Eldon. Ich habe versucht, sie dazu zu bringen, mit uns mitzukommen, aber Betty hat darauf bestanden zu bleiben und sich erst noch darum zu kümmern, dass Mutter geziemend beerdigt wird, und der junge Eldon hat sich entschieden, im Wald zu bleiben, um auf Betty aufzupassen und dafür zu sorgen, dass sie entkommen kann. Er war entschlossen, den Geheimgang zu benutzen und sie aus der Burg zu holen, sollte es Probleme geben.« Unglücklich biss Elysande sich auf die Lippen. »Aber was ist, wenn de Buci herausgefunden hat, dass die Wache im Kerker betäubt worden ist und Betty diejenige war, die dem Mann die Mahlzeit gebracht hat? Dann weiß er, dass sie an meiner Flucht beteiligt war. Und wenn er angefangen hat, auf sie einzuschlagen und sie zu treten, wie er es bei meiner Mutter getan hat …«

»Dann hat sie ihm möglicherweise alles gesagt«, sagte Tom besorgt.

»Er wird sie ganz schrecklich schlagen müssen, um die Information zu bekommen«, sagte Elysande. Sie fühlte sich elend. »Ich hätte darauf bestehen sollen, dass sie uns begleitet. Beide. Ich hätte sie dazu *bringen* müssen.« Sie war wütend auf sich, weil sie es nicht getan hatte. Betty war ihrer Mutter viele Jahre lang eine gute und treue Dienerin gewesen. Mehr Teil der Familie als Dienerin. Sie hätte sie und Eldon dazu bringen müssen, mit ihnen zu gehen, hätte es den beiden befehlen sollen, aber sie war so müde und schwach gewesen …

»Die Soldaten, die wir gesehen haben, müssen nicht unbedingt von de Buci gewesen sein«, sagte Rory jetzt. »Aber unabhängig davon, ob sie es sind oder nicht, wenn wir weiter diesem Pfad nach Schottland folgen, müssten wir in der Lage sein, ihnen zu entgehen.«

»Aye«, pflichtete Alick ihm bei. »Diese Soldaten, wer immer sie sind, werden vermutlich der Hauptstraße folgen. Dieser Pfad hier wird viel seltener benutzt.«

Ein paar Momente sagte niemand etwas. Dann stand Rory auf. »Wir sollten etwas essen und uns dann zum Schlafen hinlegen. Morgen wird wieder ein langer Tag werden, wenn wir Schottland ohne weitere Rast erreichen wollen.«

»Ich habe eigentlich gar keinen Hunger«, entgegnete Elysande ruhig, woraufhin die Männer stehen blieben.

Sie dachte, dass Rory Buchanan sie stirnrunzelnd ansah, aber seine Stimme war sanft, als er sagte: »Ihr solltet wirklich etwas essen. Ihr braucht Kraft, um zu heilen.«

»Aye, aber …« Elysande verzog das Gesicht. Die Wahrheit war, dass das Erzählen all dessen, was passiert war, ihr den Appetit verschlagen hatte, und sie befürchtete, dass ihr schlecht werden würde, wenn sie jetzt etwas aß. Aber sie sagte nur: »Ich werde essen, wenn ich aufwache.«

Als Rory sie nicht weiter bedrängte, stand Tom auf und

reichte ihr eine Hand, um ihr aufzuhelfen. Er sah Simon an und sagte: »Leg das Fell für sie aus, damit sie schlafen kann.«

Elysande nahm seine Hilfe dankbar an, denn ihre überanstrengten Muskeln protestierten, kaum dass sie aufzustehen begann. Ihre Bewegungen waren langsam und steif, und Simon hatte das Fell bereits auf dem Boden ausgerollt, als sie zu ihm trat. Elysande hielt sich an Toms Hand fest und nutzte seine Kraft, als sie sich langsam auf den Boden sinken ließ. Sie legte sich auf die unverletzte Seite, wickelte sich in den Umhang ein und zog eine Ecke hoch, um ihr Gesicht zu bedecken. Es war schon den ganzen Tag kalt gewesen, aber jetzt, da die Nacht anbrach, wurde es noch kälter.

Die feuchte Tunika, die sie unter ihrem Kleid trug, machte es nicht besser. Sie hatte ihre Schmerzen zunächst etwas gelindert, aber jetzt fühlte sich der Stoff nur noch warm und feucht auf ihrer Haut an. Elysande wusste, dass die Tunika irgendwann trocknen würde, aber sie konnte sich nicht vorstellen, dass sie darin würde schlafen können. Genau genommen vermutete sie, dass sie sowieso Schwierigkeiten haben würde, einzuschlafen. Sie hatte noch nie außerhalb ihres eigenen Zimmers auf Kynardersley geschlafen, wo ein schönes Feuer und einige Felle sie nachts in ihrem Bett gewärmt hatten. In diesem Moment hätte sie viel darum gegeben, wieder in ihrem Bett zu liegen und ihre Mutter und ihren Vater im Zimmer nebenan zu wissen. Es fiel ihr schwer zu akzeptieren, dass ihr Leben sich so rasch so dramatisch geändert hatte. Es war wie ein Albtraum, und sie fühlte sich innerlich kalt und allein.

Dieser Gedanke war ihr kaum durch den Kopf gegangen, als etwas gegen sie stieß. Sie versteifte sich augenblicklich, zog den Umhang von ihrem Gesicht und schaute blinzelnd auf die Gestalt vor ihr. Es war bereits so dunkel, dass sie nicht ganz sicher sein konnte, aber sie glaubte, dass es Rory Buchanan war, der sich neben sie gelegt hatte, seinen Rücken an ihrer Brust. Er war nah genug, dass sie seine Wärme durch sein Plaid und ihren Umhang hindurch spüren und den Geruch nach Wald riechen konnte, den sie an ihm schon wahrgenommen hatte, als sie mit ihm geritten war.

Eine Bewegung in ihrem Rücken lenkte sie ab, und sie warf einen Blick über die Schulter und sah, dass Tom sich hinter ihr niederlegte; er ließ ein paar Zoll zwischen sich und ihrem wunden Rücken frei, war aber nah genug, dass sie auch seine Wärme spüren konnte.

»Schlaft, Mylady. Wir werden Euch gut bewachen«, sagte der Soldat ruhig und ernst, als er sah, dass sie ihn anschaute.

Elysande nickte nur; sie wusste nicht, was sie sagen sollte. Dann sah sie sich um und bemerkte, dass die anderen Männer sich alle um sie herum legten. Simon ließ sich quer zu ihren Füßen nieder, so dass ihre Zehen auf seine Brust deuteten. Sie konnte erkennen, dass er es war, weil er abgesehen von Tom der einzige war, der keinen Rock trug. Sie wandte den Kopf und bemerkte, dass sich oberhalb ihres Kopfes ebenfalls ein Mann quer zu ihr hinlegte, und sie erkannte Alick Buchanans Stimme, als er »Schlaft gut« flüsterte, während er sich in sein Plaid wickelte. Drei der anderen schottischen Krieger legten sich um die anderen Männer herum, verdoppelten damit die Barriere zwischen ihr und jedem, der sich ihr würde nähern wollen. Aber sie sah auch, dass ein Mann sich auf den Baumstamm gesetzt hatte, von dem sie gerade aufgestanden waren. Um Wache zu halten, vermutete sie, und sie schätzte, dass die Männer sich alle paar Stunden abwechseln würden.

»Schmiegt Euch an mich, wenn Euch kalt ist, Mylady. Dass Ihr krank werdet, ist so ziemlich das Letzte, was wir auf dieser Reise brauchen.«

Bei diesen Worten senkte Elysande den Kopf und starrte auf

Rory Buchanans Rücken. Es war sehr verlockend, genau das zu tun, einen Arm um seine Taile zu legen und ihr Gesicht an seinem Rücken zu vergraben, wie sie es auf dem Pferd getan hatte. Aber es wäre nicht angemessen, und daher zog sie einfach nur den Umhang wieder über ihr Gesicht, damit sie es warm hatte, und versuchte, sich zu entspannen. Sie war fest davon überzeugt, dass sie nicht würde schlafen können, aber zumindest würde ihr warm werden, dachte sie, bevor sie wegdöste.

Als Rory aufwachte, lag er auf dem Rücken. Sein Gesicht war kalt, aber auf seiner Schulter, seiner Brust und seinen Beinen befand sich etwas Warmes, Schweres. Da er nicht zu der Art Männern gehörte, die sich Frauen für eine Nacht ins Bett holten, öffnete er verwirrt blinzelnd die Augen und drehte den Kopf. Oder er wollte es tun, denn er erstarrte mitten in der Bewegung, als seine Lippen die Bundhaube von Lady Elysande berührten. Bei dem Kontakt versteifte er sich, und dann wich er leicht zurück, starrte auf die schlafende Frau, die eng neben ihm lag. Ihr Kopf ruhte auf seiner Schulter, ihr Oberkörper halb auf seinem. Einen Arm und den Umhang hatte sie um ihn geschlungen. Sie hatte auch eines ihrer Beine über seine gelegt. Sie lagen so ineinander verschränkt da wie Liebende, und er konnte nicht einmal sagen, dass es ihn störte. Allerdings vermutete er, dass es sie stören würde, wenn sie aufwachte.

Unsicher, wie er sich aus dieser Lage befreien sollte, ohne sie zu stören oder ihr unabsichtlich Schmerz zuzufügen, sah er sich auf der Lichtung um und verzog das Gesicht. Offenbar waren er und Elysande die einzigen, die noch schliefen. Alle anderen Männer waren auf und liefen herum, kümmerten sich um das Lagerfeuer und die Pferde, selbst die beiden englischen Soldaten. Allerdings bemerkte er, dass Tom und Simon immer wieder besorgte Blicke auf ihn und Elysande warfen, als wären sie unsicher, was sie davon halten oder ob sie angesichts ihrer behaglichen Schlafposition irgendetwas tun sollten.

Sie war natürlich völlig unangemessen, wie Rory wusste. Aber andererseits war an dieser Reise kaum etwas angemessen. Aufgrund von Umständen, die niemand unter Kontrolle hatte, reiste die Lady allein mit acht Männern. Abgesehen davon war es nicht so, als hätte er diese Situation absichtlich herbeigeführt. Das Letzte, woran er sich erinnerte, war, dass er vor der Frau auf der Seite gelegen hatte und eingeschlafen war. Er hatte keine Ahnung, wie es gekommen war, dass er auf dem Rücken lag und sie sich wie ein schläfriges Kätzchen an seine Brust schmiegte. Die Tatsache, dass es ihm ziemlich gefiel, auf diese Weise aufzuwachen und sie dort vorzufinden, war jedoch ein wenig beunruhigend.

Dieser Gedanke veranlasste Rory, zu versuchen, sich unter ihr wegzubewegen. Er spannte sich an, gerade genug, dass sie im Schlaf murmelte und ihr Bein an seinem Oberschenkel leicht nach oben schob, bis es über seinen Lenden liegen blieb. Eine höchst unglückliche Entwicklung, entschied Rory grimmig, denn seine Männlichkeit rührte sich augenblicklich interessiert.

Einen Moment lag er wie erstarrt da und holte tief Luft. Er versuchte, seinen Körper zu beruhigen, damit er sich nicht in Verlegenheit brachte, wenn es ihm tatsächlich gelang, sich unter ihr wegzubewegen. In diesem Moment bewegte sie sich wieder. Dieses Mal glitt ihre Hand unter dem Umhang über seine Brust, während ihr Bein etwas nach unten und dann wieder nach oben glitt, an seiner zunehmenden Erektion rieb.

Oh, das war nicht gut, dachte Rory, und dann neigte er den Kopf und sah auf Elysande hinunter, als sie plötzlich erstarrte. Einen Moment lang war er sich nicht sicher, ob sie sich der Situation bewusst wurde, in der sie sich befanden, oder ob sie unter einem Albtraum litt. Er bekam seine Antwort, als sie plötzlich nach Luft schnappte und sich aufzurichten begann, dann aufschrie und wieder auf ihn zurückfiel. Sie keuchte, als sie gegen den Schmerz ankämpfte, den ihre abrupte Bewegung ihr offensichtlich verursachte.

»Atmet«, wies Rory sie mit vom Schlaf rauer Stimme an. Er packte ihre Oberarme, um sie daran zu hindern, sich wieder zu schnell zu bewegen und weitere Schmerzen zu erzeugen.

Elysande wimmerte als Antwort darauf, aber dann atmete sie weiter, holte erneut Luft.

»Was können wir tun, um zu helfen?«

Rory blickte auf und sah Tom und Simon vor sich stehen. Auf ihren Gesichtern zeichnete sich Besornis ab, während sie zusahen, wie ihre Lady gegen die Schmerzen kämpfte. Alick und die anderen Krieger standen gleich hinter ihnen. Offenbar hatte er sich geirrt; nicht nur die beiden Engländer hatten in ihre Richtung geblickt. Auch die anderen waren sich der Situation die ganze Zeit bewusst gewesen. Jetzt waren sie alle da und wollten helfen.

Das Schlimme daran war, dass sie nichts tun konnten. Nicht einmal er konnte etwas tun. Er hatte nichts, das ihr den Schmerz nehmen konnte, abgesehen von dem Schlafmittel, dass sie nicht hatte nehmen wollen.

»Hebt mich bitte hoch.«

Rory blickte wieder nach unten, als Lady Elysande mit gedämpfter Stimme diese Bitte aussprach. Erst jetzt begriff er, dass ihr Gesicht in der Kuhle an seinem Hals gelandet war, als sie wieder auf ihm zusammengebrochen war. Er konnte ihren warmen Atem durch den Schleier fühlen, und die Art und Weise, wie ihre Lippen den Stoff an seiner Haut beim Sprechen bewegten, war ziemlich angenehm gewesen. Er verdrehte die Augen über seine eigenen Gedanken, richtete seine Aufmerksamkeit auf Tom und Simon, die sich beiderseits von ihm hinstellten und sich bückten, um Elysandes Oberarme zu packen.

»Macht Euch bereit, Mylady«, sagte Tom sanft, und dann sah er Simon an und fügte hinzu: »Auf drei.«

Dann zählte er laut, und als er bei drei angekommen war, hoben die beiden Männer sie hoch. Als sie schließlich stand, sah Rory, dass ihre Kopfbedeckung schief saß und die unverletzte Seite ihres Gesichtes zu sehen war. Er musste die graue Färbung ihrer Haut nur sehen, um zu wissen, dass sie eindeutig Qualen litt und sich vermutlich auf die Lippe biss, um nicht laut aufzuschreien.

Er presste die Lippen zusammen und stand rasch auf, hob dann das Fell auf, auf dem sie gelegen hatten. Er nahm sich Zeit, es zusammenzurollen, und erst als er damit fertig war, riskierte er es, sie wieder anzusehen. Zu seiner großen Erleichterung hatte sich ihre Hautfarbe ein bisschen verändert. Etwas Farbe war zurückgekehrt in das, was er von ihrer Wange sehen konnte.

»Ich muss …« Lady Elysande beendete den Satz nicht, sondern eilte zu den Bäumen, hob beim Gehen vorsichtig die Hände und rückte ihre Bundhaube und den Schleier zurecht.

Sie alle sahen ihr besorgt nach; sie wussten, dass sie sich zweifellos erleichtern wollte. Aber jeder Einzelne von ihnen, vermutete Rory, dachte darüber nach, ob sie diese Aufgabe alleine bewältigen konnte. Sie ging wie eine alte Frau, mit steifen Bewegungen; eine Hand hatte sie an den unteren Rücken gelegt, und sie ging nach vorne gebeugt, als könnten ihre Muskeln oder ihre Haut es nicht ertragen, wenn sie sich ganz aufrichtete. Aber sie würde bei dem, was sie vorhatte, keine Hilfe begrüßen, das wussten sie alle.

Als sie nicht mehr zu sehen war, wandte Rory sich schließlich ab und reichte Tom das Fell, während er sagte: »Heute ist in Carlisle Markttag, glaube ich, und wir sollten am späten Nachmittag dort sein. Wenn ich auf dem Markt etwas Wolfswurz finden kann, werde ich daraus ein Einreibemittel machen, das ihre Schmerzen lindern wird.«

»Das wäre gut, danke«, sagte Tom. Rory bemerkte, dass die anderen Männer ebenfalls zustimmend nickten. Keiner von ihnen genoss es, Elysande so leiden zu sehen. Ein Mann fühlte sich dadurch hilflos und nutzlos. Rory hätte ihr den Schmerz gern abgenommen, aber da das nicht möglich war, würde er tun, was er konnte, um ihn zu lindern.

4

Elysande dachte, es sollte ihr peinlich sein, eng an Rory geschmiegt aufgewacht zu sein, aber dem war nicht so. Nun, ein wenig unangenehm war es schon gewesen, gestand sie sich ein, aber schließlich hatte sie es nicht mit Absicht getan. Sie musste im Schlaf näher zu ihm gerückt sein. Außerdem war der Buchanan ein sehr viel erfreulicherer und wärmerer Ersatz für ihr Bett gewesen als der kalte, harte Boden, den sie – trotz des Fells, auf dem sie gelegen hatte – sehr unangenehm gespürt hatte. Und sie musste zugeben, dass sie in dieser Nacht sehr viel besser geschlafen hatte als in den Nächten zuvor, seit ihr Leben sich so katastrophal geändert hatte. Sie hatte weder Schmerzen noch Albträume gehabt, und sie hatte sich auch nicht vor Kummer in den Schlaf geweint wie im Kerker und auf der Fahrt im Wagen nach Monmouth. Zudem hatte sie sich beim Aufwachen einen Augenblick lang nicht so allein gefühlt wie seit dem Moment, als de Buci ihr alle Menschen genommen hatte, die sie liebte. Und dieser Augenblick hatte sich gut angefühlt.

Natürlich war ihr dann sofort eingefallen, wo sie sich befand. Sie hatte Rorys Geruch nach Wald wahrgenommen und begriffen, an wessen Brust sie ruhte. Sie hatte sich angespannt und versucht, sich zu erheben, aber die Reaktion ihres Körper hatte sie sogleich an ihre Verletzungen erinnert.

In Zukunft würde sie daran denken, nahm Elysande sich vor, während sie ihre Handschuhe auszog und ihre Gedanken darauf konzentrierte, weshalb sie überhaupt hier in diesem Wald war. Während sie die Lichtung verließ, bemerkte sie, dass das Gehen ihren steifen Körper ein wenig geschmeidiger machte. Und immerhin gelang es ihr dieses Mal, ihre Notdurft zu verrichten, ohne vor Schmerz aufzuschreien.

Was, wie Elysande hoffte, ein Zeichen dafür war, dass ihre Verletzungen heilten. Sie kehrte eilig zum Lager zurück. Bis auf Tom, Simon und Rory Buchanan saßen alle Männer bereits auf ihren Pferden.

»Geht es Euch gut genug, dass Ihr reiten könnt, Mädchen?«, fragte Rory besorgt, als sie sich den drei Männern näherte.

Die vertrauliche Anrede überraschte Elysande, und sie errötete leicht. Als sie bejahend nickte, machten Simon und Tom sich daran, sie in den Sattel zu heben. Die beiden waren inzwischen sehr geschickt darin, sodass es ihnen rasch gelang, was jedoch nichts daran änderte, dass Elysande das Ganze peinlich war. Sie zuckte zusammen, als plötzlich etwas Rundes, Flaches neben dem Hals ihrer Stute auftauchte, das sie noch nie zuvor gesehen hatte.

Elysande sah Rory fragend an, der den seltsamen Gegenstand zu ihr hochreichte.

»Das ist ein schottischer Haferfladen«, erklärte er. »Euer Morgenmahl.«

»Oh.« Sie brachte ein Lächeln zustande und griff danach. »Danke.« Das Gebäck fühlte sich hart an.

Rory nickte. »Sagt einfach Bescheid, wenn Ihr müde werdet oder Euer Rücken zu sehr schmerzt und Ihr wieder mit mir reiten möchtet.«

Er wartete darauf, dass sie nickte, bevor er zu seinem Pferd ging und in den Sattel stieg.

Kaum hatte Rory sich abgewandt, hob Elysande den kleinen Haferfladen an die Nase und roch daran. Er war fast geruchlos. Neugierig führte sie ihn unter dem Schleier zum Mund und biss ein kleines Stück ab. Er war sehr hart und schmeckte eher fade, aber ihren Magen würde er auf jeden Fall füllen.

Als sie aufsah, bemerkte sie, dass ihre Begleiter mit heiteren Mienen auf sie warteten. Rasch nahm sie den Rest zwischen die Lippen, hielt ihn mit den Zähnen fest und griff nach den Zügeln. Der Schleier behinderte ihre Sicht, daher konnte sie es nicht genau erkennen, aber sie glaubte, dass Conn lächelte, bevor er sein Pferd wendete und von der Lichtung ritt. Inan und Alick folgten ihm. Als Rory sie mit einer Handbewegung aufforderte, sich den beiden anzuschließen, drängte Elysande ihr Pferd voran. Sie wartete noch, bis sie an Rory vorbeigeritten war und dicht zu den anderen aufgeschlossen hatte, dann nahm sie die Zügel in die rechte Hand und nahm mit der linken den Haferfladen aus dem Mund.

»Mögt Ihr den Haferfladen nicht, Lady Elysande?«, neckte Alick sie, der sich hatte zurückfallen lassen und jetzt neben ihr ritt.

»Ich – er ist gut«, sagte sie schwach, um niemanden zu kränken.

Alick schien mit ihr mitzufühlen, denn er sagte nur: »Er schmeckt vielleicht nach nichts, aber er wird Euch Kraft verleihen und den Magen füllen, so dass Ihr keinen Hunger habt.«

Er wartete ihre Antwort nicht ab, sondern lenkte sein Pferd wieder vor ihres, so dass sie wie zuvor hintereinander ritten. Seufzend blickte Elysande auf den Haferfladen in ihrer Hand und biss noch ein Stück ab. Der Geschmack war nicht unangenehm, eher nichtssagend. Aber wie Alick treffend erklärt hatte, würde er ihr Kraft geben und ihren Bauch füllen, also aß sie ihn. Allerdings fragte sie sich unwillkürlich, ob diese Haferfladen immer so hart waren oder es daran lag, dass sie schon den ganzen Weg von Schottland hinter sich hatten und nach wochenlanger Aufbewahrung in einem Beutel so geworden waren.

»Da vorn ist Carlisle!«

Bei dem Ruf hob Elysande den Kopf, den sie an Rorys Rücken gelehnt hatte, und sah sich um. So, wie sie hinter ihm saß, konnte sie jedoch nichts erkennen. Sie musste erst den Schleier heben, ihn über die Bundhaube zurückwerfen und sich zur Seite beugen, so dass sie an seinem Arm vorbeispähen konnte. Jetzt sah sie, was Rory gemeint hatte. Trotz des Schneetreibens, das ihnen schon seit Stunden zusetzte, konnte sie etwas erkennen, das nach einer Kirchturmspitze und einer Ansammlung von Gebäuden aussah; sie schienen fast aus der Mauer zu wachsen, die sie umgab. Die Gebäude waren lediglich als dunkle Silhouetten vor einem grauen und schwarzen Himmel zu erkennen. Dennoch war es ein willkommener Anblick, fand Elysande, während sie den Schleier wieder vor ihr Gesicht zog.

Der Schneefall hatte eingesetzt, als sie gerade einmal zur Hälfte aus dem Tal aufgestiegen waren, in dem sie übernachtet hatten. Elysande hatte sich zunächst keine Sorgen gemacht, hatte es sogar ganz hübsch gefunden. Aber kaum hatten sie den Aufstieg bewältigt und die Ebene erreicht, hatte der Wind regelrecht auf sie eingepeitscht, und die weichen kleinen Schneeflocken, die im Tal so fröhlich zu Boden geschwebt waren, hatten sich schnell in Eisnadeln verwandelt. Sie stachen sie in Hals und Gesicht, wann immer der Wind den Schleier zur Seite wehte.

Während des Rittes am Morgen war es bitterkalt gewesen, und Elysande war erleichtert gewesen, als sie Rast gemacht hatten. Zusammengekauert im Schutz einiger dicht zusammenstehender Bäume, hatten sich alle mit Haferfladen gestärkt. Immerhin waren sie dort vor dem Wind geschützt gewesen, trotz der weiterhin herrschenden bitteren Kälte. Einer Kälte, die einem in die Knochen kroch und die Zähne klappern ließ.

Elysande hatte auf ihrem geschmacklosen Fladen herumgekaut und nur mit halbem Ohr zugehört, als Rory erklärte, dass er beabsichtige, in Carlisle haltzumachen, um den Wochenmarkt zu besuchen. Als er dann hinzufügte, dass sie dort hoffentlich ein Plätzchen finden würden, an dem sie sich aufwärmen und eine warme Mahlzeit zu sich nehmen konnten, bevor sie ihre Reise fortsetzten, war ihr Interesse geweckt. Wie die anderen auch war sie genauso begierig darauf gewesen, die Rast zu verkürzen und sich wieder auf den Weg zu machen. Eine Stunde später hatte sich der leichte Schneefall in ein heftiges Schneetreiben verwandelt. Bisher hatte eher der Wind gestört und weniger die Schneeflocken, die kaum auf dem Boden liegen geblieben waren. Jetzt kam jedoch alles zusammen. Der Weg war rasch unter einer weißen Decke verschwunden, die mit jedem Moment dicker geworden war. Sie waren gezwungen gewesen, ihr Tempo zu verlangsamen, um nicht vom Weg abzukommen. Zudem lag der Schnee inzwischen so hoch, dass die Pferde nicht mehr so einfach galoppieren konnten.

Trotzdem hatten sie versucht, sich zu beeilen. Sie hatten auch gar keine andere Wahl gehabt. Bei diesem Wetter haltzumachen konnte sich als tödlich erweisen. Aber der späte Nachmittag war vergangen, ohne dass sie Carlisle erreicht hatten. Jetzt war die Sonne hinter dem Horizont verschwunden, und sie ritten durch eine düstere graue Welt, in der die letzten Lichtstrahlen verblassten. Elysande wusste, sie würden es in dieser Nacht nicht mehr über die Grenze nach Schottland schaffen. Sie war sich auch ziemlich sicher, dass der Markt, den Rory unbedingt besuchen wollte, inzwischen vorbei war, die Händler sich längst auf die Suche nach einem warmen Bett gemacht hatten. Aber sie waren am Leben, und schon bald würden sie irgendwo sein, wo es warm war. Das hoffte sie zumindest.

Elysande verzog bei diesen Gedanken das Gesicht. Seit Rory angehalten und Tom und Simon ihr von ihrem Pferd auf seines geholfen hatten, fühlte sie sich schon viel wärmer. Sie hatte sich gut gehalten, war sogar sehr viel länger auf ihrem eigenen Pferd geritten als am Tag zuvor. Bis sie dann vor einer Stunde so erschöpft gewesen war, dass sie befürchtet hatte, aus dem Sattel zu fallen. Rory, der hinter ihr geritten war, hatte anscheinend gesehen, dass sie Schwierigkeiten bekommen hatte. Sie hatte gehört, wie er gepfiffen hatte, als Zeichen für alle anzuhalten. Und dann war da nur noch ihre Erleichterung gewesen, als er erklärt hatte, dass sie ab jetzt mit ihm reiten würde.

Noch erleichterter war sie darüber gewesen, seine Wärme spüren zu können, seit sie hinter ihm saß. Sie begann sich zu fragen, wie es den Männern erging. Tom und Simon sollten zurechtkommen; sie trugen dichte Kleidung und hatten zudem ihre Umhänge und Handschuhe. Aber die Buchanans und ihre Krieger trugen nur ihre Tuniken und Plaids. Letztere hatten sie, wie Elysande sah, auseinandergefaltet, sodass ihnen die untere Hälfte des schweren Wollstoffes bis über die Stiefel fiel, während sie die obere wie einen Umhang um sich geschlungen hatten. Auch sie trugen jetzt Handschuhe. Jetzt, so dicht hinter Rory, bemerkte sie auch, dass sein Plaid eingeölt war. Sie überlegte, ob es dabei half, die Kälte von seinem Körper fernzuhalten, denn sein Rücken fühlte sich an ihrer Brust wie ein Ofen an und wärmte sie durch und durch.

Ein Ruf drang an ihr Ohr, und sie beugte sich zur Seite, um nach vorn sehen zu können. Sie hätte weinen mögen, als sie erkannte, dass Conn das Stadttor erreicht hatte und den Männern auf der Mauer etwas zurief. Noch während sie zusah, wurde das Fallgatter hochgezogen, um sie in die Stadt zu lassen. Schon bald würden sie alle eine warme Mahlzeit und ein wärmendes Feuer genießen, wie Rory es ihr versprochen hatte.

Der stürmische Wind, der den größten Teil des Tages auf sie eingeprügelt hatte, legte sich beträchtlich, sobald sie durch das Tor ritten. Die Mauern und die Gebäude wirkten offensichtlich wie ein Puffer, auch wenn das Schneetreiben auch hier immer noch heftig war.

Elysande schaute sich neugierig um, als sie im Schritttempo weiterritten. Im fahlen Licht gab es außer eng zusammengedrängten Häusern nicht viel zu sehen. Die Straßen der kleinen nordenglischen Stadt wirkten auf unheimliche Weise leer; es gab keinen Hinweis darauf, dass hier Leute wohnten oder dass Markttag gewesen war. Nur das sanfte Licht von Kerzen oder eines Feuerscheins war im Vorbeireiten zu sehen, verborgen hinter den Fellen, mit denen die Fenster verhängt waren – ein Versuch, die Kälte draußen zu halten. Elysande runzelte die Stirn, als sie bemerkte, dass viele der Fenster dunkel und unverhüllt waren. Aber dann fiel ihr ein, dass ihre Mutter und ihr Vater sich einmal darüber unterhalten hatten, wie sehr die Städte vor ein paar Jahren unter dem Schwarzen Tod gelitten hatten. In einigen war die Hälfte der Bewohner oder mehr der Krankheit zum Opfer gefallen. Diese Städte hatten immer noch Mühe, den alten Zustand wiederherzustellen. Sie vermutete, dass Carlisle auch dazu gehörte.

Sie richtete ihre Aufmerksamkeit auf Conn, als dieser plötzlich sein Pferd wendete und zu ihnen ritt. Inan und Alick blieben sofort stehen und drängten ihre Pferde zur Seite, um ihn vorbeizulassen.

»Bierschenke oder Gasthaus?«, fragte Conn an Rory gewandt. Offenbar konnte der sich nicht sofort entscheiden, denn sie spürte, wie sich sein Körper unter ihren Händen anspannte.

»Ich habe hier noch nie Halt gemacht«, räumte Rory schließlich ein. »Kennst du ein Gasthaus, das uns alle aufnehmen würde?«

»Nein. Schotten werden hier nicht sehr gemocht«, entgegnete Conn und verzog das Gesicht. »Aber am Ende der nächsten Straße ist eine Schenke, in der wir etwas zu essen und einen Platz bekommen werden, um uns hinzulegen. Wenn auch nur gegen ein kleines Vermögen.«

Sie spürte den Seufzer, den Rory bei dieser Mitteilung ausstieß. Dann sagte er: »Die Bierschenke also.«

Conn nickte und ritt wieder nach vorn an die Spitze.

»Wieso werden Schotten hier nicht gemocht?«, fragte Elysande neugierig, als Rory sein Pferd wieder in Bewegung setzte.

»Weil sie keine Engländer sind«, sagte Rory angewidert, dann schüttelte er den Kopf und gab zu: »Und wegen der Viehdiebe.«

»Wegen der Viehdiebe?«, fragte Elysande interessiert.

»Schottische Banden, die hier an der Grenze plündern und das Vieh rauben. Das geht schon seit Jahren so. Es sind nur verzweifelte und hungrige Männer, die irgendwie versuchen zu überleben. Aber für die Leute hier macht es das schwierig, ihr Brot auf ehrliche Weise zu verdienen, weshalb sie uns noch mehr hassen. Natürlich vergessen sie dabei, dass es auf der anderen Seite der Grenze Engländer gibt, die plündern. Die Schuld dafür sehen sie dann allerdings nur bei uns heidnischen Schotten, die ihr Vieh stehlen.«

Elysande dachte schweigend nach. Von diesen Dingen hatte ihre Mutter nie etwas erzählt, wenn sie von ihrer Verwandtschaft gesprochen hatte, aber die Sinclairs waren auch Highlander und lebten hoch oben im Norden – viel zu weit weg, um in irgendwelche Raubzüge in England verwickelt zu sein.

»Euch betrifft das jedoch nicht«, erklärte Rory weiter. »Die Engländer weigern sich zwar, einem Schotten ein Zimmer zu vermieten, aber Ihr seid Engländerin. Es lässt sich sicherlich ein Gasthaus finden, in dem Ihr mit Euren Männern übernachten könnt. Wir anderen finden dann hoffentlich etwas in der Nähe –«

»Nein«, unterbrach Elysande ihn. »Wir werden bei Euch bleiben.«

»Seid Ihr sicher?«, fragte Rory zurück, und sie konnte das Stirnrunzeln in seiner Stimme hören. »In einem Gasthaus werdet Ihr zweifellos eine bequemere Unterkunft finden, und da Euer Rücken Euch so viel Schmerzen bereitet –«

»Ihr vergesst, dass ich selbst halb schottisch bin, Junge«, sagte sie in dem ziemlich schlechten Versuch, so zu reden wie er. »Ich werde nicht irgendwo bleiben, wo meinesgleichen nicht willkommen sind.«

»Mädchen?«, fragte Rory, und jetzt war ein Lächeln in seiner Stimme.

»Aye?«

»Haltet Euch an Euer Englisch. Ihr macht Euch saumäßig schlecht als Schottin.«

»Oh!« Elysande rang nach Luft, so sehr musste sie lachen, und dann schlug sie auf seinen Bauch, dort, wo ihre Hände lagen. »Ich dachte, es wäre ein sehr guter Versuch, Euch nachzuahmen.«

»Da habt Ihr falsch gedacht«, versicherte er ihr.

Elysande legte kurz ihre Arme fester um ihn und schwieg, hörte zu, wie er leise lachte. Es war ein schöner Klang, den sie zum ersten Mal von ihm hörte. Abgesehen davon hatte sie bekommen, was sie wollte. Er hatte ihren mitleiderregenden Zustand vergessen und würde sie nicht in irgendeinem Gasthaus zurücklassen, während er und seine Männer woanders hingingen – wo er möglicherweise zu dem Schluss kommen konnte, dass sie doch zu viele Probleme mit sich brachte und hier in Carlisle bleiben sollte, während er seinen Heimweg fortsetzte.

Nicht dass sie ihm so etwas wirklich zutraute, versicherte Elysande sich. Schließlich hätte er sich von Anfang an weigern können, als sie auf der Lichtung vor Monmouth gewesen waren. Aber er hatte es nicht getan.

Allerdings hatte er zu dem Zeitpunkt auch noch nicht gewusst, dass sie verletzt war und dies ihr Vorankommen verlangsamen könnte, gab ihr Verstand zu bedenken. Elysande verzog das Gesicht, als sie sich eingestand, dass ihr das Sorgen bereitete. Sie hatte in den letzten Tagen so viel verloren und fürchtete, jetzt auch noch ihre Eskorte zu verlieren. Das durfte nicht geschehen. Sie fühlte sich bei Rory Buchanan sicher. Und natürlich auch bei seinem Bruder und den anderen Männern, fügte sie Letzteres nachträglich hinzu, aber es stimmte. Tom und Simon waren gute Soldaten, aber diese Schotten … Es war etwas Seltsames und Wildes an ihnen, das ihr das Gefühl gab, sie würden sich im Falle jedweder Herausforderung standhaft behaupten und dafür sorgen, dass sie diese sicher überstand.

Die Bierschenke sah aus wie jedes andere Gebäude in der Straße, abgesehen von dem Schild über der Tür – einem Hahn, der auf einem Bullen saß und einen schaumigen Humpen Bier hochhielt. Auf dem Schild stand nichts geschrieben, aber die meisten Leute konnten sowieso nicht lesen, daher mussten sich die Geschäfte auf Bilder verlassen, wenn sie auf sich aufmerksam machen wollten.

»Ist das die Schenke *Zum Hahn und Bullen*?«, fragte Elysande.

»Das vermute ich«, sagte Rory, und bei seinen Worten erinnerte sie sich daran, dass Conn die Schenke ausgewählt hatte.

»Ihr habt zu Conn gesagt, dass Ihr noch nie hier wart. Also ist es das erste Mal, dass Ihr in Carlisle seid?«, fragte Elysande neugierig, während sie Conn, Inan und Alick in eine kleine Gasse folgten, die sich zwischen der Bierschenke und dem nächsten Gebäude befand.

»Nein«, sagte er. »Aber es ist das erste Mal, dass ich hier übernachte.«

»Aber Conn hat hier schon übernachtet?«, fragte Elysande. Es war die einzige Erklärung, wieso der Mann wusste, wo sie für die Nacht unterkommen könnten, und Rory nicht.

»Aye«, nickte Rory. »Conn ist diese Strecke schon ein halbes Dutzend Mal mit dem einen oder anderen meiner Brüder entlanggekommen. Aber ich bin nicht viel in England unterwegs.«

»Nicht?«, fragte sie ein bisschen verblüfft über dieses Eingeständnis, auch wenn sie nicht wusste, warum es sie erstaunte. Sie selbst hatte Kynardersley nie verlassen, also warum sollte sie davon ausgehen, dass Rory nicht nur sein Heim, sondern auch sein Land regelmäßig verließ?

»Aye«, versicherte er ihr. »Als ich jünger war, bin ich viel gereist, um mit den Heilern zu sprechen, von denen es hieß, dass sie viel wüssten, aber nur wenige davon waren in England.«

»Wohin seid Ihr dann gereist, um mit ihnen sprechen zu können?«, fragte Elysande interessiert, während sie hinter der Schenke einen kleinen Hof erreichten, wo sich ein Stall befand.

»Nach Frankreich, in die Gascogne, nach Aragonien, Kastilien …« Er brachte sein Pferd zum Stehen, zog die Handschuhe aus und reichte sie ihr. Dann löste er das Seil, das ihre Handgelenke verbunden hatte, damit ihre Arme immer um seine Taille lagen, ohne dass sie sich festhalten musste.

Während Elysande wartete, bemerkte sie, dass die letzten beiden Schotten – Fearghas und Donnghail, glaubte sie sich zu erinnern –, Tom und Simon mit der reiterlosen Stute in den Hof folgten. Erst jetzt fiel ihr auf, dass sie nicht ein einziges Mal daran gedacht hatte nachzusehen, ob sie immer noch hinter ihnen waren, nachdem sie das Stadttor passiert hatten.

»So, Mädchen«, sagte Rory, als er sie befreit hatte.

»Danke«, murmelte Elysande und zog ihre Arme zögernd von seiner Taille weg, nachdem er seine Handschuhe wieder an sich genommen hatte. Es hatte ihr gefallen, ihre Körperwärme miteinander zu teilen, aber jetzt setzte sie sich aufrechter hin und zog ihren Umhang fest um sich, während sie darauf wartete, dass Tom und Simon zu ihr kamen, um ihr vom Pferd zu helfen.

»Wie viele Pferde habt Ihr?«

Elysande blickte nach unten und sah einen dickbäuchigen, o-beinigen kleinen Mann zu ihnen eilen; er hatte sich eine alte Decke über die Schultern geworfen.

»Neun«, antwortete Rory. »Und wir werden Essen und Trinken und einen Platz zum Schlafen für die Nacht brauchen.«

Die Augen des Mannes leuchteten bei diesen Neuigkeiten auf. »Das wird etwas kosten, aber wir haben viel Gemüsesuppe, und Ihr dürft gern im Stall schlafen.«

»Für uns ist der Stall in Ordnung, aber die Lady benötigt etwas Wärmeres«, sagte Rory sofort, und Elysande erstarrte, als der gierige Blick des Mannes auf sie fiel.

»Na ja, nun, manchmal lassen wir Reisende in der Küche schlafen, und mich würde es auch nicht stören, wenn sie es täte. Ich glaube aber, meine Frau würde nicht glücklich sein, wenn ich jemanden von ihrer Sorte dort schlafen lasse.«

Elysande sah, wie Rory sich bei den Worten anspannte, und es überraschte sie nicht, als er knurrte: »Und was für eine Sorte wäre das?«

»Eine Frau, die freiwillig und allein mit Männern reist. Von denen einige noch dazu Schotten sind«, antwortete der Mann, als müsste das eigentlich offensichtlich sein. Elysande vermutete, dass es das wohl auch war, zumindest, was den Teil betraf, dass sie allein mit Männern reiste. Man ging nicht davon aus, dass eine Lady so reiste, wie sie es tat. Sie hätte Bedienstete bei sich haben müssen und mindestens eine ältere Verwandte oder Dienerin, um den Anstand zu wahren. Unglücklicherweise hatte die Situation das nicht zugelassen.

Elysande war sich nur zu bewusst, dass Rory vor Wut zitterte, und sie berührte ihn sanft am Arm und sagte: »Der Stall ist in Ordnung. Ich würde ohnehin lieber bei Euch allen sein, für den Fall, dass wir schnell aufbrechen müssen.«

Als der kleine Mann nickte und zum Stall eilte, wirbelte Rory herum und sah sie überrascht an. »Es sollte nichts passieren«, versicherte er ihr. »Die Soldaten haben den anderen Weg nach Norden genommen. Wir wissen nicht einmal genau, ob es überhaupt de Bucis Männer waren.«

Elysande zuckte mit den Schultern. »Aber sie könnten es gewesen sein, und sie könnten sich genauso auch später aufgeteilt haben, als ihnen klar wurde, dass sie uns auf dem anderen Weg nicht finden. Sie könnten dann die Hälfte der Männer den Weg entlanggeschickt haben, den wir genommen haben.«

Als er sie zweifelnd ansah, sagte sie: »Ich erkenne, dass Ihr mir nicht ganz glaubt, aber Ihr habt nicht gesehen, was de Buci auf Kynardersley getan hat. Ich habe ihn mein ganzes Leben lang gekannt und nie erlebt, dass er sich so aufgeführt hat. Er war wahnsinnig vor Verzweiflung. Wenn diese Männer auf Monmouth seine waren oder auch, wenn sie es nicht waren und er trotzdem herausgefunden hat, dass ich weg bin, wird er überall nach mir suchen und niemals aufhören«, versicherte sie ihm grimmig. »Ich werde erst in Sicherheit sein, wenn ich Sinclair erreicht habe, und es wäre ihm sogar zuzutrauen, dass er den Besitz meiner Tante und meines Onkels angreift. Sein Leben hängt davon ab, und de Buci weiß das.«

Rory lächelte, als sie das sagte. »Nicht einmal mit einer Armee würde er es bis Sinclair schaffen, Mädchen. Die Schotten mögen die Engländer genauso wenig wie umgekehrt. Kein Clan würde eine Horde englischer Soldaten einfach so durch sein Land reiten lassen, und es gibt viele Clans zwischen hier und Sinclair. Sobald wir in Schottland sind, werdet Ihr in Sicherheit sein.«

»Dann hoffe ich, dass wir Schottland bald erreichen«, sagte Elysande, auch wenn sie nicht glaubte, dass das, was er sagte, wirklich stimmte. Sie würde sich nicht sicher fühlen, solange sich niemand um de Buci gekümmert hatte. Denn obwohl sie in jener Nacht auf Kynardersley nicht gewusst hatte, was er suchte und weshalb ihre Mutter und ihr Vater und all die treuen Soldaten gestorben waren, hatte sie es später herausgefunden. Und dieses Wissen sagte ihr, dass de Buci jeden töten würde, der ihm im Weg war. Er musste es tun, denn er kämpfte um sein eigenes Leben. Wenn es ihm nicht gelang, das, was er suchte, wiederzubekommen, bevor es den König erreichte, würde er geköpft werden.

Rory biss die Zähne zusammen, als er der Schankwirtin die Münzen reichte, die er für die Unterbringung der Pferde sowie ihre Schlafgelegenheit im Stall und neun Schalen mit Gemüsesuppe und neun Becher Bier zu zahlen hatte. Sie verlangte einen ungeheuerlichen Preis, der hoch genug war, um in einem Gasthaus neun Zimmer mit Mahlzeiten zu bekommen, wäre eines bereit gewesen, sie aufzunehmen. Aber sie hatten keine Wahl, was das betraf. Sie befanden sich in einer ungünstigen Lage, und das wusste die Frau.

Rory ließ die Schankwirtin glücklich glucksend seine Münzen zählen und ging zu dem langen Tisch vor einem großen Kamin, wo die anderen sich bereits hingesetzt hatten. Elysande saß auf einer Seite mit Tom, Simon, Conn und Inan, während Alick, Fearghas und Donnghail auf der anderen saßen. Der

Platz gegenüber von Elysande war frei geblieben. Rory setzte sich mit einem Seufzer und betrachtete seine Kameraden.

Sie sahen alle müde aus, bemerkte er, und ihre Wangen waren vom Wind gerötet; zumindest die der Männer. Da Elysande immer noch Bundhaube und Schleier trug, konnte er nicht beurteilen, wie es ihr ging. Ein rascher Blick auf seine Begleiter verriet ihm, dass alle wohlauf waren, und das war etwas wert. Der letzte Teil der Reise an diesem Tag war so schlimm gewesen, dass er schon mit allem Möglichen gerechnet hatte – sie hätten Frostbeulen oder andere Erfrierungen davontragen können, ein Pferd hätte im Schnee ausrutschen und mitsamt Reiter stürzen können oder – nun, die Liste dessen, was hätte schiefgehen können, war endlos, aber sie hatten es verhältnismäßig unbeschadet hierher geschafft, und er hatte beschlossen, das als einen Sieg zu betrachten.

Es war jedoch der einzige Sieg dieses Tages. Er hatte den Wochenmarkt verpasst und deshalb keine Wolfswurz zur Verfügung. Das bedeutete, dass er das Mittel nicht herstellen konnte, das Elysandes Schmerzen gelindert hätte. Zudem hatten sie Schottland nicht wie geplant erreicht, was wiederum hieß –

»Noch eine Nacht in diesem verfluchten England«, knurrte Conn plötzlich, als hätte er seine Gedanken gelesen.

Rory lächelte leicht und schüttelte den Kopf. »Es könnte schlimmer sein.«

»Was könnte schlimmer sein, als in England bleiben zu müssen?«, fragte Inan verdrießlich.

»Der Tod«, antwortete Rory prompt, und alle lachten.

Alle außer Elysande und ihre Soldaten, bemerkte Rory, und dann begriff er, dass er ihr Land beleidigte. Er räusperte sich und sagte dann: »Nehmt das nicht ernst. Es war ein langer Tag.«

»Es ist in Ordnung«, erwiderte sie ruhig. »Ich mache Euch keine Vorwürfe dafür, dass Ihr England nicht mögt, wenn unsere Landsleute Euch alle so behandeln wie die Schankwirtin und ihr Ehemann.«

Tom blickte finster zur Tür, die zur Küche führte, in der die Schenkenwirtin hoffentlich ihr Abendessen zusammenstellte. »Der Ehemann hat Euch Beleidigungen an den Kopf geworfen, als wärt Ihr zu taub oder dumm, um es zu verstehen. Und dann hat seine Frau Euch für unsere armselige Unterbringung auf schändliche Weise viel zu viel berechnet. Es bringt mich dazu, mich dafür zu schämen, Engländer zu sein.«

Simon brummte zustimmend, und Rory entspannte sich etwas, aber er sagte: »Aye, nun, es gibt viele in Schottland, die sich gegenüber Engländern genauso schroff verhalten.«

Kaum hatte er das gesagt, wurde ihm klar, wie sehr es stimmte. Ab dem Moment, da sie die Grenze übertraten, würden Elysande und ihre Männer die gleiche unhöfliche Behandlung erfahren, wie er und die anderen sie in den letzten Wochen in England hatten erdulden müssen. Die Vorstellung beunruhigte ihn.

Und offensichtlich nicht nur mich, dachte er, als Conn sich unruhig bewegte und sagte: »Als ich das letzte Mal hier war, gab es in einer der Gassen einen Tuchhändler, der hin und wieder auch Stoffe für Plaids führt. Wenn sein Geschäft immer noch da ist und morgen geöffnet hat, könnten wir hingehen und sehen, was er hat und für unsere englischen Freunde etwas besorgen.«

Inan nickte. »Wenn sie so gekleidet wären wie wir, würden sie nicht so schnell auffallen, sobald wir Schottland erreichen.«

»Oh, nein!«, sagte Tom entsetzt. »Ich werde nicht mit nackten Knien herumlaufen! Das ist unanständig!«

»Aye«, stimmte Simon ihm zu. »Und außerdem frieren wir uns bei diesem Wetter in diesen Röcken die Eier ab. Entschuldigung, Mylady«, fügte er hinzu, als ihm aufging, was er gerade gesagt hatte.

Rory konnte Elysandes Miene nicht sehen, aber er vermutete, dass sie unter ihrem Schleier errötete. Sie gab ein kleines ersticktes Geräusch von sich, als sie die Entschuldigung beiseite schob. »Ist schon gut.«

Dann räusperte sie sich und meinte: »Aber es ist vielleicht wirklich eine gute Idee, wenn wir uns wie Schotten kleiden. Wenn de Buci Wind davon bekommt, dass wir diesen Weg genommen haben, wird er nach einer Gruppe Ausschau halten, in der sich eine Engländerin und zwei englische Soldaten befinden. Vielleicht halten wir uns ihn und seine Männer vom Leibe, wenn wir uns wie Schotten anziehen.«

Tom und Simon starrten sie ein paar Momente ausdruckslos an, dann tauschten sie Blicke, bevor Tom schließlich seinen Kameraden ansah, das Gesicht verzog und zögernd erklärte: »Sie hat recht.«

»Aye«, räumte Simon mit einem Seufzer ein, dann senkte er den Kopf und murmelte: »So viel zu unseren Eiern.«

Rory und die anderen Männer lachten immer noch, als die Schenkenwirtin und ihr Ehemann mit Tabletts kamen, auf denen Schalen mit Pottage standen. Sie reichten die Schüsseln herum und gingen dann das Bier holen, bevor sie wieder in der Küche verschwanden und ihre Gäste allein ließen. Kaum waren sie weg, begannen alle zu essen.

Pottage war üblicherweise eine sämige Suppe aus gekochtem Gemüse, Getreide und manchmal Fleisch. Aber in dieser fand sich gar kein Fleisch, soweit Rory das erkennen konnte. Zudem war sie so dünn, als hätte die Schenkenwirtin sie mit Wasser gestreckt. Aber sie war heiß und schmeckte gut genug, befand er und sah zu Elysande, die es aufgab, mit heruntergezogenem Schleier zu essen und diesen jetzt zurückschlug.

Rorys Blick wanderte augenblicklich über ihr Gesicht, musterte die Blutergüsse, die die eine Seite vollständig bedeckten. Als wäre sie wiederholt gegen eine Mauer gerannt. Zu seiner großen Erleichterung war ihr Gesicht nicht mehr so geschwollen wie zu dem Zeitpunkt, als er es zum ersten Mal gesehen hatte. Die Blutergüsse waren auch nicht mehr so dunkel; die zuvor fast schwarze Verfärbung war jetzt zu einem Purpurrot verblasst. Sie heilten. Noch etwa eine Woche, und alles würde so gut wie verschwunden sein. Wenn sie Sinclair erreichten, würde nichts mehr davon zu sehen sein.

Ein leiser Fluch ließ ihn zu Alick blicken, und er stellte fest, dass sein Bruder Elysande bestürzt ansah. Er war nicht der Einzige. Alle am Tisch – auch Tom und Simon – starrten sie an, sahen, was ihr angetan worden war. Auf allen Gesichtern zeichnete sich Bestürzung ab, gemischt mit Empörung darüber, dass jemand einer Frau so etwas angetan hatte.

Rory sah rasch wieder zu Elysande hin, die den Blick unverwandt auf ihre Gemüsesuppe gerichtet hielt. Er hoffte, dass sie nicht bemerkt hatte, dass sich die Aufmerksamkeit der Männer auf sie richtete. Doch die Röte auf ihrer unverletzten Wange verriet ihm, dass sie sich der Blicke sehr wohl bewusst war und dass es ihr peinlich war.

Rory räusperte sich mit zusammengepressten Lippen, um die Aufmerksamkeit der anderen auf sich zu ziehen, und warf ihnen finsteren Blickes die stumme Bitte zu, ihr Gegaffe sein zu lassen. Sie verstanden die Botschaft und widmeten sich sofort wieder ihrer Mahlzeit. Zufrieden sah Rory wieder zu Elysande hin. Sie schaute ihn mit einem ironischen Lächeln an.

»Mich stören ihre Blicke nicht«, sagte sie leise. »Wäre ich an ihrer Stelle, würde ich auch hinsehen.«

»Ich dachte, Ihr tragt den Schleier, um den Blicken auszuweichen«, sagte er ebenso leise.

Elysande schüttelte den Kopf. »Ich habe den Schleier getragen, weil ich nicht wollte, dass irgendwer von euch mich bemitleidet oder für schwach hält.«

Rory wölbte die Brauen bei diesem Eingeständnis. »Mylady, ich kann mir nicht vorstellen, dass irgendwer auch nur einen Moment gedacht hat, dass Ihr schwach seid. Allein die Tatsache, dass Ihr den größten Teil der letzten beiden Tage auf einem Pferd geritten seid, obwohl Euer Rücken und Eure Seite ebenso schlimm verletzt sind wie Euer Gesicht, macht mich sprachlos. Ich habe erwachsene Männer versorgt, *Krieger*, die tagelang nur herumgelegen und gestöhnt haben, nachdem sie leichter verletzt worden waren als Ihr. Ihr seid nicht schwach«, versicherte er ihr.

»Ihr Rücken und ihre Seite sind genauso zugerichtet?«, fragte Alick bestürzt. Rory fiel in diesem Moment ein, dass zwar alle gehört hatten, dass sie übel geschlagen worden war, aber nur er, Tom und Simon die Folgen gesehen hatten. Und auch sie hatten nur einen Teil davon gesehen. Er vermutete, dass die schwarzen Blutergüsse an ihrem Rücken und ihrer Seite auch an ihrem Gesäß und den Oberschenkeln zu finden waren. Vielleicht sogar an ihren Waden.

»Aye«, seufzte er, und dann wandte er sich wieder an Elysande. Als sie ihn aus schmalen Augen ansah, hielt er inne.

»Dann habt Ihr mich im Wald also früher gefunden, als Ihr mich denken ließet«, warf sie ihm ruhig vor.

»Äh …«, murmelte Rory. Sein Blick ging zu Tom und Simon, die ihn so bestürzt ansahen, wie er sich fühlte. Er kam sich vor wie ein Junge, der dabei erwischt worden war, heimlich die Dienerinnen beim Bad beobachtet zu haben. Jeden Augenblick rechnete er damit, dass seine Mutter kam und ihm ein paar Ohrfeigen verpasste.

»Und Ihr habt mich nackt gesehen.«

Rasch richtete Rory den Blick besorgt wieder auf sie. »Nur halb nackt. Ihr hattet immer noch Eure Breeks an«, führte er aus.

»Breeks?«, fragte sie verständnislos.

»Wir nennen diese Art Hose Bruoch«, erklärte Tom an Rory gewandt, dann sagte er zu Elysande: »Und es ist nicht sein Fehler, dass er Euch gesehen hat, Mylady. Wir waren alle ziemlich besorgt, als Ihr so lange nicht zum Lager zurückgekehrt seid. Wir drei haben uns gemeinsam aufgemacht, um nach Euch zu sehen. Ich, Simon und Lord Buchanan.«

»Es war wohl zu viel zu hoffen, dass du mich außen vor lassen würdest, oder?«, murmelte Simon erbost vor sich hin.

»Na ja, du warst schließlich auch da«, erwiderte Tom gereizt.

»Aye, aber das wusste sie nicht«, entgegnete Simon.

Ein kleiner Lachanfall unterbrach ihr Gezänk, und sie alle sahen Elysande an. Rory stellte überrascht fest, dass ihre Augen amüsiert funkelten.

»Ist schon gut«, beruhigte sie die Streitenden. »Ich bin nicht verärgert, Simon. Ich hatte ohnehin schon vermutet, dass ihr früher dort wart, als ihr zugegeben hattet. Ich habe euch nur aufgezogen.«

Die Soldaten blickten erleichtert drein, und Tom versicherte ihr: »Wir haben nur Euren Rücken gesehen, Mylady, und bei Gott, der Anblick der Blutergüsse hat mich so entsetzt, dass ich nichts anderes gesehen habe.«

Als Elysande nickte und weiteraß, widmeten sich auch die Männer wieder ihren Mahlzeiten. Erst als alle damit fertig waren, war es Tom, der fragte: »Wie lange brauchen wir, um Sinclair zu erreichen?«

»Mindestens zwei Wochen«, sagte Rory.

»Zwei Wochen?«, fragte Elysande bestürzt.

»Aye«, bestätigte Rory, während sie ihn entsetzt anstarrte.

»Sinclair liegt hoch im Norden Schottlands, noch nördlicher geht es kaum. Wir müssen also das ganze Land durchqueren, und wir brauchen schon mehr als drei Tage, um England hinter uns zu lassen.« Er hielt kurz inne, ehe er hinzufügte: »Wir könnten schneller vorankommen, wenn jeder ein Ersatzpferd hätte, dann könnten wir die Pferde im Laufe des Tages wechseln. Aber da das nicht möglich ist, wird es mehr als zwei Wochen dauern, bis wir dort sind.« Er betonte dabei das »mehr als«.

»Und das auch nur, wenn wir nicht hier oder sonstwo eingeschneit werden und bis zum Frühling feststecken«, ergänzte Alick.

»Nein! Wir dürfen nicht eingeschneit werden, weder hier noch sonstwo! Im Frühling wird es zu spät sein, ihn zu warnen. Ich muss –« Sie verstummte abrupt. Rory warf Tom und Simon einen fragenden Blick zu, aber die beiden Männer wirkten genauso verblüfft wie er, als sie Elysande so aufgeregt erlebten.

Sein Blick glitt zu Elysande zurück, die rasch aufstand.

»Ich muss nachdenken. Ich meine, schlafen«, murmelte sie und verließ den Tisch. Sie sahen ihr schweigend nach, als sie aus dem Schankraum eilte. Aber kaum war sie den Gang hinunter verschwunden, standen Tom und Simon auf, um ihr zu folgen.

»Was hat sie wohl damit gemeint, dass es im Frühling zu spät wäre, um ihn zu warnen?«, fragte Alick.

»Und wen muss sie vor was warnen?«, fragte Donnghail.

»Ich denke, es hat etwas mit dem zu tun, was dieser Dreckskerl von de Buci gesucht hat«, sagte Conn nachdenklich.

Rory sah ihn scharf an. »Ihr denkt, sie wusste die ganze Zeit, hinter was de Buci her war, und hat zugelassen, dass ihre Mutter –«

»Nein«, unterbrach Conn ihn und schüttelte heftig den Kopf. »Keine Tochter würde zusehen, wie ihre Mutter geschlagen wird, und nicht alles hergeben, wenn sie sie damit retten kann. Ich glaube auch nicht, dass ihre Mutter ruhig hätte zusehen können, wie sie geschlagen wird, ohne den Mund aufzumachen.«

Rory entspannte sich bei diesen Worten und lehnte sich etwas zurück. Er war erleichtert, dass Conn es so betrachtete, denn es war auch seine Einschätzung. Er weigerte sich zu glauben, dass Elysande oder ihre Mutter gewusst hatten, was de Buci suchte.

»Aber«, fügte Conn jetzt hinzu, »möglicherweise hat der Dreckskerl etwas gesagt, als er versucht hat, Lady Elysande zu wecken, während sie so getan hat, als würde sie schlafen. Vielleicht hat auch die Wache im Kerker Elysande irgendetwas gesagt, aus dem man schließen kann, was de Buci gesucht hat.«

»Aye«, murmelte Rory. Er erinnerte sich daran, was Elysande gesagt hatte, um ihn davon zu überzeugen, dass de Buci eine Bedrohung war. Sie hatte die Befürchtung geäußert, de Buci könnte auch die Burg ihrer Tante und ihres Onkels angreifen, um sie, Elysande, in die Hände zu bekommen. *Sein Leben hängt davon ab.* Er hätte sich sofort fragen müssen, wieso sie wusste, dass de Bucis Leben davon abhing, ob er fand, was er suchte. Hatte sie nicht gesagt, sie wisse nicht, wonach er suchte? Dieser Gedanke war ihm damals gar nicht gekommen. Ihn hatte eher die Vorstellung amüsiert, irgendein Engländer könnte mit einer Armee nach Sinclair marschieren, ohne dass jeder Clan südlich davon zu den Waffen griff und nichts lieber wollte, als den arroganten Dreckskerl zu töten.

Er stand abrupt auf und ging zur Tür. »Bleibt hier und trinkt in Ruhe aus. Ich muss mit Lady Elysande sprechen.«

5

»Nein«, sagte Elysande hartnäckig.

»Aber, Mylady, auf dem Heuboden ist es wärmer, und es gibt dort auch frisches Heu, auf dem Ihr schlafen könnt«, beharrte Tom frustriert, während sie ihren Umhang um sich zog und sich bereit machte, sich im Heu des einzigen noch freien Stalles niederzulegen.

»Das mag so sein«, gab sie müde zu. »Aber in meinem Zustand kann ich keine Leiter hochsteigen, und du kannst mich ganz gewiss nicht hinauftragen. Deshalb fürchte ich, werde ich hier unten schlafen müssen.«

»Simon und ich können Euch zusammen dort hochschaffen, Mylady«, versicherte Tom.

»Aber wie?«, fragte Elysande verzweifelt. »Ich habe von den Schultern bis zu den Waden Blutergüsse. Wollt ihr mich an den Knöcheln hochziehen?«

»Bis zu den Waden?«, wiederholte Tom bestürzt, ehe er sich umwandte, weil die Stalltür aufgestoßen wurde. Elysande sah ihn nach seinem Schwert greifen, die Hand aber sogleich wieder zurückziehen, als er Rory eintreten sah.

»Geht wieder ins Haus und trinkt euer Bier aus, Jungs. Ich helfe eurer Lady nach oben.«

Elysande starrte ihn an. Seinen Worten nach hatte er beim Näherkommen ihre Unterhaltung gehört. Es war jedoch seine Haltung, die ihre Aufmerksamkeit erregte. Er wirkte irgendwie anders, abweisender. Sie vermutete, dass er wegen irgendetwas verärgert war.

Tom betrachtete ihn einen Moment stumm, dann richtete er sich auf und sagte: »Wir werden in der Nähe bleiben, falls Ihr uns brauchen solltet.«

»Nein, das werdet ihr nicht tun«, erklärte Rory unbeeindruckt. »Ich muss mit Lady Elysande reden.« Er musterte Elysande grimmig. »Darüber, wieso de Bucis Leben von dem abhängt, was er so dringend sucht.«

Bei diesen Worten weiteten sich Elysandes Augen. Sie wusste, dass sie genau das oder etwas Ähnliches in einem früheren Gespräch zu ihm gesagt hatte. Jetzt wurde ihr auch klar, welchen Fehler sie gemacht hatte. Sie nickte als Zeichen, dass sie verstanden hatte. »Ihr könnt unbesorgt gehen«, wies sie Tom und Simon an. »Er hat recht. Wir müssen uns unterhalten.«

Tom zögerte; seine besorgten Blicke wanderten von ihrer ernsten zu Rorys grimmiger Miene und wieder zurück, aber dann trat ein entschlossenes Funkeln in seine Augen, und er schüttelte den Kopf. »Es wäre nicht schicklich, wenn Ihr mit ihm allein seid.«

»Es ist auch nicht schicklich, mit euch dreien allein zu sein«, wies sie ihn scharf zurecht, schlug dann aber sofort einen sanfteren Ton an. »Er ist unser Beschützer, Tom. Meine Mutter hat ihm unser Leben anvertraut. Ich denke, meine Unschuld ist bei ihm sicher.« Sie lächelte leicht, als sie hinzusetzte: »Abgesehen davon ist es nicht sehr wahrscheinlich, dass er Lust hat, mich zu verführen, so, wie ich zurzeit aussehe, oder?«

Elysande dachte, sie sollte sich gekränkt fühlen, als Tom und Simon sich bei diesen Worten entspannten und zustimmend nickten. Doch sie war einfach nur froh, dass die beiden endlich gehorchten und den Stall verließen. Als sie die Tür hinter sich geschlossen hatten, drehte Elysande sich seufzend zu Rory um. Sie schnappte schockiert nach Luft, als er sie unerwartet hochhob und seine Schulter gegen ihren Bauch drückte. Fast wäre sie über seinen Rücken gerutscht, aber dann spürte sie, dass er sie an den Knöcheln festhielt. Aber sie war weit genug gerutscht, dass ihr Gesäß sich in die Luft reckte und ihre Lenden auf seiner Schulter ruhten. Ihre Beine baumelten vor seiner Brust, und ihr Oberkörper presste sich an seinen Rücken.

»Bewegt Euch nicht«, knurrte er und trug sie in dieser würdelosen Position zum hinteren Teil des Stalls.

Elysande antwortete nicht. Sie konnte nichts sagen. Er hatte ihr den Atem geraubt. Sie rang immer noch nach Luft, als er ihre Knöchel losließ und begann, die Leiter hochzusteigen. Sie spürte mehr als nur eine leichte Panik in sich aufsteigen, als der Boden sich weiter und weiter entfernte und ihr Oberkörper anfing, vor und zurück zu schwanken. Elysande griff nach Rorys Plaid, um sich an irgendetwas festzuhalten, und zog daran. Statt ihre Lage dadurch zu stabilisieren, wie es bei einer Bruoch gewesen wäre, gab das Plaid nach, rutschte hoch, und sie kam seinem nackten Hintern mit ihrer Wange ziemlich nahe. Zumindest für einen Moment, bevor sie wieder hin und her schwang.

»Ich spüre plötzlich einen Luftzug«, sagte Rory, und Elysande war überzeugt, Erheiterung in seiner Stimme zu hören, keinesfalls aber eine Spur von Verlegenheit, wie sie sie empfand. Das ärgerte sie so sehr, dass sie versucht war, in die weiche, weiße Haut vor ihrem Gesicht zu beißen, als sie, zu einer Art Pendel geworden, wieder in die andere Richtung schwang.

Im letzten Moment siegte allerdings ihr gesunder Menschenverstand. Sie ließ das Plaid los und schlang stattdessen die Arme um ihn. Es war der verzweifelte Versuch zu verhindern, dass sie weiter hin- und herschwang. Überdies wollte sie sich davor bewahren, wie ein Stein zu Boden zu fallen. Dass diese Aktion nicht sehr gut durchdacht war, begriff Elysane, als ihre Hand gegen seine Lenden schlug.

Rory stöhnte vor Schmerz und beugte sich instinktiv nach vorn. Sein Fuß rutschte von der Sprosse, und einen Moment lang drohte Elysande das Herz stehen zu bleiben, war sie doch davon überzeugt, zusammen mit ihm von der Leiter zu fallen. Doch dann landete sein Fuß auf der nächsttieferen Sprosse, und sie kamen abrupt zum Halt.

Elysande ächzte leise, als seine Schulter in ihre Lenden stieß. Rory stieg die letzten Sprossen hinauf, oben angekommen, setzte er Elysande ab. Sie stolperte sofort ein paar Schritte zurück, warf ihm dabei einen bösen Blick zu.

»Ihr werdet mich morgen nicht auf die gleiche Weise wieder nach unten schaffen«, knurrte sie und ballte die Hände zu Fäusten, um sich daran zu hindern, ihre Hüfte zu reiben. Guter Gott, er hat mir wahrscheinlich einen weiteren Bluterguss verschafft, dachte sie bestürzt.

»Wir werden einen anderen Weg finden, wie Ihr hinunterkommt«, versicherte er ihr und kehrte ihr den Rücken zu. Er hob den unteren Teil seines Plaids an, und sie vermutete, dass er sich im Licht der Fackeln, das von unten heraufschien, untersuchte.

Sie seufzte, als sie ein schlechtes Gewissen bekam, weil sie ihm unbeabsichtigt in die Lenden geschlagen hatte, und sah sich auf dem Heuboden um. Er war groß genug, dass sie alle hier schlafen konnten, ganz besonders, wenn sie wieder so eng zusammenlagen wie in der Nacht zuvor. Es gab außerdem jede Menge Heu, das sie bei Bedarf auslegen konnten, und angesichts dessen, was sie dafür zahlten, dass sie hier schlafen durften, beschloss sie, genau das auch zu tun. Und Tom hatte recht gehabt; hier oben war es wärmer als unten auf dem Stallboden.

»Ihr wisst, was de Buci sucht.«

Elysande drehte sich um und musterte Rory wachsam. Er

hatte das Plaid wieder fallen lassen und sich ihr zugewandt. Nach einem kurzen Zögern nickte sie.

Offenbar hatte Rory damit nicht gerechnet, denn er starrte sie nur an, wirkte unschlüssig, wie er weiter vorgehen sollte.

»Was ist es?«, fragte er schließlich.

»Ein Brief«, antwortete sie, ohne zu zögern.

»Ein Brief?«, wiederholte er ungläubig. »Er hat Euren Vater und dessen Männer getötet, Eure Mutter beinahe totgeschlagen und Euch fast genauso schlimm behandelt – wegen eines Briefes?«

»Nun.« Elysande zuckte hilflos mit den Schultern. »Es war ein sehr wichtiger Brief.«

Rory schüttelte leicht den Kopf und seufzte dann. »Nun, das müsst Ihr schon ein bisschen ausführlicher erklären, Mädchen.«

Sie nickte ernst, trat zum Rand des Heubodens und spähte nach unten, um sicherzugehen, dass niemand dort war. Dann setzte sie sich auf einen der Heuballen.

»De Buci ist ein mächtiger Lord«, begann sie langsam. »Aber er ist ungeduldig und zu sehr auf Münzen und Macht erpicht. Er lehnt alles ab, das ihm das Gefühl gibt, es würde ihn daran hindern, beides zu bekommen.«

Als sie kurz eine Pause machte, nickte Rory und nahm ihr gegenüber ebenfalls auf einem Heuballen Platz. »Viele Lords sind so.«

»Aye«, murmelte sie. »Nun, er hat den König schon seit Längerem kritisiert. Er ist der Meinung, dass er zu hohe Steuern verlangt und sie verschwendet für …« Sie winkte die Erklärung mit einer Handbewegung weg und sagte nur: »Er mag ihn einfach nicht. Hauptsächlich, weil er nicht in den Kreis seiner Günstlinge gelangen konnte, denke ich.«

Rory nickte wieder.

»Wir alle wussten das. Vater hat ihn deswegen aufgezogen, aber niemand von uns hätte sich vorstellen können, dass er etwas dagegen unternimmt. Abgesehen von seiner Frau«, sagte Elysande schwer. »Während wir es nur für Gerede gehalten haben, wusste sie, dass mehr daran war. Aber ich vermute auch, dass er sich uns gegenüber vorsichtiger verhalten hat und dass er vielleicht nur darüber geredet hat, um herauszufinden, ob mein Vater ähnlich dachte wie er.«

»Aber das tat er nicht«, vermutete Rory.

»Mein Vater war dem König gegenüber loyal«, sagte sie fest, und als Rory nickte, sprach sie weiter. »Und auch Lady de Buci war das.«

»War?«, fragte Rory.

»Ich vermute, dass sie ebenfalls tot ist«, gab Elysande mit einem Seufzer zu. »Wie ich schon sagte, hatte sie offenbar den Verdacht, dass er dazu übergegangen sein könnte, etwas zu unternehmen. Wie ich es verstanden habe, hat sie bemerkt, dass bestimmte Lords ihren Gemahl häufiger aufsuchten. Lords, die genauso dachten wie er. Wenn er sich mit ihnen getroffen hat, schickte er sie immer in den Wintergarten. In ihrem Brief schrieb Lady de Buci, dass sie versucht hätte, sich davonzuschleichen, um herauszufinden, worüber die Männer sprachen, aber de Buci hat immer einen Posten vor dem Wintergarten Wache halten lassen. Und dieser Wachposten hat ihr gesagt, sie solle besser im Wintergarten bleiben; wenn sie etwas bräuchte, egal was, würde er es ihr holen. In diesen Zeiten hat sich Lady de Buci fast wie eine Gefangene in ihrer eigenen Burg gefühlt, und das hat dazu geführt, dass sie umso überzeugter war, dass ihr Gemahl etwas im Schilde führte. Vor zwei Wochen ist dann ein Bote gekommen, während de Buci auf der Jagd war. Sie hat die Nachricht entgegengenommen und geöffnet.«

Elysande machte eine Pause, bevor sie Rory ansah. »Es war ein höchst belastender Brief. De Buci und einige Lords haben ein Komplott geschmiedet, um den König und seinen jungen Sohn zu töten und dafür seinen Bruder auf den Thron zu setzen. Sie glauben, er würde sich ihnen gegenüber für ihre Bemühungen dankbar erweisen und sie entsprechend belohnen. Weil die Lords sehr darauf geachtet hatten, sich niemals alle zusammen zu treffen, um jeden Verdacht zu vermeiden, hat Lord Wykeman allen eine Nachricht geschrieben, in der das gesamte Komplott bestätigt wurde. Darin wurden Namen genannt, die Zeit und der Ort der geplanten Morde und wer wann was genau tun sollte.«

»Verflucht«, sagte Rory leise.

»Aye.« Elysande stand auf und trat noch einmal zum Rand des Heubodens, um nach unten zu sehen, bevor sie weitersprach. »Lady de Buci war entsetzt. Sie musste dem König die Nachricht zukommen lassen, ihn warnen, aber ihr Gemahl hatte die totale Kontrolle über seine Männer. Jeder Einzelne war ihm treu ergeben. Sie konnte niemanden von ihnen mit der Aufgabe betrauen. Die Bediensteten und Dorfbewohner hingegen waren ihr treu ergeben, nur hätte niemand von ihnen die Nachricht bis zum Hof und zum König bringen können. Deshalb hat sie an meine Mutter geschrieben und ihr alles erklärt. Sie hat das verfluchte Schreiben Lord Wykemans ihrer eigenen Nachricht beigefügt und meine Mutter gebeten, dem König ihr Schreiben und das des Verschwörers zu übergeben. Dann gab sie die Botschaft zusammen mit ein paar Münzen dem Schmied und trug ihm auf, beides dem Gewürzhändler zu geben, der an diesem Tag in der Burg gewesen war und von dem sie wusste, dass er sich noch im Dorf aufhielt. Dieser Gewürzhändler sollte die Nachricht meiner Mutter bringen, wenn er in Kynardersley haltmachen würde.«

Das war nichts Ungewöhnliches; Nachrichten wurden oft von den langsam durch das Land ziehenden Kaufleuten überbracht, wenn sie nicht eilig waren. Diese Nachricht war zwar eilig gewesen, aber Lady de Buci hatte keine andere Möglichkeit gehabt, als ihren Brief auf diesem Weg zu verschicken.

»Was ist mit dem Gewürzhändler passiert?«, fragte Rory und zog ihre Aufmerksamkeit wieder auf das Gespräch.

Elysande starrte auf die Stalltüren, ohne sie wirklich zu sehen; von dort aus, wo sie saß, konnte sie ohnehin nur den oberen Teil erkennen. »Er hat es nicht vor de Buci nach Kynardersley geschafft. Daher konnte niemand von uns wissen oder verstehen, was los war, als de Buci bei uns angekommen ist. Er muss meinen Vater beim Essen nach der Nachricht von seiner Frau gefragt und verlangt haben, sie ihm zu geben. Vater wird ehrlich gesagt haben, dass er nichts von einer Nachricht wisse, und de Buci, der das für eine Lüge hielt, hat ihn getötet.«

Sie sah wieder vor ihrem geistigen Auge, wie ihr Vater vom Tisch aufgestanden und nach hinten gestolpert war. Wie er tot auf dem Boden gelegen hatte, mit einem Dolch in der Brust. Sie presste die Lippen kurz zusammen, ehe sie weitersprach.

»Der Gewürzhändler ist kurz nach Simons und Toms Rückkehr aufgetaucht. Ebenso wie diese beiden wurde er von den Bediensteten aufgehalten, die sich im Wald versteckt hatten. Man warnte ihn davor, zur Burg zu gehen. Vermutlich war er unentschlossen, was er mit der Nachricht Lady de Bucis tun sollte, für deren Überbringung er bezahlt worden war. Dann hörte er, dass Tom und Simon dem jungen Eldon auftrugen, meiner Mutter mitzuteilen, dass sie sich im Wald verborgen hielten. Der Gewürzhändler sah eine Gelegenheit, seinen Auftrag erfüllen zu können, gab Eldon den Brief Lady de Bucis und eine Münze als Lohn und trug ihm auf, ihr beides zu bringen.«

»Ah.« Rory seufzte das Wort beinahe, und als sie ihn ansah, sagte er: »Deshalb hat es so lange gedauert, bis Tom und Simon etwas von Eldon gehört haben. Eure Mutter musste die Briefe erst lesen und entscheiden, was zu tun ist.«

»Aye. Das ist ein Teil des Grundes«, murmelte Elysande. »Als Eldon sagte, die Nachricht wäre von Lady de Buci, wusste Mutter sofort, dass es etwas mit dem zu tun haben musste, was gerade auf Kynardersley passiert war. Sie hat beide Nachrichten sofort von Betty öffnen und sich so hinhalten lassen, dass sie sie lesen konnte, und dann –« Elysande hielt abrupt inne. Ihre Mutter hatte ihr gegenüber zugegeben, dass sie Lady de Buci und deren Gemahl in diesem Moment des Begreifens zur Hölle gewünscht hatte. Sie hatte geweint um all das, was sie verloren hatte, und um das Drama, in dem sie und ihre Familie sich ohne eigene Schuld befanden.

Elysande behielt dies jedoch für sich und sagte nur: »Sie hat angefangen zu planen. Sie hat Betty aufgetragen, Eldon über den Geheimgang mit in die Küche zu nehmen. Während er Proviant für unsere Reise zusammengepackt hat, hat Betty die Abendmahlzeit für den Wächter im Kerker zubereitet, hat ein Schlafmittel in das Bier gegeben und ihm dann alles gebracht. Dann ist sie in die Küche zurückgekehrt, hat Eldon wieder mit ins Zimmer meiner Mutter genommen, mit dem Essen für uns. Danach mussten sie warten, bis das Schlafmittel wirken würde. Als sie glaubten, dass genügend Zeit vergangen war, hat Eldon bei Mutter gewartet, während Betty nach unten in den Kerker gegangen ist, um mich zu befreien. Danach sind sie und Eldon in den Wald gegangen, um mit Tom und Simon zu sprechen.«

»Und während sie Tom und Simon geholt haben, hat Eure Mutter Euch von Lady de Bucis Nachricht erzählt und ihre eigenen Nachrichten an Sinclair und mich diktiert«, beendete Rory für sie ernst die Geschichte.

Elysande nickte nur. Es gab nichts mehr zu sagen. Jetzt wusste er alles.

»Ihr hättet es mir sagen müssen, Mädchen, als Ihr mir das andere erzählt habt«, sagte Rory.

Sie seufzte unglücklich. »Ich hätte es Euch erzählt, aber Mutter hat mir geraten, es nicht zu tun. Sie sagte, es würde Euer Leben nur noch mehr in Gefahr bringen, als allein schon durch die Tatsache, dass Ihr mich eskortiert. Sie sagte, es wäre ein armseliger Dank für Eure Hilfe.«

Rory wölbte die Brauen, und ein Lächeln spielte um seinen Mund. »Ich vermute, allein schon, Euch zu helfen, bringt mein Leben und das der anderen in Gefahr. Aber nur das Wissen um die uns drohende Gefahr kann uns helfen, Mädchen.«

Elysande schwieg dazu. Sie wusste nicht, ob er recht hatte oder nicht. Sie selbst hatte nur überlebt, weil sie nichts gewusst hatte. Wäre Lady de Bucis Brief vor Lord de Buci bei ihnen eingetroffen und hätten sie ihn ihm gegeben, sie wären ganz sicherlich alle sofort getötet worden. Daran zweifelte sie nicht. Er hätte es einfach nicht riskieren können, dass irgendjemand, der von dem Brief wusste, den König darüber informierte.

»In dem Brief an Sinclair befinden sich also auch die anderen Briefe?«, fragte Rory plötzlich.

Elysande verzog den Mund zu einem schwachen Lächeln. »Genau genommen sind drei Nachrichten darin. Der ursprüngliche Brief, den Lady de Buci geöffnet hat; Lady de Bucis Brief an meine Mutter, in dem sie darüber berichtet, und der Brief meiner Mutter an den König zu Lady de Bucis Brief und den anderen.«

»Ihr bewahrt sie irgendwo sicher auf?«

»Aye«, versicherte sie ihm, aber sie sagte ihm nicht, dass die unhandliche Pergamentrolle sich in einem kleinen Beutel befand, den Betty rasch in das Futter ihrer Röcke genäht hatte.

»Ihr müsst also dem König die Nachrichten überbringen, bevor der Anschlag auf sein Leben stattfindet«, sagte er langsam.

Elysande nickte unglücklich. »Das Komplott soll spät im Dezember in die Tat umgesetzt werden, vor Neujahr. Selbst dann, wenn wir nicht bis zum Frühling irgendwo eingeschneit sind, bedeuten mehr als zwei Wochen von hier nach Sinclair wahrscheinlich weitere fünf Wochen, bis ein Bote den ganzen Weg zum Hof gereist ist, um den König zu warnen.« Sie machte eine Pause, schüttelte frustriert den Kopf. »Ich weiß nicht, wieso Mutter nicht daran gedacht hat, als sie darauf beharrte, dass ich zuerst nach Sinclair reise.«

»Ist sie noch einmal zu Hause gewesen, seit sie nach England gereist ist, um Euren Vater zu heiraten?«, fragte Rory.

»In Schottland?«, fragte Elysande zurück. Sie war sich ziemlich sicher, dass er das meinte, aber sie fand es seltsam, an Schottland als an die Heimat ihrer Mutter zu denken. Ihr ganzes Leben lang war Kynardersley deren Heimat gewesen.

»Aye. Ist sie seit ihrer Heirat überhaupt noch mal nach Schottland gereist?«

»Nicht, dass ich wüsste«, sagte sie langsam, kramte in ihren Erinnerungen danach, ob irgendwann einmal eine solche Reise erwähnt worden war, und dann fügte sie hinzu: »Ganz sicher nicht, seit ich geboren wurde.«

»Dann hat sie sich wahrscheinlich einfach nur nicht mehr daran erinnert, wie lange es dauert, um dorthin zu kommen«, gab Rory zu bedenken. Sanft fügte er hinzu: »Und sie war krank, als sie dieses Vorgehen geplant hat. Da ist es nicht überraschend, wenn ein paar Einzelheiten für sie etwas verschwommen waren oder ihr überhaupt nicht in den Sinn gekommen sind.«

»Aye.« Elysande nickte zustimmend. Es passte alles gut zusammen. »Aber es verursacht jetzt Probleme. Ich muss Mutters

Nachricht vor Ende Dezember zum König bringen. Vielleicht sollte ich überhaupt nicht nach Sinclair gehen. Vielleicht wäre es besser, wenn ich mich mit Tom und Simon auf den Weg zum Hof mache, um die Nachricht meiner Mutter zu übergeben.«

»Nein«, sagte Rory sofort. »Ihr könntet direkt in de Buci hineinreiten, oder er könnte Männer an den Straßen postiert haben, die nach Euch Ausschau halten.« Er schüttelte den Kopf. »Nein. Eure Mutter hat Euch zu mir geschickt, damit ich Euch sicher nach Sinclair bringe, und genau das werde ich auch tun.«

Als sie den Mund öffnete, um Einwände zu erheben, fügte er hinzu: »Aber ich werde darüber nachdenken, wie dem König die Nachricht schneller überbracht werden kann«, versicherte er ihr, stand auf und trat zur Leiter. Er blieb noch einen Moment stehen, wirkte gedankenvoll und murmelte: »Vielleicht, wenn der Bote übers Meer reist.«

Elysandes Augen wurden bei diesem Vorschlag größer. Mit einem Boot oder Schiff zu reisen wäre sehr viel schneller, da war sie sich sicher. Die Vorstellung gab ihr zumindest wieder neue Hoffnung, dass sie die Aufgabe doch noch rechtzeitig erfüllen könnten. Etwas, an dem sie ernsthaft zu zweifeln begonnen hatte, als sie erfahren hatte, wie lange es noch dauern würde, bis sie Sinclair erreichten.

»Wie auch immer, im Augenblick haben wir genug geredet. Ihr müsst Euch ausruhen. Wir alle müssen das, wenn wir morgen aufbrechen wollen, sofern wir dazu in der Lage sind«, sagte Rory, während er begann, die Leiter hinunterzusteigen. »Legt Euch ruhig schon mal hin und schlaft. Ich hole nur die anderen Männer und lasse sie wissen, dass sie jetzt zu uns kommen können.«

Elysande wartete, bis er nicht mehr zu sehen war, dann trat sie an den Rand des Heubodens und sah zu, wie er den Stall verließ. Sie konnte nicht umhin zu bemerken, wie das Licht der

Fackeln das Rot in seinen Haaren betonte. Meistens schienen seine Haare ein sattes, dunkles Braun zu haben, aber da war in Wirklichkeit Rot zwischen dem Braun.

Und war es nicht erbärmlich, dass sie das überhaupt bemerkte?, dachte Elysande missmutig. Sie verhielt sich, als hätte sie noch nie einen gut aussehenden Mann gesehen, obwohl es doch viele hübsche Männer auf Kynardersley gab. Oder gegeben hatte, berichtigte sie sich ernst. Sie waren jetzt alle tot.

Müdigkeit erfasste sie plötzlich, als ihr das wieder klar wurde, und sie drehte sich um und musterte den Heuboden. Das Fell, auf dem sie in der Nacht zuvor geschlafen hatte, lag in einer Ecke bei den Beuteln, in denen sie ihre Kleider aufbewahrte. Tom und Simon hatten sie offenbar früher hierhin gelegt, wahrscheinlich, als sie sich mit den anderen Männern um die Pferde gekümmert hatten. Allerdings war Elysande auch hier gewesen und hatte nichts davon bemerkt. Wahrscheinlich war sie damit beschäftigt gewesen, Rory zuzusehen, wie er sein Pferd striegelte, gestand sie sich ein. Sie stellte fest, dass ihr Blick mehr und mehr zu ihm hingezogen wurde, je länger sie ihn kannte, was ihr ein schlechtes Gewissen bereitete. Ihr Vater war ermordet worden und ihre Mutter auch, zusammen mit allen anderen Männern, abgesehen von Tom und Simon. Sie sollte viel zu sehr trauern, um überhaupt zu bemerken, dass irgendein Mann gut aussah. Oder nicht?

Elysande wusste es nicht. Sie hatte noch nie etwas Vergleichbares durchgemacht. Und wo war diese Benommenheit, die sie sofort nach den schrecklichen Ereignissen überwältigt hatte? Sie hatte sie während der Reise nach Monmouth umfangen gehalten, sogar noch am Anfang der Reise mit den Buchanans. Aber seit sie Rory und Alick und deren Männern berichtet hatte, was auf Kynardersley passiert war, hatte sie angefangen zu verklingen. Es war, als hätte das Sprechen über das Geschehene ihr diese schützende Benommenheit geraubt. Oder vielleicht waren es auch die Tränen, die sie seitdem vergossen hatte. Was immer es auch war, sie vermisste diese betäubende Hülle. Elysande wusste nicht, wie sie sich verhalten oder was sie fühlen sollte oder was angemessen war. Ihr Gefühl sagte ihr, dass sie wegen ihres großen Verlustes diese Lethargie immer noch empfinden sollte. Stattdessen fühlte sie sich zu einem völlig Fremden hingezogen, und das kam ihr falsch vor.

Elysande ärgerte sich darüber, während sie etwas Stroh ausstreute und dann das Fell entrollte und in der Mitte des Heubodens ausbreitete. Sie wickelte sich in ihren Umhang und ließ sich auf dem Lager nieder, das sie hergerichtet hatte, legte sich auf ihre unverletzte Seite und benutzte einen der Kleiderbeutel als Kopfkissen. Es war überraschend bequem, und tatsächlich wärmer, als sie erwartet hatte. Es würde sogar noch wärmer werden, wenn die Männer auftauchten, dachte sie, und als würden sie von ihren Gedanken angezogen, hörte sie, wie die Stalltür geöffnet wurde und die Männer leise murmelnd eintraten.

Ihre leisen Gespräche erstarben, als sie sich dem hinteren Bereich der Ställe näherten. Elysande vermutete, dass sie ihretwegen schwiegen, für den Fall, dass sie bereits schlief. Diese Möglichkeit veranlasste sie, die Augen zu schließen und so zu tun, als wäre sie tatsächlich bereits eingeschlafen. So verwirrt, wie sie war, verspürte sie ohnehin nicht den Wunsch danach, sich zu unterhalten. Also lag sie still da und atmete gleichmäßig, während sie auf die sachten Bewegungen um sie herum lauschte, als die Männer einer nach dem anderen auf den Heuboden stiegen und sich dort hinlegten.

Elysande spürte, wie jemand kurz ihre Hände berührte, bevor er sich wieder zurückzog. Sie war sich sicher, dass es Rory gewesen war, hatte sie doch seinen Geruch wahrgenommen.

Sie konnte die anderen um sich herum hören, als sie sich niederlegten. Einer war in ihrem Rücken, einer an ihren Füßen, einer wieder über ihrem Kopf. Sie vermutete, dass alle die gleichen Positionen einnahmen und sie schützten wie in der Nacht zuvor, indem sie einen Kreis um sie bildeten. Sie fühlte sich sicher und dankte in einem stummen Gebet dafür, dass Tom und Simon überlebt hatten und sie zu den Buchanans hatten bringen können.

6

Rory erwachte nur widerwillig; seine Sinne sträubten sich noch, die Behaglichkeit des Schlafes zu verlassen. Doch sein Körper spürte, dass etwas fehlte. Und Rory wusste, dass es Elysandes Nähe und Wärme waren, die er vermisste. Mitten in der Nacht war er wach geworden und hatte sich in derselben Position wiedergefunden wie am ersten Morgen dieser gemeinsamen Reise – er lag auf dem Rücken, Elysande schlief neben ihm, einen Arm und ein Bein auf ihm ausgestreckt, ihr Kopf ruhte an seiner Schulter. Er hatte lange reglos verharrt und versucht zu entscheiden, was er tun sollte. Letztlich hatte er gar nichts getan, hatte nur die Wärme ihres Körpers genossen und ihren Geruch eingeatmet und sich gefragt, wie es wohl wäre, jeden Morgen auf diese Weise aufzuwachen, mit dieser Frau in seinen Armen.

Seltsamerweise hatte ihm dieser Gedanke ziemlich gut gefallen, und genau das hatte ihn stundenlang wachgehalten. Er hatte versucht zu ergründen, warum das so war. Er kannte diese Frau doch kaum, und mit den Folgen der Schläge, mit den Blutergüssen und Schwellungen im Gesicht, bot sie zurzeit auch keinen sonderlich schönen Anblick. Ihm war jedoch keineswegs entgangen, dass die unverletzte Seite ihres Gesichts recht attraktiv war. Und das nicht beeinträchtige Auge war groß und von einem hübschen Graublau. Aber die Anziehung, die er spürte, hatte nichts mit Lust zu tun. Die meiste Zeit hatte ein Schleier ihr Gesicht verhüllt, so dass er sie gar nicht hatte sehen können. Nein, es war eindeutig etwas anderes als ihr Aussehen, was ihn so stark zu ihr hinzog.

Sie fühlte sich gut in seinen Armen an, weich und warm … und sie roch so gut. Aber vor allem bewunderte er ihren Mut. Sie war so verdammt tapfer, und sie zeigte eine innere Stärke, die wirklich beeindruckend war. Elysande hatte alles verloren. Die meisten Frauen hätten über das, was ihnen widerfahren war, geweint und gejammert, aber nicht Elysande. Wenn sie weinte, dann lautlos hinter ihrem Schleier. Und er wusste, dass ihr jede Bewegung, auch das Sitzen auf einem Pferd, große Qualen bereiten musste. Dennoch hatte sie sich nie beklagt. Sie hatte mit den Männern mitgehalten, trotz des aufreibenden Tempos, das sie eingehalten hatten. Und dann, als sie nicht mehr konnte, wäre sie eher vom Pferd gefallen, als darum zu bitten, langsamer zu reiten oder eine Rast einzulegen. Und ihre Haltung, als sie ihnen berichtet hatte, was geschehen war … Der Schmerz und das Entsetzen über all das, was sie erlebt hatte, waren ihr anzusehen gewesen, aber sie war stark geblieben, war nicht hysterisch geworden.

Und dann war da noch der für Rory aussagekräftigste Moment von allen. Weil nicht auszuschließen war, dass Betty, die Dienerin ihrer Mutter, möglicherweise de Buci in die Hände gefallen und unter Zwang deren Pläne verraten haben könnte, war Elysande nicht wütend wegen dieses eventuellen Verrats gewesen. Sie hatte sich vielmehr Sorgen um die Dienerin gemacht und sich vorgeworfen, nicht besser für sie gesorgt, nicht darauf bestanden zu haben, dass sie sie begleitete.

Aye, sie war mutig und stark, und er bewunderte sie sehr. Wäre er auf der Suche nach einer Frau gewesen, sie wäre es eindeutig wert, in Betracht gezogen zu werden. Aber das war er nicht. Zumindest glaubte Rory nicht, dass er jetzt schon eine Gemahlin wollte. Deshalb ärgerte er sich doch so sehr über die Bemühungen seiner Familie, eine Braut für ihn zu finden. Dennoch, Elysande war eine beeindruckende Frau, und jeder

Mann würde sich glücklich schätzen, eine Gemahlin zu haben, die er nicht nur gern in den Armen hielt, sondern auf die er sich auch verlassen konnte, wenn sie vom Leben geprüft wurden.

Als er an das Sie-gern-in-den-Armen-Halten dachte, fiel ihm wieder ein, dass sie nicht neben ihm lag. Rory öffnete die Augen. Nicht nur Elysande war fort, sondern auch die Männer. Er war allein auf dem Heuboden.

Schlagartig war Rory hellwach und auf den Beinen. Er ging zur Leiter und blieb stehen, als er Fearghas und Donnghail unten im Stall bemerkte. Die beiden unterhielten sich leise.

»Du hast also beschlossen, endlich aufzuwachen, ja?«, fragte Fearghas, ohne zu Rory hochzuschauen. Da Rory beim Aufstehen nicht sehr leise gewesen war, überraschte es ihn nicht, dass die Männer ihn gehört hatten.

»Wo sind die anderen?«, fragte er, während er die Leiter hinabzusteigen begann.

»Einkaufen gegangen«, antwortete Fearghas leichthin.

»Was?« Rory wirbelte schockiert herum.

Donnghail stand auf, lehnte sich gegen die Stallwand und grinste breit. »Wir wollten dich wecken, aber das Mädchen hat darauf bestanden, dich schlafen zu lassen. Sie meinte, du würdest deinen Schlaf brauchen«, fügte er mit einem Augenzwinkern hinzu. »Und dann hat sie erklärt, dass sie den Laden mit den Stoffen finden muss, um Plaids für sich und ihre Männer zu besorgen. Also ist sie los, und die anderen Männer sind ihr wie begierige Hündchen dicht auf den Fersen gefolgt.«

»Donnghail und ich sind hiergeblieben, um dir zu sagen, wo alle sind, wenn du aufwachst«, fügte Fearghas hinzu. Er erhob sich jetzt ebenfalls.

Rory knurrte und kletterte die restlichen Sprossen hinunter. Er hatte auch einige Einkäufe zu erledigen. Er hatte den Markt am Tag zuvor zwar verpasst, aber wenn es in Carlisle eine Apotheke gab, würde er dort vielleicht Wolfswurz bekommen und eine Medizin für Elysande herstellen können. »Seit wann sind sie weg?«

»Nachdem sie die Schenkenwirtin davon überzeugt hat, uns Brot, Käse und verdünntes Bier zum Frühstück zu bringen«, sagte Fearghas.

Rory verzog ärgerlich den Mund. »Das muss uns ordentlich was gekostet haben.«

»Nein«, widersprach Donnghail ernst. »Die Schenkenwirtin hat es uns umsonst gegeben.«

Diese Neuigkeiten ließen Rory blinzeln. »Wie hat Elysande denn dieses Wunder vollbracht?«

»Ich weiß es nicht genau. Als wir in die Schenke gekommen sind, um unser Morgenmahl einzunehmen, war die Wirtin nicht sehr erfreut, uns zu sehen. Sie sagte, wir sollten verschwinden, weil wir nur für die Nacht Quartier genommen hätten, nicht für heute morgen. Dann ist sie in die Küche davongestapft. Wir wollten uns schon umdrehen und wieder gehen, aber Elysande hat gesagt, wir sollten uns hinsetzen. Dann hat sie ihre Bundhaube und ihren Schleier abgenommen und auf den Tisch gelegt und ist wie eine Königin auf der Jagd nach einem störrischen Diener hinter der Frau her in die Küche geschwebt.«

»Aye. Wie eine Königin, so war sie«, sagte Donnghail mit einem kleinen bewundernden Lächeln, das dem von Fearghas glich. »Die Schultern zurück, den Kopf hoch erhoben und der Nase folgend, als wäre sie einem schrecklichen Gestank auf der Spur.« Er schüttelte den Kopf, sein Lächeln wurde breiter, als er das Geschehen beschrieb. »Ich hatte schon mit einem Mordskrach gerechnet – dem Klirren und Scheppern von Kochgeschirr, das zerschlagen wird. Ich war fest davon überzeugt, dass wir irgendwann hinlaufen und das Mädchen retten müssten. Oder vielleicht auch die Schenkenwirtin«, fügte er hinzu und verzog spöttisch die Lippen.

»Das haben wir wohl alle gedacht«, räumte Fearghas amüsiert ein. »Wir waren alle angespannt wie die Katzen und bereit, beim leisesten Geräusch aufzuspringen und reinzustürmen.«

Donnghail nickte. »Aber es hat keinen Ärger gegeben. Keinen Lärm, nur Gemurmel. Das ist eine ganze Weile so gegangen, und als Conn dann aufgestanden ist und nachsehen wollte, sind Lady Elysande und die Schankwirtin aus der Küche gekommen, haben wie alte Freundinnen miteinander geplaudert und hatten Tabletts mit Brot, Käse und Bier für uns alle dabei.«

»Das stimmt«, versicherte Fearghas, als Rory die Brauen hob. »Und die Schenkenwirtin war plötzlich ein ganz anderer Mensch – sie hat gelächelt und war freundlich, sogar zu uns. Sie sagte, dass das Essen und die Getränke in dem enthalten wären, was wir bereits bezahlt haben, und sie hat sich entschuldigt, dass sie uns nichts Besseres bieten kann. Sie hat uns sogar Brot, Käse und verdünntes Bier für dich mitgegeben, damit du etwas zu essen hast, wenn du aufwachst.«

Fearghas beugte sich über die halbhohe Wand der Stallbox, und als er wieder auftauchte, hielt er das Tablett mit den Speisen und dem Bier in der Hand.

»Ich frage mich, was Elysande ihr erzählt hat«, murmelte Rory, während er das Tablett annahm.

»Das wissen wir nicht«, wiederholte Donnghail; fast war es, als würde er sich entschuldigen. »Lady Elysande ist mit der Schenkenwirtin in die Küche zurückgegangen, nachdem sie ihr geholfen hat, die Sachen zu verteilen. Sie ist erst wieder rausgekommen, als wir fertig gefrühstückt hatten. Dann hat sie erklärt, sie würde jetzt zum Tuchhändler gehen. Es gab ein kleines Durcheinander, bis wir entschieden hatten, dass Fearghas und ich hierbleiben und warten würden, dass du aufwachst, und die anderen sie begleiten würden. Und dann waren sie auch schon weg.«

»Vielleicht hat sie es ja einem der Männer verraten, die sie begleiten«, meinte Fearghas. »Ich schätze, du wirst warten müssen, bis sie zurückkehren.«

»Was schon bald sein müsste«, erklärte Donnghail. »Es ist schon fast Mittag.«

Rory spannte sich an und hob abrupt den Kopf, die Augen entschrocken aufgerissen. »Schon so spät?«

»Aye.« Donnghail sah ihn verschmitzt an. »Ich wusste gar nicht, dass du so lange schlafen kannst. Du bist nicht einmal aufgewacht, als Tom und Simon die Lady hochgehoben haben, obwohl sie so eng bei dir gelegen hat. Na ja, ein Teil von dir war wach, aber der Rest von dir hat noch geschlafen.«

Rory schloss kurz die Augen, als er so geneckt wurde; er wusste genau, welcher Teil von ihm wach gewesen war. Zweifellos hatte sein Plaid wieder wie ein Zelt hochgestanden – die Antwort darauf, dass Elysande sich an ihn geschmiegt hatte. Vor allem, wenn sie im Schlaf ihr Bein wieder auf seine Lenden gelegt hatte, wie am ersten Morgen. Er hoffte nur, dass Elysande es nicht bemerkt hatte. Er wollte nicht, dass sie sich in seiner Gegenwart unwohl fühlte.

Seufzend trank er sein Bier, bevor er zur Stalltür ging.

»Wohin gehen wir?«, fragte Fearghas sofort. Er sprang über die halbhohe Stallmauer und schloss sich Rory an.

»Ich muss die Schenkenwirtin fragen, ob es in der Nähe eine Apotheke gibt. Ich könnte da etwas Wolfswurz bekommen, um eine Salbe für Elysandes Blutergüsse herzustellen«, antwortete Rory, der noch auf einem Stück Brot kaute.

»Es gibt eine«, bestätigte Donnghail, der ihm ebenfalls gefolgt war. Als Rory ihn fragend ansah, erklärte er: »Lady Elysande hat nach einer gefragt, als sie das Brot und den Käse verteilt haben. Die Schenkenwirtin hat ihr beschrieben, wo sie ist.«

»Aye. Vielleicht treffen wir sie dort«, sagte Fearghas.

Rory brummte bei dieser Vorstellung nur und ging ihnen voraus in den Innenhof. Er aß das Brot und den Käse rasch im Gehen, und als sie durch die Hintertür die Schenke betraten, hatte er gerade die letzten Bissen vertilgt. Was gut war, denn sonst hätte er sich vermutlich daran verschluckt, als sie den Schankraum betraten und er Tom und Simon in ihren Plaids sah. Sie waren so kurz, dass er überrascht war, dass er ihre Hintern nicht sehen konnte.

»Seid ihr sicher, dass das so richtig ist?« Simon zupfte am unteren Rand des Stoffes. »Eure sind nicht so kurz.«

»Wir haben es euch doch bereits gesagt«, erklärte Alick geduldig. »Bis zum Abendessen wird das Plaid nach unten gerutscht sein. Wenn ihr es jetzt tiefer macht, werdet ihr darüber stolpern, wenn es noch weiter runterrutscht, und wir müssen wieder von vorn anfangen.«

»Alick«, knurrte Rory zur Warnung. Er verschränkte die Arme vor der Brust und sah seinen Bruder und auch Conn und Inan wegen dieses Ulks finster an. »Hört mit diesem Unsinn auf und richtet ihnen die Plaids.«

»Ach, Rory«, klagte Alick. »Musst du uns den ersten kleinen Spaß verderben, den wir haben, seit wir Schottland verlassen haben?«

Bei diesen Worten zwickte Rory ein schlechtes Gewissen, denn Alick und die Männer hatten zwei Wochen lang vor Monmouth im Freien gelagert, auf dem kalten, harten Boden geschlafen und sich ihr Essen erjagen müssen, während er sich in der Burg aufgehalten hatte.

Aber das schlechte Gewissen verschwand rasch wieder, als er sich vorstellte, dass Elysande ihre Männer so sehen könnte, und er setzte wieder eine finstere Miene auf. »Wollt ihr, dass das Mädchen die beiden so sieht und in Verlegenheit gerät? Wo ist sie überhaupt?«

»In der Küche, sie stellt ein Mittel gegen ihre Schmerzen her«, sagte Conn ernst.

»Ein Mittel gegen ihre Schmerzen?«, wiederholte Rory verständnislos.

»Aye, aus Wolfswurz, Weidenrinde und ein paar anderen Kräutern, die sie heute Morgen in der Apotheke gekauft hat«, sagte Tom beinahe entschuldigend.

»Sie macht *mein* Einreibemittel?«, fragte Rory entgeistert.

»Nun, eigentlich ist es ein Rezept, das sie von Lady Mairghread hat«, sagte Tom und verzog für einen Moment das Gesicht. »Ich fürchte, ich habe vergessen zu erwähnen, dass unsere Lady eine recht bekannte Heilerin war, und dass sie Lady Elysande alles gelehrt hat, was sie wusste.«

Rory starrte den Mann einfach nur an; er war sprachlos. Er hatte für Elysande eine Mixtur gegen ihre Schmerzen machen wollen. Das Heilen war seine besondere Fähigkeit. Oder zumindest war es die Fähigkeit, für die er bekannt und wegen der er geschätzt wurde. Jeder Mann konnte ein Schwert schwingen. Zur Hölle, jeder Mann auf Buchanan tat es. Aber heilen zu können war das Besondere an ihm. Es machte ihn zu einem gefragten Mann. Monmouth war nicht der Erste, der ihm ein kleines Vermögen dafür gezahlt hatte, dass er zu ihm gereist kam, um ihn zu heilen. Er war nur der Letzte von vielen gewesen, und mit dem Geld, das der englische Lord ihm gegeben hatte, besaß er jetzt genug, um sich auf dem Stück Land, das seine Eltern ihm hinterlassen hatten, eine eigene Burg bauen zu können. Das zeigte, wie begehrt er war; er hatte sich inzwischen ein Vermögen verdient, um das ihn jeder Mann beneiden würde.

Nicht, dass Rory von jedem Menschen eine Bezahlung als Gegenleistung für seine Dienste forderte. Er war Heiler geworden, weil er es nicht ertragen hatte, noch einmal hilflos zusehen zu müssen, wie ein Mensch starb, wie es bei seiner Mutter gewesen war. Allerdings versuchte fast jeder Patient, ihm irgendetwas als Zeichen seiner Dankbarkeit zu geben – Münzen, Vieh oder etwas anderes. Selbst die ärmsten Kranken, die er geheilt hatte, waren losgezogen und hatten Kräuter und andere Heilmittel besorgt, von denen sie hofften, dass sie ihm bei seinen Bemühungen, andere zu heilen, nützen würden. Aber reiche Lords, die weit weg lebten und befürchteten, dass er einen Anreiz brauchte, um zu ihnen zu reisen, boten ihm oft Münzen. Und weil es tatsächlich unbequem war, weite Strecken zu reisen und nicht zu Hause und bei seiner Familie zu sein, und sie es sich außerdem leisten konnten, nahm er deren Bezahlung an.

Aber bei Elysande war es etwas anderes. Er hatte unbedingt seine Fähigkeiten einsetzen wollen, um ihr zu helfen. Er hatte der Held sein wollen, der sie von den Schmerzen befreit. Er hatte gewollt … Ja, er hatte gewollt, dass sie etwas Besonderes in ihm sah, wie er jetzt begriff. Stattdessen stellte sie jetzt in der Küche selbst ein Heilmittel her. Nach einem Rezept ihrer Mutter. Sie verwendete Wolfswurz, eine besonders giftige Pflanze, mit der man außerordentlich vorsichtig umgehen musste, damit es nicht versehentlich zu Vergiftungen und Todesfällen kam.

Plötzlich breitete sich Besorgnis in ihm aus. Er drehte sich abrupt um und eilte zur Küchentür, knurrte dabei: »Richtet ihnen endlich die Plaids.«

Er achtete nicht auf Alicks Stöhnen und Toms und Simons verärgerte Aufforderungen, ihnen ihre »verfluchten Röcke« zu richten, sondern stieß die Küchentür auf – und blieb wie erstarrt auf der Schwelle stehen, während sein Verstand sich bemühte zu verstehen, was seine Augen sahen.

Lady Elysande lag vollkommen nackt bäuchlings auf einem Leintuch, das auf dem Küchentisch ausgebreitet worden war. Den Kopf hatte sie auf die verschränkten Arme gelegt. Auf diese Weise waren ihr nackter Rücken und Hintern zu sehen, während die Schenkenwirtin die Blutergüsse sanft mit dem Einreibemittel einrieb.

»Wie ist es, Mylady?«, fragte die Schenkenwirtin. »Hilft es schon?«

»Aye, danke, Mildrede«, sagte Elysande leise und mit hörbarer Erleichterung. »Ich danke Euch wirklich dafür, dass Ihr angeboten habt, das zu tun. Ich wollte es schon selbst machen, aber Ihr hattet recht, am Rücken hätte ich es nicht geschafft.«

»Nein, dass hättet Ihr nicht«, bestätigte die Schenkenwirtin entschieden. Dann klang ihre Stimme entschuldigend, als sie einräumte: »Eigentlich habe ich es deshalb angeboten, um einen Blick auf Euren Rücken werfen und nachsehen zu können, ob er so schlimm aussieht wie Euer Gesicht. Aber es zu sehen …« Sie schnalzte mit der Zunge und schüttelte den Kopf, während sie die Hand in eine kleine Schüssel mit einer Flüssigkeit tauchte und dann Elysandes Rücken damit einrieb. Dabei murmelte sie mitfühlend: »Ihr müsst ziemlich gelitten haben, Mylady. Ich weiß nicht, wie Ihr das ertragen habt.« Sie klang verwundert, und ihre Hände bewegten sich weiter nach unten, hin zu ihrem Gesäß.

»Ihr könnt jetzt aufhören, Mildrede«, sagte Elysande sanft. »Den Rest schaffe ich allein. Ich komme nur nicht an meinen Rücken, und ich weiß es sehr zu schätzen, dass Ihr das für mich macht.«

»Unsinn, Mylady«, wehrte die Schenkenwirtin ab, während

sie rasch weiter das Mittel verrieb. »Ich helfe Euch gern, und es wird auch nicht mehr lange dauern. Abgesehen davon sind meine Hände sowieso schon taub von der Tinktur.« Sie widmete sich jetzt den Rückseiten von Elysandes Beinen. »Es ist nicht nötig, dass ihr auch noch Eure Hände betäubt. Ihr habt genug Stellen am Körper, die taub sein werden.« Sie kicherte leise in sich hinein.

Rory konnte Erheiterung in Elysandes Stimme hören, als sie der Frau zustimmte. »Aye, aber das ist immer noch besser als der Schmerz.«

»Aye.« Das Lächeln der Schenkenwirtin verblasste und sie schüttelte den Kopf. »Es ist ein Wunder, dass Ihr überhaupt gehen könnt, ganz zu schweigen davon, dass Ihr im Sattel sitzen könnt. Ihr seid sehr tapfer, Mylady.«

»Nein, ich bin nicht tapfer«, versicherte Elysande ihr ruhig. »Ich hatte nur furchtbare Angst, dass ich eine zu große Bürde für die Männer sein würde und sie mich irgendwo zurücklassen könnten.«

»Oh, das glaube ich nicht«, sagte Mildrede mit einem Stirnrunzeln.

»Nein«, pflichtete Eylsande ihr bei. »Jetzt weiß ich das, aber das wusste ich nicht von Anfang an. Ich habe nicht damit gerechnet, dass diese Schotten so gute, freundliche und ehrenhafte Männer sind.«

»Nein, vermutlich nicht. Ich hätte so was von Schotten auch nicht erwartet.« Die Frau seufzte. »Ihr habt Glück mit diesen Männern, Mylady. Ich schätze, es gibt nur wenige Schotten, die sich so ehrenvoll verhalten und sich die Mühe machen, einer jungen Frau in einer so schlimmen Lage zu helfen.«

»Aye«, sagte Elysande leise. »Ist das Leben nicht irgendwie seltsam?«

»Wie meint Ihr das, Mylady?«

»Nun, ich dachte gerade … Die Ermordung meiner Mutter, meines Vaters und all unserer Soldaten ist ganz sicher das schlimmste Unglück in meinem Leben. Aber diesen neuen schottischen Freunden zu begegnen, das war, denke ich, das größte Glück, das ich erlebt habe. Und beides ist so kurz hintereinander passiert.«

»Das Beste und Schlimmste im Leben, verbunden in einem einzigen Vorfall«, sagte Mildrede traurig. »Das Leben scheint einem niemals das eine ohne das andere zu geben.«

»Aye«, murmelte Elysande ernst.

Sie schwiegen beide einige Zeit, dann trat die Schenkenwirtin vom Tisch zurück und wischte sich die Hände an einem Stück Stoff ab, das an ihrer Taille hing. »So. Das war's.«

»Danke.« Elysande setzte sich mit dem Rücken zu Rory aufrecht hin. »Es war sehr nett von Euch, mir zu helfen.«

»Unsinn«, wiederholte sich die Schenkenwirtin. »Aber Ihr müsst mir die Rezeptur geben. Wenn das Mittel so wirksam ist, werde ich es gut gebrauchen können, wenn meine Knochen schmerzen. Manchmal ist es so schlimm, dass ich mich nur noch hinsetzen und weinen will.«

»Natürlich. Aber vergesst nicht, Wolfswurz ist sehr giftig, und Ihr müsst äußerst vorsichtig sein, wenn Ihr das Mittel zubereitet – «

Mehr musste Rory nicht hören. Er zog sich zurück und schloss leise die Tür, aus Angst, eine der beiden Frauen könnte bemerken, dass er dort stand. Aber er hatte genug gehört. Elysande wusste offensichtlich, wie gefährlich Wolfswurz sein konnte, und sie musste auch die richtige Menge davon verwendet haben, denn von der Tinktur war so viel auf ihrer Haut verrieben worden, dass sie ansonsten bereits tot gewesen wäre. Und das, Gott im Himmel, wäre eine Schande gewesen. Elysande hatte einen wunderschönen Körper, ganz und gar nur sanfte Rundungen und eine helle, rosige Haut dort, wo keine Blutergüsse waren.

»So ist es besser. Ich wusste, dass es zu kurz gewesen ist.«

Rory drehte sich bei Toms grimmigen Worten um und sah, dass die Männer sein Plaid neu gefaltet hatten; jetzt machten sie sich an dem von Simon zu schaffen. Tom reichte das Tuch jetzt fast bis zu den Knien, so, wie es sein sollte. Dennoch wirkte er damit nicht sehr viel glücklicher als vorher, bemerkte Rory. Tom beugte sich beständig nach vorn, starrte auf seine Knie und runzelte die Stirn. Es würde noch eine Weile dauern, bis er sich an dieses Kleidungsstück gewöhnt haben würde, vermutete Rory.

»Es scheint, als würde die Lady deine Heilfähigkeiten nicht benötigen.«

Rory verzog das Gesicht, als er Conns Bemerkung hörte, der zu ihm getreten war. »Nein. Sie verfügt selbst über diese Fähigkeiten.«

»Aye«, murmelte Conn. In seinen Augen lag Mitgefühl, als wüsste er genau, wie enttäuscht Rory war.

Rory versuchte, dieses Gefühl abzuschütteln. »Ist schon gut. Auf diese Weise kann ich mich hin und wieder zurücklehnen und muss mich nicht immer um die Verletzungen aller Leute kümmern.«

»Sie ist ein interessantes Mädchen, diese Lady Elysande«, stellte Conn fest. »So mutig wie unsere Lady Saidh, so geübt im Heilen wie Laird Sinclairs Gemahlin Lady Jo, und so freundlich wie die Frauen deiner Brüder. Ich denke, dass sie genauso liebenswert sein wird wie sie, wenn sie erst wieder gesund ist«, fügte er hinzu. »Tatsächlich hat sie heute Morgen, als sie mit uns in den Läden war, für eine kleine Weile ihren Kummer vergessen und gelächelt und gelacht. Ich konnte einen Hauch der Schönheit erkennen, die jetzt noch von den Blutergüssen verdeckt wird.«

Rory verspürte sofort Neid in sich aufsteigen. Er hätte das Mädchen nur zu gern lächeln und lachen gesehen.

»Oh, Ihr seid auf.«

Rory drehte sich um und sah die Schenkenwirtin in der Küchentür stehen. Er lächelte sie an. »Aye. Guten Morgen. Und danke für das Brot, den Käse und das Bier. Ich habe es zu schätzen gewusst.«

»Nun, ich konnte Euch kaum hungern lassen, nachdem Lady Elysande erklärt hat, dass Ihr die ganze Nacht auf gewesen seid, um sie und ihre Männer vor diesen schrecklichen Verbrechern zu beschützen, die sie angegriffen haben.«

Rory zog bei den Worten die Brauen zusammen und sah zu Conn, der ernst nickte. Er erkannte das Zwinkern in dessen Augen. Offensichtlich wusste er von der Lüge, die Elysande erzählt hatte, um sein langes Schlafen zu erklären. Eine Lüge, die mich in besserem Licht erscheinen lässt, als ich es verdient habe, dachte er, als die Frau weitersprach.

»Und es ist nur praktisch, dass Ihr hier seid, denn wir brauchen etwas Hilfe mit dem Plaid.« Die Wirtin runzelte leicht die Stirn. »Ich habe mir alle Mühe gegeben, aber Mylady schlägt vor, dass ich Euch hole, wenn Ihr schon auf seid, oder falls nicht, Euren Bruder.«

»Ich helfe gerne«, versicherte Rory und ging zu ihr, als sie ihm bedeutete, ihr zu folgen.

Als er dieses Mal die Küche betrat, war Elysande vollständig angezogen. Sie trug nicht nur ihr Kleid und wahrscheinlich die Breeks und die Tunika darunter, sondern hatte sich auch ein gefaltetes Plaid um die Schultern gelegt und mit einem Seil um die Taille gegürtet. Allerdings hing der Saum schief und die Falten waren ungleichmäßig.

»Ich fürchte, ich habe zwar bei der einen oder anderen schottischen Lady gesehen, wie man ein Plaid trägt, aber ich bin unsicher, wie es gemacht wird«, gestand die Schenkenwirtin. »Ich scheine nicht einmal die Falten richtig hinbekommen zu haben und –«

»Dafür, dass Ihr das zum ersten Mal gemacht habt, ist es eigentlich recht gut gelungen«, versicherte Rory ihr freundlich.

»Ich habe es Euch gesagt, Mildrede.« Elysande lächelte die Frau an. »Es muss nur hier oder da etwas zurechtgezupft werden.«

Rory starrte sie unverhohlen an, als er sie so lächeln sah, vergaß ganz und gar, was er eben noch gedacht hatte. Elysande stand ihm leicht abgewandt gegenüber. Als sie die Schenkenwirtin, oder Mildrede, wie sie sie nannte, freundlich anlächelte, stellte er verblüfft fest, wie hübsch Elysande war, wenn man die entstellenden Blutergüsse nicht sah.

»Habe ich nicht recht, Mylord?«, drängte Elysande ihn und erinnerte ihn daran, dass er einfach nur dastand und sie angaffte.

»Aye«, entgegnete er schließlich mit rauer Stimme und trat vor, um den Faltenwurf hier und da ein bisschen zurechtzurücken.

»Ich weiß immer noch nicht, wieso Ihr denkt, dass Ihr und Eure Männer schottische Kleidung tragen müsst«, sagte Mildrede, während sie ihm zusah.

»Weil de Buci möglicherweise die Dienerin meiner Mutter gezwungen hat, ihm zu sagen, was sie weiß, und er und seine Männer dann nach einer englischen Lady mit ihren zwei Soldaten suchen werden, die mit Schotten unterwegs sind. Nicht aber eine schottische Lady mit ihren schottischen Männern.«

Rory, der sich hingekniet hatte, um den Faltenwurf zu richten, sprang bei ihren Worten entsetzt auf. »Ihr habt ihr von de Buci erzählt?«

Elysandes Augen weiteten sich bei seiner Reaktion etwas,

aber dann tätschelte sie ihm beruhigend den Arm. »Aye, aber das ist in Ordnung. Habt Ihr im Schankraum, wo wir gestern Abend gegessen haben, nicht das Porträt unseres Königs gesehen? Mildrede ist eine treue Untertanin, die niemals zulassen würde, dass unser König ermordet wird. Sie ist mehr als glücklich, uns helfen zu können, jetzt, da sie von der Bedeutung unserer Aufgabe weiß.«

»Aye«, bestätigte Mildrede fest. »Unser König ist ein Heiliger. Viel besser als sein Vater Edward II. oder dieser Mortimer, der im Grunde nur geherrscht und den Kronschatz ruiniert hat, als unser König noch ein Kind war. Nur Satans Henker würden sich wünschen wollen, dass unser König und sein Sohn tot sind, damit sie seinen Bruder auf den Thron setzen können. Nein, wir wollen nicht, dass das passiert.«

Rory hatte einige Schwierigkeiten damit, dass jemand Edward III. als Heiligen bezeichnete. Er wusste, dass der Mann ein paar gute Dinge getan hatte – er hatte tiefgreifende Veränderungen die Regierung betreffend durchgeführt –, und im Gegensatz zu seinem Vater versuchte er nicht, Schottland zu erobern. Im Augenblick. Aber das lag auch nur daran, dass er alle Hände voll mit Frankreich zu tun hatte.

Trotzdem, die Loyalität der Frau ihrem König gegenüber schien aufrichtig zu sein. Abgesehen davon waren die Straßen unpassierbar, daher bestand kein Grund zu der Sorge, die Frau könnte einen Boten zu de Buci schicken und sie für ein paar Münzen verraten. Er hatte ohnehin vor, sofort aufzubrechen, sobald die Straßen wieder benutzbar waren. Vermutlich spielte es daher keine große Rolle, wenn sie Bescheid wusste.

Er nickte seufzend und wandte seine Aufmerksamkeit wieder dem Plaid zu, richtete es rasch.

»Ich brauche eine Brosche, um das Tuch oben zusammenzuhalten«, murmelte er, nachdem er es ihr um den Nacken gelegt hatte. »Wenn wir sie hier befestigen, könnt Ihr es wie die Kapuze eines Umhangs tragen.«

»Ich habe eine Brosche«, sagte Mildrede und verließ eilig das Zimmer.

»Ihr seid verärgert, weil ich es Mildrede erzählt habe«, sagte Elysande ruhig, als sie allein waren.

Rory verzog das Gesicht. »Nun, es stimmt, dass es mir lieber wäre, Ihr hättet es nicht getan. Sie mag Münzen, diese Schenkenwirtin. Erinnert Ihr Euch nicht an die absurde Summe, die sie dafür verlangt hat, dass wir im Stall schlafen dürfen?«

»Aye, ich erinnere mich. Aber das lag nur daran, dass Ihr Schotten seid«, setzte sie zur Verteidigung an.

Rory runzelte die Stirn. »Was hat das damit zu tun, dass –«

»Ihr habt selbst gesagt, dass die Leute hier die Schotten nicht mögen. Sie sehen Euch als Ursache ihrer harten Lebensumstände. Nun, englischen Kindern erzählt man, dass sie brav sein sollen, wenn sie nicht wollen, dass die Schotten von den Bäumen fallen und sie sich schnappen.«

»So etwas habt Ihr als Kind gehört?«, fragte er bestürzt.

»Nein, ich natürlich nicht. Meine Mutter war Schottin. Sie sagte, dass wir ein starkes, mutiges Volk sind, fest entschlossen, uns unsere Unabhängigkeit zu bewahren.«

Rory lächelte. Ihm gefiel, dass sie sich selbst als Schottin bezeichnete, obwohl sie halb Engländerin war.

»Die Sache ist doch die«, sprach Elysande fest weiter. »Mildrede hat naturgemäß Angst vor Schotten. Trotzdem war sie so freundlich, uns in dieser schrecklichen Nacht nicht wieder in die Kälte zurückzuschicken, obwohl wir so etwas wie ihr natürlicher Feind sind. Sie hat uns bleiben lassen, aber sie hat Euch dafür viel zahlen lassen, damit sie ihr Gewissen beruhigen konnte und die Nachbarn nicht auf die Idee kommen, schlecht von ihr zu denken, da sie – wahrheitsgemäß – behaupten kann, dass sie es sich hat teuer bezahlen lassen, Euch auch nur im Stall schlafen zu lassen.«

Rory starrte sie schweigend an. Er fand in diesem Moment, dass sie die süßeste, naivste Frau war, der er je begegnet war.

»Abgesehen davon hat sie uns heute das Frühstück bereitet, ohne es extra zu berechnen. Sie hat mich ihre Küche benutzen lassen, damit ich mir mein Heilmittel bereiten konnte, und sie hat mir auch dabei geholfen. Zudem wird sie uns heute ein üppiges Abendessen kochen – als Wiedergutmachung für ihre abweisende Art. Jetzt, da sie über alles Bescheid weiß.«

»Dieses Einreibemittel«, wandte sich Rory jetzt diesem Thema zu, um das andere zu verlassen. »Ihr seid mit der Wolfswurz vorsichtig gewesen? Sie ist –«

»Giftig«, beendete Elysande an seiner Stelle den Satz. Sie sah ihn amüsiert an. »Aye, ich weiß das. Ich war sehr vorsichtig, sowohl in der Handhabung als auch was die benötigte Menge betrifft.«

Rory nickte. »Wirkt es schon?«

»Aye. Ich fühle mich sehr viel besser. Zwar bin ich jetzt an vielen Stellen taub, was sich seltsam anfühlt, aber …« Sie zuckte schicksalsergeben mit den Schultern.

»Es ist besser als der Schmerz«, sprach er ihre unausgesprochenen Gedanken aus.

»Aye«, flüsterte sie, und dann sah sie an ihm vorbei zu der Tür, die jetzt aufschwang.

»Hier. Ihr könnt diese nehmen«, verkündete Mildrede, während sie mit einer hübschen Brosche in der Hand die Küche betrat.

»Oh, nein, Mildrede«, protestierte Elysande. »Die ist zu schön. Ich kann sie nicht annehmen.«

»Ich möchte es aber«, versicherte Mildrede ihr und fuhr mit einem Finger über die Brosche. »Sie gehörte meiner Mutter.

Sie hat sie von einem Lord erhalten, den sie als junge Frau verletzt im Wald gefunden hat und dem sie geholfen hat. Er hatte kein Geld bei sich und ihr stattdessen seine Brosche als Dankeschön gegeben. Sie hat sie mir gegeben, als ich geheiratet habe.«

»Dann kann ich sie erst recht nicht annehmen, Mildrede«, lehnte Elysande fest entschlossen ab.

»Nun.« Mildrede runzelte kurz die Stirn. »Dann borgt Ihr sie Euch einfach nur aus. Wenn Ihr den König gewarnt habt und er sich um diesen Dreckskerl de Buci und seine Kumpane gekümmert hat, kommt Ihr zu einem netten Besuch hierher zurück, erzählt mir von all Euren Abenteuern und gebt mir die Brosche zurück. Das würde mir wirklich gefallen. Zu sehen, dass es Euch gut geht und was Ihr macht.«

Elysande lächelte bei dem Vorschlag, sie war offensichtlich berührt davon, aber sie runzelte erneut die Stirn. »Was ist, wenn de Buci mich gefangen nimmt und tötet? Dann wäre die Brosche auf ewig verloren. Nein, ich kann sie nicht nehmen.«

Rory sah, dass Mildrede bei diesen Worten bleich wurde, und er verstand ihre Reaktion. Er fühlte sich selbst etwas schwach und elend bei dem Gedanken. Erst recht, weil Elysande es so ungezwungen ausgesprochen hatte, als wäre es durchaus eine Möglichkeit und zudem eine, derer sie sich nicht nur bewusst war, sondern die sie akzeptierte.

»De Buci wird Euch nicht kriegen«, sagte er fest. »Meine Männer und ich werden dafür sorgen, dass Ihr in Sicherheit seid. Mein ganzer Clan wird es tun, wenn wir erst Schottland erreichen, und ich habe Brüder und eine Schwester mit ihren eigenen Clans und Armeen in ganz Schottland, die Euch helfen werden. Zusammen mit ihnen und den Sinclairs werden wir Euch lebend durch das hier hindurchbringen, Mädchen. Und auch Euren König warnen.«

Mildrede schien jetzt wieder atmen zu können, und sie lächelte ihn sogar an. »Da, seht Ihr? Er und seine Männer werden dafür sorgen, dass Ihr am Leben bleibt. Also könnt Ihr Euch diese Brosche beruhigt borgen.«

»Aye, das werden wir«, sagte Rory fest entschlossen. Er nahm die Brosche und befestigte sie an Elysandes Plaid. »Aber nur für eine kurze Weile. Wir werden sofort losgehen und eine weniger kostbare Brosche besorgen, dann werden wir in einem der Gasthäuser zu Mittag essen und dir deine Brosche zurückgeben, sobald wir wieder hier sind.«

Als Mildrede den Mund öffnete, als wollte sie Einwände erheben, fügte er sanft hinzu: »Es ist ein sehr hübsches Schmuckstück, und es könnte daher Aufmerksamkeit erregen. Und das ist das Letzte, was wir wollen, ehe diese Tortur vorüber ist. Ein weniger teuer aussehendes Stück würde uns besser dienen.«

»Oh, aye. Das mag wohl stimmen«, gab die Schenkenwirtin nach.

»Und ich verspreche, dass ich persönlich Lady Elysande bei einem Besuch bei Euch begleiten werde, wenn all das vorüber ist.«

Die Wirtin fasste sich und lächelte ihn wieder an.

»Nun, dann ist es gut so.«

Rory nickte, nahm Elysandes Arm und führte sie zur Tür. »Dann machen wir uns jetzt auf den Weg und überlassen Euch Euren Angelegenheiten.«

»Aye«, stimmte Mildrede zu. »Aber sorgt dafür, dass Ihr zum Abendessen wieder hier seid. Ich habe meinen Albert losgeschickt, etwas Fleisch aufzutreiben, so dass ich Euch heute Abend einen guten Eintopf machen kann. Nichts Aufsehenerregendes, wirklich, aber eine herzhafte Gemüsesuppe, die Eure Mägen füllt und Euch Kraft für die Prüfungen gibt, die Euch noch bevorstehen.«

»Wir freuen uns darauf«, versicherte Elysande ihr, bevor Rory sie aus der Küche schob. Kaum hatten sie den Schankraum betreten, blieb sie abrupt stehen, als ihr Blick auf Tom und Simon in ihrer neuen Kleidung fiel.

7

»Mylady?«, fragte Tom unbehaglich, als Elysande ihn und Simon sprachlos anstarrte.

»Missfällt es Euch?«, fragte Simon, sah kurz zu Tom und richtete den Blick wieder auf sie. »Sollen wir unsere alte Kleidung wieder anziehen?«, fügte er beinahe hoffnungsvoll hinzu.

»Nein!«, platzte sie heraus und lächelte. »Ihr seht aus wie Schotten, und das ist genau das, was wir wollen.«

Und das stimmte. Sie sahen wirklich aus wie Schotten. Nur ein wenig kleiner und nicht so muskulös wie die echten Schotten, mit denen sie reisten, befand Elysande, als sie Tom und Simon musterte. In ihren Kettenhemden und den gepolsterten Tuniken hatten die beiden sehr viel imposanter gewirkt. Jetzt hingegen machten sie keinen besonders bedrohlichen Eindruck. Zumindest nicht neben den Buchanans und ihren Männern, die von größerer und breiterer Statur waren und sehr viel kräftigere Oberarme hatten. Selbst Rory, der weniger als Schwertschwinger denn wegen seiner Heilkünste bekannt war, hatte überaus muskulöse Oberarme.

»Ihr seht hübsch aus in Eurem Arisaidh, Lady Elysande«, sagte Conn mit ruhiger Stimme. »Wie eine echte Schottin.«

Elysande errötete vor Freude über das Kompliment, bis sie sich an die Blutergüsse in ihrem Gesicht erinnerte. Sie konnte unmöglich hübsch aussehen. Auch wenn er einfach nur hatte freundlich sein wollen, nahm sie Conns Worte als das, was sie sein sollten, und lächelte ihn an. Sie raffte leicht ihr Plaid und machte einen raschen Knicks.

Als sie sich wieder aufrichtete, versuchte sie, die schottische Sprechweise nachzuahmen. »Danke. Es freut mich, dass ich ein schottisches Mädchen sein werde.«

Die verwunderten Mienen der Männer verrieten ihr, dass sie – wie zuvor schon Rory – nicht besonders beeindruckt von ihrem Versuch waren. Elysande verdrehte die Augen, machte auf dem Absatz kehrt und ging zur Tür. Sie nutzte den oberen Teil des Plaids als Kapuze, achtete darauf, dass sie die verletzte Seite ihres Gesichts verbarg, und fügte dann in der Sprechweise, die die Männer so befremdlich gefunden hatten, hinzu: »Kommt, Jungs. Sieht so aus, als würden wir wieder einkaufen gehen und dann irgendwo was suchen, wo wir zu Mittag essen können.«

»Ihr werdet sie noch zum Weinen bringen, wenn Ihr damit weitermacht, Mädchen«, sagte Rory erheitert, als er an ihrer Seite auftauchte und die Tür für sie öffnete.

»So schlimm ist es gewiss nicht«, protestierte sie, während sie die Schenke verließen.

»Doch, das ist es«, versicherte er ihr mit einem Grinsen und nahm ihren Arm.

Elysande rümpfte verärgert die Nase und ging weiter.

»Wieso gehen wir eigentlich schon wieder einkaufen?«, fragte Alick. Er und die anderen Männer achteten darauf, dass Elysande in ihrer Mitte ging.

»Lady Elysande braucht eine Brosche für ihr Arisaidh«, antwortete Rory.

»Aber sie hat doch eine Brosche«, entgegnete Alick. Er beugte sich vor und betrachtete die Brosche, die Elysandes Arisaidh zusammenhielt.

»Die gehört der Schenkenwirtin«, erklärte Rory. »Sie hat sie Elysande geliehen, bis wir eine andere finden.«

»Ah«, sagte Alick, als er begriff.

»Conn, kennst du einen Laden, in dem wir so was kaufen können?«, fragte Rory.

»Aye.«

»Dann führe uns hin«, schlug Rory vor, und Conn übernahm die Spitze der Gruppe.

Sie setzten ihren Weg schweigend fort, bis Rory sich an Elysande wandte. »Was haltet Ihr von der Stadt, Mädchen?«

Elysande sah ihn an, bevor sie den Blick über die belebte Straße streifen ließ. Es gelang ihr, dabei nicht das Gesicht zu verziehen. Als sie die Schenke am Morgen verlassen hatten, war es schön gewesen – die Luft kalt und frostig, die Straßen so gut wie leer. Frischer, sauberer Schnee hatte den Boden bedeckt. Doch schon bei ihrer Rückkehr zur Schenke hatte sich ein ganz anderes Bild geboten. Die Stadt hatte von Menschen gewimmelt, und über allem hatte der Gestank nach Abfällen gelegen. Und die Straßen waren bedeckt gewesen von einer Mischung aus Schneematsch, Schlamm und den Inhalten der Nachttöpfe, die die Leute aus den oberen Stockwerken der Häuser aus den Fenstern gekippt hatten.

Genau genommen hatte Elysande die Stadt als abstoßend empfunden, und die Menschen, die hier leben mussten, taten ihr leid. Sie war dankbar dafür, dass sie auf einer Burg weit weg von den Kloaken einer solchen Stadt aufgewachsen war. Statt dieses auszusprechen, fragte sie: »Sind alle Städte so?«

»Manche sind größer, andere kleiner, aber im Grunde, aye, ist es überall das Gleiche«, antwortete er und sah sich um.

Elysande rümpfte die Nase, als sie das hörte, sagte aber nur: »Nun, es ist sicher schön, wenn man Läden gleich in der Nähe hat und nicht darauf warten muss, dass die Händler den Weg zur Burg finden.«

»Aye. Das ist ein Vorteil«, pflichtete Rory ihr bei, bevor er das Gesicht verzog. »Aber der Gestank.«

»Aye«, bestätigte Elysande und hielt sich einen Zipfel ihres Arisaidhs vor die Nase, als sie an einer besonders übel riechenden Stelle vorbeikamen. »Und es kann auch nicht gesund sein, in dem Dreck herumzulaufen, der auf den Straßen liegt. Kein Wunder, dass die Pest in den Städten so viel schlimmer gewütet hat als anderswo.«

»Aye«, sagte Rory grimmig, drängte sie zur Wand des Hauses, an dem sie gerade vorbeigingen, und schob sie rasch weiter, als zu hören war, wie oben ein Fenster geöffnet wurde. Sie waren gerade schnell genug, um dem Inhalt des Nachttopfs zu entgehen, den jemand auf die Straße entleerte.

»Wo spielen hier eigentlich die Kinder?«, fragte Elysande interessiert.

»Was?«, fragte Rory überrascht.

»Auf Kynardersley haben die Kinder der Bediensteten im Burghof gespielt, wenn sie nicht ihren Eltern bei irgendetwas geholfen haben. Aber wo spielen sie hier? Ich habe überhaupt noch keine Kinder gesehen.«

Rory sah sich suchend um. »Vielleicht gehen sie bei der Kälte nicht raus. Aber ich habe keine Ahnung, wo sie an schönen Tagen spielen könnten.«

Sie schwiegen beide, als sie Conn eine weitere Straße entlang folgten. Wann immer Elysande sich umschaute, fiel ihr Blick auf die sie begleitenden Männer. Alick ging neben Rory her, während Inan sich an ihrer Seite hielt. Die übrigen folgten ihnen. Alle waren wachsam, musterten unablässig die Leute auf den Straßen und achteten auf Anzeichen irgendwelchen Ärgers. Elysande vermutete, dass Rory ihnen aufgetragen hatte, nach de Bucis Männern Ausschau zu halten.

Doch daran wollte sie in diesem Moment nicht denken und suchte nach etwas anderem, das sie sagen konnte. »Wie war es, mit so vielen Brüdern und einer Schwester aufzuwachsen?«

Rory sah sie bei der Frage überrascht an, dann lächelte er schief und zuckte mit den Schultern. »Ich habe nie richtig darüber nachgedacht. Ich schätze, es war laut, wild und manchmal konnte es einen zur Raserei bringen.«

»Wieso das?«, fragte sie neugierig. Sie hatte sich immer Brüder und Schwestern gewünscht. Es war ihr nie in den Sinn gekommen, dass es etwas anderes als wunderbar sein könnte.

»Wegen der Streiche, die wir einander gespielt haben«, entgegnete Rory mit einem weichen Lächeln, als er sich an die Zeit erinnerte. »Nachdem meine Mutter gestorben war, habe ich meine Nase in jedes Buch über Heilung gesteckt, das ich finden konnte, und meine Geschwister haben es genossen, mich damit aufzuziehen oder mir die Bücher wegzunehmen und mich zu zwingen, hinter ihnen herzulaufen, um sie zurückzubekommen.« Er zuckte mit den Schultern. »Allerdings muss ich der Gerechtigkeit halber sagen, dass sie mich nie so zur Zielscheibe gemacht haben, wie sie es bei sich gegenseitig getan haben.«

»Was für Streiche haben sie einander denn gespielt?«

»Oh, nun, jemandem den Kopf zu rasieren, der dumm genug gewesen war, sich bis zur Bewusstlosigkeit zu betrinken. Oder jemandem zerriebene Hagebutten ins Bett zu legen, damit sie ihn so richtig juckten.«

»Schweine in die Betten zu legen oder das Bett mitsamt dem Schläfer in den Viehstall zu den Bullen zu schaffen«, mischte Alick sich jetzt in die Unterhaltung ein. Er beugte sich etwas vor und suchte Elysandes Blick. »Das haben wir gemacht, als wir älter waren und wenn unsre Brüder ziemlich betrunken waren.«

»Aye«, bestätigte Rory. »Aber ich denke, am Schlimmsten war es, als wir noch jünger waren. Einer unserer Brüder hat einmal aus einer Birne vorsichtig den Stängel herausgeschnitten, dann das Kerngehäuse ausgehöhlt und mit Käfern gefüllt, dann den Stängel wieder draufgetan und gewartet, was passieren würde.«

»Und was ist passiert?«, fragte Elysande neugierig.

»Saidh hat in die Birne gebissen, und plötzlich war ihr Mund voller Käfer. Sie wäre beinahe erstickt.« Er verzog bei der Erinnerung das Gesicht. »Das war wahrscheinlich das Übelste, was wir getan haben. Dass es absichtlich gemacht worden war, haben wir auch nur durch Zufall herausgefunden. Der Stängel ist rausgefallen, als sie die Birne fallen gelassen hat.« Er schüttelte den Kopf, als er daran zurückdachte. »Wir haben nie herausgekriegt, wer es war, denn niemand hat es zugegeben.«

»Aye«, sagte Alick grimmig. »Ganz sicher hatte der Schuldige Angst vor Vergeltung. Wir waren alle ziemlich aufgebracht. Jeder von uns hätte diese Birne in die Hand nehmen können, und Saidh wäre dabei fast gestorben. Und sie war damals erst zehn.«

»Du lieber Himmel«, hauchte Elysande. Dann schüttelte sie den Kopf. »Ich habe mir immer Brüder und Schwestern gewünscht, aber jetzt denke ich, dass ich Glück hatte, dass es anders gekommen ist. Wer hätte gedacht, dass Kinder so grausam sein können?«

»Ihr wart ein Einzelkind?«, fragte Rory ernst. Sie nickte, und er räumte ein: »Ich hatte es mir schon gedacht, aber nicht gefragt, weil ich keine schmerzhaften Erinnerungen wecken wollte.«

»Bevor ich geboren wurde, hat meine Mutter schon mehrmals ein Kind unter dem Herzen getragen«, sagte sie leise. »Und auch danach noch einige Male. Aber ich war das einzige Kind, das die ersten Tage nach der Geburt überlebt hat. Meine Mutter hat sich so sehr viele Kinder gewünscht. Dass es nicht so gekommen ist, war für sie ein Quell ständigen Kummers.«

»Deshalb wart Ihr auch ihr Schatz«, murmelte Rory.

»Aye.« Sie lächelte leicht. »So hat sie mich immer genannt.«

Rory nickte verständnisvoll und schien noch etwas sagen zu wollen, doch er schwieg, als Conn stehen blieb.

»Wir sind da.« Conn deutete auf den Laden, vor dem sie standen. »Der Nadelmacher müsste haben, was du brauchst, oder es zumindest anfertigen können.«

»Oh. Richtig. Wartet hier. Wir brauchen nicht lange, und dann suchen wir uns etwas, wo wir zu Mittag essen können.« Rory lächelte und führte Elysande in den Laden.

Während Rory dem Ladenbesitzer erklärte, was sie suchten, sah Elysande sich interessiert um. Sie war noch nie in einem Nadelmacherladen gewesen, und das große Angebot überraschte sie. Es gab Nadeln und Broschen aus Holz, Eisen, Bronze, Silber und sogar Gold für Kopfbedeckungen und Kleidung. Bei den fahrenden Händlern hatte sie nie eine solche Auswahl gesehen. Es war wirklich erstaunlich. Trotz dieser riesigen Auswahl hatte der Nadelmacher nicht das, was sie suchten. Schlichte Broschen waren beliebt, weil sie nicht so teuer waren, und er erklärte, dass er die letzte gerade erst verkauft hatte, kurz bevor sie gekommen waren. Aber er wollte am Nachmittag ohnehin neue machen, falls sie also später am Tag zurückkehren wollten …

Nachdem Rory beschrieben hatte, was sie brauchten, gab Elysande dem Mann eine Münze. Sie wollte sicherstellen, dass er die Brosche nicht an jemand anderen verkaufte, bevor sie zurückkehrten. Dann bedankten sie sich bei ihm und begaben sich wieder nach draußen zu den anderen.

Sie gingen weiter, bis sie eine Schenke fanden, wo man bereit war, sie zu bedienen, stillten ihren Hunger mit Würsten und Lese Fryes, einem süßen Käsekuchen, der ziemlich gut war. Da sie ansonsten nichts zu erledigen hatten, ließen sie sich Zeit und besuchten auf dem Rückweg zum Nadelmacherladen noch einige andere Geschäfte, an denen sie vorbeikamen. So schauten sie beim Handschuhmacher herein, wo Conn und Rory sich neue Lederhandschuhe kauften, die ihre Hände während des Ritts wärmen würden. Bei einem Gürtelmacher erwarb Elysande einen Gürtel, so dass sie Mildredes Schnur nicht mehr brauchte, um das Plaid in der Taille zusammenzuhalten. Simon ließ bei einem Schuster die löcherige Sohle eines seiner Stiefel reparieren, bevor sie bei einem Töpfer hereinschauten, der wunderschöne Schüsseln und Töpfe anbot.

Obwohl sie so viele Läden besuchten, war die Brosche noch nicht ganz fertig, als sie schließlich wieder zum Nadelmacher zurückkehrten. Sie mussten noch eine Weile warten, während sie poliert wurde. Bis Rory dann zufrieden mit dem Stück war und Elysande bezahlt hatte, war es bereits spät geworden. Sie kehrten zur Schenke zurück, wo Mildrede sie mit dem Abendessen erwartete.

Diese Mahlzeit war völlig anders als die am Abend zuvor. Sie bekamen frisches Brot und einen herzhaften Eintopf mit Hammelfleisch darin. Albert und Mildrede setzten sich sogar zu ihnen, Mildrede etwas verlegen und zufrieden, während ihr Ehemann vor Stolz über das Lob, das die Männer ihr wegen des Essens aussprachen, errötete.

Danach saßen sie noch beim Bier zusammen und sprachen über dieses und jenes. Eine ganze Weile genoss Elysande die Gesellschaft und die Gespräche, aber je länger sich der Abend hinzog, desto mehr ließ die Betäubung in ihrem Rücken nach, und sie versteifte sich wieder. Schließlich musste sie sich entschuldigen und den Tisch verlassen. Tom und Simon machten sofort Anstalten, ebenfalls aufzustehen, aber sie bedeutete ihnen, dass sie sitzen bleiben sollten. Sie murmelte, dass sie nur etwas holen würde, verließ den Raum und ging zum Stall.

Sie musste sich wieder mit dem Heilmittel einreiben, und dabei wollte sie keine Zeugen.

Dieses Mal war es keine solche Herausforderung, die Leiter zum Heuboden hochzusteigen, wie am vergangenen Abend, nachdem sie zuvor den ganzen Tag geritten waren. Aber es war noch schlimm genug, dass sie sich dankbar von Rory hätte hochtragen lassen. Als sie auf den Heuboden stolperte, zitterten ihre Beine und Arme, und ihre Stirn war schweißnass. Elysande holte die Tinktur, und um sich die Mühe zu sparen, das Plaid ab- und wieder anzulegen, zog sie nur die Hose aus, schlug die Röcke hinten hoch und rieb sich das Mittel auf die Beine und das Gesäß. Dann zog sie die Hose wieder an und entfernte die Brosche, so dass der obere Teil des Plaids heruntergleitt und sie sich aus dem Oberteil des Kleids und der Tunika kämpfte. Dann begann sie, das Mittel auf all den Stellen aufzutragen, an die sie gelangen konnte. Was nicht sehr viele waren, wie sie bald einsah. Und dann hörte sie, wie sich die Stalltür öffnete.

Ein leiser Schrei entfuhr ihr, und sie beeilte sich, nach der Tunika zu greifen, um sie hochzuziehen und sich zu bedecken. Sie hielt inne, als sie Mildrede »Mylady?« rufen hörte.

»Aye«, antwortete sie erleichtert.

»Ich dachte, Ihr könntet Hilfe beim Auftragen des Mittels brauchen, bevor Ihr Euch schlafen legt?«

»Oh«, seufzte Elysande und sagte dann: »Aye, wenn es Euch nichts ausmacht?«

»Nein. Deshalb bin ich hergekommen«, sagte Mildrede. Ihre Stimme kam näher, als sie die Leiter hochstieg. »Es ist mir nur nicht gleich in den Sinn gekommen, sonst wäre ich sofort mit Euch mitgegangen. Aber dann habe ich gedacht, dass Ihr im Laufe des Abends immer stiller geworden seid, und ich dachte, dass die Wirkung des Mittels wahrscheinlich nachgelassen hat.«

»Das stimmt«, sagte Elysande mit einem Lächeln, während sie zusah, wie sich die ältere Frau auf den Heuboden hochzog.

»Ich habe mir bereits die Beine und das Gesäß eingerieben und war gerade mit dem Rücken beschäftigt, als ich gehört habe, wie sich die Stalltür öffnet«, gestand sie.

»Dann wird der Rest schnell gehen«, sagte Mildrede leichthin beim Näherkommen. »Legt Euch hin.«

Elysande legte sich auf das Fell, nachdem sie das Oberteil ihrer Tunika und des Kleides wieder hatte nach unten fallen lassen. »Danke, Mildrede.«

»Das tue ich gern«, murmelte Mildrede. Sie nahm das Tontöpfchen, das Elysande auf den Boden gestellt hatte, betrachtete es und hob den Deckel. »Das ist hübsch. Woher habt Ihr das, Mylady?«

»Es war Rorys Idee«, sagte Elysande, wandte den Kopf und schaute lächelnd auf das kleine Gefäß. »Wir sind bei einem Töpfer vorbeigekommen, der gerade einen Becher herstellte, und Rory hat ihn gefragt, ob er einen ohne Griff und stattdessen mit Deckel machen kann. Er hat ihm angeboten, ihm mehr zu bezahlen, wenn er das Gefäß gegen Ende des Tages fertig hat. Und das hatte er. Der Deckel lässt sich allerdings sehr leicht öffnen, deshalb muss ich immer ein Stück Stoff drumherumwickeln, wenn wir unterwegs sind.«

»Das ist sehr klug«, sagte Mildrede, während sie sich neben ihr auf das Fell kniete.

»Aye«, pflichtete Elysande ihr bei und schwieg dann eine Weile, während Mildrede ihr das Mittel auf dem Rücken verstrich.

»So«, sagte Mildrede schließlich, richtete sich auf und legte den Deckel wieder auf das Töpfchen.

»Danke.« Elysande setzte sich auf, streifte sich rasch die Oberteile von Tunika und Kleid wieder über. Als sie sich fertig angezogen hatte, stand sie auf und sah die Schenkenwirtin an. »Für alles«, fügte sie hinzu.

»Gern geschehen, Mylady«, entgegnete Mildrede und reichte ihr das Töpfchen. »Ich habe gehört, wie die Männer davon gesprochen haben, dass der Schnee schnell schmilzt und Ihr wahrscheinlich morgen aufbrechen werdet.«

»Aye.« Elysande hatte es auch gehört.

»Ich weiß, dass Ihr das tun müsst, wenn Ihr den König rechtzeitig warnen wollt, aber ich bedauere es immer noch, dass Ihr gehen müsst. Ich habe die Zeit mit Euch heute Morgen und heute Abend genossen.« Mildredes Stimme klang etwas barsch, vermutlich machte dieses Eingeständnis sie verlegen.

»Auch, wenn es bedeutet, dass Ihr ein paar Schotten am Tisch habt?«, neckte Elysande sie.

»Aye.« Sie lächelte schief und gab dann widerstrebend zu: »Für Schotten sind sie nicht schlecht. Sie kümmern sich alle sehr gut um Euch und sind sehr besorgt um Euch. Ganz besonders dieser Rory. Er nimmt selten seinen Blick von Euch. Ich weiß, dass er Euch beschützen wird, wie er es versprochen hat.«

»Aye. Ich denke, er wird sein Bestes geben«, stimmte Elysande ihr zu und meinte es auch so. Obwohl sie sich gar nicht sicher war, dass er dabei Erfolg haben würde. Es gab nichts Gefährlicheres als einen verzweifelten Mann, und de Buci war so verzweifelt, wie man es nur sein konnte.

»Dann lasse ich Euch jetzt allein und wünsche Euch einen guten Schlaf. Ich muss heute Abend noch etwas backen, bevor ich zu Bett gehen kann, aber ich bin ganz sicher morgen früh auf. Geht bitte nicht fort, ohne Euch von mir zu verabschieden.«

»Natürlich tue ich das«, versicherte Elysande ihr, als sie zur Leiter traten.

»Dann gute Nacht«, sagte die Frau, ehe sie nach unten stieg.

Elysande sah ihr nach, bis sie den Stall verlassen hatte, dann verstaute sie das Töpfchen mit dem Einreibemittel in einem ihrer Beutel. Sie dachte kurz daran, wieder in die Schenke und zu den Männern zurückzugehen, aber dann zog sie es vor, so viel Schlaf wie möglich zu bekommen. Schließlich wollten sie am nächsten Tag früh aufbrechen. Das Mittel mochte zwar ihre Schmerzen lindern, dennoch würde es ein langer Tag im Sattel werden.

Während sie noch überlegte, ob sie sich in das Plaid wickeln sollte, wie die Männer es taten, oder ob sie es sich, gefaltet wie es war, umlegen sollte, hörte sie, dass die Stalltür geöffnet wurde. Sie beschloss, das Plaid als Umhang zu benutzen, damit sie am nächsten Tag nicht vor der Aufgabe stehen würde, den Stoff in Falten legen zu müssen. Elysande griff nach dem Plaid und legte es sich um. Dann ließ sie sich auf ihrer unverletzten Seite auf das Fell sinken und schloss die Augen. Es schien ihr leichter und weniger peinlich, zuzulassen, dass die Männer sich um sie herumlegten, wenn sie so tat, als würde sie schlafen. Nachdem sie ihr ganzes bisheriges Leben allein in ihrem Bett geschlafen hatte, fand sie es immer noch ein bisschen unangenehm, von so vielen Männern umgeben schlafen zu müssen. Dass sie immer wieder wach wurde und sich eng an Rorys Brust geschmiegt wiederfand, als hätte sie ein Recht dazu, machte es nicht besser. Und es half auch nicht zu wissen, dass es im Schlaf passierte und sie deshalb nicht dafür verantwortlich war; trotzdem war es ihr jedes Mal peinlich, wenn sie so aufwachte. Elysande war nur froh, dass niemand etwas dazu sagte. Tom und Simon hatten sie, ohne eine Bemerkung zu machen, einfach hochgehoben und sie die Leiter heruntergetragen und sich dann anderen Aufgaben zugewandt.

»Ich weiß, dass Ihr noch nicht schlaft, Mädchen. Mildrede ist gerade erst gegangen.«

Elysande erkannte Rorys Stimme und öffnete die Augen. Sie bog überrascht den Kopf zurück, als er sich neben sie legte, ihr aber nicht wie sonst den Rücken zukehrte, sondern sie ansah.

»Wie geht es Eurem Rücken?«, fragte er und stützte seinen Kopf auf den einen Arm, so dass er sie im schwachen Licht der unten brennenden Fackeln ansehen konnte.

»Jetzt wieder viel besser. Mildrede hat mir geholfen, das Mittel aufzutragen.«

»Aye. Ich hatte mir schon gedacht, dass Eure Schmerzen nach dem Essen wieder zugenommen hatten«, räumte er ein, als sie fragend die Brauen hob. »Ihr seid ungewöhnlich still und blass gewesen, bevor Ihr Euch zurückgezogen habt.«

»Oh.« Sie verzog das Gesicht. »Das Mittel wirkt für einige Stunden ziemlich gut, aber dann lässt die Wirkung nach. Ich hätte daran denken sollen, es vor dem Essen erneut aufzutragen.«

»Hmm«, murmelte er, dann schwiegen sie und starrten sich einen Moment nur an. Als Elysande begann, sich unbehaglich zu fühlen und erwog, sich wegzudrehen, sagte er: »Die Schwellung in Eurem Gesicht ist verschwunden, und die Blutergüsse sind jetzt eher rot als schwarz, mit ein bisschen grün an den Rändern. Sie heilen.«

»Tun sie das?«, fragte sie interessiert. Sie hatte keinen Spiegel, um es selbst sehen zu können, und welchen Anblick ihr Rücken bot, konnte sie sowieso nicht sehen. Wenn sie sich genügend verdrehte, konnte sie einen Blick auf ihr Gesäß und die Rückseiten ihrer Beine erhaschen, und das hatte ihr gezeigt, dass deren Zustand sich leicht gebessert hatte. Ihre Muskeln schmerzten aber immer noch von den Schlägen und hatten bei der Bewegung protestiert.

»Aye. Noch ein paar Tage, und das Schlimmste sollte vorbei sein«, versicherte er ihr.

»Es wird aber mindestens noch eine Woche dauern, bis es ganz weg ist«, sagte sie trocken.

Ihre Worte brachten ihn zum Lächeln. »Ihr wisst *wirklich*

einiges über Heilung. Eure Männer haben erwähnt, dass Ihr Euch damit auskennt.«

»Und Ihr habt daran gezweifelt?«, fragte sie, denn er hatte überrascht geklungen.

»Nein, eigentlich nicht«, erwiderte er langsam. Dann lächelte er schief und gab zu: »Es ist nur so, dass ich es gewohnt bin, meistens der Heiler zu sein.«

»Ah. Mutter hat erzählt, dass Ihr Euch einen ziemlichen Ruf erworben habt«, gab sie zu.

Rory wölbte eine Augenbraue. »Und woher wusste sie das?«

»Von ihrer Schwester«, antwortete Elysande sofort. »Tante Bearnas hat Mutter oft geschrieben. Deshalb wusste sie auch, dass Ihr auf Monmouth seid. Sie sagte, Eure Schwester – Saidh?« Sie wartete, bis er zur Bestätigung nickte, ehe sie fortfuhr. »Saidh hat Jo, der Gemahlin meines Vetters Cam, in einem Brief geschrieben, dass Ihr nach Monmouth aufgebrochen seid, um Euch für ein kleines Vermögen um den Baron zu kümmern. Und Jo hat es meiner Tante erzählt.«

»Die es wiederum in einem Brief Eurer Mutter mitgeteilt hat.« Rory lächelte. »Ich hatte keine Ahnung, dass es von so großem Interesse ist, wo ich mich aufhalte und was ich tue.«

Elysande zuckte mit den Schultern, was sich im Liegen seltsam anfühlte. »Eure Schwester ist stolz auf Euch. Tante Bearnas hat in ihren Briefen oft kleine Neuigkeiten über Eure Familie eingestreut.«

»Was zum Beispiel?«, fragte er interessiert.

»Oh, lasst mich nachdenken«, murmelte sie und forschte in ihrem Gedächtnis. Dann lächelte sie. »Als sie Eure Familie das erste Mal erwähnt hat, ging es darum, dass Cam endlich eine Frau gefunden und geheiratet hat. Sie hat uns alles über Jo erzählt. Und dann gab es da noch eine ziemlich spannende Geschichte darüber, dass eines der Mädchen, die Cams wegen auf die Burg eingeladen worden waren, versucht hatte, seine frisch mit ihm vermählte Gemahlin zu töten. Aber es war alles gut ausgegangen, und Jo hatte sich mit vielen anderen Mädchen befreundet, darunter auch mit einer Saidh Buchanan. Sie alle hatten dabei geholfen, Jo das Leben zu retten.«

Als er nickte, sprach sie weiter. »Im nächsten Brief haben wir erfahren, dass Jo ihr erstes Kind geboren hat. Eure Schwester und ein paar andere Freundinnen, die sie kennengelernt hatte, waren anscheinend zur Zeit der Geburt bei ihr.«

»Aye«, bestätigte Rory. »Das war auch der Grund, warum unsere Saidh am Ende Greer MacDonnell geheiratet hat. Sie hatte die Gelegenheit, mit einem der anderen Mädchen und ihrem Bruder von Sinclair aufzubrechen und nach Hause zu reisen. Die Gruppe, mit der sie unterwegs war, hat auf ihrem Rückweg auf MacDonnell haltgemacht. Unsere Kusine Fenella war mit dem Laird dort verheiratet gewesen, der gestorben war. Saidh ist noch dort geblieben, um sich um Fenella zu kümmern. Am Ende hat sie Greer geheiratet, der dorthin gereist war, um der neue Laird zu werden. Fenella und ihr Gemahl hatten keine Kinder, und Greer war der Nächste in der Erbfolge.«

Elysande nickte und versuchte, sich in Erinnerung zu rufen, wann ihre Tante die Buchanans das nächste Mal erwähnt hatte. Es hatte im Laufe der Jahre eine ganze Menge Briefe gegeben. »Ich glaube, als Eure Familie das nächste Mal erwähnt wurde, hatte es etwas mit einem Eurer Brüder und dem Mädchen zu tun, das damals – im ersten Brief – Jo gerettet hatte. Murine?«, fragte sie unsicher, ob es der richtige Name war.

»Aye. Murine. Sie ist jetzt mit meinem Bruder Dougall verheiratet. Er und einige meiner anderen Brüder haben sie vor ihrem eigenen Bruder gerettet, der sie für seine eigenen Ziele benutzen wollte. Nachdem sie Dougall geheiratet hatte, hat ihr Bruder weiterhin Ärger gemacht und versucht, sie zu sich zurückzuholen. Cam hat seine Armee mit unserer zusammengeschlossen, und gemeinsam mit noch weiteren Unterstützern ist es ihnen gelungen, die Situation zu bereinigen.«

Elysande nickte. Tante Bearnas hatte es in ihrem Brief erwähnt. Sie hatte eine ganze Menge über die Buchanans in ihren Briefen mitgeteilt, so viel, dass Elysande fast das Gefühl hatte, sie zu kennen, obwohl sie ihnen noch nie begegnet war. Vielleicht ist das der Grund, warum ich mich bei Rory so schnell so wohlgefühlt hatte, dachte sie. »Das nächste Mal war auch von Euch die Rede. Eine der Ladys, die sich mit Jo befreundet hatten, hatte einen weiteren Eurer Brüder geheiratet. Ich glaube, sie heißt Edith. Und sie hat geschrieben, Ihr wäret zu ihr gereist, um sie von einer Krankheit zu heilen?«

Rory presste die Lippen kurz zusammen. »Aye. Saidh war ihretwegen sehr besorgt. Sie hatte einen Brief von Edith erhalten, in dem diese erwähnte, dass sie sich nicht wohlfühlte. Danach sind Wochen vergangen, ohne dass Saidh eine Nachricht von ihr bekommen hat. Obwohl sie mehrmals an Edith geschrieben und gefragt hat, wie es ihr geht. Saidh hat sich so große Sorgen gemacht, dass sie schließlich beschloss, zu ihr zu reisen und nach ihr zu sehen. Woraufhin Greer fast einen Anfall bekommen hat, denn Saidh trug ein Kind unter dem Herzen. Sie hat sich dann bereiterklärt, nicht zu fahren, aber nur, weil ich einverstanden war, statt ihrer nach Edith zu sehen. Niels, Geordie und Alick haben mich begleitet.«

»Und ging es ihr gut?«, fragte Elysande neugierig. Ihre Tante hatte damals davon nichts geschrieben.

»Nein. Sie wurde vergiftet und wäre gestorben, wenn wir nicht aufgetaucht wären«, sagte Rory grimmig.

»Oh«, murmelte Elysande mit weit aufgerissenen Augen.

»Ab dem Moment, in dem wir wussten, was vor sich ging,

hat sie sich wieder erholt, und Niels hat das Mädchen schließlich geheiratet.«

Elysande nickte. »Als meine Tante die Buchanans das nächste Mal erwähnte, ist es darum gegangen, dass Euer ältester Bruder geheiratet hat. Aulay?«

»Aye. Aulay hat Jetta geheiratet.«

Als er nicht mehr dazu sagte, vermutete sie, dass diese Hochzeit eher im Rahmen traditioneller Gepflogenheiten zustande gekommen sein musste, und sprach weiter. »Und dann schrieb sie, dass Conran entführt worden war und er die Lady, die ihn entführen ließ, zu allem Überfluss auch noch geheiratet hat …?« Elysande beendete den Satz, als wäre er eine Frage, denn sie hatte immer noch Schwierigkeiten, es zu glauben.

»Seine Entführung war ein Versehen«, versicherte Rory ihr. »Evina hatte eigentlich vorgehabt, mich zu entführen, aber sie hat Conran mit mir verwechselt und stattdessen ihn mitgenommen.«

»Was?«, rief sie. Die Vorstellung, dass Rory entführt worden wäre, hätte es diese Verwechslung nicht gegeben, schockierte sie. »Wieso zum Teufel sollte Euer Bruder eine Frau heiraten, die ihn entführt hat? Tante Bearnas hat es nie erklärt, deshalb dachten wir, dass sie sich geirrt haben müsste.«

»Oh doch, er wurde entführt«, versicherte Rory ihr. »Nackt, bewusstlos und festgebunden über den Rücken eines Pferdes gelegt. Aber Evina hat das nur getan, weil sie verzweifelt war. Es ging ihrem Vater sehr schlecht, versteht Ihr. Eigentlich hatte sie nach Buchanan reiten wollen, um mich zu bitten, nach ihm zu sehen, aber es ist etwas schiefgegangen, und statt Conran zu fragen, hat es damit geendet, dass sie ihn entführt hat. Den falschen Bruder. Da Conran mir glücklicherweise einige Male beim Versorgen von Kranken geholfen hat, konnte er den Mann heilen, der dann schließlich sein Schwiegervater wurde.«

Elysande starrte ihn verblüfft an. Ihr einziger Gedanke kreiste um die Tatsache, dass möglicherweise Rory mit dieser Evina verheiratet wäre, hätte es diesen Irrtum nicht gegeben. Und dann wäre er jetzt nicht in England gewesen, wo sie ihn so dringend brauchte.

»Hat sie auch etwas über unseren Geordie und seine Dwyn geschrieben?«, fragte Rory, als sie ihn weiterhin nur bestürzt ansah.

Elysande blinzelte, schob ihre Besorgnis beiseite und nickte leicht. »Sie sagte, Eure Schwester und die anderen Frauen hätten die Idee von Cams Mutter aufgegriffen und eine ganze Schar geeigneter Ladies nach Buchanan eingeladen, die für Euch und Eure noch unverheirateten Brüder eine vorteilhafte Partie sein würden. Die Hoffnung war anscheinend, dass Ihr alle eine Frau finden würdet, die Euch gefällt. Sie sagte, Euch und Alick hätte keine davon gefallen, aber Geordie hätte sich mit Dwyn zusammengetan.«

»Ich würde nicht sagen, dass Geordie sich mit ihr zusammengetan hat. Er und Dwyn sind ziemlich verliebt … und wie bei meiner Familie üblich, ist die Zeit ihres Werbens nicht so glatt verlaufen, wie der Brief Eurer Tante es klingen lässt. Aber aye, sie sind verheiratet, und er ist jetzt Laird von Innes.«

Elysande dachte darüber nach; sie fragte sich, warum die Zeit des Werbens nicht glatt verlaufen war, aber bevor sie eine entsprechende Frage stellen konnte, sprach Rory weiter. »Also hat Lady Bearnas Eurer Mutter geschrieben, die dann, wie Ihr sagt, ihre Briefe Euch und Eurem Vater abends beim Feuer vorgelesen hat?«

»Aye. Tante Bearnas' Briefe waren immer sehr unterhaltsam. Ganz besonders jene, in denen sie über Eure Familie berichtet hat.«

»Dann befindet Ihr Euch im Vorteil«, konstatierte Rory. Als

sie ihn verständnislos ansah, erklärte er es genauer. »In gewisser Weise habt Ihr mich schon gekannt, bevor wir uns begegnet sind, während ich noch nicht einmal von Euch gehört hatte.«

»Vielleicht«, stimmte sie ihm mit einem schwachen Lächeln zu. »Aber der letzte Brief ist schon eine ziemliche Weile her. Wir haben alle geduldig darauf gewartet zu erfahren, welcher Bruder als Nächstes heiraten würde. Habt Ihr oder hat Alick geheiratet, oder versuchen die Frauen in Eurer Familie immer noch, Gemahlinnen für Euch zu finden?«

Elysande stellte erstaunt fest, dass sie mit einer gewissen Anspannung auf seine Antwort wartete. Es war ihr nie in den Sinn gekommen, dass Rory in Schottland eine Gemahlin haben könnte, die auf seine Rückkehr wartete. Aber jetzt, da diese Möglichkeit keineswegs auszuschließen war, fand sie den Gedanken bedrückend.

»Nein. Alick und ich sind nicht verheiratet«, sagte Rory.

Elysande atmete aus; erst jetzt bemerkte sie, dass sie den Atem angehalten hatte.

»Und aye, die Frauen in unserer Familie geben sich immer noch große Mühe, das zu ändern«, fügte Rory hinzu. Sein Mund zuckte leicht verstimmt. »Jedes Mal, wenn Alick und ich nach Hause zurückkehren, ist die Burg voller potenzieller Gemahlinnen. Es ist inzwischen ziemlich ermüdend.«

»Oh«, murmelte sie und verzog das Gesicht, als sie sich vorstellte, welchem Druck er ausgesetzt war.

»Was ist?«, fragte er und zog die Augen zusammen, als er ihre Miene sah.

»Nichts«, versicherte sie ihm rasch, konnte dann aber doch nicht widerstehen zu sagen: »Ich meine, ich verstehe es. Es muss schrecklich sein, wenn so viele Leute, die einen lieben, sich daran machen, dafür zu sorgen, dass man in einer vorteilhaften Ehe glücklich wird.«

»Nun, wenn Ihr es so ausdrückt«, sagte Rory mit einem schiefen Lächeln, wurde aber schnell wieder ernst. »Es muss einsam gewesen sein, ohne Brüder oder Schwestern aufzuwachsen.«

Elysande senkte den Blick und richtete ihn auf das Fell. Es war tatsächlich einsam gewesen. Als sie aufgewachsen war, hatte sie sich oft gewünscht, eine Schwester zu haben, mit der sie spielen und Geheimnisse teilen könnte, aber sie begriff erst jetzt, was sie versäumt hatte, indem sie das einzige Kind ihrer Eltern gewesen war. Im Gegensatz zu Rory hatte sie niemanden, der sich etwas aus ihr machte und wollte, dass sie in einer Ehe glücklich wurde. Sie hätte das gern ausgesprochen, meinte aber nur: »Es ist wohl nur gut, dass ich keine Brüder oder Schwestern habe. De Buci hätte auch sie getötet oder misshandelt, und es ist zweifelhaft, ob ich hätte entkommen können, wenn ich nicht allein gewesen wäre.«

»Aye«, sagte Rory stirnrunzelnd. Er musterte sie ernst.

Elysande hielt seinem Blick stand, so lange sie konnte, dann zuckte sie mit den Schultern. »Ich bin mir sicher, falls ich einmal heirate, wird derjenige Geschwister haben, und vielleicht kann er sie mit mir teilen. Nun, *falls* ich überhaupt heirate«, fügte sie unsicher hinzu.

»Wieso solltet Ihr nicht heiraten?«, fragte Rory sofort und schloss sogleich eine weitere Frage an. »Wieso seid Ihr eigentlich noch nicht verheiratet, Mädchen? Ihr seid alt genug dazu. Und sicherlich hat Euer Vater doch einen Heiratsvertrag für Euch abgeschlossen, als Ihr ein Kind wart?«

»Aye, das hat er. Aber der Junge, den ich heiraten sollte, ist gestorben, als ich elf Jahre alt war.«

»Und Euer Vater hat keinen anderen Vertrag abgeschlossen?«, fragte Rory überrascht.

»Das wollte er, aber er hat gesagt, dass die besten Kandidaten bereits durch Verträge an andere Frauen gebunden sind.«

Sie verzog das Gesicht. »Und außerdem wollte er zu der Zeit nicht mehr die Art Mann für mich wie damals, als ich ein Kind war.«

»Inwiefern?«

»Nun, als er den ersten Vertrag abgeschlossen hat, war ich noch ein Säugling. Er hatte sich für den ältesten Sohn eines wohlhabenden Lords entschieden, der ihm seine Burg hinterlassen würde. Vater war davon ausgegangen, dass er eines Tages einen Sohn haben würde, der Kynardersley von ihm übernehmen würde. Aber dann ist mein Verlobter gestorben, und Vater hatte sich damit abgefunden, dass ich seine einzige Erbin sein würde. Er suchte nicht mehr nach einem Lord mit einem Titel und einer eigenen Burg. Er sagte, er würde einen besonderen Mann für mich wählen, einen, der keine eigenen Güter besitzt, die seine Aufmerksamkeit fordern. Er wollte einen Gemahl für mich, der Kynardersley sicher und erfolgreich leiten würde. Und der mich gut behandeln würde.« Elysande lächelte trocken. »Anscheinend war es nicht leicht, so einen Mann zu finden. Er war immer noch mit der Suche beschäftigt.«

»Verstehe«, murmelte Rory nachdenklich.

Elysande zuckte mit den Schultern. »Ich schätze, jetzt wird der König meine Heirat arrangieren müssen. Oder er wird die Aufgabe einem anderen Lord übertragen.« Sie verzog das Gesicht und murmelte: »Was ziemlich unglücklich ist.«

»Wieso?«

»Weil ich bezweifle, dass es dem König oder irgendwem sonst, der diese Aufgabe übernimmt, genauso wichtig ist wie meinem Vater, dass mein zukünftiger Gemahl mich gut behandelt«, erklärte sie ruhig.

Rorys Augen weiteten sich leicht, als er den Sinn ihrer Worte begriff. Dann sanken seine Mundwinkel nach unten. »Elysande –«, begann er, schwieg jedoch, als die Stalltür geöffnet wurde. Im nächsten Moment war er schon aufgesprungen und war zum Rand des Heubodens gegangen, um nach unten in die Ställe zu schauen. Erst als seine Schultern sich entspannten und er die Hand sinken ließ, in der er sein Schwert hielt, wurde ihr bewusst, dass er nach der Waffe gegriffen hatte. Offenbar hatte sie die ganze Zeit, während sie sich unterhalten hatten, neben ihm auf dem Boden gelegen.

»Alles in Ordnung. Es sind die Männer«, versicherte Rory ihr und trat zur Leiter, um die anderen zu begrüßen, die jetzt nach oben kletterten.

Elysande sagte nichts, schloss nur die Augen und versuchte, sich zu entspannen. Sie hoffte, schnell einschlafen zu können. Während die Männer sich um sie herum niederließen, galten ihre letzten Gedanken der Frage, was Rory hatte sagen wollen, bevor die anderen aufgetaucht waren.

Rory legte sich als Letzter hin. Die Anwesenheit der anderen ließ nicht zu, dass er seine Unterhaltung mit Elysande weiterführte. Er wandte ihr den Rücken zu und dachte, dass das vielleicht auch gut so war. Denn er hätte fast etwas vollkommen Lächerliches gesagt. Er war kurz davor gewesen vorzuschlagen, dass sie ihn heiratete. Die Idee war aus heiterem Himmel über ihn gekommen. Eine Antwort aus dem Bauch heraus als Reaktion auf die Befürchtung, sie könnte mit jemandem verheiratet werden, der sie schlecht behandelte. Elysande war klug, reizend, fürsorglich und mutig. Sie verdiente einen Mann, dem sie etwas bedeutete und der sie gut behandelte. Er bezweifelte, dass der König sich mit diesem Aspekt besonders beschäftigen würde, auch wenn sie gegenwärtig alle Anstrengungen unternahm, ihm das Leben zu retten.

Dennoch, ihr anzubieten, sie zu heiraten, hätte bedeutet, ein geradezu lächerliches Opfer für ein Mädchen zu bringen, das er kaum kannte, wie Rory sich eingestand. Guter Gott, er wusste ja nicht einmal, ob sie überhaupt wirklich an jemanden verheiratet werden würde, der sich ihr gegenüber grausam und gleichgültig verhielt. Es war gut möglich, dass der englische König einen guten, freundlichen und ehrenvollen Mann für sie auswählte, sagte Rory sich. Was ihn allerdings seltsamerweise weder besonders tröstete noch beruhigte, während er in den Schlaf glitt.

8

»Mylady. Psst. Mylady.«

Elysande öffnete die Augen und sah sich schläfrig um. Sie versuchte herauszufinden, woher das leise Rufen kam.

»Es kommt von unten, Mädchen«, hörte sie Conns tiefe Stimme von irgendwo über ihrem Kopf. Er klang sehr wachsam, und da sie wusste, dass keiner der Männer nachts Wache stand, vermutete sie, dass das Geräusch der sich öffnenden Stalltür ihn geweckt hatte und er sofort hellwach gewesen war.

»Danke«, murmelte Elysande dem Mann zu und dann, noch schlaftrunken, stützte sie sich mit den Händen auf dem Boden ab und stemmte sich hoch in eine aufrechte Position, sank jedoch mit einem Aufschrei wieder zurück, als ihr ein heftiger Schmerz durch den Rücken schoss. Ihrem Schrei folgte der Rorys, dem sie dabei anscheinend irgendwie wehgetan hatte. Erst jetzt wurde ihr klar, dass sie wieder halb auf ihm lag, wie es jeden Morgen der Fall gewesen war, seit die Buchanans sich einverstanden erklärt hatten, sie nach Sinclair zu eskortieren.

»Mylady?

»Sie kommt gleich«, flüsterte jemand der Frau zu, die dort unten stand. Als Nächstes spürte Elysande, dass jemand sie unter den Achseln packte und von Rory herunterhob … es war Conn, erkannte sie, als unten im Stall eine Fackel angezündet wurde. Der große Krieger lächelte, als sie ihn verwirrt ansah, dann drehte er sich herum und setzte sie auf dem Boden ab, ohne dabei den anderen Männer zu nahe zu kommen. Auch sie waren aufgewacht und begannen, sich aufzusetzen.

»Danke«, brachte Elysande hervor und biss die Zähne zusammen, als eine Woge von Schmerz sie durchströmte. Sie ging langsam zur Leiter, doch Rory stellte sich ihr in den Weg. Seine Haltung wirkte irgendwie seltsam, und sein Gesicht war schmerzverzerrt. Als er Elysande ansah, runzelte er die Stirn.

»Setzt Euch«, verlangte er mit fester Stimme und führte sie zu einem der Strohballen an der Wand des Heubodens. Kaum war sie seinen Worten gefolgt, ging Rory zur Leiter.

»Könnt Ihr hochkommen?«, fragte er leise. »Der Rücken schmerzt sie heute Morgen.«

»Oh, aye, natürlich. Die Wirkung der Medizin wird nachgelassen haben«, sagte die Schenkenwirtin sofort mit gedämpfter Stimme. Elysande hörte das Knarren der Sprossen, als die Frau die Leiter hinaufstieg.

Als Mildrede den Heuboden erreichte, waren auch die letzten Männer auf den Beinen. Sie hatten sich am anderen Ende des Heubodens zusammengefunden, als wollten sie Elysande die Möglichkeit geben, ungestört mit der Schenkenwirtin zu reden. Obwohl die Männer von ihr geweckt worden waren, begrüßten sie die Frau freundlich und wünschten ihr einen guten Morgen. Dann jedoch bemerkten sie die Blässe und Unruhe der Wirtin, und auf ihren Gesichtern zeigte sich Besorgnis.

»Was ist los, Mildrede?« Elysande fasste die Frau am Ellbogen und zog sie auf den Strohballen neben dem, auf dem sie saß. Die Schenkenwirtin trug noch ihr Nachtgewand unter der Decke, die sie sich um die Schultern gelegt hatte, und ihre Haare standen in alle Richtungen ab. In einer Hand hielt sie einen Beutel, den sie fest an ihre Brust drückte. Offensichtlich hatte sie etwas aus dem Schlaf gerissen, das so beunruhigend gewesen war, dass sie sich nicht die Zeit zum Ankleiden genommen hatte.

»Englische Soldaten«, keuchte Mildrede besorgt. Sie war noch immer ein wenig außer Atem.

»Wo?«, fragte Rory scharf und verzichtete auf jeden Anschein, ihnen Ungestörtheit zu gewähren. Er trat näher zu den beiden Frauen, gefolgt von den Männern, die allesamt grimmig dreinblickten.

»Im Schankraum«, stieß Mildrede hervor und schüttelte den Kopf. »Elizabeth ist zu uns gekommen, um uns zu warnen. Aber wir haben so fest geschlafen, dass wir das Klopfen an der Tür nicht gehört haben. Als wir nicht aufgemacht haben, ist sie ins Haus gegangen und hoch in unser Zimmer. Sie hat mich fast zu Tode erschreckt, so heftig hat sie an meinem Arm gerüttelt, um mich zu wecken.«

»Oh je«, murmelte Elysande mitfühlend.

Rory machte sich mehr Gedanken wegen der Soldaten. »Was tun die Soldaten im Schankraum?«

»Sie trinken jetzt Bier, denke ich. Albert hat ihnen welches gegeben, während ich hergekommen bin, um Euch zu warnen.«

Die Männer sahen sich ob dieser Neuigkeit besorgt an, bis Rory das Wort ergriff: »Im Schankraum sitzen also ein paar englische Soldaten und trinken Bier?«

»Aye.«

Als er sie schweigend ansah, als wüsste er nicht, was er mit dieser Information anfangen sollte, rutschte Mildrede ungeduldig auf ihrem Strohballen hin und her. »Sie suchen nach Euch. Nun ja, nach Lady Elysande, genau genommen. Aber –«

»Woher wisst Ihr das?«, unterbrach Rory sie alarmiert.

»Weil es das Erste war, was sie wissen wollten, als mein Albert auf ihr heftiges Klopfen reagiert hat. Sie haben gefragt, ob er eine englische Lady gesehen hat, die mit zwei englischen Soldaten und wahrscheinlich auch ein paar schottischen Kriegern unterwegs ist«, erklärte Mildrede angespannt. »Das könnt nur Ihr sein.«

»Was hat Albert gesagt?«, fragte Rory sofort.

»Er hat Nein gesagt«, versicherte Mildrede ihm und runzelte die Stirn darüber, dass er das überhaupt fragte. »Er hat ihnen gesagt, dass das eine Schande wäre, denn wir hätten deren Münzen gut gebrauchen können und hätten sie ordentlich ausgenommen, wären sie zu uns gekommen.«

Rory wies sie nicht darauf hin, dass sie genau das getan hatten. Immerhin hatten Mildrede und Albert es wieder ausgeglichen, indem sie sie den ganzen Tag mit Speisen und Getränken versorgt hatten und sie auch eine zweite Nacht hier schlafen ließen. »Richtig. Also er hat Nein gesagt … und sie dann zu einem Bier eingeladen?« Seine Stimme hob sich am Ende ein wenig aufgebracht.

»Das habe ich ihm aufgetragen«, informierte Mildrede ihn mit einiger Würde. »Ich hielt es für besser, dass wir genau wissen, wo sie sind, wenn wir Euch heimlich von hier wegschaffen wollen, ohne dass ihr ihnen begegnet. Deshalb habe ich zu ihm gesagt, ›Albert, du sagst Nein, wenn sie fragen, ob wir Lady Elysande oder irgendwelche Schotten hier haben, und dann bietest du ihnen an, auf Kosten des Hauses ein Bier zu trinken und sich am Feuer zu wärmen, weil sie doch durstig sind und ihnen ziemlich kalt sein muss. Und dann sorgst du dafür, dass sie lange genug in der Schankstube bleiben, damit ich Lady Elysande und ihre Begleiter warnen kann.‹ Dann bin ich in die Küche gegangen, habe ein paar Dinge zusammengesucht und bin schnell hergekommen, um Euch zu wecken und zu warnen.«

»Oh, Mildrede, das war brillant!«, lobte Elysande sie, während Rory sie nur fassungslos anstarrte.

Mildredes Schultern sackten nach unten, und sie brachte ein Lächeln zustande, das ihre Besorgnis allerdings nicht verbergen konnte. »Das dachte ich auch, aber dann habe ich mich gefragt, was passiert, wenn die Soldaten länger bleiben. Ich fürchte, sie werden ihre Pferde im Stall unterbringen wollen, statt sie draußen stehen zu lassen. Der Mann, der jetzt bei den Pferden ist, wird sicherlich auch etwas Bier trinken und sich aufwärmen wollen.«

Dieser Hinweis veranlasste schlagartig alle zum Handeln. Die Männer stiegen sofort einer nach dem anderen die Leiter hinunter, während Rory Elysande beim Aufstehen behilflich war. »Zeit zu gehen, Mädchen.«

»Aye, ich – « Ihre Worte endeten in einem überraschten Aufkeuchen, als sie die Leiter erreichten und Rory sie nicht aufforderte, hinunterzuklettern, sondern sie hochhob, sich über den Rand des Heubodens beugte und sie nach unten reichte. Bevor sie erschrocken aufschreien konnte, spürte sie Hände an den Hüften, die sie packten und hielten, als Rory sie losließ.

»Danke«, flüsterte Elysande, als Conn sie auf den Stallboden stellte. Sie wandte sich um, als Mildrede einen überraschten Laut von sich gab. Sie sah, dass Rory sie genauso nach unten beförderte, nur war es dieses Mal Inan, der die Schenkenwirtin auffing.

»Oh je«, hauchte Mildrede. Sie wirkte etwas benommen, als Inan sie neben Elysande auf den Boden stellte.

»Englische Soldaten«, knurrte Alick, während er das Pferd in der Box neben Elysande und Mildrede sattelte. »Sie müssen noch vor uns in Carlisle angekommen sein und in einem Gasthaus genächtigt haben. Irgendjemand hat Wind davon bekommen, dass gestern eine englische Lady gesehen wurde, die mit zwei englischen Soldaten und einem Haufen Schotten durch die Stadt gegangen ist, und jetzt haben sie beschlossen, heute früh die Suche fortzusetzen, um uns möglichst im Schlaf zu überraschen.«

»Nein«, sagte Mildrede, die diese Überlegung zu überraschen schien. »Sie sind erst heute in der Morgendämmerung angekommen. Habe ich das nicht erwähnt?«

»Nein«, entgegnete Elysande. »Diesen Teil habt Ihr ausgelassen.«

»Oh. Nun, Elizabeth sagte, dass sie erst eine kurze Weile wach gewesen war und gerade ihren Nachttopf aus dem Fenster ausgeleert hatte, als sie sah, dass das Stadttor geöffnet wurde, um jemanden einzulassen. Sobald ihr klar wurde, dass es englische Soldaten waren und dass sie angehalten hatten, um den Männern am Tor Fragen zu stellen, hat sie sich Sorgen um Euch gemacht. Deshalb hat sie ihren jungen Jimmy losgeschickt, der versuchen sollte, so viel wie möglich mitzuhören. Als er zurückkam, sagte er, dass sie nach einer englischen Lady und zwei englischen Soldaten gefragt haben, die vielleicht mit Schotten unterwegs wären. In dem Moment wusste Elizabeth, dass es de Bucis Männer sein mussten, und sie ist hergekommen, um Euch zu warnen. Sie sagte, dass sie sofort in die Ställe gegangen wäre, aber Angst hatte, dass die Schotten sofort zu ihren Schwertern greifen und sie töten würden, bevor sie die Gelegenheit haben würde, das Problem zu erklären.«

Elysande biss sich auf die Unterlippe, als sie sah, dass Rorys Männer sich bei dieser Erklärung angespannt hatten.

Rory selbst schien ganz ruhig zu sein, als er fragte: »Woher wusste diese Elizabeth, dass es um Elysande gehen musste? Wer ist sie?«

»Die Frau des Tuchhändlers«, erklärte Elysande, und er fuhr schockiert zu ihr herum.

»Ihr habt der Frau des Tuchhändlers von de Buci erzählt, als Ihr wegen der Plaids dort wart?«, fragte er ungläubig.

»Sie war sehr freundlich«, sagte Elysande entschuldigend. »Und sehr aufgebracht wegen meines Gesichts. Sie nahm an, Eure Männer hätten mir das angetan, und ich konnte sie doch nicht in diesem Glauben lassen, da Ihr alle Euer Leben riskiert, um mir zu helfen.«

»Deshalb habt Ihr ihr alles erzählt?«, fragte er, und seine Stimme wurde lauter.

»Elizabeth ist eine treue Untertanin unseres Königs«, verteidigte sich Elysande. Sie spürte, dass Mildrede neben ihr zustimmend nickte. »In ihrem Laden hängt ein Porträt von ihm, das alle sehen können.« Als er darauf etwas erwidern wollte, sprach sie rasch weiter. »Außerdem hat sie bewiesen, dass sie loyal ist, indem sie hergekommen ist, um uns zu warnen, oder nicht?«

Rorys Gesicht verfinsterte sich bei diesen Worten. Er warf Simon das zusammengerollte Fell zu, ging zu der Box, in der sein Pferd stand, und begann, es zu satteln. Als er die Taschen an den Sattelknauf hängte, fragte er: »Hat sie auch etwas dazu gesagt, ob sie das Stadttor offen gelassen oder es wieder geschlossen haben, Mildrede?«

»Sie sagte, sie hätten es oben gelassen. Und sie hat auch noch gesagt, dass der Schnee so weit geschmolzen ist, dass die Straßen frei sind und dass die Stadtwache erwartet, dass heute eine Menge Leute kommen und gehen würden. Deshalb würden sie sich nicht die Mühe machen wollen, das Tor zu schließen.«

»Gut«, sagte Rory grimmig.

»Wieso ist das gut?«, fragte Elysande.

»Weil wir im gestreckten Galopp von hier bis zum Tor reiten müssen, wenn draußen vor der Schenke ein Soldat steht.« Er verzog das Gesicht. »Und hoffen wir bei Gott, dass sie die ganze Nacht durchgeritten sind und ihre Pferde dabei bis zur Erschöpfung getrieben haben, und dass unsere ausgeruhten Pferde schneller sind und wir sie rasch abhängen können.«

»Aber Robbie wird jeden Augenblick hier sein, um Euch durch das hintere Tor nach draußen zu führen, so dass Ihr es nicht riskieren müsst, durch das vordere Tor zu reiten«, sagte Mildrede stirnrunzelnd.

Bei diesen Worten erstarrte Rory, ehe er sich Mildrede zuwandte. »Wer ist Robbie?«

Die Wut in seinem Blick brachte Mildrede dazu, nervös einen Schritt zurückzuweichen. »Der Schmied.«

Rory nickte langsam, mehrmals, dann fuhr er zu Elysande herum und fauchte: »Gibt es irgendjemanden in dieser gottverdammten Stadt, dem Ihr nichts von de Buci erzählt habt?«

Als Elysande ihn angesichts seines Wutausbruchs stumm und mit offenem Mund anstarrte, mischte Conn sich ein. »Sie kann es dem Schmied nicht gesagt haben, weil wir nicht bei ihm waren. Und ich habe sie seit unserer Ankunft in Carlisle nie aus den Augen gelassen.«

Als Rory kurz die Augen schloss, den Kopf senkte und »Richtig« murmelte, schloss Elysande den Mund wieder, starrte ihn aber weiterhin erbost an.

»Ich bin diejenige, die es dem Schmied erzählt hat«, erklärte jetzt Mildrede. »Und genau genommen habe ich mehreren Ladenbesitzern erzählt, in welcher Situation sich Lady Elysande befindet – denjenigen, die ich für vertrauenswürdig genug halte.« Sie betonte *Lady Elysande*, als wollte sie sagen, dass er nicht das Recht hatte, deshalb wütend zu sein. Sie reckte das Kinn, als sie weitersprach. »Und ich habe es getan, weil ich eine Situation wie diese befürchtet habe und deshalb in Sorge war. Ich dachte, dass es vielleicht das Beste wäre, wenn mehrere Leute Ausschau nach englischen Soldaten halten, die herkommen und sie suchen könnten. Und es scheint, als hätte ich mit meiner Besorgnis recht gehabt. Glücklicherweise hat Elizabeth die Soldaten gesehen und mich warnen können. Wären diese Männer zuerst hierher gekommen, sie hätten vermutlich nicht versucht, uns zu wecken. Ich bin mir sicher, sie wären sofort zu den Ställen gegangen, um nachzusehen, ob dort Platz für ihre Pferde ist. Und hätten sie das getan, wäret ihr alle von ihnen überrascht worden.«

Rory stand einen Moment schweigend da, dann nickte er und hob den Kopf. »Ihr habt natürlich recht. Ich bitte um Entschuldigung für meine harsche Reaktion.« Sein Blick glitt zu Elysande, als würde er sie in seine Entschuldigung einschließen. Als sie ihn weiter unbesänftigt und finster anstarrte, seufzte er unbehaglich und wandte sich wieder Mildrede zu. »Ihr habt gesagt, dieser Robbie würde uns zum hinteren Tor führen. »Befindet es sich hinter den Ställen?«

Als Mildrede ihn verständnislos ansah, erklärte er: »Wenn dem so ist, sollten wir vielleicht dort auf ihn warten. Nur für den Fall, dass sich die Soldaten entscheiden, die Pferde hier im Stall unterzustellen, während sie sich zu Fuß auf die Suche nach uns machen.«

»Nein.« Mildrede schüttelte den Kopf. »Ich meine, aye, da ist ein Tor zu der Gasse hinter den Ställen. Aber Robbie wird Euch zu dem Tor im rückwärtigen Teil der Stadt bringen, es ist gleich vor der Burg.«

Elysande bemerkte, wie Rory Conn ansah, der kurz die Stirn runzelte, bevor er gestand: »Von einem solchen Tor habe ich noch nie gehört.«

»Nun ja, das ist ja auch etwas, das wir nicht überall herumerzählen«, bemerkte Mildrede trocken. »Und wir würden ganz sicher nicht irgendwelchen Schotten davon erzählen, schließlich dient das Tor dazu, dass Frauen und Kinder die Stadt verlassen können, sollten die Schotten uns überfallen. Offen gesagt waren Robbie und die anderen nur zögernd damit einverstanden, dass Ihr davon erfahrt. Ich habe sie jedoch überzeugt, dass es dem größeren Wohl dient, wenn dadurch der König gerettet wird. Und ich habe ihm versichert, dass Lady Elysande nicht zulassen wird, dass Ihr es jemand anderem erzählt«, fügte sie hinzu. Sie griff nach Elysandes Hand und fragte besorgt: »Ihr werdet doch dafür sorgen, dass sie es niemandem erzählen, oder?«

Bevor Elysande etwas sagen konnte, ergriff Rory das Wort. »Wir schwören bei unserem Leben, dass niemand von denen, die heute hier sind, die Existenz eines hinteren Tors in Carlisle verraten wird.«

Als Mildrede nickte, aber immer noch besorgt wirkte, meinte Elysande: »Wenn Euch damit wohler ist, können wir es auch so machen, dass Rory und seine Männer das Stadttor benutzen, während Robbie Tom, Simon und mich zum hinteren Tor hinausbringt. De Bucis Männer werden nicht an einer Gruppe Schotten interessiert sein, die allein unterwegs sind. Sie suchen mich«, betonte sie. »Und wenn wir außerhalb der Mauern sind, können wir im Wald auf sie warten und gemeinsam weiterreiten.«

»Oh.« Bei diesem Vorschlag begann Mildrede zu strahlen. »Das wäre perfekt.«

»Nein«, sagte Rory sofort und sah Elysande mürrisch an, weil sie den Vorschlag gemacht hatte. »Wie soll ich Euch beschützen, wenn ich nicht bei Euch bin?«

Elysande hielt seinem finsteren Blick stand: »Also gut, dann werden die anderen Carlisle durch das vordere Tor verlassen, und Ihr könnt mit uns mitkommen. Aber Ihr werdet eine Augenbinde tragen.«

Rory öffnete den Mund, schloss ihn wieder und knurrte: »Wenn ich blind bin, kann ich Euch auch nicht beschützen.«

Elysande nickte nur, aber sie fragte: »Gibt es verborgene Tore oder Geheimgänge auf Buchanan?«

Rory spannte sich an, hob das Kinn und presste die Lippen zusammen.

»Seht Ihr«, sagte sie, als sein Mund fest verschlossen blieb. »Ihr wollt nicht einmal zugeben, dass Ihr so etwas habt. Wie könnt Ihr dann erwarten, dass diese Leute Euch ihr Tor einfach so zeigen?«

»Da ist was dran«, stellte Alick amüsiert fest.

»Schön«, knurrte Rory. »Dann werden Conn, Inan und ich mit verbundenen Augen das hintere Tor benutzen, und Tom, Simon und Elysande werden uns führen. Alick, du nimmst Fearghas und Donnghail mit durch das Stadttor. Wartet auf uns im Wald nördlich von hier.«

Erleichtert, dass er es verstand oder zumindest bereit war, sich darauf einzulassen, ging Elysande an Rory vorbei zu seinem Pferd und nahm einen der Beutel herunter.

»Was sucht Ihr?«, brummte er.

»Das übrig gebliebene Plaid«, sagte sie, öffnete den Beutel und kramte darin herum. »Wir können es benutzen, um die Augenbinden zu machen.«

»Stimmt«, murmelte Rory; er klang immer noch ziemlich mürrisch.

Elysande beschloss, ihn zu ignorieren. Sie war ohnehin noch immer ein wenig verärgert darüber, dass er sie so angefaucht hatte.

Es dauerte nicht lange, und sie hatte das Plaid gefunden. Rasch schnitt sie drei Streifen für die Augenbinden ab. Mildrede spähte durch die Tür nach draußen, um sich zu vergewissern, dass der Hof leer war, bevor sie den anderen ein Zeichen gab. Während Elysande und die anderen ihr folgten, die Pferde an den Zügeln führend, ging sie zu einem Tor in der

Steinmauer, die den Hof begrenzte. Sie öffnete es, spähte nach draußen und winkte die anderen durch.

»Mylady.« Mildrede eilte zu Elysande, die sich bereit machte, auf ihre Stute zu steigen.

»Aye?«, fragte sie.

»Hier.« Mildrede gab ihr den Beutel, den sie die ganze Zeit festgehalten hatte. »Obstgebäck fürs Frühstück. Deshalb habe ich heute Morgen so lange und fest geschlafen – ich habe gestern spät abends noch gebacken. Ich wollte Euch allen etwas Schönes zum Frühstück machen, bevor Ihr aufbrecht«, gestand sie und fügte hinzu: »Und da sind noch Käse und Brot, das Ihr später essen könnt, und ein Trinkschlauch mit Bier. Hoffentlich reicht es für alle.«

»Oh, Mildrede«, murmelte Elysande, nahm den Beutel und umarmte sie spontan. »Danke. Das ist sehr nett, und ich weiß, die Männer werden es auch zu schätzen wissen. Ich tue es ganz bestimmt.«

Mildrede errötete und lächelte verlegen, als Elysande sie losließ, aber ihr Lächeln verblasste hinter Skepsis, als Rory zu ihnen trat.

Elysande war selbst etwas misstrauisch, bis Rory die Hand der Frau nahm und ernst sagte: »Mildrede, ich entschuldige mich für mein schroffes Verhalten vorhin. Ihr seid eine wunderbare Gastgeberin und eine gute Freundin und Ihr habt uns sehr geholfen. Tatsächlich habt Ihr uns alle heute dank Eurer Klugheit gerettet, weil Ihr Eure Freunde eingespannt habt. Danke.« Er beugte sich herab und küsste ihre Hand, was die Schenkenwirtin knallrot werden ließ und offensichtlich aus der Fassung brachte.

»Oh, nun, das ist … passt Ihr nur gut auf sie auf«, sagte sie schließlich, als er ihre Hand losließ. »Lady Elysande ist eine gute Frau mit einem sehr wichtigen Auftrag.«

»Aye, das ist sie«, bestätigte er ernst. »Und ich schwöre, ich werde auf sie aufpassen und mit ihr zu einem Besuch hierher zurückkehren, wenn das alles vorbei ist«, versprach Rory ihr.

»Oh, gut.« Mildrede strahlte ihn an, dann sah sie an Rory vorbei und seufzte erleichtert. »Da ist Robbie. Er hat den anderen gesagt, was sie tun müssen.«

»Den anderen?«, fragte Rory und zuckte kurz zusammen.

»Aye. Den anderen Ladenbesitzern, die über Lady Elysande Bescheid wissen«, erklärte sie. »Er und Elizabeth sind zu allen anderen gegangen und haben sie davor gewarnt, dass de Bucis Soldaten hier sind. Sie haben ihnen gesagt, dass sie, wenn sie gefragt werden, sagen sollen, dass sie hier oder da eine Engländerin und zwei Soldaten gesehen haben, aber immer auf Straßen, die nahe beim vorderen Tor sind. Ich hielt es für das Beste, de Bucis Leute auf diese Weise beschäftigt zu halten und sie weit weg von dort, wo Robbie Euch hinbringen wird, im Kreis herumlaufen zu lassen.«

Rory war so verblüfft, dass er unwillkürlich lachen musste. Dann packte er Mildrede an den Schultern, hob sie hoch und gab ihr einen lauten schmatzenden Kuss auf die Wange. »Ihr seid ein Wunder, Mildrede«, sagte er anerkennend, als er sie wieder abstellte.

Sie legte die Hand an die Wange, auf die er den Kuss gedrückt hatte, und hauchte: »Oh je«, dann ging sie zu Robbie, dem Schmied.

Rory sah ihr kurz nach und ging dann zu Conn, um mit ihm zu reden. Kaum war er dort, brachte Mildrede Robbie zu Elysande.

»Danke für Eure Hilfe«, sagte sie, bevor irgendjemand sonst etwas sagen konnte.

»Mit Vergnügen«, polterte der Schmied und nickte höflich. Er runzelte die Stirn, als er die Verletzungen in ihrem Gesicht sah. »Ihr solltet das vielleicht bedecken, Mylady. Wir möchten nicht, dass irgendjemand Euch bemerkt und de Bucis Soldaten erzählt, dass sie eine Frau haben vorbeigehen sehen, die aussah, als wäre sie geschlagen worden.«

»Oh, aye.« Elysande spürte, wie sie vor Verlegenheit rot wurde, und zog rasch den Teil des Plaids über den Kopf, den sie als Kapuze nutzte. »Besser?«

»Viel besser«, sagte er und sah sich zu den wartenden Männern um. »Mildrede sagte, drei der Schotten gehen durch das vordere Tor und die anderen drei kommen mit verbundenen Augen mit uns?«

»Aye.« Elysande nickte. »Die Buchanans möchten uns nicht vollständig ungeschützt lassen und haben sich einverstanden erklärt, Augenbinden zu tragen. Meine Männer und ich werden sie führen.« Sie reichte ihm die Tuchstreifen. »Hiermit werden wir ihnen die Augen verbinden.«

Robbie nahm einen der Streifen und hielt ihn sich vor die Augen, dann brummte er zufrieden und entspannte sich etwas. »Das ist in Ordnung«, sagte er und gab ihr den Streifen zurück. »Welche sind Eure Männer?«

»Tom und Simon sind englische Soldaten von der Burg meines Vaters«, sagte sie und deutete auf die beiden.

Robbie nickte, als er sie ansah. Dann glitt sein Blick über die Schotten. »Den ersten Teil des Weges können die anderen mit uns reiten, aber wenn wir uns in Richtung Burg wenden, sollten sie den entgegengesetzten Weg nehmen, der zum Stadttor führt. Die drei Männer, die mit uns kommen, müssen die Augenbinden erst anlegen, wenn wir die Kirche erreicht haben.«

»In Ordnung«, murmelte Elysande.

Brummend ging der Schmied den Weg zurück, den er gekommen war.

Elysande schaute ihm nach, ehe sie etwas unschlüssig Mildrede ansah. Sie wusste nicht, ob sie dem Mann folgen sollte oder nicht.

»Robbie ist kein Mann vieler Worte.« Mildrede lächelte zuversichtlich. »Aber er wird Euch sicher aus Carlisle herausschaffen, Mylady.«

»Ich bin mir sicher, dass er das tun wird«, sagte sie so überzeugt, wie es ihr möglich war.

»Ihr geht jetzt am besten«, sagte Mildrede sanft, als Elysande immer noch dastand. »Ich werde für Euch beten.«

»Danke.« Sie musste plötzlich gegen einen Kloß im Hals anschlucken und umarmte die Wirtin noch einmal, dann nahm sie die Zügel ihrer Stute und ging zögernd davon. Sie war wirklich unglücklich, dass sie Mildrede zurücklassen musste. Die Schenkenwirtin erinnerte sie irgendwie an ihre Mutter, und Elysande hatte es genossen, mit ihr zu arbeiten und zu reden. Und ihr war aufgefallen, dass sie gelegentlich gelächelt hatte, seit sie in Carlisle angekommen war, und jetzt hatte sie das Gefühl, als würde sie etwas zurücklassen.

»Alles in Ordnung, Mädchen?«, fragte Rory, der sein Pferd am Zügel führte und sich nun zu ihr gesellte.

»Aye«, entgegnete sie traurig, dann räusperte sie sich und sagte ihm: »Robbie hat gesagt, dass Alick und die anderen ein Stück mit uns mitgehen sollen, bis wir in Richtung der Burg abbiegen.«

»Ich habe es gehört. Und Alick und die anderen auch«, versicherte Rory ihr, ehe sie beide schwiegen und ihre Aufmerksamkeit auf Robbie richteten, auf einen Hinweis warteten, dass es weiter vorn ein Problem gab oder dass sie sich beeilen sollten. Aber nach einem Moment sagte er: »Es tut mir wirklich leid, dass ich Euch angefaucht habe, Mädchen. Ich war ein bisschen durcheinander, als ich mit der Neuigkeit geweckt wurde, dass die Engländer hier sind. Ich wusste, dass Ihr genau so etwas befürchtet hattet. Ich war mir jedoch sicher, dass wir ihnen ausgewichen sind, indem wir diesen Weg genommen haben. Und ich habe mich über mich selbst geärgert, dass ich Euch mit meiner Arroganz in Gefahr gebracht habe.«

»Ihr habt mich nicht in Gefahr gebracht, Mylord«, sagte Elysande ruhig. »Wenn überhaupt jemand jemanden in Gefahr gebracht hat, dann ich Euch, indem ich Euch gebeten habe, mich zu eskortieren.« Sie schwieg einen Moment. Sie wollte nicht, dass er sich schuldig fühlte, falls ihre Flucht misslang, und deshalb fügte sie hinzu: »Und Ihr sollt wissen, dass ich Euch nicht verantwortlich mache, wenn das Schlimmste passiert und de Buci mich ergreift oder tötet. Er hatte in diesem Spiel von Anfang an alle Vorteile auf seiner Seite, und dieses Ungleichgewicht wird von Tag zu Tag größer.«

»Elysande, ich möchte nicht, dass Ihr so redet. Ihr klingt, als hättet Ihr Euch bereits damit abgefunden, dass Ihr ergriffen werdet, aber das werde ich niemals zulassen. Ich – wartet!«, unterbrach er sich plötzlich, packte ihren Arm, um sie zum Stehenbleiben zu bringen. »Was meint Ihr damit, dass dieses Ungleichgewicht von Tag zu Tag größer wird?«

Elysande zuckte mit den Schultern. »Ich meine nur, dass de Buci inzwischen Nachrichten an all die anderen Lords geschickt haben wird, die in diese tödliche Intrige verwickelt sind, und dass auch sie alles unternehmen werden, um mich zu töten. Es streifen in diesem Moment wahrscheinlich mehrere Armeen auf der Suche nach mir durch England und Schottland.«

»Gütiger Himmel«, hauchte er, als er begriff.

»Robbie sucht Eure Aufmerksamkeit, Mylady«, sagte Tom plötzlich hinter ihr und unterbrach damit ihr Gespräch.

Elysande sah zum Schmied hin und ging etwas schneller, als Robbie sie alle vorwärts winkte.

»Hierher. Versucht, Schritt zu halten«, sagte er nur und führte sie eine andere Straße entlang.

Sie folgten, achteten dieses Mal sehr darauf, dass sie dicht hinter ihm blieben, bis er stehen blieb und ihnen bedeutete, zu warten, während er weiterging und sich umsah. Sie alle spannten sich etwas an, als ein Mann herbeigelaufen kam, kurz mit Robbie sprach und dabei immer wieder zu ihnen hinblickte.

»Ist das nicht der Töpfer, der den Becher für uns gemacht hat?«, fragte Rory mit einem leichten Stirnrunzeln.

»Aye«, sagte Elysande und erwiderte das Nicken des Töpfers in ihre Richtung, bevor er wieder davoneilte. »Er muss einer der Ladenbesitzer sein, mit denen Mildrede gesprochen hat. Die, die uns helfen, die Engländer beschäftigt zu halten. Vielleicht gibt es Neuigkeiten, die Robbie helfen.«

»Hmm«, murmelte Rory. Er legte die Hand an ihren Ellbogen, als Robbie ihnen das Zeichen zum Weitergehen gab. Er führte sie jetzt eine andere Straße entlang.

»Verdammt, ich kann es kaum glauben«, sagte Rory erstaunt, nachdem zum vierten Mal jemand herbeigelaufen kam, mit Robbie sprach und sie daraufhin einen anderen Weg nahmen.

»Was?«, fragte Elysande mit leichtem Lächeln. »Dass so viele Engländer zusammenarbeiten, um uns zu helfen?«

»Sie helfen Euch, Mädchen. Und Euren Männern vielleicht. Sie erdulden uns als notwendiges Übel«, beteuerte Rory ihr. »Aber es ist schwer zu glauben, dass Mildrede eine kleine Armee von Ladenbesitzern und anderen zusammenbekommen hat, die als Einheit arbeiten, um uns hier rauszuschaffen. Sie hätte ein Mann sein müssen.«

»Aye, sie hätte einen guten Krieger abgegeben«, pflichtete Conn ihm von hinten bei.

Bei diesen Worten lächelte Elysande und nahm sich vor, sich zu merken, was Rory gesagt hatte. Sie würde Mildrede davon erzählen, wenn sie das hier überlebte. Sie war sich sicher, dass die Schenkenwirtin daraufhin herzlich lachen würde.

Kurz darauf verkündete Robbie, dass es nun für die Gruppe an der Zeit war, sich zu trennen. Rory nickte und bat Elysande, die Zügel seines Pferdes zu halten, während er sich mit seinem Bruder austauschte. Sie wartete geduldig, während die vier sich kurz unterhielten. Als sie sich trennten und Alick, Fearghas und Donnghail davonritten, blickte Rory ihnen einen Moment lang nach, ehe er zu Elysande zurückkehrte und sie ihm die Zügel seines Pferdes reichte.

»Es wird ihnen nichts passieren«, versicherte er ihr, aber sie wusste, dass er derjenige war, der sich Sorgen machte.

»Es *wird* ihnen nichts passieren«, bestätigte sie. »Sie sind drei allein reisende Männer. De Bucis Männer werden sie nicht belästigen.«

»Aye«, murmelte Rory, während sie sich Robbie anschlossen, der sie in Richtung der Burg führte.

Rory warf immer wieder einen Blick über die Schulter, was Elysande nicht entging. Vermutlich hielten die anderen Männer es ebenso. Sie alle waren angespannt und offensichtlich besorgt, jemand würde ihnen folgen. Elysande war etwas ruhiger, aber das auch nur, weil sie sah, dass viele der Leute, an denen sie vorbeikamen, die Straße beobachteten. Sie nickten ihr beruhigend zu, als wollten sie sagen, dass alles in Ordnung war. Elysande hatte keinen Zweifel daran, dass auch sie zu Mildredes Armee gehörten und die Augen aufhielten, um dafür zu sorgen, dass sie wohlbehalten die Stadt verlassen konnte.

»Die Kirche.« Mehr sagte Robbie nicht, als sie an der Mauer neben einem Gebäude entlanggingen, das ihr mehr wie eine Kathedrale vorkam. Aber sie verstand, was er meinte, zog die drei Augenbinden aus dem Ärmel ihres Kleides, wo sie sie verstaut hatte, und reichte sie Rory, Conn und Inan.

9

»Wie wird das Ganze ablaufen?«, fragte Conn und nahm die Augenbinde. Dann sagte er wie zur Warnung: »Ich werde mich nicht von Tom oder Simon an der Hand führen lassen.«

Elysande biss sich auf die Lippen, als sie seine abweisende Miene sah. »Ich kann Euch führen«, schlug sie vor.

Conn entspannte sich und nickte, aber jetzt war es Rory, der ein finsteres Gesicht machte. »Nein. Ich will, dass Ihr mich führt.«

»Ich habe zwei Hände, ich kann Euch beide führen«, sagte sie leicht verzweifelt. »Aber dann wird Tom die Zügel meines Pferdes nehmen müssen. Und Ihr beide werdet die Zügel eurer Pferde halten.«

»Und ich muss dann Simons Hand halten«, empörte sich Inan.

»He, das wird auch für mich kein Honigschlecken werden«, fauchte Simon gereizt.

»Ich kann ihn führen.«

Elysande sah sich überrascht um, als die Frau des Tuchhändlers zu ihnen geeilt kam; sie war noch ein wenig außer Atem, als sie das Angebot machte.

»Elizabeth«, sagte sie und lächelte die Frau an. Sie nahm ihre Hand und drückte sie. »Vielen, vielen Dank dafür, dass Ihr Mildrede vor den englischen Soldaten gewarnt habt. Ihr habt uns alle gerettet.«

»Es war mir eine Freude, Mylady. Wir alle müssen unseren Beitrag leisten, um dabei zu helfen, den König zu retten«, versicherte sie und erwiderte den Händedruck. »Ich bin nur hergekommen, um Euch wissen zu lassen, dass die anderen Männer es ohne Probleme durch das vordere Tor geschafft haben. Die englischen Soldaten haben überhaupt nicht auf sie geachtet.«

»Oh, gut. Danke, dass Ihr uns Bescheid gebt.«

»Ich dachte, es würde Euch beruhigen, es zu wissen.« Elizabeth lächelte Inan an und fügte hinzu: »Aber da ich jetzt hier bin und wenn das irgendwie hilft, kann ich gern diesen jungen Burschen zum Tor führen.«

»Aye, das könnte tatsächlich helfen. Danke noch einmal«, entgegnete Elysande amüsiert, als Inan eifrig nickte und zu der älteren Frau ging.

»Ich danke Euch auch«, versicherte Inan ihr. »Es ist mir immer ein Vergnügen, an der Seite einer attraktiven Frau zu gehen, und ganz bestimmt ist es besser, als die Hand dieses hässlichen Scheißkerls zu halten.«

»Hässlichen Scheißkerls?«, protestierte Simon und verdrehte die Augen. »Ich werde mir merken, dass du das gesagt hast, wenn wir euch das nächste Mal helfen müssen, aus einer englischen Stadt zu entkommen.«

Inan grinste spöttisch. »Da wir bald in Schottland sind, wird es dazu nicht kommen.«

Ein scharfes Pfeifen von Robbie brachte die beiden Männer zum Schweigen und sorgte dafür, dass sie ihre Aufmerksamkeit auf den Schmied richteten.

»Augenbinden«, knurrte er und sah sich besorgt um. »Sie können die Soldaten nicht ewig beschäftigt halten.«

»Natürlich«, murmelte Elysande und reichte Tom die Zügel ihrer Stute, bevor sie sich erwartungsvoll zu Rory, Conn und Inan umdrehte.

»Werden wir nicht Aufmerksamkeit erregen, wenn wir Augenbinden tragen?«, brummelte Inan, während er sich seine umband.

»Das ist kein Problem«, versicherte Elizabeth ihm. »Die meisten Leute wissen, was vorgeht, und die anderen halten die Schotten sowieso für seltsam. Es wird alles gutgehen.«

Elysande konnte sich nur mühsam ein Lachen verkneifen, als sie sah, wie verärgert Rory, Conn und Inan auf die Aussage reagierten, dass man sie für seltsam hielt. Obwohl sie vermutete, dass Rorys Verärgerung eher damit zu tun hatte, dass eine zunehmende Anzahl von Leuten über das Bescheid wusste, was vor sich ging, als mit der Beleidigung selbst. Es schien ihn sogar ziemlich zu beunruhigen.

Sie schüttelte die Sorge mit einem Schulterzucken ab und nahm die Zügel von Conns und Rorys Pferden, damit sie die Hände frei hatten, während Elizabeth Inans Pferd hielt. Sie warteten geduldig, während die Männer die Augenbinden anlegten, und gaben ihnen dann die Zügel zurück. Elysande nahm Conn und Rory am Arm und drängte sie, Elizabeth und Inan zu folgen, die bereits auf Robbie zugingen. Sie vergewisserte sich, dass Tom und Simon ihr mit ihren Pferden und ihrer Stute folgten, danach hielt sie den Blick nach vorn gerichtet und konzentrierte sich darauf, Conn und Rory in die richtige Richtung zu lenken, was überraschend schwierig war. Keiner von ihnen schien in der Lage zu sein, geradeaus zu gehen, immer wieder scherte einer von ihnen aus – manchmal von ihr weg, manchmal zu ihr hin –, so dass sie einen der beiden immer wieder zurückziehen oder -schieben musste.

»Mir gefällt das nicht«, murmelte Conn plötzlich.

»Aye«, bestätigte Rory grimmig. »Ich fühle mich so hilflos wie ein Säugling, wenn ich nichts sehen kann. Wie weit ist es noch?«

»Nicht mehr weit«, versicherte Elizabeth und warf ihnen dabei einen raschen Blick über die Schulter zu. Elysande war ihr dankbar. Zum Teil, weil sie die Antwort nicht kannte, aber auch, weil sie im Moment sehr mit sich selbst zu tun hatte. Die Muskeln in ihrem Rücken und in den Armen, die bereits vorher geschmerzt hatten, schrien jetzt regelrecht auf bei der Belastung, der sie ausgesetzt waren. Elysande würde froh sein, wenn sie das Tor erreichten.

»Wie sollen wir reiten, wenn uns die Augen verbunden sind?«, fragte Conn plötzlich.

»Ihr werdet im Sattel sitzen, und Tom, Simon und ich nehmen die Zügel jeweils eines Pferdes und führen«, erklärte Elysande. Sie spannte das Kinn an, als sie gegen den Schmerz ankämpfte.

»Alles in Ordnung, Mädchen?«, fragte Rory. »Euer Rücken schmerzt, nicht wahr?«

Elysande sah ihn überrascht an; es wunderte sie, dass er das mitbekommen hatte. Dann seufzte sie und gestand: »Ihr habt beide die anstrengende Neigung, wie zwei betrunkene Narren in Schlangenlinien zu gehen, und das zerrt ein bisschen an meinen Armen und meinem Rücken.«

»Oh.« Rory zögerte und fragte dann: »Würde es helfen, wenn wir Eure Hand nehmen und Ihr uns nicht an unseren Armen festhalten müsst? Dann bräuchtet Ihr nur unsere Finger zu drücken und die Hände in die Richtung zu bewegen, in der Ihr uns haben wollt. Es wäre weniger anstrengend für Euch.«

»Ich hatte auch gedacht, dass das der ursprüngliche Plan war«, meinte Conn, der Rorys Bemerkung offensichtlich gehört hatte.

»Aye, das war es, und es könnte helfen«, stimmte Elysande ihm zu. Sie ließ erst Rorys Arm los und nahm stattdessen seine Hand, dann machte sie es bei Conn genauso. Beide Männer hatten riesige Hände, stellte sie fest, als sie ihre Finger beinahe schmerzhaft strecken musste, um sie zwischen ihre gleiten zu lassen. Aber so war es wirklich weniger beschwerlich und viel besser für sie. Inzwischen war Robbie nach links abgebogen und führte sie an der Vorderseite der Kirche entlang.

»Besser?«, fragte Rory nach einiger Zeit.

»Aye. Danke«, murmelte sie und lächelte amüsiert. »Auch wenn ich denke, dass es für die Leute seltsam aussehen muss, wie ich als Frau mit zwei Männern an der Hand die Straße entlanggehe.«

»Und die Augenbinden sehen nicht seltsam aus?«, fragte er trocken, fügte aber im gleichen Ton hinzu: »Aber die meisten Leute wissen ja, warum wir sie tragen.«

Elysande verzog das Gesicht bei der Bemerkung. Sie hatte erwartet, dass ihm Elizabeths Erklärung, die meisten Leute wüssten, was passierte, nicht gefallen würde. Aber sie war einfach nur froh, dass so viele Menschen bereit waren, ihnen zu helfen. Sie konnte nur hoffen, dass alle von denen, die Bescheid wussten, voll und ganz auf ihrer Seite waren und es keinen Judas unter ihnen gab, der an die englischen Soldaten herantreten könnte, um sein Wissen gegen Münzen einzutauschen. Elysande war nicht dumm; sie wusste, dass diese Gefahr bestand, wenn so viele der Menschen hier Bescheid wussten. Aber sie wusste auch, dass sie nichts dagegen tun konnte, wenn es dazu kam, also versuchte sie, nicht daran zu denken. Ihr Leben lag in diesem Augenblick in Gottes Hand.

»Folgt uns jemand?«, fragte Rory plötzlich.

»Nein, ich bin mir sicher – Oh«, sagte Elysande überrascht, als sie einen Blick zurückwarf. Tatsächlich folgten ihnen etliche Leute, und es wurden jeden Moment mehr. Mildrede hatte erwähnt, dass in Carlisle etwa zweitausend Menschen wohnten. Jetzt kam es ihr vor, als folgte die Hälfte davon ihnen zum Tor. Sie schienen von überall zu kommen und hinter ihr die Straße zu füllen. Es waren Kinder und Erwachsene … und sie alle, wirklich alle lächelten und nickten zuversichtlich, als sie Elysande ansahen.

»Was ist?«, fragte Rory angespannt. Seine Hand in ihrer zuckte, als wollte er die Augenbinde abnehmen.

»Nichts.« Elysande drückte seine Hand fester und lächelte die Menschen an, bevor sie wieder nach vorn blickte. Sie war sich ziemlich sicher, dass er nicht sehr glücklich sein würde, wenn er wüsste, dass ihnen fast die halbe Stadt dieses letzte Stück zum Tor folgte. Sie konnte nicht einmal sagen, ob sie es war. Wer lenkte noch die Soldaten ab, die nach ihr suchten, wenn die halbe Stadt hier war? Die andere Hälfte der Stadt, hoffte sie.

Robbie wandte sich jetzt nach rechts, führte sie eine leicht winklige Straße mit etwa zehn Häusern auf der rechten und elf auf der linken Seite entlang. Zu ihrer großen Erleichterung konnte sie an deren Ende die Stadtmauer sehen; sie verlief in einem kleinen Winkel zu der Straße, auf der sie jetzt gingen. Das Tor konnte nicht mehr weit weg sein.

»Ich weiß, dass Ihr nur Mildrede und Elizabeth von de Buci erzählt habt und dass diese beiden es weiterverbreitet haben. Aber ich schlage vor, dass Ihr nicht so freizügig mit der Geschichte über de Buci umgeht, Mädchen, wenn wir erst einmal in Schottland sind.«

»Oh nein, das werde ich nicht tun«, versicherte sie ihm fest und warf über die Schulter einen Blick auf die Menge, die ihnen immer noch folgte. Als sie alle lächelten und nickten, einige sogar winkten, lächelte sie wieder, bevor sie wieder nach vorn schaute und hinzufügte: »Ich werde niemandem in Schottland davon erzählen. Keinem einzigen Menschen.«

»Gut«, sagte er. Er klang erleichtert. »Dann werde ich dazu auch nichts mehr sagen.«

Elysande murmelte daraufhin zustimmend, und ihre Augen weiteten sich, als sie die Leute sah, die jetzt aus den umstehenden Häusern kamen und zusahen, wie sie vorbeizogen.

»Wieso eigentlich werdet Ihr in Schottland niemandem davon erzählen?«, fragte Conn plötzlich.

»Nun, weil ich vermute, dass die meisten Schotten es nur zu gern erleben würden, dass der König stirbt. Oder zumindest wird es sie nicht kümmern, ob er lebt, also werden sie ihm auch nicht helfen«, erklärte sie. Dann fügte sie leise hinzu: »Abgesehen davon scheint es, als würden sich solche Dinge ohnehin in Windeseile verbreiten.«

»Oh, aye, das tun sie«, versicherte Rory ihr. »Schaut Euch nur an, wie viele Menschen hier bereits von de Buci wissen.«

»Oh, das weiß ich«, murmelte sie und warf wieder einen Blick über die Schulter.

Elysande atmete erleichtert aus, als sie das Ende der Straße erreichten und Robbie an der Mauer stehen blieb. Das Tor dort war viel kleiner als das Haupttor, aber groß genug, dass sie die Pferde ohne Probleme hindurchführen konnten. Sie konnten sogar zu zweit nebeneinander reiten.

»Was ist das für ein Lärm hinter uns?«, fragte Rory. Seine Stimme klang angespannt, und Elysande warf einen Blick zurück. Die Menge war näher gekommen, um zuzusehen, wie sie die Stadt verließen.

»Es sind nur Kinder, die spielen«, sagte sie. Es war keine *echte Lüge* – einige der Kinder spielten wirklich, während sie ihr folgten. »Wir sind gleich am Tor. Robbie öffnet es gerade.« Sie erwähnte nicht, dass ein anderer Mann ihm half.

»Gott sei Dank«, sagte Rory. Seine Erleichterung war ihm deutlich anzuhören. »Ich kann es nicht erwarten, diese verfluchte Augenbinde abzunehmen.«

»Aye«, knurrte Conn zustimmend, und Elysande hatte fast ein schlechtes Gewissen, dass sie sich die Augen hatten verbinden müssen. Immerhin war das ihr Vorschlag gewesen. Aber sie wollte nicht, dass Mildrede und die anderen sich Sorgen machten, ihr geheimes Tor würde Leuten bekannt werden, die viele von ihnen als Feinde betrachteten.

»Wieso bleiben wir stehen?«, fragte Rory einen Moment später, als sie sie hinter Inans Pferd anhalten ließ.

»Wir haben das Tor erreicht«, erklärte sie und sah von Robbie zu Elizabeth, die beide zu ihr schauten. Als würden sie auf eine Anweisung warten, was als Nächstes geschehen sollte. Elysande begriff, dass genau das der Fall war, und sie sah die Männer und die Pferde und dann wieder Elizabeth an, die immer noch Inans Arm hielt. Sie bezweifelte, dass die Frau sie aus dem Tor nach draußen führen wollte, also …

»Ich schätze, wir sollten jetzt dafür sorgen, dass die Männer auf ihre Pferde steigen«, schlug sie Robbie und Elizabeth vor.

Als Robbie nickte und dann zu Elizabeth und Inan trat, um dem Krieger beim Aufsteigen zu helfen, warf Elysande einen Blick zu ihren Soldaten. »Tom, gib Simon meine Stute und steig auf. Du wirst Inans Pferd führen, bis wir im Wald sind.«

»Soll ich vielleicht erst noch Conn und Rory beim Aufsteigen helfen?«, fragte Tom, während er die Zügel ihrer Stute an Simon weiterreichte.

»Nein«, wandte Rory fest ein. »Du solltest deiner Lady helfen, auf ihr Pferd zu steigen. Conn und ich kommen alleine zurecht.«

Conn knurrte zustimmend, und beide Männer wandten erwartungsvoll die Gesichter in ihre Richtung. Elysande wusste nicht, worauf sie warteten, bis Rory sanft ihre Hand drückte.

»Oh«, keuchte sie und ließ ihre Hände los. Sie sah neugierig zu, wie Rory und Conn sich an den Zügeln entlang zu den

Köpfen ihrer Pferde und dann weiter zu den Sätteln tasteten. Sie war ziemlich beeindruckt, als beide Männer mit dem Fuß nach dem Steigbügel suchten, ihn hineinstellten und ohne jede Hilfe aufstiegen. Es schien wirklich so, als hätten sie so etwas geübt.

»Mylady?«

Elysande drehte sich um; Tom und Simon standen mit der Stute wartend neben ihr. Sie seufzte resigniert, weil die beiden sie vor all diesen Leuten auf ihr Pferd setzen mussten. Hätte sie die Möglichkeit gehabt, sich am Morgen den Rücken einreiben zu lassen, hätte sie es vielleicht sogar geschafft, ohne Hilfe aufzusteigen, vielleicht mit ein wenig Unterstützung von einem der Männer, aber so …

Sie presste die Lippen zusammen, nickte grimmig und trat neben ihre Stute. Tom und Simon begaben sich sofort zu ihr, fassten sie um die Ellbogen und hoben sie so hoch, wie sie konnten. Es reichte, dass Elysande einen Fuß in den Steigbügel setzen konnte. Kaum hatte sie das getan, verließ Simon seinen Platz und ging rasch um das Pferd herum auf die andere Seite, so dass sie sich mit Toms Hilfe herumdrehen und sich seitlich halb in den Sattel werfen und halb fallenlassen konnte. Zumindest lief es normalerweise so ab, aber dieses Mal war sie befangen, weil so viele Menschen zusahen, daher verschätzte sie sich und rutschte fast vom Pferd. Tom packte sie fest am Arm, und Simon hob rasch die Hände, um sie im Sattel zu halten, stützte sie mit der einen Hand in ihrem Lendenbereich ab und mit der anderen am Bauch. Das eigentliche Problem war die Hand in ihrem Rücken. Sie schickte eine Lanze aus Schmerz durch sie hindurch, der sie veranlasste, den Rücken durchzubiegen. Ihr Gesicht wies zum Himmel, als sie keuchend nach Luft schnappte und gegen die Pein ankämpfte, die durch sie hindurchwogte.

»Mädchen? Was ist passiert?«, bellte Rory plötzlich mit Panik in der Stimme. Elysande sah aus dem Augenwinkel, wie er nach der Augenbinde tastete, aber sie konnte nichts dagegen tun. Sie hatte in diesem Moment nicht die Luft, um zu atmen, geschweige denn, etwas zu sagen. Tom und Simon wiederum waren zu beschäftigt damit zu versuchen, sie im Sattel zu halten, und bekamen daher nicht mit, was er vorhatte.

Glücklicherweise eilte Elizabeth an seine Seite und legte ihm die Hand aufs Bein. »Es ist alles in Ordnung«, sagte sie. »Einer ihrer Männer hat nur ihren Rücken berührt, während sie versuchten, ihr in den Sattel zu helfen. Lasst ihr etwas Zeit, und sie wird Euch selbst sagen, dass es ihr gut geht.«

Elysande sah, wie Rory die Hand wieder sinken ließ, und schloss die Augen, als Simon schließlich seine Hand von ihrem Rücken nahm und stattdessen ihren Ellbogen packte. Der grelle Schmerz in ihrem Rücken verblasste zu einem dumpfen Pochen. Sie sackte erleichtert zusammen und zwang sich dazu, ein paar Mal tief durchzuatmen.

»Mylady?«, fragte Tom, als ihre Atemzüge sich wieder normalisiert hatten.

Elysande nickte und öffnete die Augen. Die Leute, die ihr gefolgt waren, standen inzwischen direkt um die Pferde herum. Diejenigen, die am nächsten waren, schienen bereit zu sein, ihr zu helfen, sollte sie herunterfallen. Aber was ihre Aufmerksamkeit am meisten erregte, war das Entsetzen in einigen Gesichtern. Erst jetzt begriff Elysande, dass ihr das Plaid vom Kopf gerutscht war und die verletzte Seite ihres Gesichts zu sehen war.

Unfähig, ihr Gesicht wieder zu bedecken, solange beide Männer sie an den Armen hielten, seufzte Elysande und verlagerte sich vorsichtig im Sattel, schwang das eine Bein darüber, um sich rittlings auf die Stute zu setzen. Bei der Bewegung rutschten ihre Röcke hoch und enthüllten – für alle sichtbar – die Bruoch, die sie darunter trug. Dann fiel der Umhang, den sie über das Plaid gezogen hatte, darüber und bedeckte sie.

Als sie schließlich im Sattel saß, ließen Tom und Simon sie los, und erst dann konnte Elysande sich die Kapuze des Plaids wieder über den Kopf und die verletzte Gesichtshälfte ziehen, um zu verbergen, was de Buci ihr zugefügt hatte.

Tom reichte ihr die Zügel der Stute, und Elysande murmelte einen Dank. Sie ergriff sie, bevor sie Rory ansah.

Er saß steif und reglos im Sattel. Sein Körper und seine Miene waren angespannt, und sie begriff, dass er die Menschenmenge spüren konnte, die sich um sie versammelt hatte. Sie drängten sich von allen Seiten um die Pferde. Es überraschte Elysande, dass er nichts dazu sagte, bis ihr aufging, dass einige der Leute in seiner Nähe mit ihm sprachen.

»Sie sitzt jetzt im Sattel und scheint sich erholt zu haben«, sagte ein altes Weib gerade beruhigend zu ihm.

»Aye, aber, du lieber Himmel, dieser de Buci hat ihr das Gesicht wirklich übel zugerichtet«, sagte jemand anderes, und Elysande spürte, wie sie vor Verlegenheit errötete.

»Das ist nicht das Schlimmste«, meinte ein Mann. »Ich habe gehört, dass die Schenkenwirtin geweint hat, als sie Mrs Elizabeth erzählt hat, was er ihr angetan hat. Ihr ganzer Körper weist Verletzungen auf, am Rücken, am Gesäß, an den Beinen. Es ist kein Wunder, dass sie Hilfe brauchte, um aufs Pferd zu kommen. Es wundert mich, dass sie überhaupt reiten kann, wenn noch andere Stellen genauso zugerichtet worden sind.«

»Mylady?«

Sie schaute herunter zu Elizabeth, die sie leise angesprochen hatte. Die Frau hielt die Zügel von Rorys Pferd.

»Sie meinen es gut«, sagte Elizabeth ruhig, während Elysande ihr die Zügel abnahm. »Aber Mildrede hat wirklich geweint, als sie mir davon erzählt hat. Gott möge diese Schotten segnen, dass sie Euch wegbringen, damit Ihr in Sicherheit vor de Buci seid.«

Elysande brachte ein Lächeln zustande, zuckte aber überrascht zusammen, als Robbie brüllte: »Macht Platz! Sie sitzen jetzt alle auf ihren Pferden und sind zum Aufbruch bereit. Geht aus dem Weg und lasst sie wegreiten, bevor de Bucis Männer auf die Idee kommen, nachzusehen, was hier los ist.«

Elysande sah sich nach den anderen Männern um. Simon saß bereits im Sattel und hielt die Zügel von Conns Pferd, während Tom schon versuchte, sich seinen Weg durch die Menge zu bahnen, um von Robbie die Zügel von Inans Pferd zu übernehmen. Ein Unterfangen, das jetzt, nach Robbies gereiztem Ausruf, sehr viel leichter wurde. Die Menge wich langsam zurück und machte ihnen Platz.

»Viel Glück und gute Reise, Mylady«, sagte Elizabeth und trat ebenfalls zur Seite. Andere griffen diesen Gruß auf, als Elysande und ihre Schar sich in Bewegung setzten. Tom führte sie an. Nachdem er sich zu ihr umgesehen und sie ihm zugenickt hatte, lenkte er sein Pferd durch das Tor, leitete dabei Inans Pferd hinter sich her. Als Nächste folgte Elysande, die Rory führte. Simon und Conn bildeten die Nachhut. Tom ließ sein Pferd in ruhigem Schritt gehen, bis sie hörten, wie das Tor hinter ihnen geschlossen wurde. In diesem Moment drängte er sein Pferd zum Trab. Der Pfad, den sie entlangritten, wurde offensichtlich nicht oft benutzt. Genau genommen konnte Elysande gar keinen Pfad erkennen, zumal immer noch Schnee auf dem Boden lag. Doch er schmolz bereits, und der Boden darunter war weich. Dies und die Tatsache, dass die Männer mit verbundenen Augen ritten, ließen Tom vermutlich darauf verzichten, sofort zu galoppieren.

»Ist mit Euch alles in Ordnung, Mädchen?«

Elysande sah sich bei Rorys Frage um und sah, dass sein Gesicht immer noch angespannt und besorgt wirkte.

»Aye«, versicherte sie ihm. »Noch eine kleine Weile, und Ihr solltet die Augenbinde abnehmen können.«

Er schwieg einen Moment, ehe er fragte: »Habt Ihr irgendwen auf dieser Seite der Mauer gesehen?«

Elysande sah sich um. Erst jetzt begriff sie, dass es das Erste hätte sein müssen, was sie nach dem Verlassen der Stadt hätte tun sollen. Sie hatten keine Ahnung, ob die englischen Soldaten, die in der Stadt aufgetaucht waren, die einzigen waren, oder ob einige von de Bucis Männern draußen vor den Mauern warteten, wie sie es in Kynardersley getan hatten. Sie stellte erleichtert fest, dass nichts als schneebedeckter Boden zu sehen war, so weit das Auge reichte. Es gab keinen Hinweis auf ein Lager oder auf Soldaten. Aber sie hinterließen eine Spur aus Hufabdrücken, die vom Tor wegführten, wie sie sah, und sie hoffte, dass sich das nicht als Problem erweisen würde.

»Nein. Wir sind allein hier«, versicherte sie ihm.

Rory räusperte sich. »Es klang, als wären viele Menschen beim Tor gewesen, als wir von dort weggeritten sind.«

»Aye. Es waren einige«, bestätigte sie und verzog das Gesicht.

»Mehr als nur einige, würde ich sagen«, erwiderte er trocken.

Elysande sah ihn resigniert an. Sie rechnete damit, ein weiteres Mal vorgehalten zu bekommen, noch weiteren Leuten von de Buci erzählt zu haben, aber er überraschte sie.

»Es war offensichtlich, dass sie alle begierig waren zu helfen.« Da das alles war, was er dazu sagte, entspannte sie sich.

Sie setzten den Ritt schweigend fort, bis sie die ersten Baumreihen des Waldes erreichten. Tom schlug ein langsameres Tempo an, hielt aber noch nicht an. Er machte erst Halt, als die Stadtmauer nicht mehr zu sehen war.

»Kann ich die Augenbinde jetzt abnehmen?«

Bei Rorys Frage sah sie zu ihm hin und bemerkte, dass Tom und Simon sie fragend anschauten; sie warteten auf eine Antwort. »Aye. Nehmt sie ab«, sagte sie so laut, dass auch Conn und Inan sie hören konnten.

Die Männer konnten die Dinger gar nicht schnell genug von ihren Gesichtern reißen, und erst als sie das getan und sich umgesehen hatten, entspannten sich die drei Schotten.

»Ich frage mich, wo Alick und die anderen geblieben sind«, sagte Simon.

»Sie werden ein Stück weiter den Pfad entlang sein«, vermutete Rory. »Ich habe ihm gesagt, dass er nicht anhalten soll, bevor er nicht ein gutes Stück im Wald ist.« Als Elysande ihn fragend ansah, zuckte er mit den Schultern: »Auf diese Weise konnten sie nicht sehen, wo wir aus der Mauer kommen. Es macht wenig Sinn, uns die Augen zu verbinden, wenn sie hätten erkennen können, wo sich das Tor befindet. Und ich wollte niemanden in die Situation bringen, sich zwischen dem Wort, das sie den Engländern gegeben haben, und der Pflicht, ihrem Land mit einer so wertvollen Information zu dienen, entscheiden zu müssen, sollte es einen neuen Krieg geben.«

Elysande spürte, wie sich ihr Mund zu einem Lächeln verzog. »Ihr seid ein guter Mann, Rory Buchanan.«

Er lächelte. Aber das Kompliment schien ihn verlegen zu machen, denn er richtete seine Aufmerksamkeit auf die Männer. »Conn und Simon können vorneweg reiten. Tom und Inan, ihr folgt Elysande und mir. Suchen wir die anderen.«

Ihr Lächeln wurde breiter, als sie das hörte, denn wie sie bemerkte, teilte er jetzt ihre und seine Männer gleichermaßen auf, wenn er ihnen Aufgaben zuwies. Sie hielt es für ein gutes Zeichen, auch wenn sie nicht genau sagen konnte, warum.

»Wir werden anhalten, sobald wir Alick, Donnghail und

Fearghas erreicht haben«, sagte Rory, während sie sich hinter Conn und Tom einreihten. »Dann könnt Ihr Euch auch wieder einreiben.«

Elysande freute sich über seinen Vorschlag, aber sie schüttelte den Kopf. »Ich würde lieber warten, bis wir die Grenze nach Schottland überschritten haben.«

»Seid Ihr sicher?«, fragte Rory mit einem kleinen Stirnrunzeln.

»Aye«, versicherte sie ihm und seufzte bedauernd, denn die Vorstellung, die betäubende Tinktur aufzutragen, war wirklich verlockend, aber ... »Ich würde lieber nicht zu lange haltmachen, während die Männer de Bucis noch so nah sind. Sie könnten ihre Suche in Carlisle jederzeit beenden und uns folgen. Oder ...« Sie zögerte, und dann gab sie zu: »Viele Menschen dort wissen, dass wir da waren und weggeritten sind. Wenn auch nur einer von ihnen sich dazu bringen lässt, für ein paar Münzen zu reden ...« Sie zuckte mit den Schultern. »Ich möchte das Schicksal lieber nicht herausfordern und mich hier länger als nötig aufhalten. Reiten wir nach Schottland, und machen wir uns dann Gedanken darüber.«

Immerhin – das musste sie ihm zugutehalten – wies Rory sie nicht darauf hin, dass genau das seine Befürchtung gewesen war, nachdem er erfahren hatte, dass sie Mildrede und Elizabeth von de Buci erzählt hatte. Er nickte und ließ damit das Thema ruhen.

Sie ritten jetzt im Galopp, und Elysande biss die Zähne zusammen und machte sich auf einige Stunden unaufhörlicher Schmerzen gefasst, bevor sie für eine Rast anhalten würden und sie das Einreibemittel auftragen konnte.

Alick und die anderen zwei Männer hatten getan, worum Rory sie gebeten hatte; sie stießen etwa eine gute Viertelstunde später auf sie. Sie machten gerade lange genug Halt, um sich zu begrüßen und Elysande die Möglichkeit zu geben, die birnengefüllten Gebäckstücke aus dem Beutel zu nehmen, den Mildrede ihr geschenkt hatte. Dann brachen sie wieder auf, verzehrten das Mahl im Sattel.

»Erinnert mich daran, Mildrede zu sagen, was für eine hervorragende Köchin sie ist, wenn das hier vorbei ist und wir sie später besuchen«, sagte Rory, während er die letzten Stücke des Gebäcks aß.

Elysande lächelte und nickte bei dem Vorschlag, aber in ihrem tiefsten Innern glaubte sie nicht, dass es jemals zu diesem Besuch kommen würde. Zumindest würde Rory sie nicht dorthin begleiten. Wenn sie das hier überlebte, würde sie zweifellos nach England und Kynardersley zurückkehren – oder zu dem, was davon noch übrig war. Natürlich würde sie versuchen, ihre Eskorte – wer immer das dann auch sein mochte – dazu zu bringen, in Carlisle anzuhalten, so dass sie Mildrede und die anderen treffen konnte. Aber wenn Rory sie in Sinclair abgeliefert hatte, würde er nicht wochen- oder gar monatelang dort verweilen. So lange könnte es aber dauern, bis diese Situation sich aufgelöst haben würde. Rory hatte eine Familie und sein eigenes Leben, und es gab Leute, die seine Heilkunst brauchten. Nein. Auch wenn er es Mildrede versprochen hatte, ging sie davon aus, dass er längst fort sein würde, wenn sie sich auf den Weg zurück nach England machte.

10

»Wird sie sich das Heilmittel selbst auftragen können?«

Rory riss den Blick von Elysande los, die zwischen den Bäumen des Waldes verschwand, und sah Tom an. Er hatte sich das Gleiche gefragt.

»Vermutlich nicht«, gab er unglücklich zu.

»Und?«, fragte der Mann, als Rory einfach nur dastand.

»Was, und?«, fragte Rory verwirrt.

»Na ja, solltet Ihr dann nicht mit ihr gehen und ihr helfen? Ihr seid doch der Heiler«, entgegnete Tom in einem Anflug von Verzweiflung.

»Oh, aye«, sagte Rory überrascht und folgte Elysande eilig in den Wald. Erst jetzt begriff er, dass er nicht wie ein Heiler gedacht hatte. Er hatte wie ein Mann gedacht …, der nicht das Recht hatte, sie unbekleidet zu sehen und seine Hände über ihre weiche, warme Haut gleiten zu lassen.

»Heiler«, murmelte er und verscheuchte seine unangemessenen Gedanken. »Sie braucht deine Hilfe, nicht deine lüsternen Fantasien.« Fantasien, die zu seiner Überraschung tatsächlich ziemlich lüstern waren, was sie betraf. Vermutlich liegt es daran, dass sie immer neben mir schläft und sich so eng an mich drängt, dachte er. Jeden Morgen beim Erwachen nahm er ihren Duft wahr, schmiegte sich ihr warmer Körper an ihn und hatte sie ihr Bein über seine Lenden gelegt … Aye, in diesen Momenten fühlte er sich so ganz und gar nicht wie ein Heiler. Aber genau das war er, und Heilung war das, was sie jetzt brauchte. Rory bemühte sich, seine Gedanken darauf zu konzentrieren, während er sich beeilte, sie einzuholen. Zurzeit war sie eine an ihren Schmerzen leidende Frau, die seine Hilfe und Fürsorge brauchte. Er würde das Mittel bei ihr so rasch und geschickt auf Rücken, Gesäß und Beinen auftragen, wie er es bei jedem anderen Patienten tun würde, dann würde er sie allein lassen, damit sie ungestört ihre Kleider anlegen konnte.

»Oh!« Elysandes überraschter Ruf riss Rory aus seinen Gedanken. Sie war stehen geblieben und hatte sich umgewandt, um zu sehen, wer ihr folgte.

Rory ging auf sie zu, wobei er versuchte, sich so ruhig und gelassen zu geben wie stets, wenn er jemanden behandelte. »Ihr braucht Hilfe beim Einreiben, Mädchen. Und ich bin Heiler, und deshalb ist es meine Aufgabe, Euch zu helfen. Ich will Euch heilen. Denn ich bin ein Heiler. Es ist meine Aufgabe, Euch zu heilen. Und Euch mit dem Mittel einzureiben.«

Dass Elysande ihn aus schmalen Augen anstarrte, verriet Rory, dass er sich womöglich ein wenig seltsam ausgedrückt hatte. Er seufzte, und entschlossen wandte er sich ab, drehte ihr den Rücken zu. »Ihr könnt Euch ungestört entkleiden. Gebt Bescheid, wenn Ihr bereit seid.«

Einen Moment lang herrschte völlige Stille, und er rechnete schon damit, dass sie Einwände erheben würde. Dann hörte er sie jedoch leise seufzen, und kurz danach vernahm er das Geraschel von Kleidung. Er schloss daraus, dass sie sich bewegte … oder sich auszog. Wahrscheinlich Letzteres, sagte er sich, während er auf die Geräusche achtete. Er hoffte, dass sie dabei war, ihre Kleider abzulegen. Allein schon deshalb, weil es bedeutet, dass sie mir vertraut, dachte er – während er vor seinem geistigen Auge sah, wie sie nackt auf Mildredes Küchentisch gelegen hatte. Er spürte ein Prickeln in den Händen, als er sich vorstellte, wie sie ihre zarte Haut berührten.

»Ich bin bereit.«

Rory zuckte bei dem leisen Ruf zusammen und wandte sich zu Elysande um. Enttäuschung erfasste ihn, als er sah, dass sie auf ihrem Umhang lag und nur ihr nackter Rücken zu sehen war. Ihr Plaid bedeckte sie von der Taille an abwärts, und wahrscheinlich trug sie auch noch die Breeks. Sie hatte lediglich das Oberteil ihres Kleides heruntergestreift und die Tunika ausgezogen.

»So, wie Ihr daliegt, kann ich Euch nicht überall einreiben, wo es nötig ist«, murmelte er, ohne zu ihr zu gehen.

»Meine Beine und das Gesäß kann ich selbst einreiben. Ich brauche Eure Hilfe nur beim Rücken«, erklärte Elysande. Ihre Stimme klang gleichmütig, aber die unverletzte Seite ihres Gesichts leuchtete in hellem Pink.

»Oh. Aye.« Rory war sich bewusst, dass ihm seine Enttäuschung anzuhören war. Er riss sich zusammen und trat zu ihr. Denk wie ein Heiler, wiederholte er beharrlich in Gedanken. Nicht wie der Mann, der sie jeden Morgen in den Armen gehalten hat.

Elysande hatte den Deckel des Behälters mit dem Einreibemittel bereits abgenommen. Er stand in Höhe ihrer Hüfte auf dem Pelzumhang. Rory kniete sich neben sie und ließ seinen Blick über ihren Rücken wandern, während er etwas von dem Mittel in seinen Händen verteilte. Ihr Rücken und eine Körperseite schimmerten jetzt eher purpurn als schwarz, an ihren Rändern hatten sich die Blutergüsse rotgrün verfärbt. Sie heilten zwar, sahen aber immer noch verdammt schmerzhaft aus. Er fühlte sich schlecht, weil er nicht darauf bestanden hatte, eher Rast zu machen.

Sie waren nicht so schnell vorangekommen, wie Rory gedacht hatte, weil der schmelzende Schnee den Pfad in Morast verwandelt hatte. Deshalb hatte es länger gedauert, die schottische Grenze zu erreichen – sehr viel länger, als er erwartet hatte. Nach der Grenze waren sie noch eine Weile weitergeritten, um einen Rastplatz zu finden, der einigermaßen frei von Schlamm und nassem Schnee war. Und das hatte bedeutet, höher gelegenes Gelände erreichen zu müssen. Inzwischen war seit dem Mittag einige Zeit vergangen.

»Was tut Ihr?«

»Ich wärme die Tinktur mit meinen Händen auf, damit Ihr Euch nicht erschreckt, sollte sie zu kalt sein«, erklärte Rory.

»Oh. Das ist sehr nett von Euch«, murmelte sie und entspannte sich etwas.

»Ich bin ein netter Mann«, antwortete er und zuckte regelrecht zusammen, als ihm klar wurde, wie aufgeblasen und lächerlich sich das angehört haben musste. Herr im Himmel, das Mädchen musste nur in seiner Nähe sein, und schon raubte sie ihm den gesunden Menschenverstand. Seufzend beugte er sich vor und begann, das Mittel auf ihrem Rücken zu verteilen.

Rory hatte vorgehabt, es einfach nur aufzutragen. Als Elysande jedoch vor Wohlbehagen seufzte, begann er, es in die geschädigten Muskeln einzumassieren.

»Oh, das tut gut«, hauchte sie und schien unter seiner Berührung fast mit dem Pelzumhang zu verschmelzen.

»Ich tue Euch nicht weh?«, fragte Rory besorgt. Er wusste, dass es eigentlich nicht weh tun sollte – seine Hände waren bereits taub von dem Mittel, und so sollte es auch bei der Haut ihres Rückens sein –, aber er war sich nicht sicher, ob seine Berührungen ihr Schmerzen bereiteten.

»Ein bisschen, aber es fühlt sich auch gut an«, sagte sie. Dann lachte sie leise auf und gestand: »Es ergibt wahrscheinlich keinen Sinn, aber wenn Ihr die Muskeln so knetet, tun sie zwar ein bisschen weh, doch wenn Ihr dann damit aufhört, fühlen sie sich besser an als vor dem Einreiben.«

»Auf diese Weise wird erreicht, dass das Blut stärker in den Bereich strömt«, erklärte er und sah zu, wie seine rauen Hände ihre weiche Haut massierten. »Man geht davon aus, dass es bei der Heilung hilft.«

»Wirklich? So etwas hat Mutter nie gesagt. Wo habt Ihr das gelernt?«

»Ibn al-Nafis.«

»Wo ist das?«, fragte sie neugierig.

»Nicht wo, sondern wer«, antwortete er amüsiert. »Er war während des letzten Jahrhunderts Arzt in Ägypten. Ein faszinierender Mann, der die Toten seziert hat und mehr als hundert Bücher über all das geschrieben hat, was er über das Blut und dessen Kreislauf herausgefunden hat. Eines seiner Bücher hat Aulay mir vor einigen Jahren zu Weihnachten gegeben, auch wenn ich nicht weiß, wie er es in die Finger gekriegt hat. Wahrscheinlich hat ein Kreuzzügler es im letzten Jahrhundert mit nach Hause genommen, und Aulay hat es einem Händler oder vielleicht einem anderen Lord abgekauft, in dessen Besitz es schließlich gelangt war.« Er zuckte mit den Schultern. »Ich weiß es nicht, aber es war höchst interessant, es zu lesen.«

»So scheint es«, murmelte Elysande. Sie klang schläfrig, doch dann regte sie sich und fragte: »Die Kirche hat diesem Heiler Ibn erlaubt, die Toten zu sezieren?«

Die Frage überraschte ihn nicht. Die Kirche verbot solches Tun, vermutlich würde sie es nicht einmal gutheißen, dass er das Werk dieses Mannes gelesen hatte. Aber Rory hatte viel daraus gelernt. »In Ägypten folgt man einer anderen Religion. Ich schätze, es war erlaubt, sonst hätte er nicht darüber schreiben können.«

»Ja, das vermute ich auch«, pflichtete sie ihm bei. »Denkt Ihr – « Was immer sie noch sagen wollte, sie sprach es nicht mehr aus, verharrte stattdessen reglos unter seinen Händen.

Rory hatte inzwischen begonnen, ihre Seite einzureiben, und seine Hand hatte ihre Brust getreift. Doch Elysande war nicht die Einzige, die auf diese unerwartete Berührung reagierte. Seinem Körper gefiel diese unbeabsichtigte Berührung, und er wollte, dass er sie wiederholte. Ja, er wollte, dass Rory seine Hand unter Elysande schob und die sanfte Wölbung mit den Fingern umfasste. Doch Rory rief sich eilig das Wort *Heiler* in Erinnerung und widerstand dem Wunsch. Er legte die Hände auf ihre Taille und massierte sie. Doch schon nach kurzer Zeit zog er sie zurück und richtete sich auf.

»Fertig«, erklärte er abrupt und erhob sich. Er hatte Elysande eigentlich anbieten wollen, auch ihr Gesäß und die Rückseite ihrer Beine einzureiben, aber das schien ihm inzwischen keine gute Idee mehr zu sein. Wenn es schon genügte, auch nur den Rand ihrer Brust zu berühren, um ihn an gewisse Dinge denken zu lassen – Dinge, die er gern mit ihr getan hätte –, wollte er nicht wissen, zu was es ihn verlockte, würde er ihr Gesäß umfassen.

»Ich werde zu den anderen zurückkehren und Euch allein lassen, damit Ihr Euch anziehen und das Mittel auf die anderen Stellen auftragen könnt, die Beine und …« Nein, er würde es nicht einmal aussprechen, beschloss Rory. Er wandte sich einfach um und kehrte zurück in die Sicherheit, die die Anwesenheit der anderen Männer bot.

Er dachte kurz daran, dass es vielleicht das Beste wäre, er würde in dieser Nacht nicht neben ihr schlafen. Mit ihr in den Armen aufzuwachen brachte ihn offenbar auf Ideen. Ihm war bewusst, dass Elysande sich im Schlaf in seine Arme schmiegte und dass es sie verlegen machte, wenn sie des Morgens aufwachte und sich an ihn geschmiegt wiederfand. Da sie dies unabsichtlich tat, würde sie es vermutlich bei jedem Mann tun, der seinen Platz dann einnehmen würde, und die Vorstellung, dass sie sich an einen anderen schmiegte … Nun, Rory würde das nicht zulassen.

Als er den Rastplatz auf der kleinen Lichtung erreichte, war er immer noch verärgert über die bloße Vorstellung, so etwas könnte geschehen.

»Alles in Ordnung?«, fragte Tom und ging auf ihn zu, kaum dass er ihn sah.

»Aye. Ich habe ihr den Rücken eingerieben. Sie kümmert sich jetzt noch um die anderen Stellen und kommt dann zu uns«, sagte er grimmig.

Tom zog bei diesem mürrischen Ton zwar die Augenbrauen zusammen, nickte jedoch nur. »Gut. Dann sollte das Reiten für den Rest weniger beschwerlich für sie sein.«

»Aye«, stimmte Rory ihm zu und entspannte sich ein wenig bei dem Gedanken. Er war endlich in der Lage gewesen, etwas zu tun, das ihr half, auch wenn es nur darin bestanden hatte, sie mit dem Mittel einzureiben, das sie selbst hergestellt hatte. Natürlich bedeutete das aber auch, dass er wahrscheinlich nicht in den Genuss kommen würde, sie hinter sich auf seinem Pferd zu spüren, an seinen Rücken gelehnt und die Arme um seine Taille geschlungen. Allein der Gedanke ließ ihn wieder mürrisch werden.

Als Elysande aus tiefem Schlaf erwachte, spürte sie etwas schmerzhaft gegen ihren Rücken drücken. Instinktiv rutschte sie nach vorn, um dem Schmerz zu entkommen, schmiegte sich dadurch aber noch enger an Rorys Rücken. Sie warf einen Blick über die Schulter. Im schwachen Schein der Glut des abendlichen Feuers waren gerade noch Toms Umrisse zu erkennen. Er hatte sich im Schlaf zu ihr hin bewegt und war gegen ihren Rücken gestoßen. Sie fragte sich, ob das vielleicht der Grund war, weshalb sie sich jeden Morgen halb auf Rory liegend wiederfand. Ob sie nur versuchte, dem Schmerz zu entkommen, den Tom verursachte, wenn er gegen ihren Rücken drückte.

Seufzend lag sie eine Weile da und überlegte, was sie tun sollte. Als sie angehalten hatten, um ihr Nachtlager aufzuschlagen, war ihr Rücken noch in Ordnung gewesen. Eigentlich hatte sie ihn vor dem Schlafen noch einmal einreiben wollen. Sie war auch von Rory darauf angesprochen worden, hatte aber abgelehnt, weil sie wusste, dass er darauf bestehen würde, ihr behilflich zu sein. Sie hatte gesagt, es ginge ihr gut und hatte sich dann hingelegt. Sie hatte seine Hilfe nicht gewollt … nicht, wenn er so mürrisch war. Außerdem war sie immer noch verwirrt wegen der Gefühle, die er in ihr geweckt hatte, als er sie während der letzten Rast eingerieben hatte.

Noch jetzt glaubte Elysande, die Wärme zu spüren, die in ihr aufgewallt war, als seine Hand ihre Brust berührt hatte. Noch nie zuvor in ihrem Leben hatte sie so etwas empfunden. Es hatte sie schockiert, aber gleichzeitig hatte sie dieses Gefühl genossen, das es in ihr geweckt hatte.

Elysande hatte reglos dagelegen und gehofft, er würde die Berührung wiederholen, doch er hatte sie rasch weiter eingerieben und war dann fortgegangen, als wäre nichts geschehen. Daraus schloss sie, dass die Berührung nur Zufall gewesen war und er im Gegensatz zu ihr keinerlei Prickeln und Aufregung empfunden hatte. Zudem war er gereizt gewesen, als sie auf die Lichtung zurückgekehrt war, und das hatte sich auch den restlichen Tag nicht gelegt. Als sie schließlich haltgemacht und er vorgeschlagen hatte, das Mittel neu aufzutragen, hatte sie daher ablehnend den Kopf geschüttelt und behauptet, es wäre nicht nötig.

Doch jetzt bezahlte sie dafür, und die Frage war, ob sie wirklich ihren warmen Platz auf dem Fell verlassen wollte, um durch die Kälte zu laufen und das Mittel aufzutragen? Zumal sie den größten Teil ihres Rückens gar nicht selbst einreiben konnte?

Aye, beschloss Elysande, als Tom sich bewegte und wieder gegen sie stieß. Glücklicherweise berührte er dieses Mal keine verletzte Stelle an ihrem Rücken, aber das konnte beim nächsten Mal schon wieder anders sein. Sie hielt den Atem an, stützte sich auf dem Ellbogen auf und versuchte herauszufinden, wie sie am besten aus diesem Kreis von schlafenden Männern herauskommen konnte, ohne jemanden zu wecken.

»Schmerzt Euer Rücken?«

Elysande wandte den Kopf und stellte fest, dass Rory wach war und sie über seine Schulter ansah. Als sie nickte, verließ er sein Lager, und dass, wie sie bemerkte, ohne irgendwen zu stören. Zwischen ihm und Inan schien aber auch deutlich mehr Platz zu sein, als Tom und Rory ihr gelassen hatten. Kaum hatte Elysande dies gedacht, musste sie einen Aufschrei unterdrücken, als sie plötzlich an den Oberarmen gepackt und auf die Füße gestellt wurde.

Nun, nicht direkt auf die Füße, bemerkte sie, denn während Rory über Inan hinwegstieg, hielt er sie gut einen Fuß über dem Boden. Er trug sie über die schlafenden Männer hinweg zu dem Baumstamm, auf dem Donnghail saß. Der war damit beschäftigt, das Feuer wieder zum Leben zu erwecken.

»Wartet hier. Ich hole das Mittel«, sagte Rory leise und ging in Richtung der Pferde davon.

»Euer Rücken tut wieder weh«, stellte Donnghail ruhig fest, während er den Stock, mit dem er in dem schwelenden Feuer gestochert hatte, an den Baumstamm lehnte und sich aufrichtete.

»Aye«, bekannte sie ein wenig verlegen. »Ich schätze, ich hätte mich gestern Abend vor dem Schlafen von Rory einreiben lassen sollen, wie er es vorgeschlagen hat.«

»So mürrisch, wie er war?«, fragte Donnghail erheitert und schüttelte den Kopf. »Ich hätte es auch abgelehnt.«

Elysande strahlte ihn an; sie fühlte sich in ihrer vorherigen Weigerung bestätigt. »Warum war er wohl so mürrisch?«, wollte sie wissen.

»Das wollte ich Euch fragen«, gestand Donnghail. »Als er Euch in den Wald gefolgt ist, war noch alles in Ordnung. Aber dann ist er zurückgekehrt, als hätte er einen heißen Schürhaken im Hintern.«

Elysande blinzelte verwirrt bei dieser Beschreibung. »Ist er denn so schnell gelaufen?«

»Was?«, fragte Donnghail verwundert und runzelte dann die Stirn. »Nein, aber seine Laune war mies.«

»Oh, ich verstehe«, murmelte sie und fügte entschuldigend hinzu: »Ich dachte nur, wenn er – na ja, er wäre schnell gelaufen. Aber vermutlich wäre er eher zum nächsten Fluss oder Loch gerannt, um den Schürhaken abzukühlen, damit er ihn rausziehen kann.«

»Schon möglich«, räumte Donnghail amüsiert ein. »Aber es hätte an seiner Laune nichts geändert.«

»Aye«, gab Elysande zu. Sie runzelte jetzt ebenfalls die Stirn. »Ich weiß nicht, warum er so schlecht gelaunt zurückgekehrt ist. Allerdings hatte ich nicht die Möglichkeit, mich für seine Hilfe zu bedanken, weil er so schnell weggegangen ist. Könnte es vielleicht daran liegen?«

»Ich denke eher, er war schlecht gelaunt, weil er Euch berührt hat«, sagte Donnghail.

»Wirklich?«, fragte sie alarmiert. »Aber –« Sie unterbrach sich, biss sich auf die Lippe und sagte dann: »Ich bin mir ziemlich sicher, dass er jetzt denkt, er müsste das Mittel wieder auftragen. Aber wenn es so unangenehm für ihn war und ihm die Laune verdirbt, möchte ich lieber nicht, dass er es tut. Vielleicht könntet Ihr es statt seiner tun«, schlug sie vor und schüttelte kurz danach den Kopf. »Nein, tut mir leid. Wenn es eine so unangenehme Aufgabe ist, sollte ich auch Euch nicht fragen.«

»Mich solltet Ihr ganz bestimmt nicht fragen«, bestätigte Donnghail mit einem leisen Lachen. »Ich schätze, wenn ich Euch einreibe, wird seine Laune noch schlechter werden.«

»Aber Himmelherrgott! Warum sollte es ihm etwas ausmachen, wer das tut, wenn er es nicht mehr tun muss?«

»Ihr habt mich missverstanden, Mylady«, unterbrach Donnghail sie sanft. »Es ist nicht so, dass es ihm nicht gefällt, Euch einzureiben. Ich vermute, er ist schlecht gelaunt gewesen, weil es ihm zu sehr gefallen hat. Er fühlt sich zu Euch hingezogen«, fügte er ernst hinzu.

»Denkt Ihr das wirklich?«, fragte Elysande überrascht und schüttelte den Kopf. »Nein. Das kann nicht sein. Ich sehe schrecklich aus.«

»Aye, das tut Ihr«, gab er ehrlich zu. »Und trotzdem lässt er Euch nicht aus den Augen. Er macht sich mehr Sorgen um Euch, als er das Recht dazu hat, und er wacht jeden Morgen mit Euch in den Armen und einem Lächeln im Gesicht auf.«

Elysande dachte darüber nach, dann wischte sie alles mit einer Handbewegung beiseite. »Das bedeutet gar nichts. Er versucht nur, die Bitte meiner sterbenden Mutter zu erfüllen und mich wohlbehalten nach Sinclair zu bringen.«

»Euch wohlbehalten nach Sinclair zu bringen erklärt nicht, dass ihm sein Plaid jeden Morgen wie ein Zelt hochragt, wenn wir Euch von ihm heruntergehoben haben«, sagte Donnghail trocken.

Elysande war noch immer verwirrt über seine letzte Bemerkung, als Rory mit dem Einreibemittel zurückkehrte. Sie ließ sich von ihm aufhelfen und verzog das Gesicht, als Schmerz durch die Rückenmuskeln schoss. Sie folgte Rory in den Wald, während sie immer noch über Donnghails Worte nachdachte. Sie hatte keine Ahnung, was er gemeint hatte. Wenn sie am Morgen in Rorys Armen aufgewacht war und die Männer sie vom Lager hoben, war sie immer so verlegen, dass sie keinen von ihnen dabei ansah. Ganz besonders nicht Rory. Daher hatte sie nie bemerkt, dass er irgendetwas mit seinem Plaid machte.

Ein leiser Fluch Rorys veranlasste sie, ihn anzusehen – und sie stellte fest, dass sie ihn in der Dunkelheit kaum sehen konnte. Doch sie hörte ihn neben ihr etwas murmeln.

»Was ist?«, fragte sie besorgt.

»Der Boden ist hier zu nass, als dass Ihr Euch hinlegen könntet«, entgegnete er besorgt. Seine Stimme erklang ungefähr in Höhe ihrer Knie und bewegte sich nach oben, bis sie wieder von leicht über ihr erklang. Sie schloss daraus, dass er sich auf den Boden gekniet hatte, um ihn zu prüfen, und sie war sich vage bewusst, dass er sie vorher mehrmals zum Stehenbleiben gedrängt und ihren Ellbogen losgelassen hatte. Sie vermutete daher, dass er immer wieder stehen geblieben war, um den Boden zu prüfen, während sie gedankenverloren dagestanden hatte.

»Wir werden weitersuchen müssen«, sagte er seufzend und fasste wieder nach ihrem Arm, um sie zu führen. Aber Elysande widersetzte sich.

»Nein. Wir können es hier machen«, sagte sie. Vermutlich würden sie nirgendwo eine trockene Stelle finden. Wo immer sie den Pelzumhang ausbreitete, würde der Boden mehr als nur ein wenig feucht sein.

»Es ist viel zu nass, um –«

»Dann werde ich mich eben nicht hinlegen«, sagte Elysande einfach.

»Was? Aber wie – Was tut Ihr da?«, fragte Rory, und sie

konnte das Stirnrunzeln in seiner Stimme hören, als sie anfing, mit der freien Hand herumzutasten.

»Ich versuche, einen Baum zu finden«, erklärte sie, bewegte sich etwas nach rechts und zog Rory mit sich, der sie am Arm hielt.

»Wozu?«, fragte er verwirrt.

»Um meine Kleider darüber zu hängen«, erklärte Elysande. »Es ist hier absolut dunkel, Mylord. Ich werde einfach meine Kleider ausziehen und über einen Ast hängen, damit sie trocken bleiben. Dann kann ich sie wieder anziehen, wenn Ihr das Mittel aufgetragen habt.«

»Oh«, sagte Rory leicht überrascht. »Aye, das müsste funktionieren.«

»Aye«, bestätigte sie und gab einen triumphierenden Laut von sich, als ihre Hand gegen etwas stieß, bei dem es sich nur um einen Baumstamm handeln konnte.

»Habt Ihr etwas gefunden?«, fragte er in einem Tonfall, der verdächtig nach Erheiterung klang.

Elysande tastete mit der Hand über das, worauf sie gestoßen war. Sie lächelte, als sie sich sicher war, dass es ein schöner dicker Stamm mit mehreren festen Ästen war, die tief genug waren, dass sie ihre Kleider darüber hängen konnte. »Aye.«

»Sehr schön.« Rory ließ ihren Ellbogen los. »Sagt mir, wenn Ihr fertig seid.«

Elysande nickte, sie hatte fast wieder vergessen, dass er nichts sehen konnte, und begann, sich auszuziehen. Sie nahm den Umhang ab und legte ihn über einen Ast, von dem sie glaubte, dass er hoch genug war, dass der Stoff den Boden nicht berühren würde. Danach folgte rasch das Plaid, aber aus ihrem Kleid rauszukommen war ein ziemlicher Kampf. Ihr Rücken und die Muskeln beklagten sich bitterlich über die Bewegungen und den an ihrer Haut reibenden Stoff. Obwohl es ziemlich kühl war, schwitzte sie, als sie schließlich fertig war. Aber sie hatte es geschafft. Wenn auch ganz offensichtlich nicht ohne verräterische Geräusche, die Rory sagten, dass sie Schwierigkeiten hatte.

»Alles in Ordnung, Mädchen?«, fragte er besorgt.

»Aye.« Elysande seufzte, dann lehnte sie sich kurz gegen den Baumstamm. »Es war etwas mühsam, das Kleid auszuziehen. Ich muss noch meine Tunika ablegen und die Bruoch, dann bin ich fertig.«

Er antwortete mit einem »Oh«, aber es klang irgendwie seltsam. Allerdings hatte sie sich gerade vom Baum gelöst und achtete nicht weiter auf ihn, sondern machte sich daran, die Tunika auszuziehen.

»Wie sieht es aus?«, fragte Rory einige Augenblicke später. Jetzt klang seine Stimme ziemlich heiser.

»Ich muss nur noch die Bruoch loswerden«, sagte sie, hängte gleichzeitig die Tunika zu den anderen Sachen über den Ast.

»Nur noch die Bruoch«, sagte Rory kaum hörbar neben ihr. Elysande konnte die Worte trotzdem hören. Sie beugte sich in diesem Moment vorsichtig vornüber, um die Hose nach unten zu schieben, achtete dabei darauf, ihre Rückenmuskeln so langsam wie möglich zu dehnen, um den Schmerz gering zu halten. Sie schwieg auch noch, als sie sie über ihre Schuhe streifte.

»So«, sagte sie schließlich erleichtert, als sie die Bruoch über die übrigen Sachen hängte. Sie blickte sich um und versuchte, die Dunkelheit zu durchdringen. »Wo seid Ihr?«

»Hier.«

Elysande spürte einen leichten Windhauch, als würde sich etwas vor ihrem Gesicht bewegen, und hob rasch die Hand und griff danach. Sie verpasste sie zuerst, aber dann musste er seine Hand vor und zurück bewegt haben, denn sie bekam sie kurz darauf zu fassen.

»Da seid Ihr ja«, sagte Rory erleichtert, als sie sein Handgelenk umklammerte. »Guter Gott, ich kann in dieser Finsternis nicht das Geringste sehen.«

Elysande hielt das für eine gute Sache. Sie hätte sich kaum so nackt hier hingestellt, hätte er sie sehen können.

»Das ist meine linke Schulter«, verkündete sie, hob seine Hand und legte sie auf ihr Schlüsselbein. »Ich werde mich mit dem Gesicht zum Baum stellen und mich an ihn lehnen, damit ich ihn und meine Kleidung nicht verliere.« Genau das tat sie jetzt, lehnte sich nach vorn, legte die Hände an den Baumstamm und wandte Rory den Rücken zu.

»In Ordnung«, hauchte Rory an ihrem Ohr. Dann zögerte er. »Ich muss Euch loslassen, um etwas von dem Mittel zu nehmen. Bewegt Euch nicht, damit ich Euch in dieser Dunkelheit nicht verliere.«

Elysande kicherte bei diesen Worten leise, auch wenn sie nicht wirklich witzig waren. In dieser pechschwarzen Nacht konnten sie sich leicht verlieren. Ein Stück seitlich hinter sich spürte sie eine Bewegung, und dann sagte er: »Ich werde Euch das Tuch geben, in den das Töpfchen eingewickelt war.«

Sie spürte seine Hand und den Stoff an ihrer Schulter entlangstreichen, dann folgte er ihrem Arm bis dorthin, wo ihre Hand den Baum berührte, und wartete, bis sie ihm den Stoff abnahm. Elysande musste unwillkürlich daran denken, dass er sich auf ähnliche Weise mit verbundenen Augen an seinem Pferd entlanggetastet hatte, um aufzusteigen.

Rory verkündete nicht, dass er anfing; sie spürte nur plötzlich, wie seine Hand über ihre Schulter strich und sanft über die Haut der unverletzten Seite nach unten glitt. Dann bewegte sie sich zur Seite und hob sich leicht, ehe er das kühle Mittel auf die Verletzungen rieb.

Elysande stieß einen kleinen Seufzer der Erleichterung aus,

als die Betäubung einsetzte und ihre Schmerzen nachließen. Rory begann, ihren Rücken zu massieren, wie er es schon zuvor getan hatte. Sie stöhnte vor Wohlgefühl, als seine Hand sich an ihrem Rücken auf und ab bewegte, und ihr Oberkörper sackte gegen den Baum, als ihre Muskeln sich lockerten. Elysande begriff nicht, dass sie sich dabei von ihm wegbewegte, bis er einen Schritt machte, um ihr zu folgen, und sie sein Plaid und etwas Hartes an ihrem Gesäß spürte.

»Nein, hört nicht auf«, bat sie Rory, als er erstarrte. »Das Massieren fühlt sich so gut an.«

Erleichtert spürte sie seine Hand wieder über ihren Rücken gleiten. Aber er war ein kleines Stück zurückgetreten, so dass sie sein Plaid nicht mehr spüren konnte.

Elysande fühlte sich so weich und geschmeidig wie Teigmasse, als er schließlich innehielt, um wieder etwas von dem Mittel auf seinen Händen zu verteilen. Dann begann er, es auf ihre Seite zu reiben. Seine Finger glitten von ihrer Taille nach oben, strichen wie beim letzten Mal am Rand ihrer Brust entlang. Bei der Berührung breitete sich das gleiche erregende Kribbeln in ihr aus, und dann war seine Hand wieder fort, massierte stattdessen die Muskeln unterhalb der Rippen. Als er danach wieder nach dem Mittel griff, musste Rory sich ebenfalls hingekniet haben, denn seine Hand kehrte nicht an ihren Rücken zurück, sondern zur Rückseite ihrer Beine, sparte ihr Gesäß aber vollkommen aus. Seine öligen Finger glitten von ihren Kniekehlen langsam nach oben, und Elysande öffnete blinzelnd die Augen und auch ein wenig den Mund. Ihre Atemzüge wurden flacher und ungleichmäßiger, als seine Hand sich weiter nach oben auf ihr Gesäß zubewegte.

Sie kämpfte gegen den Drang an, die Beine zu schließen oder wenigstens zu verlagern. Obwohl sie sich ganz eindeutig bewegen wollten, zwang sie sich, stillzustehen, während er erst auf das eine Bein und dann auf das andere ein wenig von dem Mittel tat, bevor er begann, es einzumassieren.

Elysande konnte seinen warmen Atem an ihren Lenden spüren, als er erst das eine, dann das andere Bein massierte. Sein Atem strich über sie, berührte immer wieder ihre Mitte. Jedesmal, wenn sein Atem ihren Schoß wärmte, bewirkte das ein Kribbeln in Elysande. Sie stöhnte leise und bewegte sich schließlich – entgegen all ihrer Bemühungen – doch. Sie presste die Beine zusammen, öffnete sie erst leicht, dann breiter. Ihr Körper schien nicht zu wissen, was er wollte. Rory hatte die Hände zurückgezogen. Einen Moment später spürte sie sein Plaid an der Rückseite ihrer Beine und ihrem Gesäß entlangstreichen und vermutete, dass er sich erhoben hatte. Dann spürte sie seine Hände auf ihrem Gesäß, sie strichen leicht darüber, drückten sanft, bis die betäubende Wirkung des Mittels einsetzte.

»Stellt Euch gerade hin, Liebes.« Seine Stimme klang schroff und rau, und er drückte ihr Gesäß ein bisschen fester, als er die Bitte äußerte.

Elysande dachte noch nicht einmal daran, ihm nicht zu gehorchen und stellte sich aufrecht hin. Wofür er sie augenblicklich mit einem Kuss auf die Seite ihres Halses belohnte. Sie schluckte und verhielt sich vollkommen reglos.

»Lehnt Euch ein bisschen zurück«, murmelte Rory. Er ließ eine Hand an ihrem Gesäß, während die andere ihre verletzte Seite hinauf und am Rand ihrer Brust entlangwanderte.

Elysande lehnte sich zurück, und er küsste wieder ihren Hals, dann strich er mit dem Mund leicht über ihre Haut. Sie bog den Kopf nach hinten, um ihm entgegenzukommen und stöhnte. Er knabberte und saugte an ihrem Hals. Als er ihren Kiefer erreichte und ihm zu ihrem Kinn folgte, wandte sie ihm instinktiv den Kopf zu, um es ihm leichter zu machen. Sie seufzte, als sein Mund ihren fand. Zuerst strich er sanft und kaum merklich mit seinen Lippen über ihre, dann fuhr seine Zunge darüber, drängte die Lippen auseinander.

Elysande war mehr als nur ein bisschen überrascht, als sie die Lippen öffnete und seine Zunge in ihren Mund glitt und ihn füllte. Einen Moment lang erstarrte sie, aber dann schmeckte sie ihn. Seine Zunge bewegte sich, drängte sich an ihre, und sie mochte es und öffnete den Mund weiter. Rory vertiefte den Kuss sofort, und er legte eine Hand um ihren Hinterkopf, drehte ihr Gesicht zu sich, bis sie sich in seinen Armen herumdrehte.

Rory hatte die Hand von ihrem Gesäß genommen, legte sie aber sogleich wieder auf die weiche Rundung, als Elysande sich zu ihm umgedreht hatte. Dann drückte er ihren Unterkörper fest gegen seinen, während er ihr seine Zunge in den Mund stieß.

Elysande keuchte auf und stöhnte; ihre Hände umklammerten seine Schultern in dem Versuch, ihm so nahe wie möglich zu kommen. Ihre Brustwarzen kribbelten, wo sie gegen sein Plaid drückten, und heiße Feuchtigkeit sammelte sich zwischen ihren Beinen, als würde der Druck seiner Hände auf ihrem Gesäß sie herauspressen. Aber es reichte ihr nicht. Sie wollte mehr, doch er brach den Kuss ab, legte stattdessen eine Spur von Küssen hinunter zu ihrer Kehle, über ihr Schlüsselbein und die Wölbung ihrer Brust, bis er die sehnsüchtig wartende Brustwarze fand und in seinen Mund nahm. Seine Zunge leckte über die harte Spitze, was Elysande fast dazu brachte, vor Verlangen um sich zu schlagen, bis sie keuchte: »Rory, bitte. Ich brauche …«

Die fiebrigen Worte veranlassten ihn, um so heftiger zu saugen, und Elysande begann, laut zu stöhnen. »Bitte, bitte, bitte«, flehte sie wieder und wieder, bis er schließlich ihre Brustwarze aus seinem Mund gleiten ließ, den Kopf hob und an ihrem Ohr zu knabbern begann. »Bitte was, Liebes? Was willst du?« Seine Stimme klang wie ein Knurren.

»Ich – ich weiß es nicht«, gab sie traurig zu, dann drehte sie den Kopf herum, suchte mit ihrem Mund nach seinem. Dieses Mal küsste sie ihn. Elysande hatte keine Ahnung, was sie tat oder ob sie es richtig machte, aber es interessierte sie auch nicht. Denn es löste etwas Wunderbares aus. Rory küsste sie ebenso wild zurück, neigte den Kopf, um einen besseren Winkel zu finden. Dann glitten seine Hände zu ihren Oberschenkeln, drängten ihre Beine auseinander, dann schob er sein Bein zwischen sie.

Elysande schrie an seinem Mund leise auf, als sein Oberschenkel über ihr Zentrum rieb und ihr ganzer Körper daraufhin vor Erregung bebte. Als er es dann erneut tat, hielt sie sich an seinen Schultern fest. Sie kam sich vor wie ein Stück Stoff, das zu straff gewebt war und kurz davor stand, zu zerreißen. Und dann knackte irgendwo hinter ihr ein Zweig, und sie beide erstarrten.

11

Das Knacken des Zweiges hatte den gleichen Effekt, als hätte jemand Rory einen Eimer eiskaltes Wasser ins Gesicht geschüttet. Schlagartig erinnerte er sich daran, wer er war und mit wem er hier war. Elysande war noch unschuldig. Bei ihren ersten Küssen hatte er ihre Unerfahrenheit deutlich gespürt. Abgesehen davon war sie der Schatz ihrer Mutter, den er in deren Auftrag wohlbehalten nach Sinclair bringen sollte. Und Lady Mairghread de Valance hatte unter »wohlbehalten« keineswegs das verstanden, was er gerade getan hatte.

Wieder knackte ein Zweig, dieses Mal noch etwas näher. Rory löste seine Lippen von Elysandes und zog sein Bein zurück. Dann tastete er mit der Hand an dem Baumstamm hinter ihr entlang, bis er auf die Kleidungsstücke stieß. Er nahm sie vom Ast, hielt das oberste zwischen sich und Elysande. Er musste ihr nicht sagen, was sie tun sollte. Sie griff danach, und nachdem er ein kleines Stück zurückgewichen war, befühlte sie es. Zweifellos versuchte sie herauszufinden, was es war.

Er vermutete, dass es die Breeks war, denn sie schob ihn noch ein wenig weiter zurück. Er spürte ihr weiches Haar über seinen Arm gleiten, als sie sich bückte, um die Hose erst über den einen, dann über den anderen Fuß zu ziehen.

Rory gab ihr den Raum, den sie benötigte, aber nicht mehr. Es war immer noch pechschwarz im Wald, und er konnte weder sie noch sonst etwas sehen. Er konnte sie hier draußen nur zu leicht verlieren. Zudem hatte er sein Schwert nicht dabei und würde deshalb nur einen armseligen Beschützer abgeben, sollten sie tatsächlich von wem auch immer angegriffen werden. Er konnte nur hoffen, dass es einer seiner Männer war, der durch den Wald ging – vielleicht, weil er sich erleichtern musste. Er spürte, wie Elysande sich aufrichtete und schob sich wieder näher an sie heran.

Ihre Arme berührten ihn, als sie ihre Hose hochzog, und ihre Hüfte streifte seine, als sie ein weiteres Kleidungsstück von ihm entgegennahm. Er horchte auf weitere Geräusche, während sie sich anzog. Dabei tastete er immer wieder einmal nach ihr, um sich zu vergewissern, dass sie noch da war, und um herauszufinden, wie weit sie gekommen war. Da das Mittel ihre Schmerzen betäubte, ging das Anziehen sehr viel schneller als das Ausziehen, und schon bald drückte sie seinen Arm.

Er deutete es als das Zeichen, dass sie fertig war, und wandte sich in die Richtung, in der das Lager sein musste. Vorsichtig begann er, voranzugehen. Es hatte weder ein weiteres Knacken von Zweigen gegeben noch hatte er andere Geräusche gehört. Vermutlich war es doch nur ein Tier gewesen. Ein Hirsch vielleicht oder ein anderes Waldtier. Trotzdem versuchte er, beim Gehen so wenige Geräusche wie möglich zu machen.

Als sie einige Momente gegangen waren, ohne irgendeinen Hinweis auf das Lagerfeuer zu sehen, begann Rory zu befürchten, sich in die falsche Richtung aufgemacht zu haben. Er wollte schon eine andere einschlagen, als er ein Stück voraus einen Lichtschimmer wahrnahm. Ihm wurde klar, dass er Elysande bei der Suche nach einer trockenen Stelle viel tiefer in den Wald geführt hatte, als ihm bewusst gewesen war. Viel tiefer als irgendeiner der Männer jemals gehen würde, um sich zu erleichtern, dachte er grimmig und begann, etwas schneller zu gehen.

»Könnte das Geräusch von einem der Männer gekommen sein oder von einem Tier?«, fragte Elysande, als sie sich dem Waldrand näherten.

Ihre Stimme klang besorgt, und er schloss daraus, dass sie befürchtete, dass einer der Männer ihr erregtes Stöhnen gehört hatte. Anscheinend war ihr noch nicht in den Sinn gekommen, dass es jemand ganz anderes als einer ihrer Männer gewesen sein könnte. Aber er wollte sie nicht noch mehr beunruhigen, deshalb sagte er beschwichtigend: »Wahrscheinlich ein Kaninchen.«

Seine Antwort schien sie zu beruhigen, denn sie schwieg.

Rory war ganz und gar nicht überrascht, dass sich alle Männer auf der Lichtung befanden, als er Elysande aus dem Wald und zum Fell führte, auf dem sie geschlafen hatte. Donnghail saß immer noch auf dem Baumstamm und musterte die Umgebung; die übrigen Männer ruhten noch. Rory ergriff Elysande am Arm und flüsterte: »Ich bin gleich wieder zurück.« Er küsste sie sanft auf die Stirn, hob sie über Inan hinweg zu ihrem Schlaffell und legte sie darauf nieder.

Als sie sich in ihrem Umhang zusammengerollt hatte, ging er zu Donnghail. Als der Mann die Brauen zusammenzog, wurde Rory bewusst, was er gerade getan hatte. Er drehte sich abrupt zu Elysande um, doch sie schlief bereits oder hatte zumindest die Augen geschlossen. Er konnte daher nicht wissen, wie sie auf die spontane Geste seiner Zuneigung reagiert hatte. Er konnte nicht einmal wissen, wie sie auf das reagierte, was zwischen ihnen im Wald passiert war. Ihr Gesicht war ausdruckslos, und abgesehen von ein bisschen Farbe auf ihren Wangen und den zerzausten Haaren sah sie aus wie immer. Ihre Haare waren möglicherweise auch schon durcheinander gewesen, bevor sie sich in den Wald aufgemacht hatten. Schließlich war sie gerade aufgewacht. Er hatte es allerdings in der Situation selbst gar nicht bemerkt.

Seufzend und mit grimmiger Miene gesellte er sich zu Donnghail.

»Ihr beiden habt ja eine ganze Weile gebraucht«, sagte Donnghail leise, als Rory neben ihm auf dem Baumstamm saß.

»Es ist stockdunkel im Wald, aber ich schwöre, ich war mit ihr schon auf halben Wege nach Glasgow, bevor ich es aufgegeben habe, nach einer trockenen Stelle zu suchen, wo sie sich hätte hinlegen können. Am Ende musste ich sie einreiben, während sie an einem Baum gelehnt hat.« Er schüttelte den Kopf. »Und dann hat es gedauert, bis ich den Feuerschein gesehen habe. Ich habe schon befürchtet, wir hätten uns verirrt.«

»Sie hat verwirrt ausgesehen, als du ihr einen Kuss auf die Stirn gegeben hast«, bemerkte Donnghail, und als Rory das Gesicht verzog, fügte er hinzu: »Aber auch zufrieden.«

»Wirklich?« Rory lächelte, bis er sich in Erinnerung rief, warum er zu Donnghail gegangen war. Er wischte beiseite, was auch immer der Mann noch sagen wollte, und erklärte stattdessen: »Wir haben nicht weit von uns Zweige knacken gehört, bevor wir zurückgekehrt sind.«

Donnghail zog die Augen zusammen und musterte den Wald um sie herum. »Denkst du, wir haben Gesellschaft?«

»Ich weiß es nicht«, gestand Rory ernst. »Es könnte ein Hirsch oder sonst irgendein Tier gewesen sein, aber …« Er ließ den Satz unvollendet, presste die Lippen zusammen.

»Aber halte die Augen offen«, beendete Donnghail statt seiner.

»Und das Schwert an deiner Seite«, schlug Rory vor und kehrte zu seiner Lagerstatt zurück. Er trat über Inan hinweg und streckte sich vor Elysande aus, wie immer mit dem Rücken zu ihr. Seine Hand glitt unwillkürlich zu seinem Schwert, das er hier hatte liegen lassen, als er in den Wald gegangen war. Er schloss die Augen, wusste aber, dass er kaum schlafen würde.

»Du hast Zweige knacken gehört?« Rory öffnete die Augen, als er Inans leise Worte hörte.

»Aye«, murmelte Rory. »Es könnte ein Tier gewesen sein.«

»Könnte es«, murmelte Alick, der oberhalb von ihm lag. Sein Kopf befand sich über Rorys, und sein Bauch war auf Höhe von Elysandes Kopf, seine Füße berührten fast Tom.

»Oder auch nicht«, bemerkte Conn, der neben Alick gelegen hatte und sich aufgesetzt hatte. Der hochgewachsene Mann stand auf und verkündete mit leiser, wenn auch polternder Stimme: »Ich werde Donnghail Gesellschaft leisten.«

Rory sah ihm nach und überlegte, ob er liegen bleiben oder auch Wache halten sollte, aber Inan meinte: »Es macht keinen Sinn, dass keiner von uns schläft. Ganz besonders, da es wirklich ein harmloser Hirsch gewesen sein könnte.«

»Aye«, pflichtete Rory ihm bei. Er sah, wie Inan die Augen wieder schloss, aber ihm entging auch nicht, dass der Krieger jetzt ebenfalls die Hand an sein Schwert gelegt hatte.

Seufzend drehte Rory sich auf den Rücken und sah zu Tom und Fearghas auf der anderen Seite von Elysande hin. Beide Männer musterten argwöhnisch die Lichtung, und beide hatten die Hände an den Schwertern. Rory wandte seinen Blick zum Nachthimmel. Er vermutete, dass keiner von ihnen in dieser Nacht viel Schlaf bekommen würde. Während Conn und Donnghail Wache hielten und Elysande schlief, würden er und die anderen Männer wahrscheinlich wach daliegen, bis die Sonne aufzugehen begann. Nur für den Fall, dass es kein Hirsch war. Er hatte das kaum gedacht, als Elysande schläfrig vor sich hin murmelte, näher rückte und sich an seine Brust schmiegte, einen Arm und ein Bein besitzergreifend um seinen Körper schlang.

Er sah auf sie herunter und starrte auf ihren Scheitel. Dann lächelte er leicht. Schlaf wurde überbewertet, befand er. Manchmal war es gut, auf ihn zu verzichten.

Als Elysande aufwachte, wurde sie von einem fast frühlingshaften Morgen und acht mürrischen Männern begrüßt. Tatsächlich waren deren Augen vor Müdigkeit rot gerändert, und sie alle wirkten so unleidlich, wie ihr Vater es des Morgens gewesen war, wenn er, was selten vorgekommen war, am Abend zuvor mit seinen Männern zu viel Whiskey getrunken hatte. Die Männer zögerten, als Elysande den Rastplatz allein verlassen wollte.

»Mich muss niemand begleiten, geschweige denn drei von euch«, wiederholte sie frustriert zum wohl zehnten Mal.

»Wir werden nicht hinsehen«, knurrte Rory ebenfalls zum wohl zehnten Mal als Antwort. »Tom, Simon und ich werden Euch den Rücken zukehren, während Ihr … Euch um Eure Angelegenheit kümmert«, beendete er schließlich die heikle Diskussion.

Allein die Vorstellung, dass sie alle um sie herumstehen würden, während sie sich hinhockte und das Gras nässte, war so unerträglich, dass sie schlicht undenkbar war. »Wieso?«, fragte sie schließlich verzweifelt. »Ich habe mich bisher allein darum gekümmert, und zwar ohne Schwierigkeiten. Wieso besteht Ihr jetzt darauf, dass ich eine Wache bekomme?«

Daraufhin sahen sich die drei Männer, die ihr gegenüberstanden, an. Elysande zog die Augen zusammen. »Was ist passiert?«

»Nichts«, antwortete Rory scharf.

Tom verdrehte die Augen und gab ihr eine ehrlichere Antwortet. »Wir machen uns Sorgen wegen de Bucis Männern. Sie werden ihre Suche in Carlisle zweifellos gestern gegen Mittag beendet haben –«

»Oder noch früher, wenn jemand uns für ein paar Münzen verraten hat«, mischte Rory sich ein.

»Wie auch immer«, sprach Tom weiter, »sie wissen offensichtlich, dass wir nach Schottland wollen, und könnten die Grenze kurz nach uns überquert haben. Wenn sie noch nach Sonnenuntergang weitergeritten sind, könnten sie dicht hinter uns sein.«

»Aber sie haben Carlisle erst bei Morgendämmerung erreicht«, widersprach Elysande. »Sicherlich mussten ihre Pferde sich ausruhen, was einen frühen Aufbruch unmöglich gemacht hätte.«

»Sie könnten die Pferde in der Garnison von Carlisle gegen frische eingetauscht haben«, erklärte Tom freundlich.

Elysandes Augen weiteten sich bei der Vorstellung. Daran hatte sie nicht gedacht. Aber es erklärte immer noch nicht, wieso die Männer plötzlich so besorgt waren, dass sie sich allein erleichtern wollte. Sie dachte kurz darüber nach und verharrte plötzlich. Sie sah Rory scharf an. »Die Geräusche gestern im Wald. Ihr habt gesagt, ein Kaninchen hätte die Zweige zum Knacken gebracht.«

Er zuckte bei ihrem vorwurfsvollen Ton zusammen, sagte dann aber in dem Versuch, sich zu verteidigen: »Das könnte auch sein.«

»Das Kaninchen, das groß genug ist, um einen langen Zweig zu zerbrechen und dabei ein Geräusch zu erzeugen, wie wir es gehört haben, muss ich aber erst noch sehen«, sagte sie ungeduldig, als ihr die Wahrheit dämmerte. Sie musste ziemlich erschöpft gewesen sein, dass sie Rorys Worten in der letzten Nacht geglaubt hatte. Oder immer noch überwältigt von der Leidenschaft, die sie in seinen Armen erlebt hatte, gestand sie sich ein. Sie sah besorgt zum Wald. »Wenn de Bucis Leute da draußen sind, warum greifen sie dann nicht an?«

»Es könnte ein Hirsch gewesen sein«, meinte Rory, räumte dann aber zögernd ein: »Oder sie haben sich in kleinere Gruppen zu zweien oder dreien aufgeteilt. So könnten sie ein größeres Gebiet absuchen und die anderen holen, falls eine der Gruppen uns findet.«

»Wir wissen nicht, ob es ein Tier oder ein Mann war«, fügte Tom hinzu. »Aber es ist besser, vorsichtig zu sein. Wenn ein paar von de Bucis Männern uns gefunden haben und Euch ergreifen, während Ihr allein seid …«

Elysandes Schultern sackten nach unten, während sie sich umdrehte und auf den Wald zuschritt. Dieses Mal erhob sie keine Einwände, als die drei Männer ihr folgten.

Elysande war es gewohnt gewesen, auf Kynardersley ein Zimmer für sich zu haben, und sie hatte festgestellt, dass es sie einige Mühe kostete, sich überhaupt im Wald zu erleichtern. Es im Beisein von drei Männern zu tun, die um sie herumstanden, würde die demütigendste Erfahrung ihres ganzen bisherigen Lebens sein. Sie hatte noch nie bemerkt, dass es eine ziemlich laute Sache war, sich zu erleichtern, aber im stillen Wald, während die Männer schweigend und reglos um sie herumstanden, war sie sich jedes verräterischen Geräusches bewusst, das sie machte, angefangen vom Rascheln der Kleidung bis zu der Angelegenheit selbst … Und großer Gott, es war wirklich laut, wie Elysande bestürzt bemerkte. Augenblicklich schoss ihr heiße Schamesröte in die Wangen.

Als sie schließlich fertig war und ihre Kleider wieder in Ordnung gebracht hatte, war sie genauso mürrisch wie die Männer.

»Gehen wir«, knurrte sie und ging an Rory vorbei auf das Lager zu. »Und Ihr gebt Euch besser alle Mühe dieser Welt, um unsere Verfolger abzuhängen, sofern wir wirklich welche haben, denn ich werde das ganz gewiss kein nächstes Mal wieder im Beisein von Männern machen«, warnte sie ihn.

Ob es an ihren Worten lag oder nicht, wusste Elysande nicht, aber den ersten Teil des Vormittags ritten sie in sehr raschem Tempo. Als sie an einer Gruppe dicht stehender Bäume vorbeikamen, die Schutz boten, wurden sie etwas langsamer und bogen vom Pfad ab, um zwischen ihnen hindurchzureiten. Sie gelangten auf einen anderen Pfad und wurden wieder schneller.

Es war jetzt deutlich wärmer und der Schnee vollkommen geschmolzen, so dass der Boden nur noch matschig war. Elysande hoffte zwar, dass es dadurch niemandem leichter fiel, ihnen zu folgen, aber sie fürchtete, dass dies doch so war. Vielleicht war das der Grund, weshalb Rory zum Mittagessen nicht haltmachen ließ. Stattdessen ließ Alick sich etwas zurückfallen, um an alle Haferfladen zu verteilen, die sie im Sattel aßen.

Elysande war so fest entschlossen, sich nicht noch einmal im Beisein einer Wache zu erleichtern, dass sie sich weigerte, irgendetwas zu trinken, als der Trinkschlauch herumgereicht wurde. Dennoch war irgendwann mitten am Nachmittag einfach ein Punkt erreicht, an dem sie das Wasser kaum noch halten konnte. Schlimmer noch war, dass auch die Wirkung des Einreibemittels nachließ und ihr Rücken wieder wehzutun begann.

Elysande gab sich alle Mühe, es zu ignorieren, aber sie war über alle Maßen erleichtert, als Rory schließlich bemerkte, dass sie sich immer wieder im Sattel zurechtrückte, um ihre missliche Lage zu verbessern. Er rief Conn zu, anzuhalten. Sie war sofort einverstanden, als er zu ihr geritten kam und vorschlug, ihr den Rücken einzureiben. Er begleitete sie allein in den Wald, und im Gegensatz zur Nacht zuvor erledigte er diese Aufgabe schnell und wirkungsvoll, ohne auch nur das Geringste zu tun, das man als unangebracht hätte betrachten können. Eylsande wusste nicht, ob sie darüber erleichtert oder enttäuscht sein sollte. Sie war sich sehr bewusst, dass die Männer nicht weit weg von ihnen warteten, aber sie hatte Rorys Küsse genossen und hätte gern mehr davon gehabt.

Obwohl sie am Morgen das Gegenteil behauptet hatte, erleichterte sich Elysande, als Rory mit der Behandlung fertig war und vorschlug, sie sollte die Gelegenheit dazu nutzen, während er Wache hielt. Es war immer noch beschämend, aber viel weniger peinlich als es hätte sein können, hätte sie sich im Sattel eingenässt.

Sobald sie zu den Männern zurückkehrten, machten sie sich wieder auf den Weg. Sie ritten den ganzen Nachmittag und auch noch, als die Sonne bereits untergegangen war. Aber der Mond stand hoch am wolkenlosen Himmel, weshalb der Pfad gut zu sehen war.

Elysande vermutete, dass sie die Einzige war, die in der Nacht eine ordentliche Portion Schlaf bekommen hatte, aber dennoch war sie die Erste, die erschöpft war. Sie begann, im Sattel einzudösen. Das erste Mal geschah es etwa eine Stunde nach Einbruch der Dunkelheit, aber sie fing sich wieder und richtete sich entschlossen auf, schüttelte den Kopf und nahm sich vor, mehr auf der Hut zu sein. Allerdings musste sie nur wenige Momente später feststellen, dass ihr die Augen doch wieder zufielen und ihr der Kopf auf die Brust fiel. Sie war jedoch schlagartig hellwach, als Rory sie um die Taille packte, sie zu sich auf sein Pferd zog und sie vor sich setzte.

Sie hörte ihn zu jemandem sagte, er solle die Zügel ihres Pferdes nehmen. Sie wollte ihm sagen, dass es ihr gut ging und sie allein reiten könne. Doch war sie zu müde, um sich diese Mühe zu machen. Also saß sie vor ihm, lehnte sich an seine Brust, und da das Mittel immer noch wirkte, machte es ihr nichts aus, seinen Arm um ihren Rücken zu spüren. Elysande fügte sich in das Unvermeidliche, schmiegte sich an ihn und schlief ein.

Als sie das nächste Mal die Augen öffnete, schneite es, und sie befanden sich auf einer Straße, die von Gebäuden gesäumt war. Sie blinzelte eine Schneeflocke weg, die auf ihren Wimpern gelandet war, und setzte sich aufrechter hin, um sich umzusehen.

»Wo sind wir?«

»Ayr«, antwortete Rory.

Elysande nickte, obwohl sie keine Ahnung hatte, wo das war. Abgesehen davon, dass sie offensichtlich irgendwo in Schottland waren.

»Ich dachte, Ihr würdet Euch vielleicht darüber freuen, ein Bad nehmen zu können und eine Nacht in einem Bett statt draußen in der Kälte zu verbringen.«

»Ein Bad?«, hauchte sie in glücklichem Staunen. In der Dunkelheit konnte sie vage sein Gesicht erkennen und sah, dass ein Lächeln auf seinen Lippen lag.

»Ich dachte mir, dass Euch diese Idee gefallen würde.« Rory klang amüsiert.

»Sehr sogar.« Elysande war es gewohnt, abhängig von der Jahreszeit, jeden Tag oder jeden zweiten ein Bad zu nehmen. Seit ihrer Kindheit war das so gewesen, denn ihre Mutter hatte darauf bestanden, weil es gut für die Gesundheit war. Aber seit jenem Abend, an dem de Buci auf Kynardersley aufgetaucht war, hatte sie darauf verzichten müssen. Auch die Männer hatten keine Gelegenheit dazu gehabt, seit sie auf der Lichtung bei Monmouth zu ihnen gestoßen waren. Doch niemand hatte daran etwas ändern können, und deshalb hatte sie sich Mühe gegeben, ihren eigenen Geruch und den der Männer einfach nicht wahrzunehmen.

»Aye, mir auch.« Rorys Lächeln wurde breiter. »Dass ich nicht jeden Tag baden kann, gefällt mir am Reisen im Winter am wenigsten.«

»Ihr badet jeden Tag?«

»Im Sommer, wenn ich einfach zum Loch gehen kann, um

darin zu schwimmen. Aber im Winter bade ich nur etwa jeden zweiten Tag. Der Loch ist dann zu kalt, und ich möchte die Bediensteten nicht damit belästigen, jeden Abend Wasser heiß zu machen und die Wanne die Treppen hochzuschleppen.«

Elysande lächelte verständnisvoll. »Um ihnen diese Mühe zu ersparen, bade ich im Winter normalerweise in der Küche.«

»Den Männern wird es auch guttun, eine Nacht durchschlafen können, ohne sich Sorgen machen zu müssen, jemand könnte uns angreifen.«

Sie sah sich zu den Männern um. Der Ritt hatte vermutlich auch sie ermüdet, aber jetzt waren alle hellwach, und die Aussicht, in einem Bett schlafen zu können, schien sie zu freuen. Vielleicht sogar die Möglichkeit, ebenfalls ein Bad nehmen zu können.

Als sie daran dachte, dass sie in Carlisle in einem Stall hatten übernachten müssen, fragte sie besorgt: »Werden wir in einem Gasthaus Quartier nehmen?«

»Natürlich, Mädchen. Wir sind jetzt in Schottland. Hier wird man uns nicht abweisen«, sagte er und grinste.

»Aye, aber was ist mit Tom, Simon und mir?«, fragte sie immer noch beunruhigt.

»Ihr tragt alle Plaids, Mädchen. Sie werden Euch auch aufnehmen«, versicherte er ihr.

Der Empfang, der ihnen im Gasthaus zuteil wurde, war mit dem in Carlisle nicht zu vergleichen. Zwar war nicht zu übersehen, dass sie den Besitzer aus dem Schlaf gerissen hatten, aber kaum hörte er, dass sie vier Zimmer mieten würden, neun Pferde unterzustellen hatten und dann noch Essen und Trinken brauchten, strahlte er regelrecht auf. Er führte sie gutgelaunt in einen großen Raum mit drei langen Tischen. Während sie sich an den mittleren setzten, verschwand der Gastwirt rasch durch eine Tür im hinteren Bereich des Zimmers, nachdem er ihnen versichert hatte, sogleich zurückzukommen.

Alle am Tisch lächelten müde, als sie hörten, wie der Gastwirt seine Helferinnen und Helfer lautstark aufforderte, aufzustehen: »Wir haben Gäste!«

»Das ist eindeutig ein freundlicherer Empfang als in Carlisle«, stellte Tom mit einem schiefen Lächeln fest.

»Aye«, bestätigte Elysande. Wie Rory und seine Männer anfangs in der englischen Stadt behandelt worden waren, war ihr jetzt noch unangenehmer und machte sie verlegen.

Seufzend ließ sie den Blick über die Männer schweifen und stutzte. »Wo sind Simon und Fearghas?«

»Bei den Pferden. Sie warten, bis der Stallbursche kommt und sie versorgt«, antwortete Rory. »Sie müssten bald nachkommen.«

»Oh.« Elysande nickte und entspannte sich. Als Rory und Alick sie in den Schankraum geführt hatten, war ihr nicht aufgefallen, dass ihre Gruppe nicht vollzählig gewesen war.

Der Wirt kehrte mit einer jungen Frau zurück, beide brachten auf Tabletts Becher mit Bier an den Tisch. Er versprach, auch das Essen bald zu servieren. Tatsächlich dauerte es nicht lange, bis Brot, Käse, Würstchen, Eintopf und sogar aufgewärmter Cottage Pie aufgetragen wurden, gefolgt von Birnen- und Puddingtörtchen, Pfefferkuchen, Crispels – runde, mit Honig beträufelte Gebäckteilchen – und in Honig und Wein gebackenem Mandelgebäck, das Elysande unwillkürlich wohlige Laute entlockte, als sie es probierte.

»Die süßen Speisen sind der Grund, warum wir dieses Gasthaus aufsuchen«, sagte Rory amüsiert, als er zusah, wie sie eine nach der anderen probierte.

»Das verstehe ich. Hier könnte ich ewig leben«, verkündete sie.

Die Männer grinsten, aber da sie auch damit beschäftigt waren, die köstlichen Nachspeisen zu vertilgen, verzichteten sie darauf, irgendwelche Bemerkungen zu machen.

Als sie mit dem Essen fertig waren, kam der Gastwirt zu Rory, beugte sich zu ihm und flüsterte ihm etwas ins Ohr. Elysande hörte, wie Rory sich bedankte, und sah, dass er dem Mann einige Münzen zusteckte. Sie fragte sich, wofür. Kurz darauf erkundigte Rory sich, ob alle genug gegessen und getrunken hatten und bereit waren, sich zum Schlafen zurückzuziehen. Es überraschte Elysande nicht, dass alle zustimmend nickten. Sie hatten den ganzen Tag und einen Teil des Abends im Sattel gesessen, und der Ritt war mühsam und anstrengend gewesen. Und zweifellos begannen die Männer, den Schlafmangel der vergangenen Nacht zu spüren.

Rory begleitete Elysande aus dem Schankraum zu der Treppe, die in den ersten Stock hinaufführte. Dort ging er den schmalen Korridor entlang, von der vier Türen abgingen. Er blieb vor der ersten Tür stehen und verkündete: »Fearghas und Donnghail, ihr beiden schlaft hier.«

Elysande erhaschte einen flüchtigen Blick auf ein breites Bett und einen Tisch, auf dem eine große Schüssel und ein Wasserkrug standen. Während Fearghas und Donnghail ihr Zimmer betraten, führte Rory Elysande weiter den Gang entlang.

Das nächste Zimmer wies er Conn und Inan zu, und Elysande runzelte leicht die Stirn, als die beiden darin verschwanden. Jetzt gab es nur noch zwei Zimmer für sie und vier Männer. Ihr Stirnrunzeln vertiefte sich, als Rory die Tür zum dritten Zimmer öffnete und erklärte, dass Alick und Simon dort schlafen würden. Jetzt wirkten auch Simon und Tom irritiert.

»Äh …«, begann Elysande, aber ehe sie etwas sagen konnte, fragte Simon besorgt: »Und wo schläft meine Lady?«

»Im nächsten Zimmer. Tom und ich werden sie bewachen«, antwortete Rory.

Simon entspannte sich, aber Elysande machte ein finsteres Gesicht. »Es ist hier nicht nötig, mich zu bewachen, Mylord. Ich bin mir sicher, dass es mir gut gehen wird. Ihr beiden solltet nicht auf die Möglichkeit verzichten, in einem Bett zu schlafen, nur um mich zu bewachen.«

»Das tun wir auch nicht«, versicherte er ihr und führte sie weiter den Korridor entlang. »Und es ist mir gelungen, den Wirt davon zu überzeugen, seine eigene Wanne hochbringen zu lassen und ein Bad für Euch vorzubereiten, wie ich es versprochen habe. Es wartet bereits auf Euch.«

»Oh, aye, ein Bad«, seufzte sie. Bei der Vorstellung, in weiches, heißes Wasser einzutauchen, vergaß sie ihre Sorge, dass die Männer auf einer Pritsche würden schlafen müssen. »Oh!« Sie blieb abrupt stehen und wirbelte herum, starrte erst Tom an, der nur einen Schritt hinter ihr ging, und dann Simon, der immer noch in der Tür stand.

»Wo sind meine Beutel?«, fragte sie. »Ich werde saubere Kleidung benötigen, wenn ich gebadet habe.«

»Ich habe sie beim Pferd gelassen«, erklärte Simon und eilte bereits zur Treppe. »Ich hole sie sofort, Mylady.«

»Danke«, rief Elysande ihm hinterher. Dann ließ sie sich von Rory zum nächsten Zimmer führen. In Gedanken war sie bereits bei dem Vergnügen, das ein heißes Bad bedeutete, dachte an den Gestank, den sie von sich abwaschen würde, die saubere, frisch riechende Kleidung, die sie danach tragen würde, und das warme, bequeme Bett, in dem sie schlafen würde. Das alles klang einfach nur himmlisch, nachdem sie so oft auf kaltem, hartem Boden und in einem Stall geschlafen hatte. Obwohl der Stall, wie sie zugeben musste, gar nicht so übel gewesen war. Das Heu unter dem Schlaffell hatte es ziemlich bequem gemacht, und dank der von den Pferden und Männern ausströmenden Körperwärme war es sogar warm gewesen, oder zumindest nicht kalt.

Elysandes Gedanken verloren sich, als Rory die Tür öffnete. Im Zimmer wartete eine große, mit dampfend heißem Wasser gefüllte Wanne auf sie, und zudem gab es einen Kamin. Sie war sich sicher, in keinem der anderen Zimmern einen gesehen zu haben. Im Kamin flackerte fröhlich ein Feuer, das dem Raum eine angenehme Wärme verlieh.

»Oh«, hauchte sie und trat rasch zum Feuer und streckte die Hände aus, um sie zu wärmen.

»Ich dachte mir, dass Euch das gefallen würde«, sagte Rory, und sie konnte das Lächeln in seiner Stimme hören. »Es ist das einzige Schlafzimmer in diesem Gasthaus, das einen Kamin hat. Er befindet sich über der Feuerstelle unten im Gastraum; es ist derselbe Kaminschacht.«

Lächelnd sah Elysande sich im Zimmer um. Das Bett war etwas größer als die, die sie in den anderen Räumen gesehen hatte, und auch das Zimmer selbst wirkte größer. Sie vermutete, dass dieses Zimmer auch mehr kostete als die anderen. Dafür hatte Rory bezahlt, begriff sie, wie auch für die anderen Räume.

»Meine Mutter hat mir Münzen mitgegeben. Ich kann mich an den Kosten für diesen Aufenthalt beteiligen«, bot sie an.

»Ich brauche Eure Münzen nicht, Mädchen«, versicherte er ihr ernst, trat zu der Wanne und prüfte die Wassertemperatur. Er richtete sich auf und nickte zufrieden. »Tom und ich werden Euch jetzt allein lassen, damit Ihr baden könnt. Ich werde Eure Beutel neben die Tür stellen, sobald Simon zurück ist. Ihr könnt sie Euch dann holen, wenn Ihr fertig seid. Viel Vergnügen.«

Elysande war so ungeduldig, endlich in die Wanne zu kommen, dass sie ihren Umhang und ihr Plaid abnahm, noch während Rory und Tom zur Tür gingen. Kaum hatte sich die Tür hinter ihnen geschlossen, lagen auch die übrigen Kleider unordentlich auf einem Haufen auf dem Boden, und sie tauchte ins Wasser ein. Die Wanne war nicht so groß und tief wie ihre in Kynardersley, aber es war trotzdem schön. Elysande lehnte sich zurück und ließ den Kopf auf den Rand sinken, dann schloss sie die Augen. Eine ganze Weile genoss sie es einfach nur, von der Wärme eingehüllt zu werden. Dann setzte sie sich auf und griff nach der Seife und dem kleinen Stück Leinen, die auf einem Stuhl neben der Wanne lagen, und begann, Körper und Haare zu waschen.

Sie brauchte nicht lange, denn nachdem sie einmal angefangen hatte, beeilte sie sich. Zwar hätte sie gern noch ein bisschen länger im warmen Wasser gelegen und ihre Muskeln entspannt, aber sie wusste, dass Rory und Tom müde waren und sich nach Schlaf sehnten.

Der Gedanke veranlasste sie, nach den Pritschen oder Matratzen zu sehen, auf denen die beiden schlafen würden, aber sie sah keine. Vermutlich holte gerade einer von ihnen alles Nötige, während der andere vor ihrer Tür Wache hielt. Allerdings war es auch möglich, dass Rory vorhatte, wie Tom im Korridor zu schlafen, um sie zu bewachen, aber diese Vorstellung gefiel ihr ganz und gar nicht. Sie hatte nichts dagegen, wenn die beiden bei der Tür schliefen, aber das konnten sie auch im Zimmer. Und dort würden sie zumindest die Wärme des Feuers genießen können.

Aye, beschloss Elysande. Sie würde ihnen gegenüber darauf beharren. Es war schlimm genug, dass sie im Gegensatz zu ihr und den anderen Männern nicht in einem Bett schlafen konnten. Sie würde aber keinesfalls zulassen, dass sie draußen im kalten Korridor liegen mussten.

Fest entschlossen, sich in dieser Angelegenheit durchzusetzen, beendete Elysande ihr Bad. Sie trocknete sich mit dem Leinenstoff ab, der ebenfalls auf dem Stuhl gelegen hatte, und dann stand sie da und stellte fest, dass sie noch keine sauberen Sachen zum Anziehen hatte. Rory hatte gesagt, er würde ihre Beutel ins Zimmer stellen, sobald Simon sie gebracht hatte, aber das war noch nicht geschehen. Anscheinend war sie doch schneller fertig geworden, als sie gedacht hatte. Fast hätte sie sich wieder ins Wasser sinken lassen, um die Wärme noch ein bisschen länger zu genießen. Aber dann hätte sie sich erneut abtrocknen müssen, und –

Ihre Gedanken erstarben beim lauten Knarren der Tür, und hastig hielt Elysande das Leinentuch vor sich. Allerdings hätte sie sich keine Sorgen machen müssen, denn die Tür öffnete sich zur anderen Seite und nur so weit, dass Rory die Beutel ins Zimmer schieben konnte.

»Eure Beutel, Liebes«, sagte er und zog die Tür gleich wieder zu.

Elysande hielt das Leinentuch immer noch an sich gedrückt, als sie eilig die Beutel holte. Sie stellte sie auf das Bett, nahm eine saubere Tunika heraus und zog sie an. Danach zog sie auch eine saubere Bruoch an. Dann suchte sie nach dem blau-weißen Kleid, das ihr so gut gefiel und das sie von jetzt an tragen würde. Sie hängte es über den Stuhl gleich neben der Wanne, auf dem die Seife und das Leinentuch gelegen hatten. Das Kleid war schrecklich zerknittert, weil es so lange im Beutel gewesen war, und sie hoffte, dass es sich bis zum Morgen geglättet haben würde. Abgesehen davon war sie durchaus sittsam gekleidet, wenn sie die Tunika und die Bruoch anhatte. Zudem würde sie ohne das Kleid sehr viel bequemer schlafen.

Sie stellte die Beutel an die Wand neben dem Nachttisch, sammelte ihre schmutzigen Sachen ein, legte sie zusammen daneben, um sie später durchzusehen. In den Taschen, die im

Innern der Röcke eingenäht waren, befanden sich immer noch die Münzen und Nachrichten, die ihre Mutter ihr mitgegeben hatte. Sie nahm sich vor, sie am nächsten Morgen in das saubere Kleid umzustecken. Sie holte ihre Bürste aus dem Beutel, ging zum Kamin und kämmte sich das Haar. Dann legte sie die Bürste auf den Nachttisch und ging zur Tür, um sie zu öffnen.

12

Rory war allein im Korridor, als Elysande die Tür öffnete; er lehnte an der Wand und wirkte auf sie, als hätte er halb geschlafen. Aber er richtete sich sofort auf, als sie fragte: »Wo ist Tom?«

»Er ist nach unten gegangen, um mit Simon was zu trinken. Ich soll ihn rufen, wenn ich das Mittel auf Euren Rücken aufgetragen habe.«

»Oh, aye … das Mittel«, murmelte Elysande und wich rückwärts ins Zimmer zurück, als er auf sie zuging. Als er stehen blieb, um die Tür zu schließen, wich Elysande noch weiter zurück, bis sie mit den Kniekehlen gegen das Bett stieß. Sie biss sich auf die Lippen und sah zu dem Bett und den Beuteln, in denen sich das Einreibemittel befand. Statt es herauszunehmen, platzte sie heraus: »Das Bad scheint die Schmerzen gelindert zu haben. Vielleicht kann ich heute Nacht schlafen, ohne dass Ihr mich einreiben müsst.«

Rory legte den Kopf schräg und sah sie besorgt an, bevor er sagte: »Habt Ihr Angst vor mir, Mädchen?«

»Was?«, fragte sie überrascht. »Nein, natürlich nicht. Wie kommt Ihr darauf?«

»Weil Ihr die Hände ringt und ausseht, als würdet Ihr augenblicklich die Flucht ergreifen, sobald ich von der Tür weggehe«, sagte er sanft.

Elysande blickte auf ihre ineinander verschlungenen Hände und öffnete sie sofort. »Nein. Es ist nur …« Sie hielt inne und versuchte herauszufinden, warum sie plötzlich so nervös war.

Sie seufzte, als ihr klar wurde, dass es an diesem Zimmer lag. Dass hier ein Bett stand, dass sie allein waren … was ganz und gar nicht angemessen war. Und nach dem, was im Wald passiert war, als er ihr das letzte Mal das Mittel aufgetragen hatte …

Ein kleiner Schauer lief durch ihren Körper, als sie sich an die Lust erinnerte, die sie empfunden hatte, bevor sie gestört worden waren. Und das war das Problem, begriff sie. Sie hatte es genossen, und sie würde es gern wieder genießen, aber es war so falsch. Dass sie allein mit acht Männern reiste, ohne mit einem von ihnen verwandt oder verheiratet zu sein, war den Umständen geschuldet; sie hatte keine Wahl gehabt, was das betraf. Daher war es egal, ob andere Leute das akzeptierten oder nicht, denn sie, Gott und ihre Mutter wussten, dass es aus einer Not heraus geschah. Aber wenn er wieder anfing, sie zu küssen und zu berühren und sie dem nachgab – und sie würde dem nachgeben, das wusste sie –, dann würde sie mit der Schande leben müssen.

Nichts von alldem konnte sie Rory sagen. Zumindest nicht, ohne sich zu Tode zu schämen. Deshalb sagte sie nur: »Ich möchte heute Nacht lieber nicht eingerieben werden.«

»Mädchen, es ist bald schon Morgen. Und ich bin müde und möchte gerne bis zum Mittag schlafen. Ich habe keine große Lust, aus dem Schlaf gerissen zu werden, weil Ihr Euch jetzt weigert, Euch einreiben zu lassen.«

Elysande biss sich auf die Lippen, ehe sie nachgab. »Nun, vielleicht sollten wir dann Tom holen, während Ihr mich einreibt. Es wäre schicklicher.«

Jetzt weiteten sich seine Augen ungläubig. »Wenn Tom Euch halbnackt sieht, ist das schicklicher?«

»Nein. Er soll ja nicht zusehen. Er kann sich zur Wand drehen, während Ihr es tut, aber seine Anwesenheit hier würde dafür sorgen, dass …«

Als sie nicht weitersprach, zogen sich seine Augen zusammen. Er sah sie finster an, als er den Satz für sie beendete. »Es würde dafür sorgen, dass ich mich benehme? Ihr denkt, dass ich die Situation ausnutzen würde, um –«

»Nein, es würde dafür sorgen, dass ich mich benehme«, entgegnete Elysande rasch und hatte augenblicklich das Gefühl, als würden ihre Wangen in Flammen stehen. Sie war nur deshalb mit der Wahrheit herausgeplatzt, weil er sich offenbar gekränkt fühlte, und das hatte sie nicht gewollt. Aber kaum hatte die Wahrheit ihren Mund verlassen, wünschte sie, die Worte zurücknehmen zu können.

»Was?«, fragte Rory mit einer Mischung aus Verwunderung und den Anfängen eines verdächtig zufriedenen Lächelns.

Da sie sich nun schon einmal selbst in Verlegenheit gebracht hatte, verzichtete Elysande darauf, ihren Stolz zu retten, und machte sich lieber daran, ihre Unschuld zu bewahren. Auch wenn sie nicht sehr glücklich damit war. Gereizt schnalzte sie mit der Zunge, bevor sie sagte: »Mylord, ich bin mir sicher, dass Ihr Euch nur zu bewusst seid, dass Ihr ein sehr gut aussehender Mann seid. Ihr seid auch äußerst intelligent und ein außerordentlich erfahrener Heiler. Aber so erfahren Ihr darin auch seid, seid Ihr noch erfahrener in der Kunst des Schlafgemachs des Waldes.«

»Des Schlafgemachs des Waldes?«, hakte er mit einem schiefen Lächeln nach.

»Ich dachte, es klingt besser, als zu sagen, in der Kunst, einer Lady im Wald die Röcke hochzureißen«, fauchte Elysande. Sie ärgerte sich darüber, dass er sie wegen ihrer Wortwahl neckte, während sie etwas so Peinliches zugab.

»Ihr habt keine Röcke angehabt, Mädchen«, erinnerte Rory sie mit heiserer Stimme. »Soweit ich mich erinnere, habt Ihr überhaupt nichts angehabt. Es gab keine Röcke hochzureißen.

Nur die Dunkelheit und Euren warmen Körper und Euer leises Stöhnen.«

Elysande errötete tief, und sie war sich sicher, dass das Feuer gerade übermäßig viel Wärme verbreitete. Sie achtete nicht weiter darauf, sondern kämpfte weiter. »Die Sache ist die, Mylord, dass Ihr so verdammt erfahren in der Kunst des Liebens seid, dass ich fürchte, wenn Ihr es in diesem Zimmer noch einmal bei mir versucht, ich mir nur zu gern die Kleider vom Leib reiße und Euch meine Jungfräulichkeit entgegenwerfe wie Blüten dem König.« Sie sah ihn stirnrunzelnd an, als sie das sagte, denn sie war überzeugt, dass alles allein seine Schuld war. Anklagend fügte sie hinzu: »Und Ihr riecht gut, obwohl Ihr nicht gebadet habt, seit ich Euch begegnet bin, was offen gestanden, einfach ungerecht ist.«

Als Rory kurz den Kopf neigte, musterte sie ihn genauer. Elysande war überzeugt, dass er versuchte, seine Erheiterung zu verbergen; immerhin hatte sie einen Blick auf seinen Mund erhascht, der genau in dem Moment gezuckt hatte, bevor er den Kopf gesenkt hatte. Allerdings war sie sich dessen nicht ganz sicher, und als er ihn wieder hob, war seine Miene ernst.

»Mädchen, es freut mich sehr, dass Ihr mich attraktiv findet, meinen Geruch mögt und meine Aufmerksamkeiten genießt, denn ich empfinde Euch gegenüber genauso«, versicherte Rory ihr, bevor er sie finster ansah und ein grimmiges »Was?« hervorstieß, als sie bei seinen Worten die Augen verdrehte.

»Mylord, nur ein Blinder könnte sich im Augenblick zu mir hingezogen fühlen. Mein Gesicht ist so geschwollen und klumpig, als wäre es eine einzige schwarze Masse.«

»Die Schwellung ist abgeklungen, und das Schwarz ist zu Rot verblasst und sieht jetzt eher so aus, als hättet ihr etwas Wein auf der Wange. Es verbirgt nicht, dass Ihr eine hübsche Frau seid«, sagte er mit fester Stimme. »Abgesehen davon habt

Ihr mehr zu bieten als nur Euer hübsches Gesicht. Und denkt Ihr wirklich, ich hätte mich wie ein brünstiger Bulle verhalten, würde ich Euch nicht anziehend finden?«

Elysande dachte über seine Worte nach und zuckte unglücklich mit den Schultern. »Meine Mutter hat gesagt, dass es Männer gibt, die das Paaren so genießen, dass es ihnen egal ist, ob es ein Schaf oder eine alte Vettel ist.«

Rory fiel die Kinnlade herunter, dann schüttelte er entrüstet den Kopf. »Ich bin nicht so wie diese Männer«, versicherte er ihr grimmig. »Ich finde Euch anziehend, Mädchen, und normalerweise auch klug und freundlich. Aber jetzt wünschte ich, Ihr würdet diese Freundlichkeit auch auf Euch selbst richten, denn ich bin noch nie einer Frau begegnet, die so grausam zu sich selbst ist.«

Als Elysande schwieg, seufzte er müde.

»Was ich damit sagen will, ist, dass Ihr mir Eure Jungfräulichkeit nicht entgegenwerfen müsst, denn auch wenn ich Euch sehr anziehend finde, bin ich im Augenblick viel zu müde, um sie anzunehmen«, versicherte Rory ihr. »Und jetzt zieht die Tunika aus und dreht Euch um, damit ich das Mittel auftragen kann und wir etwas Schlaf bekommen.«

Elysande wusste nicht, ob es an seiner Gereiztheit, seiner befehlenden Art oder der Erschöpfung lag, die jetzt auf seinem Gesicht deutlich zu sehen war. Sie hörte jedenfalls auf zu streiten, drehte sich um und begann, die Tunika auszuziehen.

»Wo ist das Einreibemittel?«, fragte Rory gereizt.

»In dem mittleren Beutel dort an der Wand«, entgegnete sie, ohne sich umzudrehen. Sie hörte, wie er durchs Zimmer ging und zurückkam. Kurz darauf verteilte er das Mittel auf ihrem Rücken.

»Die Blutergüsse sind jetzt rot und grün«, sagte er widerwillig, während er es einarbeitete.

Sie zuckte leicht mit der Schulter. »Berührungen tun nicht mehr weh, aber die Muskeln schmerzen immer noch. Ich fürchte, de Bucis Mann hat sie verletzt.«

»Wahrscheinlich«, murmelte er. »Selbt wenn man sie ruhigstellt, brauchen verletzte Muskeln manchmal Wochen, um zu heilen. So viel, wie wir bisher geritten sind, wird es die Heilung nur verzögern.«

»Ich kann mich ausruhen, wenn wir Sinclair erreicht und dem König die Nachricht geschickt haben.« Entschlossen straffte sie die Schultern.

Rory brummte daraufhin nur und schwieg ansonsten, während er weiter ihren Rücken und dann die Seite einrieb, das Mittel rasch, aber unpersönlich einmassierte.

»Zieht die Tunika wieder an und geht ins Bett«, befahl er ihr, als er fertig war.

Elysande hörte, wie er das Zimmer durchquerte und das Gefäß mit der Arznei zurück in den Beutel legte. Sie streifte sich die Tunika über, die sie die ganze Zeit festgehalten hatte, und als sie die Augen wieder öffnete, stand er direkt vor ihr.

»Ihr *seid* wunderschön«, sagte er mit fester Stimme und küsste sie. Erst streiften seine Lippen ihre nur, verschmolzen dann aber langsam mit ihnen, und Elysande sank gegen ihn, bevor er es beendete. Doch Rory schob sie sanft von sich weg, seufzte und sagte: »Geht ins Bett, Mädchen. Ich werde Tom sagen, dass er hochkommen kann.«

Sie nickte, stand einfach nur da und sah ihm nach, als er das Zimmer verließ. Dann drehte sie sich um und trat zum Bett, um unter die Felle zu schlüpfen. Sie legte sich in die Mitte des Bettes auf ihre unverletzte Seite und strich mit den Fingerspitzen über ihre Lippen, die immer noch warm waren, feucht und geschwollen … und immer noch von seiner Berührung kribbelten.

Als Rory aufwachte, war ihm warm, und er fühlte sich ausgeschlafen und zufrieden. Aber irgendwie war es auch, als würde etwas fehlen. Er brauchte eine Weile, bis er begriff, dass es Elysandes warmer Körper war, den er sonst immer halb auf sich liegend gespürt hatte. Widerwillig öffnete er die Augen und sah zur Seite. Er setzte sich abrupt auf, als er begriff, dass er allein im Bett lag.

Dann sah er Tom auf einem Stuhl neben der Wanne mit dem Badewasser von der Nacht zuvor sitzen und runzelte die Stirn. Der englische Soldat musterte ihn – erwartungsvoll und ein wenig vorwurfsvoll.

»Wo ist sie?«, knurrte Rory mit einer vom Schlaf noch heiseren Stimme.

»Mit Alick und Simon in ein paar Läden gegangen. Sie wollte nicht, dass ich mitgehe«, sagte er gereizt und fügte dann hinzu: »Sie meinte, sie bräuchte noch mehr von den Kräutern, auf die Ihr beide so wild seid. Sie sagte, das Mittel würde zur Neige gehen.«

»Aye.« Rory fuhr sich mit einer Hand übers Gesicht. »Das stimmt. Ich habe es letzte Nacht bemerkt, als ich sie eingerieben habe.«

Als Tom daraufhin hüstelte, zog Rory die Augen zusammen und sah ihn an. »Was ist?«

»Sie war heute Morgen ziemlich aufgebracht, als sie aufgewacht ist und festgestellt hat, dass wir alle zusammen im Bett liegen«, erklärte Tom, bevor er zufrieden hinzufügte: »Genauso, wie ich es Euch vorausgesagt habe.«

»Was?«, fragte Rory stirnrunzelnd. »Wieso? Wir haben letzte Nacht genauso geschlafen wie jede Nacht, seit ich mich einverstanden erklärt habe, sie nach Sinclair zu bringen. Du in ihrem Rücken und ich vor ihr. Das Einzige, was gefehlt hat, war Alick über ihrem Kopf und Simon zu ihren Füßen.«

»Aye«, stimmte Tom ihm verhalten zu. »Allerdings haben wir hier in einem Bett gelegen.«

Rory wischte die Bemerkung beiseite und schwang seine Beine aus dem Bett, um aufzustehen. »Was macht das für einen Unterschied?«

Tom zog bei dieser Frage die Augenbrauen zusammen. »Nun ja, wir haben alle drei in einem Bett im Schlafzimmer eines Gasthauses gelegen, in das jederzeit irgendjemand – wie zum Beispiel eine Dienerin – hätte reinkommen können.« Er ließ das einen Moment in Rory einsinken, und dann fügte er hinzu: »Und so war es dann auch.«

»Was?« Rory verharrte mitten in der Bewegung; er hatte gerade angefangen, sich die Stiefel anzuziehen. Jetzt starrte er Tom entsetzt an. »Während wir geschlafen haben, ist eine Dienerin reingekommen?«

»Aye. Die Frau des Gastwirts wollte die Wanne zurückhaben. Eine Dienerin ist hochgekommen, um zu fragen, ob es in Ordnung für uns ist, wenn sie sie abholen.«

Rorys Blick wanderte zu der vollen Wanne, die immer noch dastand, und dann zog er sich die Stiefel weiter an.

»Das Mädchen hat sich fast zu Tode erschreckt, als Lady Elysande aufgewacht ist und laut geschrien hat, als sie gesehen hat, dass sie mit uns beiden im Bett liegt«, erklärte Tom trocken. »Sie hat mich angebrüllt und als Judas bezeichnet, und hat dann gesagt, dass die Dienerin die Wanne mitnehmen kann, wenn sie das nächste Mal ins Zimmer kommt. Da Ihr durch ihre Schreie nicht aufgewacht seid, hat sie nicht geglaubt, dass irgendetwas anderes Euch wecken würde. Allerdings ist die Dienerin noch nicht wieder aufgetaucht.«

»Hmm.« Rory starrte die Wanne an und zuckte mit den Schultern. »Elysande muss sie mit ihrem Geschrei wirklich ziemlich erschreckt haben.«

Tom verzog gereizt den Mund. »Offen gestanden, wundert es mich, dass sie nicht das ganze Gasthaus aufgeweckt hat. Aber Ihr und Eure Männer scheint keine Probleme gehabt zu haben, einfach weiterzuschlafen. Was ziemlich besorgniserregend ist, da Ihr ja dabei helfen sollt, sie zu beschützen«, fügte er mit einem wenig begeisterten Gesichtsausdruck hinzu.

»Es müssen wütende Schreie gewesen sein«, verteitigte sich Rory. »Bei einem Angstschrei hätte keiner von uns weitergeschlafen. Die Männer in einem Kriegstrupp streiten sich ständig wegen irgendwas und schreien sich dabei wütend an. Wir haben gelernt, das im Schlaf zu überhören.«

»Oh, aye.« Tom nickte, als er plötzlich verstand. »Daran hätte ich denken sollen. Bei wütendem Geschrei kann ich normalerweise auch weiterschlafen«, gab er zu. Und dann fügte er leise hinzu: »Sofern nicht jemand bei Tagesanbruch über mich hinwegtrampelt und mich lauthals als Judas beschimpft.«

Rory grinste den Mann mitfühlend an. »Warum gehst du nicht ins Bett und schläfst noch ein wenig? Ich habe hier einiges zu erledigen, und wir werden erst morgen aufbrechen.«

Tom schüttelte den Kopf und stand auf. »Ich werde mich später hinlegen, wenn sie mit Simon und Alick zurückgekehrt ist. Ich bin erst vor einer kleinen Weile wieder aufgewacht. Ich habe nur darauf gewartet, dass Ihr auch wach werdet, bevor ich nach unten zum Frühstücken gehe.«

»Das klingt gut«, sagte Rory. Er fuhr sich mit den Händen durch die Haare, während er zur Tür ging.

Als sie die Treppe hinuntergingen, kam ihnen eine Dienerin entgegen. Rory blieb stehen und sagte ihr, dass das Zimmer leer sei und die Wanne jetzt weggebracht werden könne. Die Art, wie das Mädchen kaum wahrnehmbar nickte und davonflitzte, brachte ihn auf den Gedanken, dass sie diejenige gewesen sein musste, die am Morgen ins Zimmer geplatzt war. »Elysande muss dem Mädchen mit ihrem Geschrei wirklich einen gehörigen Schrecken eingejagt haben.«

Tom schüttelte den Kopf. »Ich vermute, der Gastwirt hat ihr die Hölle heiß gemacht, weil sie uns überhaupt aufgeweckt hat, und deshalb ist sie jetzt vorsichtig. Er kam in dem Moment den Korridor entlang, in dem das Mädchen beim lauten Schreien meiner Lady aus dem Zimmer geflohen ist. Ich denke, der Gastwirt hat eine falsche Vermutung, was sie so aufgebracht hat. Er hat das Mädchen sofort an den Haaren gepackt und die Tür zugezogen, und wir konnten hören, wie er die ganze Zeit bis hinunter in den Schankraum mit ihr geschimpft hat. Er war nicht glücklich darüber, dass sie zahlende Kunden, noch dazu *›so gute wie die Buchanans‹*, gestört hat.« Tom wölbte die Brauen, als er das sagte.

»Aye, wir kommen oft hierher. Nicht nur ich, auch andere Mitglieder meiner Familie. Wie ich letzte Nacht zu Elysande sagte, ziehen uns die süßen Sachen immer wieder hierher. Aber auch der freundliche Umgang hier. Man findet immer ein Zimmer für uns und behandelt uns gut. Wahrscheinlich, weil wir so viele sind und oft irgendeiner von uns hier haltmacht. Dougall ist oft hier eingekehrt, wenn er die Pferde überbracht hat, die er gezüchtet hat. Niels hat hier oft übernachtet, wenn er seine Jagdhunde oder Stoffe aus der Wolle seiner Schafe ausgeliefert hat. Ich selbst bin immer mal wieder hier, wenn ich unterwegs zu Kranken bin oder von entsprechenden Besuchen zurückkehre …« Er zuckte mit den Schultern. »Im Laufe der Jahre haben sie durch uns ein ziemlich gutes Geschäft gemacht.«

Tom nickte, aber er sagte nichts mehr, während sie den Schankraum betraten und sich an einen Tisch setzten. Er sah zu dem einsamen Mann hin, der an einem anderen Tisch saß, und bemerkte: »Sie scheinen nicht sehr viel zu tun zu haben.«

»Angus sagte, dass gerade erst eine große Gruppe hier war, die gestern Morgen abgereist ist.« Er zuckte mit den Schultern und fügte hinzu: »Es waren die Gordons auf dem Weg nach Norden, um eine Tochter mit Campbells zweitem Sohn zu verheiraten oder so. Er sagte, während sie hier waren, musste er andere Durchreisende abweisen. Seit sie fort sind, ist niemand anderes aufgetaucht.« Rory lächelte den englischen Soldaten an. »Glück für uns.«

»Aye«, bestätigte Tom mit einem schwachen Lächeln.

»Du hast gesagt, dass Alick und Simon mit Elysande in die Geschäfte gegangen sind?«, fragte Rory plötzlich.

»Aye.«

»Wo sind die anderen Männer?«

»Sie schlafen, jedenfalls war das mein letzter Stand«, sagte Tom. »Sie werden wahrscheinlich gleich runterkommen.«

Rory nickte, als Angus zu ihnen kam und fragte, was sie haben wollten. Sie hatten gerade Getränke bestellt und jeweils eine Portion von dem, was die Frau des Gastwirts zum Mittagessen zubereitet hatte, als die Vordertür des Gasthauses aufgerissen wurde. Sie blickten sofort hin und sahen Alick den Gang entlanghasten, eine protestierende Elysande auf den Armen.

Fluchend sprang Rory auf und eilte ihnen nach, sich bewusst, dass Tom ihm auf dem Fuße folgte. Sie liefen den Korridor hinunter und wären fast gegen Simon geprallt, der die Tür schloss und sich umdrehte, um Alick zu folgen.

Rory schob den englischen Soldaten beiseite und hastete die Treppe hoch, holte Alick im oberen Flur zwischen dem zweiten und dritten Schlafzimmer ein.

»Was ist passiert?«, knurrte er. Er versuchte, über die Schulter seines Bruders einen Blick auf Elysande zu werfen.

»Nichts«, fauchte Elysande, während Alick den Mund öffnete, um zu antworten.

»Es war nicht nichts!«, bellte Alick, dem seine sonst übliche gute Laune offenbar vergangen war. Stattdessen richtete er einen wütenden Blick auf Elysande. »Wenn es nichts gewesen wäre, hätte ich mich nicht zu Tode gefürchtet!«

»Was ist passiert?«, fragte Rory noch einmal. Sein Blick glitt jetzt zur Seite, als die Tür, vor der Alick inzwischen stehen geblieben war, sich öffnete und Fearghas und Donnghail herauskamen. Auch Conn und Inan kamen aus ihrem Zimmer, um zu sehen, was vor sich ging. Anscheinend hatten sie die Männer mit ihren erhobenen Stimmen geweckt.

Alick riss den Blick von Elysande los und schüttelte den Kopf, während er sagte: »Ich weiß es nicht. Wir waren bereits auf dem Rückweg von den Läden. Ich bin vorausgegangen, Elysande ging hinter mir, gefolgt von Simon. Plötzlich habe ich sie aufschreien gehört, und Simon hat ›Mylady!‹ gerufen, und ich bin herumgewirbelt und habe gerade noch gesehen, wie sie vor einem herankommenden Pferdefuhrwerk auf die Straße fiel.« Sein Gesicht wurde blass bei der Erinnerung. »Ich konnte sie nicht rechtzeitig erreichen, um sie aufzufangen. Ich war fest davon überzeugt, dass ihr Ende gekommen war. Glücklicherweise hat sich das Pferd aufgebäumt und versucht, ihr auszuweichen, und sie hat sich weggerollt, bevor die Hufe wieder heruntergekommen sind, aber …«

Alick musste nichts weiter dazu sagen, seine Miene verriet auch so, dass er das Gefühl hatte, er hätte darin versagt, das Mädchen zu beschützen. Vermutlich hatte er sich die ganze Zeit auf dem Rückweg zum Gasthaus Vorwürfe gemacht, dachte Rory.

»Ich bin in Ordnung«, sagte Elysande seufzend. »Es war nicht nötig, dass Ihr mich wie ein Wahnsinniger durch die Straßen getragen habt, um mich hierher zurückzubringen.«

»Ihr seid nicht in Ordnung. Ihr habt Euch verletzt«, sagte

Alick grimmig. »Und natürlich bin ich mit Euch hierhergelaufen. Wir mussten Euch dringend irgendwo hinbringen, wo es sicher ist, bevor sonst noch etwas passiert. Es ist offensichtlich, dass de Bucis Männer uns hierher gefolgt sind.«

»De Bucis Männer?«, fragte Elysande überrascht. »Was haben die damit zu tun?«

»Einer von ihnen muss Euch auf die Straße gestoßen haben. Niemand sonst will Euren Tod, oder?«, fragte Alick mit einiger Verzweiflung. »Ich habe die ganze Zeit Ausschau nach ihnen gehalten«, versicherte er ihr entschuldigend. »Aber derjenige, der Euch gestoßen hat, muss mir durch die Lappen gegangen sein.«

Er hatte noch nicht zu Ende gesprochen, da begann Elysande bereits, den Kopf zu schütteln. »Nein, es waren keine Engländer um uns herum, als es passiert ist, nur eine Gruppe betrunkener Schotten ist da rumgeschwankt. Ich bin mir sicher, dass es ein Unfall war. Wahrscheinlich hat einer von ihnen das Gleichgewicht verloren und mich dabei aus Versehen angerempelt, so dass ich auf die Straße gefallen bin.«

Als Alick die Stirn runzelte und unsicher wirkte, wandte Rory sich an Simon. »Wurde sie gestoßen, oder wurde sie aus Versehen angerempelt?«

»Ich habe es nicht gesehen«, gestand der englische Soldat unglücklich. »Ich habe nach Bedrohungen Ausschau gehalten, nach irgendwelchen Hinweisen auf de Bucis Männer oder überhaupt auf Engländer. Dann habe ich sie wie Alick schreien gehört und genau in dem Moment zu ihr hingesehen, als sie auf die Straße gestürzt ist.« Er zögerte kurz und fügte dann hinzu: »Aber meine Lady hat recht, wir sind an einer Gruppe Betrunkener vorbeigekommen, als es passierte.«

»Aye, ich war gerade an ihnen vorbei, als sie aufgeschrien hat«, erinnerte Alick sich. Er wirkte jetzt unsicher. »Es waren

Seeleute, und sie waren ziemlich gut abgefüllt. Vielleicht ist wirklich einer aus Versehen gegen sie gestolpert.«

»Da, seht Ihr. Es war ein Versehen. Es geht mir gut. Alles ist bestens. Und jetzt lasst mich wieder runter«, verlangte Elysande ungeduldig.

»Ich werde Euch erst runterlassen, wenn ich Euch irgendwo absetzen kann.« Alick sah sie finster an. »Es mag nur ein Versehen gewesen sein, aber Ihr seid trotzdem verletzt worden. Wir haben Euch aufgeholfen, und ihr seid sofort wieder mit einem Schmerzensschrei in den Dreck gefallen.«

»Ich habe mir den Knöchel verdreht, als ich gestürzt bin«, antwortete Elysande und seufzte. »Als ich den Fuß dann beim Aufstehen belastet habe, hat er wehgetan und nachgegeben, das ist alles. Ich bin mir wirklich sicher, dass er jetzt in Ordnung ist«, wiederholte sie. Dann fauchte sie voller Entrüstung: »Mylord!«, richtete sich in Alicks Armen abrupt auf und schlug gegen Rorys Hand, als er ihre Röcke hob, um einen Blick auf ihren Knöchel zu werfen.

»Ich muss den Fuß untersuchen«, sagte er bestimmt. Aber er ließ ihre Röcke los und deutete auf das Zimmer, in dem sie in der Nacht zuvor geschlafen hatten. »Bring sie in unser Zimmer, dann werde ich dort nachsehen.«

»Nein!«, kreischte Elysande, als Alick sie den Korridor entlang trug. »Es ist nicht schicklich, einen ganzen Haufen Männer in *meinem* Schlafzimmer zu haben.« Ihre Augen waren wie spitze Pfeile, als sie über Alicks Schulter hinweg Rory ansah. Dann wandte sie sich mit freundlicherer Miene an Alick. »Er kann inzwischen im Schankraum dafür sorgen, dass wir alle etwas zu essen und zu trinken bekommen. Ihr habt erwähnt, dass Ihr hungrig seid, kurz bevor der Unfall passiert ist. Und ich bin es auch. Aber ich kann gehen«, fügte sie hinzu, als er sich wieder der Treppe zuwandte. »Bitte lasst mich herunter.«

Alick zögerte und sah Rory fragend an, der kurz Elysande musterte und dann nickte.

Der kleine erleichterte Seufzer, den Elysande von sich gab, als Alick sie absetzte, entging ihm keineswegs. Ihm entging aber auch nicht, dass sie vor Schmerz aufkeuchte und taumelte, als sie versuchte, den Fuß zu belasten. Alick packte sie sofort am Arm und trat dann einen Schritt zurück, als Rory kam und sie hochhob.

»Ihr seid verletzt«, sagte Rory fest, als sie den Mund öffnete, um dagegen zu protestieren. »Hört auf, so verdammt störrisch zu sein und nehmt die Hilfe an, die Euch gegeben wird.«

»Ich bin nicht störrisch«, widersprach sie gereizt, während er die Truppe hinunterging. »Und ich habe Hilfe akzeptiert. Begleitet Ihr uns nicht nach Sinclair? Und habe ich nicht zugelassen, dass Ihr mich mit dem Mittel einreibt?« Sie nickte grimmig. »Aye, und seht nur, wohin es mich gebracht hat. Ihr nehmt Euch Freiheiten heraus, kriecht in mein Bett, und jetzt ist mein Ruf ruiniert«, klagte sie.

»Ich habe mir keine Freiheiten herausgenommen«, sagte Rory bestürzt, runzelte jedoch die Stirn, als ihm klar wurde, dass er genau das getan hatte … wenn auch nicht letzte Nacht. Seine Gedanken ließen ihn ein finsteres Gesicht machen, und er sagte abwehrend: »Tom war letzte Nacht auch da.«

»Aye, der Judas«, knurrte sie und warf einen wütenden Blick über die Schulter, wahrscheinlich auf Tom. »Und dass er dabei war, lässt alles nur noch schlimmer aussehen.«

»Mädchen, Ihr habt jede Nacht zwischen uns geschlafen, seit wir uns im Wald vor Monmouth begegnet sind und ich Eurer Bitte entsprochen habe, Euch zu begleiten«, sagte er mit fester Stimme.

»Das war im kalten, dunklen Wald, Mylord. Wir waren alle vollständig bekleidet und in unsere eigenen Umhänge und

Plaids gehüllt. Wir haben nicht in einem Gasthaus in einem Bett gelegen.«

»Wir waren auch gestern Nacht vollständig bekleidet, und Ihr habt unter den Fellen gelegen, und Tom und ich auf ihnen«, stellte er klar, sich im Recht wähnend.

»Das habt Ihr nicht getan«, widersprach sie hitzig. »Ihr wart mit mir unter den Fellen.«

»War ich nicht«, leugnete Rory heftig. Er konnte sich sehr genau daran erinnern, dass er sich neben sie auf die Felle gelegt hatte. Als er mit Tom ins Zimmer zurückgekehrt war, hatte er als Erstes das noch warme Badewasser genutzt und sich selbst ein Bad gegönnt. Nachdem er aus der Wanne gestiegen war, war ihm etwas kühl gewesen, und er war mit dem Gedanken auf das Bett zugegangen, dass es nett wäre, wenn er jetzt auch unter die Felle kriechen und sich von Elysande wärmen lassen könnte. Aber das hatte er nicht getan. Er hatte sich auf die Felle gelegt, in sein Plaid eingewickelt, und war fröstelnd eingeschlafen.

Ein leises »Ähem« ließ ihn auf der untersten Stufe innehalten. Er warf einen Blick zurück. Tom stand direkt hinter ihm; die anderen Männer folgten dichtauf. Er legte den Kopf in den Nacken, um Tom anzusehen, der eine Augenbraue hochgezogen hatte. Der Soldat schüttelte den Kopf, als ihre Blicke sich trafen, und sagte: »Als heute Morgen die Dienerin hereingekommen ist, wart Ihr unter den Fellen, und meine Lady hat wie immer auf Eurer Brust geklebt.«

»Seht Ihr! Ich habe es Euch gesagt!«, rief Elysande und seufzte dann unglücklich. »Wieso konntet Ihr nicht auf einer Pritsche schlafen? Oder hättet Ihr mir gesagt, dass Ihr das Bett benutzen wollt, hätte ich die Pritsche nehmen können. Jetzt bin ich ruiniert.«

Angesichts der Verzweiflung in ihrer Stimme runzelte Rory die Stirn. Mit einem Seufzen trug er sie in den Schankraum.

Dort erwartete Angus sie. Er stand beim Tisch, an dem zuvor Rory und Tom gesessen hatten, hielt zwei Becher in den Händen und sah ihnen fragend entgegen. Als sie zu ihm gingen, strahlte er und stellte die Becher wieder auf den Tisch. »Euer Essen wird gleich da sein.«

»Gut. Danke, Angus. Ich vermute, Elysande und die anderen werden jetzt auch etwas essen und trinken wollen«, sagte er. Als der Gastwirt breit lächelte und Anstalten machte, zur Küche zurückzukehren, rief Rory ihn jedoch einem spontanen Impuls folgend zurück. »Angus?«

Der Gastwirt drehte sich sofort wieder um; er zog fragend eine Braue hoch.

»Als wir gestern Nacht angekommen sind, waren wir so müde, dass ich glaube, ich habe dir meine Frau noch gar nicht vorgestellt.« Er nickte zu Elysande in seinen Armen und sagte: »Mädchen, das ist Angus, der beste Gastwirt in Schottland. Angus, das ist meine Frau, Lady Elysande Buchanan.«

»Oh ho!« Ein breites Grinsen trat in Angus' Gesicht. »Endlich das richtige Mädchen gefunden, mit dem Ihr Euch niederlassen wollt, ja?«, fragte er. »Lady Jetta und Eure Schwester müssen sehr glücklich darüber sein.«

»Aye«, stimmte Rory ihm zu und hielt Elysande warnend etwas fester. Sie hatte sich bei seinen Worten angespannt, aber jetzt änderte sich ihr Gesichtsausdruck. Der Schock wich einem armseligen Versuch zu lächeln, als Angus sich vor ihr verbeugte.

»Es ist mir ein Vergnügen, Mylady«, sagte der Gastwirt ernst, während er sich wieder aufrichtete. »Ihr habt da einen guten Mann. Den besten Heiler von ganz Schottland.«

Bei diesen Worten plusterte Rory sich gerade ein bisschen auf, als Elysande sagte: »Das habe ich gehört. Allerdings benötige ich seine anderen Talente mehr, also hoffen wir, dass sie genauso ausgeprägt sind.«

Rory wusste, dass sie sich auf sein Können im Umgang mit dem Schwert bezog und darauf, dass er sie wohlbehalten nach Sinclair bringen würde, aber von all dem hatte Angus keine Ahnung. Der zwinkerte ihr mit einer schalkhaften Fröhlichkeit zu: »Nun, ich bin mir sicher, dass er Euch auch, was das betrifft, nicht enttäuschen wird, Mylady. Und jetzt werde ich die restlichen Getränke holen und mich um das Essen kümmern, ja?«

Der zustimmende Chor von mehr als einem halben Dutzend männlichen Stimmen begleitete ihn, als er davoneilte. Kaum war er fort, richtete Elysande das Wort an Rory. »Was denkt er, welche Talente ich meine? Nicht Euren Schwertarm, oder? Und warum in aller Welt habt Ihr ihm gesagt, dass wir verheiratet sind?«

»Um Euren Ruf zu retten«, beantwortete er die letzte Frage, glücklich darüber, dadurch auf die ersten beiden nicht eingehen zu müssen.

»Wie soll es meinen Ruf retten, wenn Ihr mich als Eure Gemahlin bezeichnet?«, fragte sie überrascht, als er sie so auf die Bank setzte, dass sie die Beine ausstrecken konnte.

»Es erklärt meine Anwesenheit in Eurem Bett«, erklärte er.

»Aye. Aber nicht die von Tom«, stellte sie verzweifelt klar. »Und abgesehen davon – wenn er erfährt, dass Ihr gelogen habt – Was tut Ihr da?« Sie schnappte nach Luft, versuchte, ihre Beine wegzuziehen, als er anfing, ihre Röcke bis zu den Knien hochzuschieben.

Rory packte ihre Beine an den Waden, um sie an Ort und Stelle zu halten. »Beruhigt Euch. Ihr habt Breeks an. Es ist alles in Ordnung. Also, welches Fußgelenk habt Ihr Euch verletzt?«, fragte er und ging auf ihre Empörung nicht näher ein.

»Das rechte, aber es ist in Ordnung, ich –« Sie brach mit einem Schrei ab, als Rory ihren Fuß in die Hand nahm und den unteren Teil ihrer Hose hochschob, um sich das Gelenk besser ansehen zu können. Sie schwieg allerdings, als sie sah, wie geschwollen es war, und dass es bereits dabei war, sich zu verfärben. Als er mit dem Daumen auf die Schwellung drückte, atmete sie zischend ein und ballte die Hände zu Fäusten.

Rory nahm den Daumen weg und starrte auf den Abdruck, den er hinterlassen hatte. Dann sah er Tom an. »In meiner Tasche müssten Leinenstreifen sein. Hol sie bitte für mich.«

Der Soldat nickte und eilte sofort davon.

»Ihr wollt den Fuß verbinden«, vermutete Elysande seufzend.

»Aye. Es wird helfen, die Schwellung zu verringern«, murmelte er und nahm die Verletzung von allen Seiten in Augenschein. Dann setzte er den Fuß wieder ab und sagte: »Ihr werdet ihn schonen und so oft wie möglich hochlegen müssen.«

»Ich kann mich kaum ausruhen und den Fuß hochlegen, wenn ich auf einem Pferd sitze, Mylord«, entgegnete Elysande gereizt. »Ich kann mich erst ausruhen, wenn wir Sinclair erreicht haben.«

»Dann ist es nur gut, dass wir noch einen weiteren Tag hierbleiben, damit Ihr Euch zumindest ein bisschen ausruhen könnt«, murmelte Rory. Er hörte, dass Tom die Treppe herunterkam, kurz darauf kam der Engländer mit den verlangten Stoffstreifen herbeigelaufen.

Rory legte Elysande einen straffen, aber nicht zu festen Verband an. Er wollte den Blutfluss nicht zu sehr einengen. Als er fertig war, hatte Angus die Getränke für die anderen gebracht und begonnen, das Essen zu verteilen. Elysande versuchte, sich auf der Bank umzudrehen, um ordentlich zu sitzen und Platz für die anderen Männer zu machen, aber Rory, der rittlings auf der Bank saß, hielt ihren Fuß weiter fest und ermahnte sie: »Ihr müsst den Fuß hochlegen.«

»Wie kann ich ihn hoch-« Sie verstummte, als er auch ihren anderen Fuß hochhob und sich neben sie setzte. Er rutschte auf der Bank zu ihr und legte ihre Beine auf seine. Er wusste, dass es für sie etwas unbequem war, so zu sitzen, aber Elysande beklagte sich nicht, und sie versuchte auch nicht, den Fuß wegzuziehen. Sie drehte lediglich den Oberkörper herum, so dass sie sich dem Tisch zuwandte, und begann zu essen, nachdem eine der Dienerinnen etwas zu essen vor sie hingestellt hatte. Aber sie beteiligte sich nicht an den Gesprächen der Männer über das Wetter und wie lange sie wohl noch bis nach Sinclair brauchen würden.

»Ich muss nach oben gehen und mehr von dem Einreibemittel machen.«

Rory sah Elysande an und hob ihre Beine behutsam von seinem. Er hatte vor, Elysande zu tragen, aber sie sah ihn finster an und sagte: »Ich möchte lieber allein gehen. Ich schätze, Ihr habt hier sowieso etwas zu erledigen, sonst würden wir heute schon abreisen.«

Rory begegnete ihrem Blick; seine Augen waren vor Überraschung leicht geweitet. Am Ende nickte er und stand auf. »Aye. Das stimmt. Aber ich trage Euch erst nach oben, und dann können Simon und Alick die Tür bewachen.« Sein Blick wanderte zu seinem Bruder und dem englischen Soldaten.

»Ich kann mit Simon Wache stehen«, schlug Tom vor und stand ebenfalls auf.

»Nein. Simon und Alick genügen«, erklärte Elysande sofort und sah Tom finster an. Sie war offensichtlich immer noch darüber verärgert, dass sie beide mit ihr in einem Bett geschlafen hatten, vermutete Rory. Er warf Tom einen mitfühlenden Blick zu, ehe er sich bückte, um Elysande hochzuheben.

Elysande erhob keine Einwände, aber sie verschränkte die Arme und starrte stur vor sich hin, während er sie nach oben trug. Rory versuchte, sich irgendetwas einfallen zu lassen, das er sagen könnte, um das Schweigen zu brechen oder ihr zu helfen, ihren Ärger auf ihn zu überwinden, aber ihm fiel nichts ein. Daher trug er sie schweigend die Treppe hoch und in ihr Zimmer, setzte sie auf dem Bett ab und verließ den Raum. Alick und Simon warteten im Korridor.

»Sollen wir uns im Zimmer oder vor der Tür aufhalten?«, fragte Alick, als Rory die Tür zuzog.

»Hier draußen ist in Ordnung. Ihr könnt Würfeln oder Karten spielen, um euch die Zeit zu vertreiben«, schlug er vor. »Ich nehme Tom, Conn und Inan mit, aber ich werde Fearghas und Donnghail sagen, dass sie euch in etwa einer Stunde ablösen sollen, falls ich dann noch nicht wieder zurück bin.«

»Wohin gehst du?«, fragte Alick.

»Ich möchte mich nach zusätzlichen Pferden umsehen«, antwortete Rory. »Wir würden schneller vorankommen, wenn wir nach der Hälfte des Tages die Pferde wechseln könnten, und je eher wir Elysande nach Sinclair schaffen, desto besser. Wir müssen dafür sorgen, dass die Nachricht ihrer Mutter zum König gelangt.«

Alick nickte und sagte: »Viel Glück«, und Rory ging zur Treppe.

13

Elysande wartete einen Moment, nachdem Rory gegangen war, dann stellte sie sich auf ihren gesunden Fuß und hüpfte zu den an der Wand lehnenden Beuteln. Sie kramte in ihnen herum, bis sie die Kräuter für das Einreibemittel sowie den Mörser und den Stößel fand – alles Dinge, die sie in der Apotheke gekauft hatte. Als sie alles beisammen hatte, sah sie sich im Zimmer um, dann rief sie die Männer. Sie war nicht überrascht, dass die Tür sofort geöffnet wurde und Alick den Kopf hereinstreckte.

»Ihr beide müsst mir helfen«, sagte sie und dachte im Stillen, *na also, ich bin nicht so störrisch, dass ich keine Hilfe annehmen würde*.

»Natürlich.« Alick schob die Tür auf und ließ Simon mit eintreten. »Was braucht Ihr, Mylady?«

»Würdet Ihr bitte den Nachttisch und den Stuhl zum Feuer schieben?«, fragte sie. Während sich jeder der beiden rasch eines der Möbelstücke griff, hüpfte sie mit den Gegenständen, die sie vorher zusammengesucht hatte, zum Kamin.

Alick stellte den Tisch, den er gerade erst aufgenommen hatte, sofort wieder ab und eilte fluchend zu ihr und packte ihren Arm. »Ihr solltet nicht auf den Beinen sein und schon gar nicht so herumhüpfen – wenn Ihr stürzt und auf den Kopf fallt …« Er schüttelte den Kopf, und dann hob er sie auf und setzte sie auf den Stuhl, den Simon vor den Kamin gestellt hatte.

Elysande schluckte eine Erwiderung hinunter. Schließlich versuchte Alick nur zu helfen, also wartete sie schweigend, bis Simon den Tisch geholt hatte.

»Danke«, murmelte sie, als die beiden fertig waren. Dann begann sie, alle Sachen auf den Tisch zu stellen, während die Männer sich anschickten zu gehen. Ein Blick auf die Gegenstände ließ Elysande abrupt innehalten, und sie rief alarmiert: »Mein Beutel!«

Alick und Simon blieben sofort stehen und drehten sich zu ihr um.

Elysande starrte sie mit aufgerissenen Augen an. »Die Sachen, die ich gekauft habe. Die Wolfswurz und die Schwarzwurz. Ich muss den Beutel fallen gelassen haben, als ich gestürzt bin. Ihr habt mich so schnell weggetragen, dass ich es gar nicht bemerkt habe.«

Die beiden Männer blickten sich an. Schließlich seufzte Alick und eilte zur Tür.

»Ich gehe zurück und schaue nach, ob der Beutel noch da ist. Wenn nicht, werde ich neue Wolfswurz und Schwarzwurz besorgen. Ich weiß noch, welche Mengen Ihr gekauft habt«, versicherte er ihr und sah Simon an. »Ich mache so schnell wie möglich. Bleib hier und bewache die Tür, bis ich zurück bin.«

Simon nickte und beide verließen das Zimmer.

Als sie gegangen waren, begann Elysande, von den Sachen, über die sie bereits verfügen konnte, die entsprechenden Mengen in den Mörser zu tun. Sie hatte noch einen Rest Wolfswurz, etwa die Hälfte dessen, was sie benötigte, aber keinerlei Schwarzwurz. Aber sie besaß Weidenrinde und noch andere Kräuter. Als sie alles in den Mörser getan hatte, stellte sie sich auf den gesunden Fuß, nahm den Stößel und begann, die Kräuter zu feinem Pulver zu zermahlen. Sie hatte noch nicht lange damit zugebracht, als sie innehielt und nach Simon rief. Die Tür öffnete sich sofort, und er steckte wieder den Kopf herein.

»Aye, Mylady?«

Elysande lächelte entschuldigend. »Ich möchte, dass du

einen Eimer Wasser vom Brunnen holst und dann versuchst, aus der Küche einen richtig großen Topf zu besorgen.« Sie zeigte ihm mit den Händen, was sie brauchte. »Einen mit einem Griff, damit ich ihn über das Feuer hängen kann.«

Simon zögerte, und dann sagte er: »Ich soll die Tür bewachen.«

Elysande verzog gereizt das Gesicht. »Ich kann eine kleine Weile gut alleine klarkommen, Simon. Selbst wenn de Bucis Männer uns bis nach Ayr gefolgt sind, haben sie keine Ahnung, wo wir Quartier genommen haben oder in welchem Zimmer ich bin.« Als er zögerte, zog sie die Augen zusammen und erinnerte ihn: »Ich bin deine Lady, Simon. Bitte tue, was ich von dir verlange. Wenn Rory oder die anderen es herausfinden, kannst du ihnen gerne sagen, dass ich es dir befohlen habe. Aber ich möchte das Wasser erhitzt haben, bevor Alick mit den fehlenden Kräutern zurückkehrt.«

Simon gab nach und nickte. »Ich werde so schnell wie möglich zurück sein«, sagte er, warnte sie aber leicht gereizt: »Aber wenn ich deshalb Ärger kriege, werde ich Euch dafür verantwortlich machen.«

Elysande widmete sich wieder dem Mörser mit den Kräutern, während er die Tür geräuschvoll hinter sich zuzog.

»Ersatzpferde, so dass wir nach einem halben Tag wechseln können, würden unsere Reise sicherlich beschleunigen«, bemerkte Tom mit einem Nicken und fügte ernst hinzu: »Aber das ist eine große Ausgabe, und ich will ja nicht taktlos sein, aber ich weiß, dass Ihr kein erster Sohn seid und auch kein zweiter oder dritter. Und Lady de Valance hat Lady Elysande Münzen mitgegeben. Ich denke, sie sollte –«

»Du kannst aufhören zu denken«, unterbrach Rory ihn ernst. »Meine Mittel reichen dafür.«

Tom wölbte leicht die Brauen, dann zuckte er nur mit den Schultern. »Also schön. Braucht Ihr Hilfe dabei, die Tiere auszuwählen oder herzubringen?«

»Aye«, sagte Rory und stand auf. »Tom, Conn und Inan, ihr kommt mit. Fearghas und Donnghail bleiben hier und unterstützen Simon und Alick.« Er wandte sich an die beiden Männer. »Löst sie in einer Stunde ab, wenn wir dann noch nicht wieder zurück sind und – « Rory unterbrach sich abrupt, als im oberen Stockwerk der Schrei einer Frau ertönte.

Rory erkannte sofort, dass es Elysande war, und er war schon unterwegs, als er noch gar nicht richtig begriff, dass er losgelaufen war. Er rannte durch den Korridor, die Treppe hoch, sich vage bewusst, dass die anderen Männer ihm dichtauf folgten. Oben angekommen sah Rory, dass Simon in das Schlafzimmer lief, in dem er Elysande zurückgelassen hatte. Erst ein paar Schritte später registrierte er, dass der englische Soldat in der einen Hand einen Eimer und in der anderen einen Topf getragen hatte. Wasser war auf den Boden gespritzt.

»Mylady!«

Simons alarmierter Ruf erzeugte in Rory eisige Kälte, und obwohl er so schnell lief, dass seine Füße den Boden kaum zu berühren schienen, kam es ihm immer noch so vor, als würde er ewig brauchen, das Zimmer zu erreichen. Im Türrahmen stolperte er über etwas und sah, dass es der Topf war, den Simon in der Hand gehabt hatte und der jetzt über den Boden schlitterte. Dann fand sein Blick Elysande, und nichts anderes spielte noch eine Rolle. Sie lag auf dem Boden, fast in der gleichen Position, wie er sie jeden Morgen vorfand – halb auf der Seite, halb auf dem Bauch, einen Arm und ein Bein wie über ihn gelegt –, aber er war nicht da. Und ihre Hand in der Asche im Kamin. Noch alarmierender war allerdings das Blut, das unter ihrem Körper hervorquoll.

Simon kniete neben Elysande. Als Rory zu ihm trat, packte der Soldat sie an der Schulter und drehte sie herum, zog ihre Hand aus der Feuerstelle. Rory wollte herausfinden, ob sie sie sich verbrannt hatte, und wenn ja, wie schlimm. Aber er hockte sich gegenüber von Simon hin; sein Blick war wie gebannt auf den Dolch gerichtet, der aus ihrer Brust ragte, und auf die Wunde an ihrer Stirn, die stark blutete.

Rorys Herz klopfte in einem wilden Trommelwirbel. Er war ein Heiler, er war es gewohnt, Verletzte und Kranke zu sehen. Gewöhnlich war er derjenige, der in solchen Situationen ruhig blieb. Elysande in diesem Zustand zu sehen, so hilflos und blass, ließ in ihm jedoch die Galle hochsteigen.

»Ich war nur kurze Zeit weg«, murmelte Simon; er klang bestürzt. Dann schüttelte der den Kopf und fragte besorgt: »Ist sie tot?«

Die Frage brachte Rory in Bewegung. Er presste seinen Kopf kurz an ihre Brust und hob sie hoch.

»Ist sie tot?«, wiederholte Simon. Er richtete sich auf, um ihm zu folgen.

»Noch nicht«, sagte Rory grimmig und trug sie zum Bett. »Ich brauche Wasser, sauberes Leinen und meine Tasche. Sofort!«

Rory nahm vage wahr, dass die anderen Männer plötzlich hin und her liefen, und er legte Elysande aufs Bett und sah sich um. Sein Blick landete auf dem offenen Fensterladen, bevor er weiter nach seinem Bruder suchte …

»Wo ist Alick?«, fragte er scharf.

»Er ist weggegangen, um Lady Elysandes Kräuter zu holen«, antwortete Simon. Er eilte mit dem Eimer, den er bei der Tür stehen gelassen hatte, zu ihm. »Sie hat sie fallen lassen, als sie gestürzt ist, es aber eben erst gemerkt.«

Rory presste den Mund zusammen, aber sein Blick senkte

sich auf den Eimer, den der Mann hielt. Es war noch Wasser darin, wenn auch nicht viel. Rory vermutete, dass der größte Teil auf dem Boden bei der Tür war, aber es war noch genug da, um zumindest anzufangen, das Blut wegzuwischen. Sein Blick wanderte zu dem Messer in Elysandes Brust. Er konnte es nicht entfernen, ehe er nicht das Leinen hatte, mit dem er die Blutung stoppen konnte und –

Er drehte sich abrupt um, als er begriff, was Simon gesagt hatte. Jetzt erinnerte er sich auch, dass der englische Soldat das Zimmer mit dem Eimer und dem Topf betreten hatte, und er fragte scharf: »Dann hat niemand von euch beiden vor der Tür Wache gestanden?«

»Sie hat mir befohlen, das Wasser und einen Topf zu holen, um das Einreibemittel herzustellen. Sie hat es mir *befohlen*«, wiederholte er hilflos, den Eimer immer noch in der Hand.

Rory presste die Lippen zusammen, aber er nahm sich im Stillen vor, sich zu merken, dass er Elysande – wenn sie überlebte – in Zukunft nur noch von seinen eigenen Männern bewachen lassen würde. Von Männern, denen sie nichts befehlen kann, dachte er und sagte: »Stell den Eimer auf den Nachttisch.«

»Hier.« Tom war neben ihm, reichte ihm frisches Leinen und seine Tasche mit den benötigten Utensilien.

»Danke«, murmelte Rory. Er stellte die Tasche auf den Tisch, behielt jedoch das Leinen in der Hand und beugte sich über Elysande. Jetzt, da er das Stück Tuch hatte, zögerte er nicht, ihr den Dolch aus der Brust zu ziehen. Er presste rasch das Leinen auf die offene Wunde und übte Druck darauf aus, während er das Messer auf den Tisch warf. Er wartete und beobachtete, wie rasch das Blut den Stoff tränkte, obwohl er am liebsten sofort einen Blick auf die Wunde geworfen hätte. Doch zuvor musste er den Blutfluss stillen oder zumindest dafür sorgen, dass er nicht mehr so stark war, bevor er die Wunde untersuchen konnte. Es kam ihm so vor, als wäre die Einstichstelle eher in ihrer Brust und nicht in der Nähe des Herzens, wie er ursprünglich befürchtet hatte. Allerdings war da etwas Hartes über ihrem Herzen. Er konnte es durch den Stoff ertasten. Rory hatte es gerade bemerkt, als die Schlafzimmertür aufgerissen wurde und Alick eintrat, auf der Türschwelle aber abrupt stehen blieb.

»Was in aller Welt ist das da auf dem Boden? Ist das Wolfswurz? Himmel, das ist giftig. Was –« Als Alicks Frage mit einem Fluch endete, vermutete Rory, dass er entweder das Blut am Kamin gesehen hatte oder die Männer, die am Bett standen, oder beides. Aber Rory machte sich mehr Sorgen um das, was Alick gesagt hatte, und er blickte zum Boden vor dem Kamin, bemerkte jetzt auch, dass Elysandes Mörser dort lag, der Inhalt sich in einem weiten Kreis auf dem Boden verteilt hatte, und dass sich in diesem Kreis viele Stiefelabdrücke befanden.

»Komm nicht weiter herein«, warnte er Alick, beugte sich wieder über Elysande, suchte nach irgendeinem Hinweis, dass das Pulver in eine ihrer Wunden gelangt sein könnte. Wenn ja, war sie so gut wie tot. Glücklicherweise fand er nirgendwo etwas von dem Pulver, weder auf ihrem Gesicht noch vorne an ihrem Kleid. Gott sei Dank. Sie musste auf die andere Seite des Pulverkreises gefallen sein.

Jetzt, da Rory sicher war, dass Elysande keinerlei Wolfswurz an sich hatte, konnte er wieder atmen. Er sah seinen Bruder an. »Du musst einen Besen holen. Die Wolfswurz muss zusammengefegt werden, damit sie nicht überall im Gasthaus verteilt wird.«

Alick nickte und zog sich aus dem Zimmer zurück, schloss die Tür hinter sich.

Rory sah jetzt die Männer wieder an; sein Blick wanderte zu ihren Füßen. »Wenn er mit dem Besen zurückkommt, müsst ihr euch die Schuhsohlen abputzen, und zwar gründlich. Vielleicht solltet ihr sie sogar draußen abspülen. Benutzt einen Eimer dafür und macht es weit weg vom Pferdetrog oder einer anderen Wasserquelle.«

Tom blickte ihn besorgt an. »Aber so giftig wird Wolfswurz doch nicht sein, oder?«

»Wenn du deine Stiefel ausziehst und etwas davon an die Hand bekommst und du gedankenlos deinen Mund berührst und etwas hinunterschluckst, wirst du sterben. Und du wirst auch sterben, wenn du eine Verletzung an der Hand hast und Wolfswurz in die Wunde gelangt«, erklärte er grimmig. »So giftig ist dieses Pulver. Du wirst dir sicher sein wollen, dass nichts mehr an deinen Stiefeln ist, bevor du sie anfasst.«

»Himmel«, hauchte Tom bestürzt. »Und Lady Elysande hat sich das auf ihre Blutergüsse geschmiert?«

»Was sie benutzt hat, hatte nicht mehr die ursprüngliche Intensität, sondern ist mit anderen Zutaten vermischt«, erklärte Rory. In diesem Moment öffnete sich erneut die Tür, und er sah zu seiner großen Erleichterung Alick mit einem Besen eintreten. »Gib ihn Simon, Alick, und lass dir von Angus etwas Whisky geben. Ich muss Elysandes Wunde säubern, bevor ich sie nähen kann.«

Alick war schon weg, kaum dass Rory zu Ende gesprochen hatte. Er wandte sich wieder an die anderen. »Ich brauche das Zimmer. Aber ihr könnt nicht weggehen, bevor Simon nicht alle Stiefel von der gemahlenen Wolfswurz gesäubert hat. Ich möchte nicht, dass ihr irgendetwas davon in den Flur schleppt und womöglich eine Dienerin oder einen anderen Gast vergiftet.« Er sah Simon an und fügte hinzu: »Sei sehr sorgfältig.«

Er wartete, dass Simon nickte, dann widmete er sich wieder Elysande.

Die Kopfverletzung war nicht allzu schlimm, stellte er fest. Sie hatte sogar schon aufgehört zu bluten. Die Wunde in ihrer Brust bereitete ihm mehr Unbehagen. Immerhin hatte sich die Blutung verlangsamt, seit er Druck auf die Wunde ausgeübt hatte. Und obwohl das Leinen blutig war, war der zusammengedrückte Stoff noch nicht so durchtränkt, dass Blut seine Finger benetzte. Das war gut … und ungewöhnlich bei einer so ernsten Verletzung. Dolche mussten tief in den Körper gestoßen werden, um darin stecken zu bleiben. Die Wunde hätte wirklich mehr bluten sollen, dachte er, und dann sah er zur Tür und wünschte sich, dass Alick sich beeilte.

Sein Blick glitt über die Männer, die noch im Zimmer waren.

Er sah zu, wie Simon die Stiefel der Männer säuberte, überwachte, dass er dabei sorgfältig und vorsichtig vorging. Das schien er zu tun. Als er auch die Stiefel Conns und Inans gereinigt hatte, stellte Simon den Besen beiseite. »Deine Stiefel auch, Simon. Du wirst das Zimmer auch verlassen.«

»Sollte ich nicht hierbleiben und helfen?«, fragte Simon stirnrunzelnd.

»Nein. Tom kann den Boden fegen, und Alick wird mir bei Elysande helfen, wenn er zurück ist. Er hat mir früher schon oft geholfen und weiß, was er zu tun hat. Mach deine Stiefel sauber und geh nach unten, um sie abzuwaschen. Dann möchte ich, dass du dir einen Eimer und einen Schrubber geben lässt und die Treppe und den Korridor putzt, für den Fall, dass dort doch irgendwie Pulver hingeraten ist«, befahl er.

Simons Blick glitt zu Elysande, und er presste die Lippen zusammen. Aber er nickte und säuberte rasch seine Stiefelsohlen. Er strich sogar über einen Stiefelschaft, wo ein Fleck von dem Pulver zu sehen war, bevor er den Besen wieder an die Wand lehnte und das Zimmer verließ.

»Wie schlimm ist es?«, fragte Tom grimmig.

Rory hob das Leinen leicht an, um nachzusehen, wie schlimm die Wunde noch blutete, und runzelte wieder die Stirn, als er sah, wie wenig Blut da war.

»Ihr runzelt die Stirn. Was bedeutet das?«, fragte Tom besorgt.

Die Tür öffnete sich, bevor Rory dazu kam zu antworten. Er sah sich um und stellte erleichtert fest, dass Alick mit dem Whisky zurückkehrte.

»Achte auf das Pulver am Boden, Alick«, erinnerte Rory ihn und sagte zu Tom: »Fege so viel wie möglich von dem Pulver zusammen, während wir uns um deine Herrin kümmern. Du wirst auch meine Stiefelsohlen putzen müssen und die von Alick, aber die sollten in Ordnung sein.«

Tom zögerte, aber dann nickte er und zog sich zurück, während Alick ans Bett trat.

»Stell das auf den Nachttisch, Alick, und dann geh um das Bett herum und nimm dein Messer zur Hand«, wies er seinen Bruder an, als der neben ihn trat.

»Das Kleid?«, fragte Alick und stellte den Whisky ab.

»Aye. Wir müssen es aufschneiden, direkt in der Mitte. Ich sehe kein Pulver auf ihr, aber es könnte auf der Seite sein, auf der sie gelegen hat, und vielleicht auf den Fellen des Bettes. Wir müssen beides entfernen. Ich muss sowieso freie Sicht auf die Wunde haben.«

Sie arbeiteten rasch und schweigend. Rory hielt den Druck auf die Wunde weiterhin aufrecht, während Alick das Kleid aufschnitt. Dabei kam ein kleiner, unförmiger Beutel zum Vorschein, der über der Tunika und unter dem Kleid zwischen ihren Brüsten steckte.

Alick brummte, als er den kleinen Stoffbeutel hochnahm und sich aus einem Riss in der Mitte Münzen auf ihrem Brustkorb verteilten. Als er die Münzen einsammelte, murmelte er: »Es sieht so aus, als hätte der Dolch des Angreifers das hier getroffen, so dass die Klinge ihr in die Brust gedrungen ist und nicht in ihr Herz.«

»Aye. Es hat ihr vielleicht das Leben gerettet«, sagte Rory grimmig. Er vermutete, dass Elysande den kleinen Beutel dorthin gesteckt hatte, damit sie schneller an die Münzen herankommen konnte, und sie nicht aus dem kleinen Beutel nehmen musste, der – wie er wusste – in die Innenseite ihrer Röcke eingenäht war. Sie hätte nicht gewollt, dass sie im Laden ihre Röcke hätte anheben müssen, um bezahlen zu können.

Als Elysandes Plaid, das Kleid und die Tunika aufgeschnitten um sie herum lagen und sie nur noch die Hose trug, löste Rory den Druck auf ihre Wunde lange genug, um sie hochheben zu können, damit Alick die Felle unter ihr wegziehen und aus dem Bett befördern konnte, zusammen mit dem ruinierten Kleid und allem anderen.

»Zieh das obere Laken wieder zurück«, verlangte Rory, als Alick das zusammengerollte Fell und die Stoffe auf den Boden gelegt hatte und sich wieder aufrichtete. Als sein Bruder das Leintuch unter Elysande gerade gezogen hatte, ließ Rory sie wieder auf das Bett sinken. Während er das blutgetränkte Stück Leinenstoff hob, um ihre Wunde anzusehen, trat Alick wieder um das Bett herum zu dem Nachttisch, auf dem die Tasche stand. Er begann, nach den Gegenständen zu suchen, die Rory benötigen würde.

»Nadel und Faden, Salbe und Tücher. Sonst noch was?«, fragte Alick, während er die Sachen herausnahm.

»Nein, das ist gut«, versicherte Rory ihm, froh darüber, dass sein Bruder ihm bereits einige Male assistiert hatte und genug

Bescheid wusste über das, was er tat, um ihm wirklich helfen zu können. »Gib mir den Whisky.«

»Waren diese Fensterläden geöffnet, als Ihr Lady Elysande nach oben gebracht habt?«, fragte Tom plötzlich.

Rory nahm Alick den Whisky ab und schüttete etwas davon auf Elysandes Wunde, als sein Bruder sich umdrehte und überrascht »Nein« sagte, während er die geöffneten Läden betrachtete.

»Dann muss der Angreifer über diesen Weg entkommen sein«, murmelte Tom und zog sie zu. Ganz offensichtlich wurden sie nicht oft benutzt, denn sie quietschten laut, als er sie schloss. »Im Korridor oder auf der Treppe sind wir niemandem begegnet, als wir nach oben gelaufen sind.«

»Er muss auch auf die gleiche Weise hereingekommen sein, denn Simon hat die Tür bewacht«, sagte Alick, während Rory den Whisky zur Seite stellte und anfing, Elysandes Wunde zu nähen.

»Nein, hat er nicht«, widersprach Tom grimmig. »Er war unten und hat Wasser und einen Kochtopf für Lady Elysande geholt.«

»Er hat sie allein gelassen?«, fragte Alick schockiert.

»Aye«, knurrte Rory. Ein Teil seiner Wut sickerte jetzt in seine Stimme, als er einen weiteren Stich setzte. Es war erst der zweite, und mehr waren auch nicht nötig. Die Wunde war nicht sehr groß und auch nicht besonders tief. Er hätte es an der geringen Blutung gleich erkennen müssen, aber als er Elysande gesehen hatte, hatte der Dolch in der Wunde gesteckt, was normalerweise auf eine tiefe Stichverletzung hindeutete. Jetzt fragte er sich, ob der Stich nicht teilweise durch den Beutel mit den Münzen gegangen und dabei seitlich abgerutscht war, dann auf der anderen Seite wieder ausgetreten und erst danach in ihre Brust gedrungen war. Möglicherweise war es sogar der

Beutel mit den Münzen gewesen, der die Klinge an Ort und Stelle gehalten hatte, denn die Wunde konnte das nicht gewesen sein. Dazu war sie einfach nicht tief genug. Aye, es musste der Beutel gewesen sein, dachte Rory. Er schüttelte den Kopf, staunte darüber, wie viel Glück Elysande gehabt hatte.

»Simon sagt, dass Lady Elysande ihm befohlen hat, das Wasser und den Kochtopf zu holen«, erklärte Tom unglücklich. »Da sie unsere Lady ist, musste er ihr gehorchen.«

»Aye«, murmelte Rory, als er den Faden abtrennte und sich aufrichtete, um nach der Salbe zu greifen. »Weshalb von jetzt an meine Männer sie bewachen werden.«

Er rechnete fast damit, dass Tom Einwände erheben würde, deshalb überraschte es ihn, als der Soldat nur müde nickte. »Das ist vielleicht das Beste.«

Einen Augenblick herrschte Schweigen, dann sagte Alick nachdenklich: »Also könnte der Angreifer durch die Tür gekommen und durch das Fenster verschwunden sein.« Er sah von Rory zu Tom und fragte: »Habt ihr in der Zeit, bevor es passiert ist, jemanden an der Tür zum Schankraum vorbeigehen sehen?«

»Nein«, sagte Rory grimmig. Er unterließ es, darauf hinzuweisen, dass er nicht einmal gesehen hatte, wie Alick weggegangen war. Da er glaubte, dass Elysande in Sicherheit war, bewacht von Alick und Simon, hatte er nicht auf den Korridor geachtet, während er im Schankraum mit den anderen gesprochen hatte. Jetzt schalt er sich deswegen, während er die Salbe auf die Wunde rieb und dann einen Leinenstreifen darüber legte.

»Niemand außer Simon hat die Treppe benutzt«, sagte Tom fest überzeugt. »Ich habe sie beobachtet. Ich hätte es gesehen.« Er legte den Kopf schief und fügte hinzu: »Allerdings habe ich auch nicht gesehen, wie Ihr weggegangen seid.«

»Ich habe die Hintertreppe und den Bediensteteneingang genommen, als ich weggegangen bin. Er liegt näher bei den Ställen«, erklärte Alick. Und fügte hinzu: »Der Angreifer hat vielleicht das Gleiche getan. Wenn das so ist, konnte ihn auch niemand vom Schankraum aus sehen.«

Tom knurrte bestätigend, schließlich trat er zu den beiden ans Bett und blickte voller Sorge auf seine Herrin. »Wird sie überleben?«

Rory zögerte. Sein Blick wanderte von Elysande zum verschlossenen Fenster und zur Tür, während er nachdachte. Die Wahrheit war, dass es ihr gut gehen sollte. Sie hatte nicht so viel Blut verloren, wie er zunächst befürchtet hatte, und die Kopfverletztung schien eher leicht zu sein. Er behielt das allerdings für sich. Stattdessen sagte er: »Ich weiß es nicht. Sie hat eine Menge Blut verloren, und Kopfverletzungen können tückisch sein. Wenn sie sich kein Fieber einfängt ...« Er zuckte mit den Schultern und fügte hinzu: »Es macht mir allerdings Sorgen, dass sie noch nicht aufgewacht ist, trotz der Schmerzen, die wir ihr verursacht haben. Es sieht nicht gut aus.«

Tom seufzte unglücklich, dann drehte er sich zur Tür um. »Ich werde die Bediensteten fragen, ob sie irgendjemanden von der Küche aus haben hereinkommen sehen«, beschloss er.

»Bürste dir erst die Stiefel ab«, erinnerte Rory ihn, während er nach den Leinenverbänden griff. »Und bring einen Eimer Wasser und einen Schrubber mit. Wir werden den Boden hier wischen müssen.«

Tom nickte und säuberte sich rasch die Stiefelsohlen, dann stapfte er aus dem Zimmer.

»Hilf mir, sie aufzusetzen«, bat Rory seinen Bruder. Er legte die Leinenverbände an den Bettrand und wartete, bis Alick auf der anderen Seite von Elysande aufs Bett geklettert war, dann hoben sie sie gemeinsam hoch. Alick hielt sie an den Schultern, während Rory begann, den Verband um ihren Oberkörper anzulegen.

»Trotz des vielen Blutes auf dem Boden sah es nicht so aus, als wäre die Brustwunde sehr tief«, sagte Alick nach einem Moment.

»Nein, das ist sie nicht«, stimmte Rory ihm zu.

»Und das Messer hat keine lebenswichtigen Organe verletzt«, meinte er. Als Rory zustimmend brummte, fügte er hinzu: »Ich habe gesehen, wie du schon schlimmere Verletzungen als diese geheilt hast.«

»Aye«, murmelte Rory, während er weiterarbeitete.

»Und du äußerst dich gewöhnlich auch nicht so pessimistisch Familienmitgliedern oder Freunden gegenüber«, hob Alick hervor. Als Rory daraufhin schwieg, fragte er: »Warum willst du, dass Tom denkt, sie würde sterben?«

Rory schwieg noch eine ganze Weile, dann räumte er ein: »Ich weiß es nicht. Irgendetwas beunruhigt mich, aber ich hatte noch nicht die Möglichkeit herauszufinden, was es ist. Ich muss erst darüber nachdenken …« Er ließ den Satz unbeendet, während er an das dachte, was ihm im Kopf herumging.

»Was beunruhigt dich? Tom?«, fragte Alick stirnrunzelnd.

»Nein.« Rory schüttelte entschieden den Kopf. Er war sich ziemlich sicher, dass Tom nichts mit dem zu tun hatte, was ihm Sorgen bereitete. Aber irgendetwas klingelte ganz hinten in seinem Bewusstsein. Er bekam es nur einfach noch nicht zu fassen und brauchte Zeit, all das, was passiert war, zu durchdenken. Er hob den Kopf und begegnete Alicks Blick. »Ich denke, es ist am besten, wenn wir alle glauben lassen, dass sie an der Schwelle des Todes steht. Wenn einer von de Bucis Männern hier herumschnüffelt und hört, dass sie im Sterben liegt, verhindert das vielleicht einen weiteren Versuch. Sie wäre eine

Weile in Sicherheit, bis wir es herausgefunden oder sie nach Buchanan geschafft haben.«

»Nach Buchanan?«, fragte Alick überrascht. »Ich dachte, wir wollen nach Sinclair?«

»Aye. Nun ja, Buchanan ist näher. Bis dahin sind es nur wenig mehr als zwei Tage, verglichen mit mehr als zwei Wochen, die wir bis Sinclair brauchen würden«, sagte Rory grimmig. So sehr er es hasste, es zugeben zu müssen, aber er fürchtete, dass er darin versagen würde, die versprochene Aufgabe zu erfüllen. Jetzt war es sein Hauptanliegen, Elysande am Leben zu halten. »Wir werden sie niemals lebend nach Sinclair schaffen, wenn de Bucis Männer uns jagen. Aber wir könnten sie nach Buchanan bringen und einen Boten nach Sinclair schicken. Dann könnte Cam zu uns kommen und sich darum kümmern, dass die Nachricht zum englischen König gelangt.«

»Hmm.« Alick dachte darüber nach und schüttelte den Kopf. »Ich vermute, sie wird damit nicht einverstanden sein. Das Mädchen ist wild entschlossen, den letzten Wunsch ihrer Mutter zu erfüllen.«

»Ihre Mutter wollte, dass sie in Sicherheit ist«, entgegnete Rory fest. »Und auf Buchanan wäre sie in Sicherheit.«

»Aye, nun ja, wundere dich nur nicht, wenn Elysande uns verlässt und auf eigene Faust nach Sinclair reist«, warnte Alick ihn. Dann lächelte er schief und fügte hinzu: »Aber vielleicht wird sie auch direkt zum Hof reiten, um dem König die Warnung persönlich zu übergeben. Wie auch immer, ich denke, sie wird nicht einfach auf Buchanan sitzen und nichts tun, ob sie dort in Sicherheit ist oder nicht.«

Rory sagte nichts dazu, aber er vermutete, dass sein Bruder recht hatte. Elysande würde nicht glücklich damit sein, nach Buchanan zu gehen und dort in Sicherheit darauf zu warten, dass Sinclair zu ihr kam. Ganz besonders nicht, da nicht mehr viel Zeit blieb, um den König zu warnen. Was bedeutete, dass er sich etwas anderes einfallen lassen musste, um dieses Problem zu lösen, dachte Rory grimmig, während er letzte Hand an ihren Verband legte.

Dann begann er, die Stirnwunde zu säubern. Seine Gedanken kreisten dabei um die wesentlich brisantere Frage, wie er sie beschützen konnte, solange sie noch hier im Gasthaus waren. Nach einer Weile sagte er: »Ich möchte, dass von jetzt an ständig einer von uns beiden bei Elysande ist.«

Er war sich bewusst, dass Alick ihn mit einem beunruhigten Blick musterte, und es überraschte ihn nicht, als er sagte: »Keiner von unseren Männern würde ihr etwas tun.«

»Das weiß ich«, versicherte Rory ihm.

»Nun, Simon und Tom auch nicht«, fügte Alick hinzu. »Elysande wäre ohne sie nicht einmal mehr am Leben.«

»Auch das weiß ich«, sagte Rory. »Aber sie kann Simon und Tom Befehle erteilen, wie sie es heute getan hat, und wenn ich auch all unseren Männern vertraue, vertraue ich dir noch mehr.«

Alick schien das zu akzeptieren und stellte keine weiteren Fragen.

Als Rory damit fertig war, die Kopfverletzung zu säubern, stellte er erleichtert fest, dass er richtig vermutet hatte und die Bezeichnung Wunde eigentlich übertrieben war. Elysande hatte eine Beule und eine Schnittverletzung, weil sie auf die steinerne Kante des Kamins gefallen war. Und sie würde beim Aufwachen Kopfschmerzen haben. Dass sie wieder aufwachen würde, dessen war er sich sicher, egal was er zu Tom gesagt hatte. Als er die Wunde genäht hatte, war sie zwar nicht wach geworden, aber sie hatte ein paar Mal gezuckt, als würde sie darum kämpfen.

»Braucht sie wirklich einen Verband?«, fragte Alick, als Rory nach dem Auftragen der Salbe damit begann, ihr den Kopf zu verbinden.

Rory zuckte mit den Schultern. »Es ist am besten so, für den Fall, dass doch etwas Pulver auf das Bett gekommen ist, als du die Felle zusammengefaltet hast. Der Verband wird verhindern, dass etwas davon in die Wunde gelangen kann.« Er unterließ es hinzuzufügen, dass sie so auch kränker wirkte als sie es wirklich war, und genau das wollte er erreichen. Er hoffte, wenn sie die anderen glauben ließen, dass Elysande kurz vor dem Tod stand, würde dies einen weiteren Anschlag auf ihr Leben lange genug hinauszögern, dass er Zeit hatte, einen Weg zu finden, wie er sie am sichersten und schnellsten nach Sinclair schaffen konnte. Oder wie er sie mit den Nachrichten ihrer Mutter sicher zum Königshof bringen konnte.

Als er mit dem Verband um ihren Kopf fertig war, richtete Rory sich auf und sah Elysande an. Alick hatte das Leintuch hochgezogen, so dass es ihre verbundene Brust bedeckte, aber sie wirkte immer noch blass und schwach, wie sie so im Bett lag. Ihre Haut war weißer als das gebrochene Weiß der Verbände. Nach einer kleinen Weile sah er Alick wieder an und meinte: »Du hast dein Mittagessen noch nicht aufgegessen, bevor ich dir aufgetragen habe, hier oben Wache zu stehen. Geh jetzt runter, spül deine Stiefel ab und besorge dir etwas zu essen. Wenn die Männer fragen, wie es ihr geht, schüttelst du einfach nur den Kopf und sagst, dass es nicht gut aussieht.«

Alick musterte ihn kurz, dann nickte er und eilte zur Tür. Er verprach, sich zu beeilen.

Rory betrachtete Elysande noch einen Moment, dann sah er sich im Zimmer um. Sie hatte offensichtlich am Tisch gestanden und die Kräuter gemahlen, als sie angegriffen worden war. Entweder war sie gegen den Tisch gestoßen, als sie versucht hatte, dem Stich auszuweichen, und der Mörser war dadurch auf den Boden gefallen, oder ihre Hand oder etwas anderes hatte ihn getroffen und zu Boden geschleudert. Er vermutete, dass sie gegen den Tisch geprallt war, denn sie war mehrere Schritte vom Tisch und dem verstreuten Pulver entfernt beim Feuer hingefallen.

Das rief ihm in Erinnerung, dass ihre Hand in der Asche der Feuerstelle gelegen hatte, und Rory nahm sie jetzt hoch und untersuchte sie. Aber die Asche verhinderte, dass er viel sehen konnte. Er nahm das feuchte Stück Stoff, das er benutzt hatte, um ihr das Blut vom Kopf und der Brust abzuwaschen, spülte es und wrang es aus, dann wischte er die Asche von der Hand und den Fingern. Zu seiner großen Erleichterung sah er, dass ihre Finger zwar gerötet und trocken waren, aber es gab keine Brandblasen oder andere Hinweise auf Verbrennungen. Das Ganze war nicht schlimmer als ein Sonnenbrand, wie man ihn auch bekam, wenn man zu lange in der Sonne war.

Seufzend ließ er die Hand wieder sinken und sah zur Tür, die jetzt geöffnet wurde. Tom kam mit einem Wassereimer und einem Schrubber herein. Rory stand vom Bett auf und ging zu dem Nachttisch, um ihn wieder ans Bett zu stellen. Dann holte er auch den Stuhl, um ihn an die Wand zu stellen.

»Niemand hat irgendwen an der Küche vorbei oder die Treppe der Bediensteten hochgehen sehen«, sagte Tom niedergeschlagen, während er begann, den Boden zu wischen.

Rory stellte den Stuhl ab und richtete sich auf, trat zum Fenster und öffnete die Läden. Das laute Quietschen, das er dadurch verursachte, ließ ihn zusammenzucken. Er lehnte sich über den Sims und blickte nach unten. Zu seiner Linken konnte er die Ställe sehen, aber der Bereich direkt unter ihm lag offen vor ihm. Unglücklicherweise hatte es zwar geschneit, als sie in der Nacht zuvor angekommen waren, aber der Schnee war nicht liegen geblieben. Unten war nichts als Gras. Keine Abdrücke im Matsch oder Schnee, denen er hätte folgen können. Er nahm sich allerdings vor, sich die Sache näher anzusehen, wenn er nach unten gehen und seine eigenen Stiefel abspülen würde.

Rory schloss die Fensterläden wieder, verzog das Gesicht bei dem lauten Geräusch, und dann, nach einem kleinen Moment, öffnete er sie erneut. Das Quietschen von protestierendem Metall erklang erneut.

»Er kann nicht durchs Fenster gekommen sein. Lady Elysande hätte ihn gehört und wäre in der Lage gewesen, aus dem Zimmer zu laufen, bevor er durch das Fenster hätte einsteigen können«, sprach Tom aus, was Rory dachte.

»Aye. Aber er könnte auf diesem Weg entkommen sein. Wir hätten das Quietschen unten nicht gehört«, murmelte Rory, schloss die Läden wieder und drehte sich um. Er musterte nachdenklich das Zimmer.

»Also«, sagte Tom und tauchte den Schrubber in den Eimer, zog ihn dann wieder heraus, um den Boden zu wischen. »Ihr Angreifer ist entweder über die Vordertreppe oder die Hintertreppe unbemerkt nach oben gelangt, hat Mylady angegriffen, dann Panik bekommen und ist durch das Fenster auf und davon, denn sie hat geschrien, und er wusste, dass wir kommen würden.«

»Oder er ist aus dem Zimmer geflohen, als er gehört hat, wie wir die Treppe hochgestürmt sind, oder als Simon durch den Flur gerannt kam«, schlug Rory vor und hielt inne, um nachzudenken.

»Aber wie ist er hier hochgekommen, ohne dass jemand in der Küche oder im Schankraum ihn gesehen hat?«, fragte Tom jetzt hörbar gereizt.

»Vielleicht war er bereits oben«, schlug Rory ruhig vor.

Tom hörte bei dieser Schlussfolgerung abrupt auf, den Boden zu wischen; seine Augen weiteten sich, als diese Vorstellung ihn ganz offensichtlich in den Bann schlug. »Aye, er hätte schon früher über die Treppe nach oben gehen können. Vielleicht während wir beide – Ihr und ich – noch geschlafen haben. Er hätte sich in einem der Zimmer verstecken können oder im Treppenhaus der Bediensteten, um dort einfach auf die passende Gelegenheit zu warten. Dann habt Ihr Lady Elysande hierher gebracht und Alick und Simon als Wachen zurückgelassen, aber erst ist Alick weggegangen, und dann hat Lady Elysande Simon weggeschickt, um Wasser für sie zu holen. Er hat seine Chance gesehen, sich ins Zimmer geschlichen und sie angegriffen.«

»Das wäre möglich«, räumte Rory ein.

Tom presste die Lippen zusammen, und dann fauchte er: »Dieser Dreckskerl de Buci! Wenn sie stirbt und der König niemals gewarnt wird –« Er unterbrach sich, schüttelte den Kopf und knurrte: »Edward III. ist ein guter König. Besser als die Alternativen. Wie auch immer, wir müssen ihn warnen«, sagte er fest entschlossen. »Ich würde die verfluchten Nachrichten selbst hinbringen, wenn es sein muss.«

Rory blinzelte bei diesen Worten, dann nickte er langsam, während er sie gedanklich abwog. Seine Stimme klang nachdenklich, als er sagte: »Ich denke, vielleicht wirst du genau das tun müssen.«

Als Tom daraufhin einen kummervollen Blick auf Elysande warf, begriff Rory, dass er ihn falsch verstanden hatte. Fast hätte er ihm erklärt, dass er damit nicht gemeint hatte, dass er vielleicht gehen müsste, weil Elysande dem Tode nahe war. Aber dann entschied er sich anders. Er wollte schließlich, dass alle dachten, Elysande würde mit einem Bein im Grab stehen. Das hier konnte nur helfen. Trotzdem fühlte er sich schlecht dabei, aber er schob diese Gedanken beiseite und nahm Tom den Schrubber ab. »Ich mache weiter, du kannst gehen und nachsehen, ob Simon damit fertig ist, die Treppe und die Korridore zu putzen. Wenn ja, sag ihm, dass er sich ausruhen soll, und dann such Conn und Inan und sag ihnen das Gleiche. Die drei werden Elysande heute Nacht bewachen, und ich möchte, dass sie ausgeschlafen sind.«

Tom zögerte, sein Blick glitt zu Elysande, dann nickte er und verließ das Zimmer, zog die Tür leise hinter sich zu.

Rory machte sich daran, den Boden weiter zu putzen, aber er war nur halb bei der Sache. Denn er dachte über den Plan nach, der sich in seinem Kopf zu bilden begonnen hatte, seit Tom erwähnt hatte, dass er dem König die Warnung selbst überbringen würde. Die Idee hatte etwas für sich, und er ließ sie auf sich wirken, während er den Boden reinigte.

Als er fertig war, steckte er den Schrubber in den Eimer und schritt zu dem zusammengerollten Fell, das Alick neben das Bett gelegt hatte. Er breitete es rasch auf dem Boden aus. Dabei kamen auch die Reste von Elysandes Plaid, ihrem Kleid und der Tunika zum Vorschein. Rorys Blick glitt über die Blutflecken, und dann tastete er das Kleid ab, bis er zwischen den Stoffschichten fand, wonach er suchte. Er hielt inne, schob das Material hin und her, bis er eine lange, schmale Tasche fand, die in die Innenseite des Kleides eingenäht war. Er öffnete sie und zog eine dicke, steife Schriftrolle heraus, starrte einen Moment auf das Valance-Siegel. Er stellte sich vor, wie Elysande den Ring ihrer Mutter in das Wachs gedrückt hatte. Dann schob er sie in sein Plaid und rollte das Fell und die Stoffe wieder zusammen.

Er richtete sich auf, widmete seine Gedanken wieder dem Angriff auf Elysande und trat zu dem Fenster, um die Läden erneut zu öffnen.

Das metallische Quietschen wirkte in diesem Zimmer laut, aber unten war es nicht zu hören gewesen. Hier hätte Elysande es auf jeden Fall mitbekommen müssen. Ihr Angreifer war ganz sicher nicht durch das Fenster gekommen. Er starrte einen Moment nach draußen, ehe er die Läden wieder schloss. Dann kehrte er zu Elysande zurück und setzte sich neben sie auf das Bett.

Er lehnte sich mit dem Rücken an die Wand, schloss die Augen und versuchte, sich zu erinnern, wie das Zimmer ausgesehen hatte, als er hereingekommen war. Dann ließ er alles vom Beginn des Schreis bis jetzt noch einmal vor seinem geistigen Auge ablaufen. In alledem war irgendetwas, das ihm seltsam vorgekommen war.

Er ging immer noch die Ereignisse durch, als Alick das Zimmer betrat. Er wirkte ein bisschen aufgebracht.

»Tom hat Simon, Conn und Inan gesagt, dass sie ins Bett gehen und schlafen sollen, weil sie heute Nacht Wache stehen werden«, sagte er. Er zog die Brauen hoch und fügte hinzu: »Ich dachte, du würdest nur dir und mir vertrauen, was diese Aufgabe betrifft?«

»Aye. Nun, das bezieht sich darauf, wer in diesem Zimmer ist. Aber Conn, Inan und Simon können im Korridor Wache halten.«

»Oh.« Alick entspannte sich, trat zum Bett und betrachtete Elysande. »Sie ist noch nicht aufgewacht?«

»Nein.« Rory musterte sie ernst, ehe er sich nach unten beugte und ihre Stirn befühlte. Sie war kühl und trocken, aber das bedeutete gar nichts. Es konnte bis zu drei Tagen dauern, ehe ein Fieber einsetzte. Er richtete sich wieder auf und fragte: »Ruhen die Männer sich aus?«

»Aye«, sagte Alick. »Nun, sie wollen es tun, sobald sie ausgetrunken haben. Was schon bald der Fall sein sollte.«

Rory nickte und verkündete dann: »Ich brauche mehr Leinen. Um die Verletzungen zu verbinden, die sie an Kopf, Brust und Knöchel erlitten hat, habe ich fast alles verbraucht, was ich hatte. Ich brauche mehr, um die Verbände später wechseln zu können.«

»Möchtest du, dass ich gehe und –«

»Nein«, unterbrach Rory ihn und stand vom Bett auf. »Ich werde selbst gehen. Ich brauche auch noch einige Kräuter. Ich nehme Tom, Fearghas und Donnghail mit. Weiche Elysande auf keinen Fall von der Seite, während ich weg bin. Keinen einzigen Moment. Nicht einmal, wenn einer der anderen dir anbietet, an deiner Stelle bei ihr zu bleiben. Verstanden?« Er wartete darauf, dass Alick nickte, bevor er zur Tür ging. »Ich werde so bald wie möglich zurück sein«, versicherte er ihm noch.

»Rory?«, fragte Alick, als er die Tür erreichte und öffnete.

Rory hielt inne und sah ihn fragend an.

»Was verschweigst du mir, Bruder?«

Er zögerte, und in der Stille waren Schritte im Korridor zu hören. Rory unterließ es, sich umzudrehen, um zu sehen, wer es war, sondern sprach in ganz normalem Ton weiter. »Wir werden offensichtlich morgen nicht wie geplant aufbrechen können. Ich muss diese zusätzliche Zeit hier bezahlen. Ich denke, ich schicke ein paar von den Jungs nach Buchanan, um ein paar Münzen zu holen, mit denen wir unseren Aufenthalt hier begleichen können. Wahrscheinlich Donnghail und Fearghas, vielleicht auch Tom.«

Alick sah ihn überrascht an und öffnete den Mund, als wollte er Einwände erheben. Es konnte Rory unmöglich an Münzen mangeln. Der Baron von Monmouth hatte ihm ein kleines Vermögen bezahlt. Rory warf seinem Bruder jedoch einen warnenden Blick zu. Nach kurzem Zögern sagte Alick nur: »Das ist wahrscheinlich eine gute Idee.«

»Aye. Das mit dem Mädchen könnte sich noch eine Weile hinziehen«, sagte er grimmig und wiederholte: »Ich bin so rasch wie möglich zurück.« Dann zog er die Tür hinter sich zu und drehte sich im Korridor um. Simon stand direkt vor ihm und machte ein bekümmertes Gesicht. Conn und Inan waren nur wenige Schritt hinter ihm; ihre Mienen waren grimmig.

»Ihr denkt, dass sie sterben wird?«, fragte Simon. Er wirkte halb bestürzt und halb schuldbewusst. »Ich hätte mich nie von ihr in die Küche schicken lassen dürfen.«

Rory musterte ihn kurz, dann ging er an ihm vorbei. »Ich weiß es nicht«, sagte er nur. »Sie befindet sich jetzt in Gottes Hand. Legt euch jetzt hin. Ihr müsst sie später bewachen.«

Und mit diesen Worten ließ er die Männer stehen und ging die Treppe hinunter.

14

Als Elysande erwachte, hatte sie furchtbare Kopfschmerzen. Sie stöhnte und schloss die Augen, als das Licht im Zimmer das heftige Pochen noch verstärkte. Sie hob eine Hand an den Kopf und verzog das Gesicht, als sie bei dieser Bewegung ein quälendes Stechen in ihrer Brust spürte. Rasch ließ sie den Arm sinken.

»Elysande?«

Sie zwang sich, die Augen zu öffnen, als sie die Stimme hörte. Sie sah Alick Buchanans Gesicht über sich, seine Miene zeigte zugleich Sorge und Erleichterung, was ihr wie eine seltsame Mischung vorkam.

»Wieso starrt Ihr mich so an?«, murmelte sie benommen, kniff die Lider zusammen und stöhnte: »Und wer hat mir gegen den Kopf getreten?«

»Ich denke, wir alle hoffen, dass Ihr uns das sagen könnt«, entgegnete Alick. Sie bemerkte einen heiteren Unterton in seiner Stimme, als er hinzufügte: »Und Rory wird ziemlich verärgert sein, dass er nicht hier war, als Ihr aufgewacht seid.«

Elysande blickte bei diesen Worten finster drein; es ärgerte sie seltsamerweise, dass Rory nicht hier war. Ihr Kopf pochte heftig, die Brust und der Rücken taten ihr weh, und als sie die Beine verlagerte, erinnerte der Schmerz in ihrem Knöchel sie daran, dass sie ihn sich verdreht hatte. Sie war es so leid, immerzu krank zu sein und Schmerzen zu haben. Und aus irgendeinem Grund wollte sie nichts lieber, als sich an Rory schmiegen und schlafen. Sie fühlte sich besser, wenn er in ihrer Nähe war.

»Wo ist er?«, fragte sie gereizt.

»Ich weiß es nicht genau«, gestand Alick. Jetzt lag da etwas Seltsames in seiner Stimme, als wäre er beunruhigt. »Er hat gesagt, dass er neues Leinen und Kräuter braucht, und dass er Donnghail, Fearghas und Tom nach Buchanan schicken wird, damit sie Münzen holen, um den Gastwirt zu bezahlen. Ich weiß nicht, was er vorhat. Aber ich denke, er hat eine Vermutung, wer Euch mit dem Dolch angegriffen haben könnte und –«

»Ich bin mit einem Dolch angegriffen worden?«, quiekste Elysande entsetzt. Ihre Lippen formten ein O, als die Erinnerung zurückkehrte.

»Ihr dürft nicht –« Alick unterbrach sich, sprang auf und griff nach seinem Schwert, als die Tür geöffnet wurde. Er entspannte sich sogleich, als Rory eintrat.

Rory wirkt beunruhigt und erschöpft, dachte Elysande, als sie ihn das Zimmer betreten sah. In der einen Hand trug er einen Beutel, mit der anderen strich er sich kurz über Hinterkopf und Nacken, als versuchte er, die Sorgen zu vertreiben, die ihm zusetzten. Er schloss die Tür hinter sich und sah zu Alick, der jetzt die Hand vom Schwertgriff nahm. Sie sah ein Lächeln um Rorys Mund spielen, doch er schien zu erstarren, als sein Blick auf sie fiel. Sie konnte sehen, wie seine Augen zu leuchten begannen, dann lächelte er breit vor Freude und Erleichterung. Rasch trat er an ihr Bett.

»Ihr seid wach.« Er legte den Beutel auf den Boden und setzte sich auf die Bettkante.

»Aye. Sie ist gerade erst wach geworden«, sagte Alick, als sie nicht sofort antwortete.

»Wie geht es Eurem Kopf?«, fragte er voller Anteilnahme. Sein Blick glitt zwischen ihren Augen hin und her, und sie vermutete, dass er ihre Pupillen überprüfte.

»Tut weh«, sagte Elysande. Sie verzog das Gesicht, als sie

sich eingestand, wie übellaunig sie sich anhörte. Aber sie war auch übellaunig. Ständig Schmerzen zu haben machte einen nicht gerade fröhlich.

»Ich werde einen Heiltrank für Euch zubereiten«, versprach er, stand auf und begann, sich an irgendetwas auf ihrem Nachttisch zu schaffen zu machen. Sie brachte es nicht über sich, den Kopf zu drehen und nachzuschauen, was er tat. Sie hoffte, das Pochen in ihrem Kopf würde aufhören, wenn sie ihn vollkommen ruhig hielt.

»Hast du die Kräuter und das Leinen bekommen?«, fragte Alick.

»Aye, und ein neues Plaid für Elysande«, antwortete Rory geistesabwesend, während er arbeitete.

»Was ist mit meinem anderen passiert?«, fragte Elysande gereizt. Sie hatte die Farben des Plaids gemocht, das sie in Carlisle gekauft hatte.

»Es ist voller Blut und muss gewaschen werden«, erklärte Rory, der sich wieder auf der Bettkante niederließ. »Ich habe ein neues besorgt, das ähnlich ist. Zumindest hat es die gleichen Farben, Tiefblau und Grün und Rot.«

Elysande entspannte sich; es berührte sie, dass er auf so etwas geachtet hatte.

Sie sah, wie Alick den Beutel nahm und öffnete, wurde aber abgelenkt, als Rory ihr in eine aufrechte Position aufhalf. Dann setzte er ihr den Becher mit dem Heiltrank an die Lippen.

Elysande erhob keine Einwände, sondern trank in kleinen Schlucken. Als er den Becher weggestellt hatte und ihr behilflich gewesen war, sich wieder hinzulegen, schloss sie mit einem kleinen Seufzer die Augen.

»Es ist fast das Gleiche wie das, was sie vorher hatte.«

Elysande öffnete die Augen und betrachtete das Plaid, das Alick hochielt. Er hatte recht. Es sah fast genauso aus. Es war nur ein bisschen mehr Blau darin. Es gefiel ihr sogar noch besser als das erste, fand sie und schloss lächelnd die Augen. Die Stimmen der beiden Männer schwebten über sie hinweg, während sie darauf wartete, dass die Wirkung des Tranks einsetzte und sie in den Schlaf sank.

»Ich habe Simon ins Bett geschickt«, hörte sie Rory sagen. »Als ich kam, hat er vor der Tür gestanden. Hat er versucht, ins Zimmer zu kommen? Er hat nicht gesehen, dass Elysande wach ist, oder?«

»Nein. Er ist nicht ins Zimmer gekommen. Er hat mir angeboten, mit mir zusammen bei Elysande zu wachen, aber ich habe ihm gesagt, dass er wieder ins Bett gehen soll. Ich habe ihm auch gesagt, dass ich ihn wecken werde, wenn es an der Zeit ist, dass er Wache stehen soll. Aber da war Elysande noch nicht aufgewacht. Sollte er einen Blick auf sie erhascht haben, hat er nur ihren verbundenen Kopf und ihre geschlossenen Augen gesehen«, versicherte Alick. »Er wirkte aber ziemlich unwirsch. Ich glaube, er fühlt sich schuldig, weil er sie allein gelassen hat. Ich habe ihm gesagt, dass er ihrem Befehl, Wasser zu holen, gehorchen musste, und dass es nicht seine Schuld war, dass sie angegriffen wurde. Ich glaube aber nicht, dass es viel geholfen hat. Vermutlich werden wir des Öfteren erleben, dass er vor der Tür Wache steht.«

Rorys Brummen klang wie eine Zustimmung.

»Er hat nichts falsch gemacht. Ich habe ihm aufgetragen, mir Wasser und einen Kochtopf zu besorgen«, gab Elysande zu. »Als er mir widersprochen und gesagt hat, dass er mich bewachen soll, habe ich es ihm befohlen.« Sie lächelte schief. »Er war ärgerlich und meinte, er werde gehorchen, aber er würde mir die Schuld geben, sollte er Schwierigkeiten bekommen, weil er seinen Posten verlassen hat.«

Ihre Augen waren immer noch geschlossen, aber sie konnte beinahe fühlen, dass beide Männer sie ansahen. Und dann fragte Rory: »Was ist dann passiert, Mädchen?«

Elysande schwieg einen Moment und verzog das Gesicht. »Ich habe weiter die Kräuter gemahlen, und etwas später …« Sie zögerte, bevor sie weitersprach. »Ich habe mich ganz auf mein Tun konzentriert und kann mich nicht erinnern, irgendetwas gehört zu haben, aber irgendetwas hat mich innehalten und mich umdrehen lassen«, murmelte sie. Sie wollte nicht zugeben, dass ihr plötzlich die Nackenhaare zu Berge gestanden hatten und sie herumgewirbelt war. »Da war ein Mann direkt hinter mir und ein Dolch, der auf mich gerichtet war. Ich glaube, ich habe geschrien, aber ich weiß noch, dass ich rückwärts gegen den Tisch geprallt bin. Ich habe versucht, der Klinge auszuweichen, irgendwie um den Tisch herumzukommen, aber mein Knöchel hat nachgegeben, und ich war schon im Fallen, als ich den Stich gespürt habe, und …« Sie runzelte die Stirn. »Ich denke, ich habe mir beim Sturz den Kopf an etwas angeschlagen. An mehr erinnere ich mich nicht.«

»Ihr habt Euch den Kopf am Kamin angeschlagen«, erklärte Rory ernst. »Glücklicherweise habt Ihr nur eine Beule davongetragen, und die Haut ist ein wenig aufgeschürft, aber eine Verletzung Eures Schädels konnte ich nicht feststellen. Die Kopfschmerzen müssten in ein oder zwei Tagen weggehen, und dann seid Ihr wieder wie neu. Aber ich möchte, dass Ihr die nächsten Tage im Bett bleibt. Ich möchte nicht riskieren, dass Euer Fuß wieder nachgibt und Ihr Euch den Kopf noch einmal verletzt. Abgesehen davon wird etwas Ruhe Eurem Rücken und dem Knöchel guttun.«

»Ich habe keine Zeit, mich auszuruhen«, erinnerte Elysande ihn grimmig. »Ich muss so schnell wie möglich nach Sinclair, damit wir überlegen können, wie wir die Warnung zum König schaffen.«

»Überlasst diese Sorge mir, Mädchen«, beruhigte Rory sie. »Ich denke, ich habe einen Plan, wie Euer König die Nachricht schneller erhalten kann.«

Elysande versuchte, die Augen zu öffnen, um ihn anzusehen und zu fragen, was für ein Plan das war, aber sie schienen sich nicht öffnen zu wollen. Und sie konnte sich auch nicht mehr erinnern, was sie ihn hatte fragen wollen. Die Tinktur wirkte jetzt offensichtlich, begriff sie, und sie ließ es zu, dass sie allmählich wegdämmerte.

Als Elysande zum ersten Mal seit einer Ewigkeit, wie es schien, ohne Kopfschmerzen aufwachte, dachte sie zunächst, dass sie noch schlafen und träumen musste. Sie lag eine Weile da und wartete darauf, was sonst noch in ihrem Traum passierte. Als nichts geschah, öffnete sie vorsichtig ein Auge, bereit, es beim ersten Anzeichen von Schmerzen sofort wieder zu schließen. Aber es kamen keine. Kein pochender Kopfschmerz, kein quälender Schmerz im Rücken, nicht einmal ihr Knöchel tat weh, als sie ihn zaghaft bewegte.

»Hmm«, murmelte sie, unsicher, was sie davon halten sollte. Sie war im Laufe der beiden Tage seit dem Angriff mehrmals aufgewacht, und jedes Mal hatte sie fürchterliche Kopfschmerzen gehabt. Es war so schlimm gewesen, dass sie sich nicht gewehrt hatte, als Rory ihr die Tinktur gegeben hatte, die sie wieder in einen gesegneten schmerzfreien Schlaf geschickt hatte. Aber jetzt schien dieser Schmerz endlich vorüber zu sein.

Elysande öffnete das andere Auge und sah sich im Zimmer um. Sie erkannte das Schlafzimmer wieder und erinnerte sich, dass sie im Gasthaus in Ayr war. Dann wanderte ihr Blick zu dem neben ihr im Bett liegenden Mann.

Den Männern, korrigierte sie sich, als sie auf die andere Seite blickte und sah, dass Alick dort schlief. Rory lag zu ihrer linken Seite, Alick auf der rechten. Beide Männer schliefen auf den Fellen, während sie unter ihnen lag. Sie hatten auch etwas Platz zwischen sich und ihr gelassen, so dass sie sich aus den Fellen schälen und aus dem Bett steigen könnte.

Was kein einfaches Unterfangen wäre, ohne einen der Männer oder beide zu wecken. Doch schon bei den ersten Bewegungen spürte sie den Schmerz zurückkehren. Er war nicht sehr schlimm, aber es reichte, um ihre Aufmerksamkeit auf den Verband um ihre Brust und ihren Rücken zu lenken. Jetzt erst begriff sie, dass der Verband und die Hose das Einzige waren, was sie am Leibe trug.

Sie war mit einem Dolch angegriffen worden, erinnerte sie sich. Immer noch im Bett sitzend starrte an sich herunter. Die Decke aus Fell bedeckte sie nur bis zur Hüfte. Vielleicht war aber auch alles nur ein Traum gewesen, denn sie war überzeugt, dass ein Messerstich mehr verursachen würde als nur einen kleinen Schmerz. Dieser Gedanke brachte sie dazu, erneut zu versuchen, das Bett zu verlassen. In der Mitte des Bettes schob sie sich Richtung Fußende, setzte sich auf die Bettkante und stellte die Füße auf den Boden.

Über die Schulter warf sie einen Blick auf die beiden tief schlafenden Männer, dann betrachtete sie ihren Verband. Sie hätte ihn gern abgenommen und einen Blick auf die Wunde geworfen, aber das kam ihr ein bisschen riskant vor. Rory und Alick konnten jeden Moment aufwachen und sie ohne den Verband sehen. Wahrscheinlich hatten sie sie bereits schon ohne gesehen. Zumindest Rory, da sie vermutete, dass er derjenige gewesen war, der ihre Wunde versorgt und sie verbunden hatte. Aber sie war währenddessen bewusstlos gewesen. Jetzt war sie wach.

Der Mangel an Ungestörtheit, seit sie den Buchanans begegnet war, brachte sie dazu, gereizt vor sich hin zu murmeln.

Dann stand sie vorsichtig auf. Sie rechnete damit, dass ihr Knöchel wehtun oder plötzlich nachgeben könnte. Aber es passierte weder das eine noch das andere. Sie spürte nur ein leichtes Stechen, als sie ihr ganzes Gewicht auf den betreffenden Fuß verlagerte, aber sonst nichts. Dennoch ging sie langsam und vorsichtig zu den Beuteln, die an der Wand lehnten.

Nach rascher Suche fand sie ein sauberes Kleid und eine Tunika. Elysande zog beides an und sah sich dann nach ihrem neuen Plaid um, fand es aber nirgends. Wahrscheinlich ist es auch besser so, dachte sie und gab die Suche auf. Sie war sich ohnehin nicht ganz sicher, ob sie es geschafft hätte, das Plaid allein zu falten. Vermutlich würde sie jetzt ohne es auskommen müssen und hoffte, dass der Gastwirt und seine Frau trotzdem nett zu ihr sein würden, denn sie hatte nicht nur Hunger, sondern war auch so durstig, dass ihr Mund vollkommen ausgetrocknet war.

Der Gedanke an Essen und Trinken trieb sie weiter, und während sie zur Tür ging, fuhr sie sich mit den Händen durch die Haare. Sie waren furchtbar verstrubbelt, und sie versuchte, sie ein bisschen in Ordnung zu bringen. Allerdings vergaß sie ihre Bemühungen schlagartig, als sie die Tür öffnete und zwei breite Männerrücken vor sich sah. Conn und Inan standen Seite an Seite vor der Tür, und beide fuhren jetzt herum und starrten sie an wie zwei Tölpel, denen die Kinnlade heruntergefallen war. Anscheinend sind meine Bemühungen, mein Haar zu bändigen, nicht sehr erfolgreich gewesen, dachte Elysande. Aber im Moment war ihr das herzlich egal, denn sie hatte Hunger. Und Durst. Sie konnte nicht einmal sagen, was im Augenblick schlimmer war.

Elysande lächelte die Männer freundlich an, wartete darauf, dass sie über den Schock angesichts des Zustands ihrer Haare hinwegkamen und den Weg freimachten. Allerdings waren die beiden wirklich sehr langsam, und sie war *so* durstig. Schließlich sagte sie: »Darf ich bitte vorbei? Ich möchte gern nach unten gehen und mir etwas zu essen und zu trinken holen.«

Plötzlich kam Bewegung in die Männer. Aber statt aus dem Weg zu gehen, kamen sie auf sie zu. Conn packte sie an den Schultern und führte sie ins Zimmer, während Inan die Tür schloss, zum Bett eilte und Rory wachrüttelte.

»Inan? Es ist mitten in der Nacht«, murmelte Rory und blinzelte sich den Schlaf aus den Augen. Als er begriff, wer sich da über ihn beugte, setzte er sich augenblicklich auf. »Was ist los?«

»Das wollte ich dich gerade fragen«, sagte Inan trocken und wies auf Elysande. »Das Mädchen, dessen Tod wir alle erwartet haben, hat sich offenbar entschieden zu leben.«

»Tod?«, quäkte Elysande entsetzt. »Ich habe im Sterben gelegen?«, fragte sie Rory bestürzt.

»Nein«, entgegnete er rasch und sah zu Alick, als der sich im Bett herumdrehte, sich kurz umsah und dann weiterschlief. Rory seufzte. Während er aus dem Bett stieg, erklärte er: »Ich wollte erreichen, dass de Bucis Mann das glaubt, damit er nicht noch einmal versucht, Euch zu töten, bevor ich Euch von hier weg und auf die *Mary Margaret* geschafft habe.«

»De Bucis Mann?«, fragte Elysande stirnrunzelnd. Sie fühlte sich ein wenig verwirrt: »Und wer ist die Mary Margaret? Ein Pferd?«

»Nein. Eine Kogge. Ein Schiff«, sagte er und erklärte dann, als sie ihn immer noch verständnislos ansah: »Die *Mary Margaret* ist ein Handelsschiff, das übermorgen in See sticht und von hier nach Aberdeen fährt. Der Kapitän hat sich bereit erklärt, uns unterwegs in Thurso abzusetzen, das etwa einen halben Tagesritt von Sinclair entfernt ist. Es wird unsere Reise um mehr als die Hälfte verkürzen, selbst in Anbetracht der paar Tage, die wir darauf warten müssen, dass das Schiff ablegt.«

»Oh«, hauchte sie. Ein Lächeln zupfte an ihren Lippen. Das war der Plan, von dem er gesprochen hatte. Die Möglichkeit, wie er ihre Reise beschleunigen wollte. Sie würden nach Sinclair segeln und dann zweifellos einen Kurier mit den Nachrichten ihrer Mutter auf einem anderen Schiff nach Süden schicken. Sie würden den König rechtzeitig warnen. »Oh«, wiederholte sie, lief einer spontanen Eingebung folgend zur Rory, schlang ihre Arme um ihn und umarmte ihn fest. »Ihr seid ein brillanter Mann. Ihr habt den König gerettet.«

»Aye, nun ja, da es der englische König ist, von dem wir da sprechen, würde ich es begrüßen, wenn Ihr das außerhalb dieses Zimmers nicht erwähnt«, sagte Rory trocken und legte seine Arme um ihre Taille.

Elysande lachte und umarmte ihn erneut, aber ihr Magen knurrte genau in diesem Moment, erinnerte sie an ihr ursprüngliches Anliegen. Sie löste sich von ihm, nahm seine Hand und drehte sich um, wollte ihn mit sich aus dem Zimmer ziehen, um sich auf die Suche nach etwas zu essen zu begeben. Allerdings kam sie nicht weit, denn sie sah, dass Conn und Inan sie beide mit ernsten Mienen musterten.

»Richtig«, seufzte Rory hinter ihr, ging auf seine Männer zu und sah sie an. »Ich habe euch alle glauben lassen, dass sie sehr viel kränker ist, weil –« Er unterbrach sich abrupt und fragte: »Wo ist Simon?«

»Er ist zu den Ställen gegangen, weil er dort irgendetwas zu erledigen hat«, antwortete Conn. »Er müsste allerdings bald wieder zurück sein.«

Rory presste die Lippen zusammen, aber er nickte. »Dann muss einer von euch bei der Tür Wache stehen und nach ihm Ausschau halten.«

Conn und Inan sahen einander an, dann trat Inan zur Tür, öffnete sie einen Spalt und spähte nach draußen.

Kaum hatte er diese Position eingenommen, sagte Rory: »Simon ist der Grund, weshalb ich euch alle habe glauben lassen, dass Elysande stirbt. Ich vermute, dass er einer von de Bucis Leuten ist. Ich habe euch nicht die Wahrheit gesagt, weil ich nicht wollte, dass ihr euch versprecht und irgendetwas in seinem Beisein sagt, das ihn glauben lässt, Elysande würde es gut gehen oder sie würde sich erholen.«

»Simon?«, fragte Elysande verwundert, als sie schließlich ihren Schock überwunden hatte und sprechen konnte.

»Aye.« Rory nahm ihre Hände und sagte entschuldigend: »Ich glaube, er ist derjeinge, der versucht hat, Euch zu erstechen.«

»Was?«, keuchte sie halb ungläubig, halb lachend. Sie schüttelte sofort den Kopf. »Nein. So etwas würde Simon niemals tun.«

»Mädchen«, begann Rory geduldig.

»Nein, Rory. Ihr irrt Euch. Simon würde mir keinen Schaden zufügen.«

»Mädchen, er hatte Pulver an den Stiefeln, und nur bei der Tür war Wasser auf dem Boden. Ich habe nicht gehört, dass er den Korridor entlanggelaufen ist, als Ihr geschrien habt, und ich bin mir ziemlich sicher, dass niemand aus dem Fenster gesprungen ist.«

»Ich habe keine Ahnung, was das alles bedeutet«, räumte sie ein. Schon allein die Vorstellung, dass einer ihrer eigenen Männer ihr etwas antun wollen würde, verstörte sie, und sie war verärgert, dass Rory so etwas überhaupt in Betracht zog.

»Erinnert Ihr Euch an die Kräuter, die Ihr im Mörser zermahlen habt, bevor Ihr angegriffen wurdet?«, fragte er.

»Aye, natürlich. Ich glaube, sie sind auf den Boden gefallen«, sagte sie und erinnerte sich an das Geräusch, mit dem der Mörser auf die Holzdielen geprallt war.

»Das sind sie auch«, bestätigte Rory. »Und die Männer sind in das fein gemahlene Pulver getreten und hatten es an den Stiefelsohlen. Ich habe dafür gesorgt, dass sie sich die Sohlen abwischen, bevor sie das Zimmer verlassen haben, und dann habe ich den Boden fegen und wischen lassen.«

Elysande nickte ernst wegen der Vorsichtsmaßnahmen; sie wusste, dass sie notwendig gewesen waren.

»Aber Simon hatte nicht nur unter den Stiefelsohlen etwas von dem Pulver«, erklärte er jetzt. »Er hatte auch einen Fleck oben auf den Stiefeln, etwa in Höhe des Knöchels. Das hat mich irritiert. Man bekommt keinen Fleck so weit oben am Schuh, wenn man durch auf dem Boden vertreutes Pulver geht.«

»Aber wenn man ganz in der Nähe steht, wenn das Pulver auf den Boden fällt und in alle Richtungen fliegt, würde es passen …«, sagte Conn, in dessen grollender Stimme zu hören war, dass er allmächlich verstand.

Elysande sah ihn finster an, weil er Rorys Partei ergriff, und sagte: »Vielleicht hat er es beim Gehen aufgewirbelt, oder …« Ihre Stimme versiegte, als sie begriff, dass er das Pulver dann auf der Schuhspitze hätte haben müssen und nicht nur einfach einen Flecken davon, schon gar nicht an seinem Knöchel.

Rory schaute sie mitfühlend an, und dann fügte er hinzu: »Und da ist noch etwas, das mir Sorgen gemacht hat … als ich die Treppe hochgelaufen bin, ist Simon gerade im Zimmer verschwunden, mit dem Topf und einem Eimer Wasser, das überall herumschwappte, weil er es so eilig hatte.«

»Ich habe ihn losgeschickt, um die Sachen zu holen«, sagte sie, ohne zu verstehen, worauf er hinauswollte.

»Aye, aber nur bei der Tür war Wasser auf dem Boden, nicht im Korridor, wo es auch hätte sein müssen, wenn er bei Eurem Schrei losgerannt wäre.«

Elysande presste verdrießlich die Lippen zusammen, aber er war noch nicht fertig.

»Und obwohl wir anfangs angenommen haben, dass Euer Angreifer durch das Fenster entkommen war, weil wir im Korridor niemandem begegnet waren, bin ich mir jetzt ziemlich sicher, dass das nicht stimmt. Ich habe den Boden unter unserem Fenster überprüft, und das Gras dort war noch ziemlich nass vom geschmolzenen Schnee. Aber es hat keine Abdrücke von jemandem gegeben, der aus dem ersten Stock hinuntergesprungen ist und das Gras mit seinem ganzen Gewicht in den Matsch gedrückt hätte. Sofern Euer Angreifer also nicht fliegen konnte, ist er nicht durch das Fenster entkommen.«

»Verstehe«, sagte Elysande ruhig. »Also denkt Ihr, dass Simon den Topf und den Eimer Wasser geholt und beides vor der Tür abgestellt hat, dann ins Zimmer gekommen ist, um mich zu erstechen. Nachdem er es versucht hat, hat er das Fenster geöffnet und ist dann den Eimer und den Topf holen gegangen, damit es so aussieht, als wäre er gerade erst angekommen, als Ihr nach oben gelaufen seid?«, fragte sie und versuchte zu verstehen, worauf er hinauswollte.

Rory zögerte und gab dann zu: »Ich kann es natürlich nicht mit absoluter Sicherheit sagen, und ich habe keinen Beweis, aber ich glaube, dass es so abgelaufen ist. Es würde alle Punkte erklären, die ich eben aufgeführt habe, ebenso wie die Tatsache, wie Euer Angreifer entkommen konnte, ohne dass ihn jemand gesehen hat.«

»Vielleicht, aber es muss eine andere Erklärung geben«, widersprach Elysande beharrlich.

»Nun, wenn Euch eine einfällt, sagt sie mir. Bis dahin sollten wir lieber auf Nummer sicher gehen. Deshalb habe ich vor, Simon weiterhin glauben zu lassen, dass Ihr auf dem Sterbebett liegt, damit er nicht versucht, sein Vorhaben zu Ende zu bringen.« Er begegnete ihrem Blick und sagte mit fester Stimme: »Beim ersten Mal hattet Ihr Glück, Mädchen. Ich vermute, er ist in Panik geraten, als Ihr geschrien habt. Er wusste, dass wir kommen würden und hat schnell zugestochen, das Fenster geöffnet und ist weggelaufen. Er hat nicht bemerkt, dass Ihr nur einen kleinen Kratzer abbekommen habt. Er wusste ja nicht, dass der Dolch den Beutel mit den Münzen getroffen hat, abgerutscht ist und dabei darin steckengeblieben ist. Ich habe es auch nicht gleich bemerkt, als ich Euch gesehen habe. Und aye, Ihr hattet das erste Mal Glück.« Er hielt kurz inne und fügte dann hinzu: »Wenn es das erste Mal war.«

Elysande sah ihn scharf an. »Was meint Ihr mit ›wenn es das erste Mal war‹?«

»Ich rede von dem Unfall auf dem Rückweg von den Läden, als Ihr vor ein Fuhrwerk gestoßen worden seid.«

»Das war ein Unfall. Ein paar betrunkene Seeleute sind vorbeigekommen. Einer ist gegen mich geprallt«, erinnerte sie ihn.

»Oder war es Simon, der Euch auf die Straße gestoßen hat, als die Seeleute gerade vorbei gekommen sind, weil er wusste, dass er es auf sie schieben konnte?«, fragte er. »Der Mann war hinter Euch, er sollte Euch den Rücken decken. Niemand hätte in der Lage sein dürfen, Euch auf die Straße zu stoßen.«

Elysande starrte ihn außer sich vor Entsetzen an.

»Wie auch immer«, sagte Rory seufzend. »Wie ich schon gesagt habe, Ihr hattet bisher Glück. Aber ich vermute, wir könnten das nächste Mal nicht mehr so viel Glück haben, und ich bin nicht bereit, das Risiko einzugehen.«

Elysande dachte über seine Worte nach. Sie konnte einfach nicht glauben, dass Simon sie angegriffen hatte. »Ich kenne Simon seit Jahren, Rory. Er ist auf Kynardersley von meinem Vater ausgebildet worden, seit er sechs Jahre alt war. Wir sind zusammen aufgewachsen. Er gehört beinahe zur Familie. Ich kann nicht glauben, dass er mich einfach so für noch so viel Münzen an de Buci verraten würde. Ich kann es einfach nicht.«

»Er hatte vielleicht keine andere Wahl«, sagte Rory ernst. »Vielleicht hat de Buci jemanden bedroht, der ihm lieb ist. Ein Elternteil oder eine Schwester.«

Elysande runzelte die Stirn. Simons Eltern und Schwestern waren mehrmals auf Kynardersley zu Besuch gewesen. Sein Vater war mit ihrem befreundet gewesen, seit sie Jungs waren, und sie waren einander über die Jahre immer eng verbunden gewesen. Deshalb war Simon von ihrem Vater ausgebildet worden.

»Aber es spielt keine große Rolle, ob Ihr es glaubt oder nicht; ich hatte ohnehin nicht erwartet, dass Ihr es tut«, riss Rory sie aus ihren Gedanken. »Allerdings hat Eure Mutter mich mit der Aufgabe betraut, Euch sicher nach Sinclair zu bringen, und ich habe vor, das zu tun. Ich habe Simon noch nicht offen zur Rede gestellt, aber ich behalte ihn im Auge. Ihr werdet nicht mehr allein mit ihm sein. Entweder Alick oder ich …« Er unterbrach sich, als sein Blick zu Conn und Inan wanderte. Als beide Männer nickten, fügte er hinzu: »Oder Conn oder Inan werden immer bei Euch sein.« Er wartete einen Moment, als würde er damit rechnen, dass sie sich widersetzte.

Als Elysande nichts sagte, sprach er weiter. »Und ich möchte, dass Ihr in diesem Zimmer bleibt, bis wir das Gasthaus verlassen, um an Bord der *Mary Margaret* zu gehen. Wir müssen die Geschichte aufrechthalten, dass Ihr im Sterben liegt. Es ist nur noch ein Tag«, sagte er rasch, als sie Einwände erheben wollte. »Und es ist nötig. Bisher ist vielleicht nur eine kleine Armee de Bucis in Ayr. Sie warten ab, weil sie annehmen, dass Ihr sterbt, aber wenn de Buci so verzweifelt ist, wie Ihr glaubt, und wenn er erfährt, dass Ihr nicht an der Schwelle zum Tod seid, könnte er gut auf die Idee kommen, das Gasthaus in der Nacht anzugreifen und alle zu töten oder einfach die Türen verriegeln und das Gebäude anzünden.«

Elysande riss die Augen auf. Es war ihr nicht in den Sinn gekommen, dass er so etwas tun könnte, aber der Mann war wirklich verzweifelt. Wenn der König gewarnt werden konnte, stand de Buci kein angenehmer Tod bevor. Er würde wegen dieser Intrige des Hochverrats für schuldig befunden werden. Sie würden ihn auf ein Gatter binden, ihn durch die Straßen zum Hinrichtungsort ziehen, damit die Leute ihn unterwegs mit allem Möglichen bewerfen konnten. Dann würde er gehängt werden, aber nicht so, dass er daran starb. Er würde, kurz bevor der Tod eintrat, vom Galgen genommen werden, würde entmannt und ausgeweidet werden, seine Organe und Genitalien würden vor seinen Augen ins Feuer geworfen werden, so dass dies das Letzte war, was seine Augen erblickten. Dann würde er gevierteilt und die einzelnen Teile in die vier Ecken der Stadt geschickt werden, um diese dort auszustellen als Warnung an alle, nicht in seine Fußstapfen zu treten.

Da de Buci all das zu erwarten hatte, wenn es ihm nicht gelang, Elysande aufzuhalten, würde er alles tun, um ihrer habhaft zu werden. Er würde vermutlich nicht einmal davor zurückschrecken, ganz Ayr in Schutt und Asche zu legen. Und dabei wäre ihm das Gasthaus mit all seinen Bewohnern, auch den unbeteiligten, vollkommen egal.

Elysande gab sich geschlagen, ihre Schultern sanken nach unten, und sie nickte ernst. »Also gut. Wenn es denn sein muss, werde ich in diesem Zimmer bleiben und so tun, als läge ich im Sterben.«

Rory entspannte sich etwas und nickte und wandte sich an Conn und Inan. »Ihr müsst darauf achten, mit nichts, weder was ihr sagt noch was ihr tut, zu verraten, dass sie nicht im

Sterben liegt. Wenn Simon auch nur vermutet, dass sie sich erholt …«

»Wir werden vorsichtig sein«, versicherte Conn.

»Aye«, bestätigte Inan. Um Rory bei diesem Versprechen anzusehen, ließ er den Korridor für einen Moment aus den Augen.

»Es wird nicht so schlimm werden«, versicherte Alick jetzt, der sich zum ersten Mal an Elysande wandte. »Die meiste Zeit habt Ihr ja Rory und mich zu Eurer Unterhaltung.«

Elysande lächelte leicht bei diesem Versprechen, aber sie sagte: »Ich hätte lieber etwas zu essen und zu trinken.«

»Das kriegen wir hin«, versicherte Rory ihr.

»Aber keinen Gang zum Abort«, vermutete sie grimmig, als sie ihr Bedürfnis verspürte.

Sein Blick wanderte zu einem Nachttopf, der neben dem Nachttisch stand, und Elysande konnte nur mit Mühe ein Stöhnen unterdrücken. Aber dann reckte sie die Schultern. »Schön. Dann geht in den Korridor und sprecht mit den Männern oder tut sonst was, während ich ihn benutze.«

»Mädchen, ich glaube nicht –«, begann Rory, aber etwas in ihrer Miene musste ihm unmissverständlich klargemacht haben, dass er diesen Kampf nicht gewinnen würde. Er nickte schweigend und ging zur Tür, bedeutete den anderen beiden, ihm zu folgen.

15

»Also, was hat Euch dazu gebracht, Euch dem Heilerberuf zuzuwenden?«

Fast hätte Rory sich zu Elysande umgedreht, als sie diese Frage stellte, aber er konnte sich noch rechtzeitig beherrschen. Schließlich nahm sie gerade ein Bad, was bedeutete, dass sie nackt war. Deshalb saß er auch mit dem Rücken zu ihr auf dem Stuhl beim Fenster. Sie hatten vereinbart, dass er nicht zu ihr hinschaute, und tatsächlich wollte er es auch gar nicht. Es war schon Qual genug, sie sich im Wasser vorzustellen. Und er hatte auch bereits genug von ihr gesehen, als er die Verbände entfernt hatte, um sich die Wunde anzuschauen. Sie verheilten beide gut. Die Beule am Kopf war fast verschwunden, der Schnitt verschorft; er wirkte jetzt kleiner als das letzte Mal, als er nachgesehen hatte. Was die Wunde an ihrer Brust betraf, heilte auch diese gut. Genau genommen war sie nicht viel schlimmer als ein Kratzer. Der Dolch war nicht tief eingedrungen. Er hätte die Wunde vermutlich nicht einmal nähen müssen. Aber auch die Blutergüsse am Rücken und an der Seite hatten sich gebessert, waren zu einem hellen Gelb verblasst. In ein oder zwei Tagen würden sie vollständig verschwunden sein. Rory vermutete, dass es bei denen an ihrem Gesäß und ihren Beinen genauso war, aber die hatte er bisher nicht gesehen, weil ihm dazu noch kein Grund eingefallen war.

»Rory?«, hakte Elysande nach.

»Aye, tut mir leid«, murmelte er. Er räusperte sich, während er versuchte, sich an die Frage zu erinnern. Als sie ihm nicht mehr einfiel, sagte er: »Vielleicht sollten wir nicht über diese Entfernung miteinander reden, solange die Fensterläden geöffnet sind.«

Er wies nicht ausdrücklich darauf hin, dass jemand im Hof sein, sie hören und dadurch erfahren könnte, dass Elysande keineswegs dem Tode nahe war. Er musste es nicht extra betonen. Sie hatten fast die ganze Nacht und auch noch den Tag darüber gestritten, was sie tun durfte und was nicht. Das betraf auch ihren Wunsch, ein Bad zu nehmen. Rory hatte durchaus Verständnis dafür, dass sie sich danach sehnte. Er badete selbst gern häufig und wusste, dass es sie wahnsinnig machen musste, darauf zu verzichten. Aber Rory konnte kein Bad für sie bereiten lassen, er würde behaupten müssen, es wäre für ihn. Zudem bedeutete es ein Risiko, dass Bedienstete die Wanne und viele Eimer mit Wasser herauftragen mussten. Dabei war es ihm nicht darum gegangen, dass einer von ihnen sie angreifen könnte. Er hatte sich vielmehr gefragt, ob Elysande in der Lage sein würde, eine Bewusstlosigkeit so lange vorzutäuschen, bis die Leute mit ihrer Arbeit fertig waren und gingen. Er hatte das untrügliche Gefühl, dass es wichtig war, die Mär von Elysandes Bewusstlosigkeit aufrechtzuerhalten, bis er sie aus dem Gasthaus wegschaffen konnte.

Das Mädchen konnte verdammt störrisch sein. Während des Mittagessens hatte sie ihn fast ununterbrochen bedrängt. Conn hatte die Speisen und Getränke hochgebracht, nachdem er dem Gastwirt gesagt hatte, sie wären für Rory und Alick. Elysande hatte ihren Feldzug fortgesetzt, als sie sich zu dritt die Zeit mit Würfeln, Kartenspielen und Schach vertrieben hatten. Und dann wieder beim Abendessen, das Conn und Inan heraufgetragen und mit ihr geteilt hatten. Nach dieser Mahlzeit, als sie damit gedroht hatte, sich bei Einbruch der Dunkelheit einfach aus dem Zimmer zu stehlen und am Pferdetrog zu waschen, würde er kein Bad für sie bereiten lassen, war schließlich der Moment gekommen, in dem Rory nachgegeben hatte. Zum einen, weil er es ihr tatsächlich zutraute, ihre Drohung wahrzumachen, und zum anderen, weil sie immer ärgerlicher und frustrierter wurde, je öfter er es ihr verweigerte. Rory stellte fest, dass es ihm nicht gefiel, sie zu enttäuschen und zu verärgern.

Also hatte er ihr befohlen, sich ins Bett zu legen, und ihr eingeschärft, weder die Augen zu öffnen noch eine Miene zu verziehen. Sie durfte nichts tun, woraus man hätte schließen können, dass sie wach war. Dann hatte er alles für ein Bad in die Wege geleitet. Jetzt saß er am geöffneten Fenster, sah hinaus und versuchte, sich nicht vorzustellen, wie Elysande nur ein paar Fuß von ihm entfernt nackt im Wasser lag.

»Dann schließt die Läden und setzt Euch neben die Wanne, damit wir uns unterhalten können«, sagte Elysande etwas leiser. Es klang fast wie ein Befehl. Als Rory nicht darauf reagierte, abgesehen davon, dass er erstarrte wie ein Wildtier, auf das ein rasender Reiter zugeprescht kam, gestand sie: »Wenn wir uns nicht unterhalten, begibt sich mein Geist auf dunkle Pfade. Ich denke dann an die Schreie meines Vaters und wie er mit dem Dolch in der Brust vom Tisch weggestolpert ist. Wie meine Mutter vor qualvollen Schmerzen geschrien hat, als de Buci sie geschlagen hat. Und ich denke daran, wie hilflos ich war, als sie misshandelt wurden und gestorben sind und als ich selbst geschlagen wurde. Ich –« Ihre Stimme brach, und er war sich sicher, dass er Tränen in ihren Augen sehen würde, wenn er sie anschauen würde. Aber dann räusperte sie sich und sagte heiser: »Wenn Ihr redet, verschwindet das alles, zumindest für eine Weile.«

Rory stand abrupt auf, schloss die Läden und hob den Stuhl, um ihn zur Wanne zu tragen. Er sah sie nicht an. Das war zu viel verlangt. Er hielt seinen Blick auf den Stuhl gerichtet, den er mit der Rückenlehne zur Wanne hinstellte. Dann nahm er Platz, räusperte sich und fragte: »Worüber möchtet Ihr reden, Mädchen?«

»Über Euch«, antwortete sie sofort. Ihre Stimme klang jetzt zwar leichter, aber er vermutete, dass es eine gezwungene Leichtigkeit war, die die Dunkelheit überdeckte, die ihre Erinnerungen mit sich gebracht hatten.

Sein leises Lachen klang ebenso gezwungen. »Nun, ich fürchte, so viel Interessantes gibt es über mich gar nicht zu erzählen. Ich habe die letzten zehn Jahre hauptsächlich damit verbracht, mich im Heilen auszubilden. Ich habe jede Abhandlung gelesen, die ich finden konnte, und bin zu allen Heilern gegangen, die bereit waren, mit mir zu sprechen.«

»Warum?«, fragte sie leise.

Rory schwieg einen Moment, dann lächelte er leicht. Niemand hatte ihm diese Frage jemals gestellt. Seine Brüder und Saidh kannten seine Gründe und verstanden ihn. Ansonsten hatte es niemanden interessiert zu erfahren, warum all das so wichtig für ihn war. Bis jetzt.

»Meine Mutter«, sagte er ernst.

»War sie auch eine Heilerin? Hat sie Euch ausgebildet?«

»Sie war geschickt im Heilen, aye«, bestätigte er. »Aber wahrscheinlich nicht so geübt wie Eure Mutter. Und nein, sie hat mich nie ausgebildet … mein Interesse am Heilen hängt nicht auf diese Weise mit ihr zusammen.«

»Auf welche Weise hat Eure Mutter dann Euer Interesse am Heilen geweckt?«, fragte Elysande, die es offenbar verstehen wollte.

»Sie ist vor etwa zehn Jahren krank geworden«, antwortete er. »Furchtbar krank. Sie hatte Saidh beigebracht, was sie übers Heilen wusste, und Saidh hat alles versucht, um sie zu heilen, aber sie hatte keine Ahnung, was sie tun sollte. Niemand von uns wusste es. Als klar wurde, dass es nicht besser wurde, haben wir nach den besten Heilern geschickt, von denen wir gehört hatten. Aber auch von ihnen wusste keiner, was zu tun war. Am Ende blieb uns nur, zuzusehen, wie sie starb. Es war schrecklich. Ich habe mich so hilflos gefühlt. Ich denke, dass es Saidh und meinen Brüdern genauso gegangen ist, aber -«

Er spürte einen Kloß in der Kehle, zumindest eine Enge, und er musste schlucken, bevor er weitersprechen konnte. »Ich habe meiner Mutter sehr nahegestanden. Wir alle haben das, und sie zu verlieren war sehr schwer für uns«, sagte er. Was, wie er dachte, vermutlich die größte Untertreibung war, die er jemals geäußert hatte. Seine Familie war sich immer nah, seine Eltern liebevoll und unterstützend gewesen. Ihre Mutter zu verlieren war ein niederschmetternder Verlust für alle gewesen, dem nur der ihres Vaters und ihres Bruders gleichkam.

»Aber ich habe mich so nutzlos gefühlt, während ich dagesessen habe und zusehen musste, wie sie darum gekämpft hat zu leben, und ich nicht in der Lage war, irgendetwas zu tun, das ihr hätte helfen können. Seine Stimme war leise und voll von der Qual, die er damals empfunden hatte. »Meine Brüder haben damals viel im Hof trainiert, sich gegenseitig verprügelt, um damit klarzukommen. Sogar Saidh. Aber ich habe durch so etwas weder Frieden noch Erlösung gefunden, und ich wollte mich nie wieder so fühlen. Ich wollte nie wieder zusehen müssen, wie ein geliebter Mensch einfach so verschwindet, wie er mit schrecklichen Schmerzen und entsetzlichem Leiden stirbt, immer schwächer wird, während die Schmerzen von Tag zu Tag schlimmer werden.« Er schüttelte den Kopf. »Deshalb habe ich beschlossen, etwas dagegen zu tun. Ich habe nicht mehr mit meinen Brüdern trainiert und stattdessen angefangen, alles über das Heilen zu lesen, was ich in die Finger kriegen konnte.«

»Ich kann diese Hilflosigkeit nachvollziehen«, murmelte Elysande ernst. »Genauso habe ich mich gefühlt, als ich mitansehen musste, wie de Buci meine Mutter geschlagen hat. Und ich will mich auch nie wieder so fühlen müssen«, gab sie unglücklich zu. »Vielleicht sollte ich mich im Kampf üben.«

Rory zuckte zusammen und hatte sich schon fast zu ihr umgedreht, eher er sich zusammenriss. »Was? Warum wollt Ihr das?«

»Weil ich vielleicht nicht so hilflos gewesen wäre, hätte ich einen Dolch oder eine andere Waffe gehabt, mit der ich hätte umgehen können. Vielleicht hätte ich zumindest meine Mutter vor de Buci retten können«, sagte sie traurig. Dann fragte sie: »Würdet Ihr mir beibringen, wie man ein Messer benutzt?«

»Aye«, sagte er, obwohl er bezweifelte, dass sie irgendetwas hätte tun können, um ihre Mutter zu retten. Genauso wenig wie er jetzt wissen würde, was er für seine Mutter tun könnte, wäre sie jetzt hier und so krank, wie sie es vor zehn Jahren gewesen war – obwohl er seither so viel Wissen erlangt hatte. Er war niemals wieder auf eine Krankheit gestoßen, die ihrer geähnelt hatte, nicht in den Schriften, die er gelesen hatte, und nicht bei den Patienten, die er betreut hatte. Rory vermutete daher, dass es manchmal einfach nichts gab, das man für die Menschen, die einem nahestanden, tun konnte – ganz egal, wie sehr man sie liebte und wie sehr man sich wünschte, es zu können. Manchmal reichten Wissen, Erfahrung und Liebe einfach nicht, um sie zu retten. Denn dann würde niemand jemals sterben. Aber der Tod war genauso natürlich und notwendig wie die Geburt.

Das Geräusch von plätscherndem Wasser ließ ihn erstarren. Es klang, als würde Elysande aus der Wanne steigen. Fast hätte er gefragt, aber dann wartete er einfach nur.

»Es ist so schön, nicht mehr ständig unter Schmerzen leiden zu müssen«, sagte Elysande plötzlich. Sie hatte offenbar beschlossen, dass es in Ordnung war, sich einem leichteren Thema zuzuwenden.

»Das kann ich mir vorstellen«, murmelte er. Er hatte das Gefühl, als käme ihre Stimme von ein paar Fuß höher als zuvor. Sie stieg tatsächlich aus der Wanne. Er zwang sich, das Bild zu verdrängen, das ihm in den Sinn kam. Wie sie im Schein des Kaminfeuers aufstand und Wassertropfen an ihrem nackten Körper hinunterperlten. »Ich denke, Ihr habt in den letzten beiden Wochen genug für ein ganzes Leben durchgemacht.«

»Zwei Wochen?«, fragte sie alarmiert. »Sicher ist doch nicht schon so viel Zeit vergangen?«

Rory rechnete rasch nach, und dann versicherte er ihr: »Es ist zwölf Tage her, dass de Buci Kynardersley angegriffen hat, also aye, fast zwei Wochen.«

»Es kommt mir gar nicht so lange vor … und gleichzeitig fühlt es sich an, als wäre ein ganzes Leben vergangen, seit de Buci aufgetaucht ist und alles zerstört hat«, sagte sie traurig. »Ist das nicht seltsam?«

Rory vermutete, dass es eine rhetorische Frage war, deshalb antwortete er nicht darauf. Aber er glaubte nicht, dass es seltsam war. Im Gegenteil, er verstand es vollkommen. Denn die Zeit war auch für ihn rasch vergangen, seit Elysande in sein Leben getreten war, und doch hatte er gleichzeitig das Gefühl, als wäre sie schon immer da gewesen.

Er hörte sie seufzen, und dann erklang das Platschen ihrer nassen nackten Füße auf den Holzdielen, nachdem sie aus der Wanne gestiegen war. Danach folgte ein Rascheln, aus dem er schloss, dass sie sich mit dem Leinentuch abtrocknete, das der Wirt für ihn mit hochgeschickt hatte. Das Bad sollte ja schließlich für ihn sein. Und das würde es auch sein. Er nahm sich vor, in die Wanne zu steigen, wenn Elysande eingeschlafen war. Auch er hatte seit der Nacht, in der sie angekommen waren, nicht mehr gebadet, und er war darüber genauso unglücklich gewesen wie sie.

»Wollt Ihr jetzt das Bad benutzen?«, fragte Elysande, als hätte sie seine Gedanken gelesen. »Ich weiß, dass Ihr es letztes Mal getan habt, als Ihr geglaubt habt, ich würde schlafen, aber wenn Ihr vorhabt zu baden, solltet Ihr es tun, solange das Wasser noch warm ist. Ich verspreche auch, nicht hinzusehen«, neckte sie ihn. »Ich setze mich ans Feuer und bürste mir die Haare.«

Rory begann, sich zu ihr umzudrehen, um zu antworten, aber als er einen Blick auf ihre vom heißen Wasser leicht gerötete Haut erhaschte, riss er sofort den Kopf zurück.

»Aye, vielleicht tue ich das«, antwortete er und schloss die Augen, als er hörte, wie rau und heiser seine Stimme klang. Was daher rührte, dass er ein wenig von ihren üppigen Kurven gesehen hatte. Länger als eine Woche so nah bei ihr zu leben und neben ihr zu schlafen machte es nicht gerade besser. Seltsamerweise auch die Unterhaltungen mit ihr nicht, das Lachen oder sogar das Streiten. Alles schien dafür zu sorgen, dass er sich nur noch stärker zu ihr hingezogen fühlte. Es hatte mit seiner Bewunderung für ihren Mut und ihre Kraft begonnen, bevor sich dann recht bald die Begierde mit eingeschlichen hatte. Elysande de Valance war eine der seltenen Frauen, die ein Mann mögen, bewundern und respektieren konnte und sie trotzdem in seinem Bett haben wollte.

»Ich sitze jetzt beim Feuer. Es ist sicher für Euch, Euch ausziehen«, sagte Elysande leichthin.

Rory drehte sich um und sah, dass sie wirklich beim Feuer saß. Sie hatte ihre Tunika angezogen, sich das Plaid bis zu den Achselhöhlen darum gewickelt und saß jetzt auf dem Fell und bürstete sich vor den Flammen die Haare. Einen Moment lang war Rory versucht, sich zu ihr zu setzen und das Bürsten zu übernehmen, aber stattdessen stand er auf und zog sich aus, und dann stieg er in die Wanne.

»Werden Tom und die anderen rechtzeitig von Buchanan zurückkommen, um mit uns auf das Schiff zu gehen?«

Rory hatte sich gerade in das warme Wasser sinken lassen, als Elysande diese Frage stellte. Die Wanne war klein, und er musste die Knie anziehen, so dass die Oberschenkel fast direkt an seinem Bauch lagen. Aber das Wasser war immer noch warm, und es fühlte sich verdammt gut an. Bevor Elysande ihre Frage gestellt hatte, hatte er spüren können, wie die Spannung aus seinen Muskeln wich. Jetzt kehrte sie jedoch sofort wieder zurück.

Rory hielt nicht viel davon, zu lügen. Aber als sie ihn zuvor an diesem Tag nach Tom, Donnghail und Fearghas gefragt hatte und ob er ihnen von seinem Verdacht gegenüber Simon erzählen würde, hatte er gesagt, dass das nicht möglich sei. Dass er sie nach Buchanan geschickt habe, um weitere Münzen zu holen, mit denen ihr verlängerter Aufenthalt im Gasthaus bezahlt werden sollte. Es war die Lüge, die er auch allen anderen erzählt hatte, und es war diejenige, an die er sich auch jetzt hielt.

»Nein«, sagte er schließlich. »Es ist eine zweitägige Reise von hier aus. Aber ich werde beim Gastwirt eine Nachricht für sie hinterlassen.« Was er wirklich hinterlassen würde, war eine Nachricht, in der er ihnen mitteilte, wo sie ihre Pferde fanden. Das Schiff, das er gefunden hatte und auf dem die Männer nach Süden unterwegs waren, war bereits voll beladen gewesen und hatte keinen Platz mehr für ihre Reittiere gehabt. Sie hatten sie daher zurücklassen müssen, und er hatte ihnen Münzen gegeben, damit sie sich neue besorgen konnten, wenn sie Bristol erreichten. Dann hatte er dafür bezahlt, die Pferde, die sie bislang benutzt hatten, in einem Gasthaus unterzubringen, von dem er wusste, dass es niemals englische Gäste aufnahm. Die Frau des Gastwirts war vor einiger Zeit von Engländern vergewaltigt und totgeschlagen worden, und der Mann würde sie auf der Stelle töten. Er würde auch niemandem mit einem englischen Akzent oder in englischer Kleidung irgendetwas sagen, ganz zu schweigen davon, dass er Buchanan-Pferde in seinem Stall hatte.

Glücklicherweise musste er sich wegen ihrer eigenen Pferde keine Sorgen machen. Ihr Schiff hatte seine Ladung gerade gelöscht und nahm sie nur bis nach Thurso mit, bevor es nach Aberdeen weiterfuhr, um dort neue Ladung aufzunehmen. Die *Mary Margaret* hatte daher Platz für ihre Pferde. Sie würden ihre Reittiere also nicht zurücklassen und sechs neue kaufen müssen, wenn sie in Thurso ankamen.

»Wieso habt Ihr Tom mit Fearghas und Donnghail mitgeschickt?«, fragte sie jetzt. Sie wirkte beunruhigt. »Ihn verdächtigt Ihr doch nicht auch, oder?«

»Nein«, versicherte er ihr rasch. »Es schien mir nur besser zu sein, wenn sie zu dritt sind, falls sie von irgendwelchen Banditen angegriffen werden. Und ich wollte wenigstens zwei von meinen eigenen Männern, abgesehen von Alick, bei mir haben.« Das war fast die Wahrheit.

Aus Angst, was sie als Nächstes wissen wollen könnte, begann Rory rasch, ihr Geschichten von den Problemen zu erzählen, mit denen er es auf vergangenen Reisen zu tun gehabt hatte, während er sich beeilte, mit dem Bad fertig zu werden.

»Oh je, Ihr seid wirklich viel herumgekommen und habt eine Menge Abenteuer erlebt«, sagte Elysande. Sie lachte immer noch leise über die Geschichte, wie er und seine Gruppe einmal angegriffen worden waren, als er in einem Loch gebadet hatte. Wie er nackt aus dem Wasser gerannt war und gegen sie gekämpft hatte, behindert durch die Notwendigkeit, sich mit der einen Hand bedecken zu müssen, damit der Gegner ihm nicht seine Männlichkeit abschlagen konnte.

»Aye. Ich vermute, das habe ich«, gab Rory beinahe überrascht zu, als wäre diese Erkenntnis neu für ihn.

Elysande zögerte und fragte dann: »Habt Ihr Euch während Eurer Reisen jemals verliebt?«

»Nein«, versicherte er amüsiert. »Nicht bis j–« Er unterbrach sich abrupt, und dann räusperte er sich und sagte: »Ich war immer zu sehr damit beschäftigt, alles zu lernen, was ich über das Heilen lernen konnte, um den Mädchen viel Aufmerksamkeit zu schenken.«

Elysande schwieg einen Moment. Sie dachte darüber nach, was er gesagt hatte, und was er – wie sie glaubte – hatte sagen wollen. Sie war sich ziemlich sicher, dass er sagen wollte: »Nicht bis jetzt.« Zumindest hoffte sie, dass dies das Wort war, das er nicht ausgesprochen hatte, denn in seiner Gegenwart fühlte sie sich geliebt und umsorgt und sicher. Die Art und Weise, wie er mit ihr umging, erinnerte sie sehr daran, wie ihr Vater mit ihrer Mutter umgegangen war, und ihre Eltern hatten einander sehr geliebt. Ihr Vater war ihrer Mutter immer mit den Blicken gefolgt, wie Rory es bei ihr tat. Er war immer fürsorglich und besorgt gewesen, wie Rory es bei ihr war. Selbst, wenn sie bei irgendetwas unterschiedlicher Meinung gewesen waren, war die Liebe ihrer Eltern unverkennbar gewesen.

Und Mildrede hatte Rory für jemanden gehalten, der für sie sorgte. Die Bemerkungen der Schenkenwirtin hatten Elysande darauf aufmerksam gemacht, wie er sich ihr gegenüber verhielt. Dadurch war sie sich ihrer eigenen sich entwickelnden Gefühle für ihn bewusst geworden. Oder hatte sie zumindest angenommen. Sie schätzte, dass sie diese Gefühle bereits zuvor wahrgenommen hatte, ohne sie zu akzeptieren. Bis Mildrede sie mit ein paar Bemerkungen dazu gebracht hatte. Sie mochte Rory. Sie mochte es, wie er mit Selbstvertrauen und Leichtigkeit seine Leute führte. Sie respektierte ihn auch, sowohl wegen seiner Heilfähigkeiten als auch wegen seiner Intelligenz. Und sie wollte ihn. Seit diesen Küssen und Zärtlichkeiten im Wald … nun, ihre Gedanken kehrten immer wieder dorthin zurück. Und zu dem Wunsch, diese Erfahrung zu wiederholen. Und vielleicht noch mehr zu bekommen.

»Woran denkt Ihr, Mädchen?«

Rorys Stimme direkt hinter ihr ließ sie zusammenzucken, und sie warf einen Blick über die Schulter. Wie sie sah, war er aus der Wanne gestiegen und hatte seine Tunika angezogen und das Plaid angelegt. Er ließ sich hinter ihr auf dem Fell nieder. Sie starrte ihn verblüfft an, sich vage bewusst, dass er ihr die Bürste aus der Hand nahm, und dann murmelte sie: »Das ging schnell.«

»Aye. Ich habe festgestellt, dass ich Euch helfen möchte, Eure Haare zu trocknen«, sagte er mit einem schiefen Lächeln, dann legte er einen Finger an ihr Kinn, damit sie den Kopf abwandte und er anfangen konnte. »Sagt mir jetzt, woran Ihr gedacht habt.«

»An Euch«, gab sie zu, während er die Bürste langsam und bedächtig durch ihr Haar zog.

»Oh.« Sie hörte das Lächeln in seiner Stimme. »Und was genau habt Ihr über mich gedacht?«

»Dass ich Euch mag, und dass ich Eure Küsse mag und gerne möchte, dass Ihr mich wieder küsst«, sagte Elysande mutig. Es überraschte sie, dass Rory plötzlich mit der Bürste innehielt und kläglich stöhnte.

»Ach, Mädchen«, seufzte er nach einem Moment, dann fuhr er fort, ihr das Haar zu bürsten. »Ihr habt keine Ahnung, wie sehr Ihr mich mit solchen Worten in Versuchung führt. Aber ich kann nicht.«

»Warum nicht?«, fragte sie sofort.

»Weil ich feststelle, dass Ihr für mich eine Versuchung darstellt, der ich kaum widerstehen kann. Als ich Euch das letzte Mal geküsst habe, habe ich vollkommen die Kontrolle verloren. Wären wir nicht von diesen knackenden Zweigen unterbrochen worden, hätte ich Euch leicht bei diesem Baum Eure Unschuld rauben können.« Als sie weder schockiert nach Luft schnappte noch ansonsten irgendwie auf die Bemerkung reagierte, fügte er hinzu: »Und ich bin sicher, wenn ich hier und jetzt anfange, Euch zu küssen, werde ich wieder nicht in der Lage sein, aufzuhören.«

»Dann hört nicht auf«, sagte sie schlicht, und wieder verharrte die Bürste in ihren Haaren.

»Mädchen«, sagte er warnend.

Elysande wandte den Kopf und sah ihn über die Schulter an, dann drehte sie sich ganz herum und begegnete seinem Blick. »Als ich Kynardersley verlassen habe, war ich mir sicher, dass ich es nie mehr wiedersehen würde. Ich habe nicht damit gerechnet zu überleben und Sinclair zu erreichen oder den König zu warnen. Schließlich hat alles dagegengesprochen. Ein Mädchen und zwei gerade erst zum Ritter erhobene Soldaten gegen sieben Armeen.«

»Sieben?«, wiederholte er stirnrunzelnd. »De Buci hat sechs Mitverschwörer?«

Elysande nickte, aber sie antwortete nicht auf diese Frage, sondern sprach weiter über das, worum es ihr wirklich ging. »Wie ich schon sagte, ich habe nicht damit gerechnet zu überleben, aber Ihr und Eure Männer habt geholfen, dass ich mich sicherer fühlen konnte. Ihr habt mir sogar ein bisschen Hoffnung gegeben, dass ich vielleicht doch überleben könnte oder dass die Nachricht meiner Mutter zumindest bis nach Sinclair und zum König gelangt. Aber der größte Teil von mir rechnet immer noch damit, dass ich diese Reise nicht überlebe.«

Sie streckte die Hand aus und berührte sanft sein Gesicht, genoss es, seine frisch rasierten Wangen mit den Fingern zu berühren. »Wenn es auch nur die Möglichkeit gibt, dass ich sterben könnte, möchte ich sehr gern vorher noch einmal Eure Küsse und Zärtlichkeiten erleben, und was immer dem folgt, wenn Ihr die Kontrolle verliert.«

Rory nahm ihre Hand und hielt sie davon ab, ihn weiter zu berühren. »Mädchen, ich weiß, dass Ihr Angst habt, Ihr würdet nicht überleben, und genießen möchtet, was Ihr noch genießen könnt. Aber ich möchte nichts tun, was Ihr später vielleicht bereut.«

»Wieso sollte ich es bereuen, mit dem Mann mein Bett zu teilen, den ich zu lieben gelernt habe?«, fragte sie, und es fiel ihr gar nicht schwer, diese Worte auszusprechen. Es gab kein Zögern, kein errötendes Geständnis, keine Erwartung, dass er ihre Gefühle erwidern sollte, und keine Angst, dass er es womöglich nicht tat. Sie sprach einfach nur eine Tatsache aus und hatte das Gefühl, dass es genau so sein sollte. Liebe war ein Geschenk, das man aus freien Stücken gab, ohne die Erwartung zu haben, dafür etwas zurückzubekommen. Sie war nichts, für das man sich schämen musste, nichts, vor dem man Angst haben musste. Liebe war einfach Liebe.

Rory starrte sie einen langen Moment an, und Elysande begegnete seinem Blick, ohne sich verlegen zu fühlen oder sich zu schämen. Sie versuchte auch nicht, ihre Gefühle vor ihm zu verbergen.

»Mädchen, ich –«, begann er mit einer Stimme, die über ihre Nervenenden strich wie eine Liebkosung, und dann schwieg er, und sie konnte in seinem Gesicht sehen, wie in seinem Innern sein Ehrgefühl mit seiner Begierde rang.

Elysande war jedoch nicht an seiner Ehre interessiert. Dies mochte ihre einzige Chance sein, das Vergnügen voll und ganz zu erleben, von dem er ihr im Wald einen Vorgeschmack gegeben hatte. Sie wollte verdammt sein, wenn sie sterben musste, ohne mehr davon erfahren zu haben. Elysande entzog ihm ihre Hand und begann, ihr Plaid abzunehmen, das sie wie eine Toga um sich geschlungen hatte. Sie löste den Stoff und ließ ihn um ihre Taille herum fallen, dann begann sie, die Schnüre zu lösen, die bis knapp über ihre Brüste reichten. Ihre Hände zitterten leicht, aber es gelang ihr, die Aufgabe zu vollbringen. Sie streifte sich den weiten Halsausschnitt der Tunika von den Schultern, die bis zu ihrer Taille hinunterrutschte. Elysande hob das Kinn, lächelte ihn geradeheraus an und sagte: »Ihr habt mich dem Gastwirt als Eure Gemahlin vorgestellt. Dann liebt mich, wie ein Gemahl es tun würde.«

Die letzten Worte hatten ihre Lippen kaum verlassen, als sie sich in Rorys Armen wiederfand, seinen Mund auf ihrem spürte. Ein Seufzer der Erleichterung entfuhr ihr, als sie die Lippen öffnete, ihn zu sich hereinbat, überwältigt von der Leidenschaft und Begierde, als er sich nahm, was sie ihm bot.

Am Ende des ersten Kusses lag Elysande rücklings auf dem Fell, die Arme fest um seine Schultern, ihre Finger vergraben in seinen Haaren. Seine Hände begannen, über ihren Körper zu wandern. Seine Berührung war wie Feuer, brannte sich seinen Weg von ihrer Taille zu ihren Brüsten, als er sie umfasste und kurz drückte, bevor er seine Aufmerksamkeit auf die erregte Brustwarze richtete.

Elysande stöhnte in seinen Mund, als er sie zwickte und den harten Nippel drehte; ihr Rücken bog sich vor Begierde nach seiner Liebkosung durch. Sie stöhnte vor Enttäuschung, als er seine Hand fortnahm. Aber nur, um andere Stellen zu erkunden, denn sie glitt über ihre Schulter, ihr Schlüsselbein entlang, folgte dem Brustbein hinunter zu dem Tal zwischen ihren Brüsten, bevor sie die bisher unbeachtete Brust umfasste und liebkoste. Die ganze Zeit küsste Rory sie, seine Lippen waren fest und fordernd, seine Zunge stieß vor und strich über ihre, bis sie schon glaubte, in Flammen aufzugehen oder vor Verlangen zu sterben. Stattdessen erwiderte sie seine Küsse, unsicher, ob sie es richtig machte, aber sie machte einfach nach, was er tat, und es fühlte sich gut an, es wieder zu tun.

Elysande dachte, sie könnte ihn weiter bis ans Ende aller Zeiten küssen, deshalb war sie furchtbar enttäuscht, als seine Lippen sich von ihren lösten und wieder über ihre Wange wanderten. Die Enttäuschung erstarb allerdings, als er ihr Ohr erreichte. In hundert Jahren wäre sie niemals auf die Idee gekommen, dass es ein sinnlicher Genuss sein könnte, wenn er an ihren Ohren leckte und die Ohrläppchen in den Mund sog. Aber genauso war es, und sie begann, sich zu winden, ihre Hüften hoben sich in der Suche nach seinen, bevor sie sie wieder sinken ließ, um den Rücken durchzubiegen und ihre Brust in seine Liebkosung zu drängen.

Als sein Mund zu ihrer Kehle wanderte, daran knabberte und saugte, keuchte sie und griff in sein Haar. Aber als er sich zu der Brust weiterbewegte, die er nicht liebkoste, und sich über der harten, prickelnden Brustwarze schloss, musste Elysande seine Haar loslassen und eine Hand vor den Mund legen, um den erregten Schrei zu unterdrücken, den dies auslöste. Es fühlte sich an, als würde er ihre Seele durch den harten Nippel aus ihrem Körper ziehen und sie gleichzeitig mit Flammen erfüllen. Sie glaubte zu zerschmelzen, in ihrem Unterleib sammelte sich flüssige Hitze, wogte nach unten, um sich zwischen ihren Beinen zu konzentrieren, wo sie plötzlich ein

Gefühl hatte, als wäre etwas geschwollen und würde vor Sehnsucht schmerzen.

Als würde Rory dies spüren, fand seine tastende Hand ihren Weg zu ihrem Schoß und glitt zwischen ihre Beine. Als er das erste Mal über diese höchst empfindsame Stelle glitt, zuckte ihre Hüfte, auch wenn sie nicht genau sagen konnte, ob vor Vergnügen oder vor Schock. Und dann glitten seine Finger zwischen ihre Falten und fanden eine Stelle, von der sie gar nicht gewusst hatte, dass sie existerte: wie eine harte Knospe, die unter seiner Liebkosung anschwoll, um in Wellen zunehmender Lust zu pulsieren.

Überwältigt von dieser machtvollen, fast beängstigenden Leidenschaft keuchte Elysande seinen Namen. Sein Mund gab ihre Brust frei, fand von Neuem den ihren, seine Zunge stieß in dem Rhythmus in ihn, der zu seinen Zärtlichkeiten passte. Sie war jetzt gespannt wie die Sehne eines Bogen, ihr Körper zitterte, als sie spürte, wie etwas in sie eindrang, während er mit seinen zärtlichen Berührungen weitermachte. Diese Mischung verstärkte ihre Lust nur noch mehr – und auch ihre Angst, als sie bemerkte, dass ihre Beine und ihre Hüfte sich in diese Zärtlichkeiten hineinbewegten, sie wollten und ihn drängten, weiterzumachen, während er den Eingang umkreiste, tiefer hinein und dann wieder herausglitt, nur um erneut einzudringen.

Sein Mund war immer noch auf ihrem, fing ihre Schreie auf, als der Damm brach und ihr Körper bei der Explosion der Lust, die er erzeugt hatte, zu zittern und zu zucken begann. Ihre Beine schlossen sich instinktiv um seine Hand, ihr Mund öffnete sich, unfähig, auch nur so zu tun, als würde sie ihn noch küssen, während sie die Kontrolle über ihren Körper verlor.

Elysande dachte, dass er jetzt aufhören würde, sie besteigen und in ihren Körper stoßen würde, ihr Jungfernhäutchen beanspruchen würde, und sie hätte ihn nur zu gern und glücklich gelassen. Es schien ihr ein gerechter Tausch für das Glück, das er ihr bereitet hatte. Aber so war es nicht. Rory hörte überhaupt nicht auf, sie zu liebkosen und zu küssen, und bevor sie sich richtig von dem ersten wilden Ritt erholen konnte, schickte er sie auf den nächsten.

Als er sie zum dritten Mal der Erfüllung entgegentrieb, fühlte Elysande sich wie willenlos treibend auf einem Meer aus Lust. Sie klammerte sich an ihn, als wäre er der einzige Hafen in diesem Sturm. Sie bemerkte es kaum, als er sich zwischen ihre Oberschenkel legte. Sie spürte, wie er anfing, in sie zu stoßen, und sie bemerkte, dass das, was da Einlass begehrte, viel, viel größer war. Aber ihr Körper dehnte sich, um ihn willkommen zu heißen, Muskeln, von denen sie gar nicht gewusst hatte, dass es sie gab, zogen und zerrten begierig an ihm.

»Schlinge deine Beine um mich, Liebes.«

Elysande hörte den geknurrten Befehl, und sie gehorchte unwillkürlich, schloss ihre Beine um seine Hüften, drückte mit den Fersen gierig gegen sein Gesäß. Dann bedeckte Rorys Mund wieder ihren, und er stieß in sie, zerriss ihr Jungfernhäutchen und entlockte ihr einen Schmerzensschrei, bevor er erstarrte und zu warten schien.

Als er den Mund von ihrem nahm, öffnete sie blinzelnd die Augen und blickte in sein vom Feuerschein beschienenes Gesicht hoch. »Ist es vorüber?«, fragte sie unsicher.

»Der heftige Teil, ja, Liebes«, antwortete er, und dann senkte er den Kopf und küsste sie wieder. Dieses Mal war es ein langsamer, süßer Kuss, der ihren Körper dazu brachte, sich langsam wieder zu entspannen. In dem Moment, als er entspannt war, veränderte sich der Kuss, wurde fordernder und begann, eine Antwort zu verlangen, die sie nur zu gerne gab, jetzt, da der scharfe Schmerz vorüber war und die vorherige Leidenschaft zurückkehrte.

Als Rory sich zu bewegen begann, war Elysande dafür bereit und bewegte sich mit ihm, schob ihr Becken seinen Stößen entgegen, während sie die Fersen weiter in sein Gesäß grub, um ihn vorwärtszudrängen. Als sie dieses Mal ihre Erlösung fand und in seinen Mund aufschrie, schrie er mit ihr auf, und es schien das Vollkommenste auf der Welt zu sein, dass sie diese Höhen gemeinsam erklommen.

»Geht es dir gut? Tut dir irgendetwas weh?«

Elysande lächelte bei der Frage. Rory lag auf dem Rücken und sie halb auf seiner Brust. Er hielt sie in den Armen, und eines ihrer Beine war über ihm, während ihre Finger leicht über seine Brust und die rauen Locken dort strichen.

»Nein«, sagte sie nach einem Moment. »Es tut mir nichts weh, und es geht mir sehr gut. Ich fühle mich wunderbar.«

»Aye, du *bist* wunderbar«, versicherte er ihr, und sie konnte das Lächeln in seiner Stimme hören, während sein Arm sie kurz fester drückte.

Elysande ließ ihre Finger über seinen Bauch wandern und fragte: »Ist es immer so?«

Rory zögerte. Dann sagte er vorsichtig: »Meinst du, ob es bei uns immer so sein wird? Oder ob es mit einem anderen so sein würde?«

»Beides, vermute ich«, sagte sie und rieb die Wange an seiner Brust. »Ich kann nicht glauben, dass es für alle so ist. Dann würde niemand mehr aus dem Bett kommen.«

Rory kicherte, und dann sagte er: »Ich kann dir nur sagen, dass es für mich noch nie so war. Deshalb denke ich nicht, dass es mit einem anderen Menschen genau so wäre. Und ob es zwischen uns immer so sein wird … ich hoffe es.«

Elysande dachte noch darüber nach, als er fragte: »Sollen wir es noch einmal versuchen und sehen, ob es beim zweiten Mal genauso gut ist?«

Die Frage ließ sie reglos werden, zumindest äußerlich. Aber alle Nervenenden in ihrem Körper schienen zu zucken. Als Antwort darauf drehte sie das Gesicht herum und drückte ihre Lippen auf die fast flache Brustwarze, die unter ihrer Wange gewesen war und saugte probehalber daran.

»Mmmh«, murmelte Rory. Seine Hand wanderte zu ihrem Gesäß und drückte es kräftig. »Du hast einen abenteuerlichen Geist. Das ist gut, Mädchen. Denn es gibt noch so viele Dinge, die ich gern mit dir machen möchte, dass ich gar nicht weiß, wo ich anfangen soll.«

Elysande ließ seine Brustwarze los und sah ihn überrascht an. »Es gibt mehr als das, was wir getan haben?«

»Oh, aye«, brummte er, erhob sich plötzlich und glitt über sie. Er stützte sein Gewicht mit den Armen ab und schmiegte sich zwischen ihre Oberschenkel und begann, sich an ihr zu reiben.

Elysandes Augen weiteten sich bei dieser neuen Liebkosung. Noch vor wenigen Momenten war seine Glied schlaff gewesen und hatte friedlich geruht. Jetzt war es hart, als er sich an sie drückte. Elysande spürte ihre Erregung wieder zum Leben erwachen, und sie griff nach Rory, wollte ihn zu einem Kuss zu sich ziehen. Er wich jedoch ihren Händen aus und glitt weiter ihren Körper hinunter.

»Dieses Mal nicht, Liebes. Es gibt andere Lippen, die ich küssen möchte.«

Sie spannte sich bei diesen Worten an, dachte, dass er gehen und ein anderes Mädchen finden könnte, das er küssen wollte, als er ihre Oberschenkel packte, spreizte und sich zwischen sie beugte, um seine Lippen auf das Zentrum ihrer Erregung zu pressen. Elysande taumelte fast vor Schock angesichts dieser verwegenen Tat, als er begann, ihr mit seiner Zunge eine ganz andere Art des Küssens zu zeigen. Es war die erste von vielen Lektionen, die er sie in dieser Nacht noch lehrte.

16

»Ihr scheint den Angriff gut überstanden zu haben.«

Elysande, die zusah, wie Rory und die anderen Männer die Pferde in den leeren Laderaum der *Mary Margaret* brachten, drehte sich zu Simon um. Sie sah ihn mit einem ziemlich müden Lächeln an. Sie hatte in der Nacht zuvor nicht sehr viel geschlafen. Rory hatte sie bis nach der Geisterstunde wach gehalten, indem er ihr verschiedene Arten des Liebemachens gezeigt hatte, und sie hatte jeden Moment davon genossen. Aber es schien ihr, als wäre sie kaum eingeschlafen, als er sie schon wieder mit einem Kuss auf die Wange geweckt und gedrängt hatte, sich anzuziehen, weil sie aufbrechen mussten.

»Aye. Ich fühle mich schon sehr viel besser, Simon. Danke«, murmelte sie jetzt. Sie sah zu Rory und den anderen Männern hin. Während sie sich so erschöpft fühlte, dass sie glaubte, im Stehen auf den Holzplanken des Laderaums einzuschlafen, und sich an den Schiffsrumpf lehnte, wirkte Rory so stark und gut in Form wie immer. Auf seinem Gesicht zeigte sich noch nicht einmal eine Spur von Müdigkeit. Sie selbst, da war sie sich sicher, hatte wahrscheinlich dunkle Augenringe und war zweifellos blass vor Schlafmangel. Das Leben konnte manchmal so ungerecht sein.

»Der Buchanan hat uns den Eindruck vermittelt, dass Ihr im Sterben liegen würdet«, sagte Simon jetzt. »Und doch seht Ihr gut aus.«

»Aye. Nun ja, Kopfverletzungen können tückisch sein«, sagte sie etwas ausweichend. Sie wünschte sich, Rory würde sich beeilen und zu ihr kommen. Sie fühlte sich gar nicht gut dabei, Simon anzulügen, aber es blieb ihr in diesem Moment nichts anderes übrig.

Nachdem Rory sie an diesem Morgen geweckt und sie sich angekleidet hatte, waren sie auf den Korridor getreten und hatten Alick dort auf einer Pritsche schlafen sehen, die den Weg ins Zimmer versperrte. Erst in diesem Moment hatte Elysande begriffen, dass er eigentlich in der Nacht bei ihnen im Zimmer hatte sein sollen. Zumindest war das in der Nacht zuvor so gewesen, als er mit ihr und Rory im Bett gelegen hatte. Er hatte auch den Tag mit ihnen im Zimmer verbracht, Karten und andere Spiele gespielt, um ihr zu helfen, sich die Zeit zu vertreiben. Erst als das Bad bereit gewesen war, war er nach unten zu den anderen Männern in den Schankraum gegangen. Seither hatte er es Rory allein überlassen, sie zu bewachen. Sie hatte gehört, wie Rory ihm versprochen hatte, ihn zu rufen, wenn sie mit dem Bad fertig war. Aber Rory hatte ihn nie gerufen, sondern selbst ein Bad genommen, und dann …

Elysande biss sich auf die Lippe und sah zu Alick hin. Sie fragte sich, was er gedacht hatte, als Rory nicht aufgetaucht war, um ihn ins Zimmer zurückzuholen. War er hochgekommen, um nachzusehen, warum es so lange dauerte? Wenn ja, warum hatte er nicht geklopft?

Die offensichtliche Antwort schien zu sein, dass er an der Tür stehen geblieben war und etwas gehört hatte, das ihn denken ließ, eine Unterbrechung wäre höchst unwillkommen. Deshalb war er – so nahm sie an – zu Angus, dem Gastwirt, gegangen und hatte um eine Pritsche gebeten. Die hatte er vor die Tür gestellt und sich darauf niedergelassen – und wahrscheinlich hatte er all ihr Liebesgeflüster gehört und auch ihre Lustschreie. Allein die Möglichkeit, dass so etwas sein könnte, ließ Elysande vor Verlegenheit knallrot anlaufen.

Nicht, dass Alick irgendetwas gesagt oder getan hätte, das ihr Grund gegeben hätte, sich zu schämen, als Rory ihn geweckt hatte. Der jüngere Mann war einfach nur aufgestanden, hatte ihnen beiden einen »Guten Morgen« gewünscht und die Pritsche wieder dorthin zurückgebracht, von wo er sie bekommen hatte. Dann war er zu ihnen zurückgekehrt und hatte ihnen geholfen, die Beutel und Taschen zum Stall zu tragen. Die Brüder hatten dann rasch die Pferde gesattelt, alle sechs, bevor Alick in das dunkle Gasthaus zurückgekehrt war und die Männer geholt hatte.

Während er fort war, hatte Elysande Rory dabei geholfen, die Beutel an die Sattelknäufe ihres und seines Pferdes zu hängen, und dann war sie aufgestiegen, wobei sie praktisch keine andere Hilfe als die Räuberleiter benötigt hatte, die er gemacht hatte. Was angenehm gewesen war, wie sie jetzt erkannte. Es war wirklich herrlich, keine Schmerzen zu haben.

Simon war noch halb schläfrig gewesen, als Alick, Conn und Inan ihn zu den Ställen mitgebracht hatten. Er hatte sich während des Gehens beklagt, dass es noch nicht einmal Morgendämmerung war, und gefragt, was sie vorhatten. Aber als er Elysande neben Rory auf ihrem eigenen Pferd sitzen gesehen hatte, war er vor Schock verstummt. Er hatte versucht, zu ihr zu gelangen, aber Rory hatte sein Pferd vor ihres gebracht und Simon befohlen, aufzusteigen, wenn er nicht zurückgelassen werden wollte.

Simon hatte von ihm zu Elysande gesehen und war dann aufgestiegen. Er hatte mehrmals während des kurzen Ritts durch die dunklen, leeren Straßen der Stadt versucht, sein Pferd dicht an ihres heranzubringen. Aber Alick und Rory flankierten, und keiner der beiden hatte Platz für ihn gemacht. Simon hatte dann angefangen, Fragen zu stellen, wann sie aufgewacht war und wohin sie gingen, aber Rory hatte ihn mit den

Worten zum Schweigen gebracht, dass er alles später erklären würde. Dass sie sich ruhig verhalten mussten, wenn sie de Bucis Männern entkommen wollten.

Simon hatte seitdem geschwiegen, wie ihm befohlen worden war, aber den Rest des Ritts bis zum Hafen hatte er praktisch innerlich gebrodelt vor lauter Fragen, auf die er Antworten haben wollte. Und Elysande fand auch, dass er diese Antworten verdient hatte. Aber jetzt fragte er nicht mehr. Zumindest stellte er keine Fragen mehr, die sie hätte beantworten können. Sie konnte ihm kaum sagen, dass sie gar nicht schlimm verletzt worden war, sie das aber vor ihm geheim gehalten hatten, weil Rory vermutete, dass er ihr Angreifer gewesen war. Abgesehen davon war sie ja tatsächlich einige Tage bewusstlos gewesen, wenn auch nur deshalb, weil Rory ihr die Tinktur gegeben hatte – die sie nur zu gern des Morgens und des Abends genommen hatte, solange ihre Kopfschmerzen so stark gewesen waren, dass sie sterben wollte. Und sie bedauerte es auch nicht. Das viele Schlafen hatte nicht nur dazu geführt, dass ihr Kopf hatte heilen können, so dass er nicht mehr schmerzte. Auch ihr Knöchel und ihr Rücken waren endlich sehr viel besser geworden. Abgesehen davon, dass sie müde war, hatte sie sich seit Wochen nicht mehr so gut gefühlt.

»Eure Kopfverletzung ist fast vollständig verheilt«, brachte Simon steif hervor und zog damit ihre Aufmerksamkeit wieder auf ihn. »Da ist keine Beule, und die Wunde ist verschorft. Es sieht so aus, als hätte sie nur wenig Probleme gemacht.«

Elysande griff sich spontan an die Stirn; erst jetzt wurde ihr klar, dass sie in ihrer Eile, sich anzuziehen und zur *Mary Margaret* zu reiten, gar nicht daran gedacht hatten, sich wieder den Kopf zu verbinden. Sie hatte den Verband abgenommen, als sie gebadet hatte. Sie hatte auch keinen Verband um den Brustkorb mehr angelegt bekommen, weil sie keinen mehr benötigte. Ja, keine ihrer Verletzungen musste noch verbunden werden. Aber die Verbände hätten geholfen zu verhindern, dass Simon ihr Fragen stellte wie ein verärgerter Vater.

»Und ich sehe auch, dass Ihr Euch ohne jede Steifheit bewegt, also kann ich nur annehmen, dass Eure Verletzung am Brustkorb Euch ebenfalls keine Probleme mehr bereitet«, sagte Simon mit gepresster Stimme.

»Die Verletzung am Brustkorb war eine Kleinigkeit«, sagte Elysande aufrichtig. »Die Kopfverletzung war es, die Anlass zur Sorge gegeben hat. Allerdings ist die Schwellung zurückgegangen, der Schmerz hat nachgelassen, und ich bin gestern Morgen aufgewacht.«

»Und doch hat der Buchanan sich nicht die Mühe gemacht, es uns anderen mitzuteilen?«

Genau das passierte, wenn man ehrlich war, dachte Elysande grimmig. »Ich vermute, er hat gar nicht daran gedacht, es euch zu sagen.« Das war eindeutig die Wahrheit, dachte sie. Rory hätte keinen Gedanken daran verschwendet, denn er verdächtigte Simon, hinter dem Angriff zu stecken. Aber sie sprach es nicht aus, erklärte ihm stattdessen: »Er hatte viele Fragen an mich, was den Angriff anging, und er hatte auch viel dazu zu sagen. Und natürlich waren da noch die Vorbereitungen, die er für die Reise nach Sinclair treffen musste.«

»Nach Sinclair?«, fragte Simon scharf. »Dahin gehen wir?«

»Natürlich. Sinclair war von Anfang an unser Ziel«, erinnerte sie ihn.

»Aye, aber ich dachte, wir würden dorthin reiten«, murmelte er stirnrunzelnd.

»Ich auch«, räumte sie ein. »Aber mit dem Schiff wird unsere Reise nur halb so lang dauern, und wir können dem König sehr viel früher die Warnung zukommen lassen.«

Simon blickte kurz zur Seite. Dann drehte er sich wieder zu

ihr um und fragte: »Was ist mit Tom? Rory sagte, dass er ihn mit Fearghas und Donnghail nach Buchanan geschickt hat, um Münzen zu holen, damit er den Gastwirt bezahlen kann. Werden wir ohne ihn aufbrechen?« Er machte eine kurze Pause und fügte dann hinzu: »Das ist nicht richtig. Wir sollten dieses Schiff sofort verlassen. Wir können Tom nicht einfach zurücklassen.«

Er packte ihren Ellbogen und versuchte, sie zu den Stufen zu ziehen, die vom Laderaum nach oben führten. Elysande riss sich jedoch los und sah ihn finster an. Vielleicht lag es daran, dass sie angefangen hatte, sich Fragen zu stellen, seit Rory ihr von seinem Verdacht erzählt hatte, denn sein Verhalten machte sie argwöhnisch. »Es ist alles geregelt, was Tom betrifft. Rory hat beim Gastwirt eine Nachricht für ihn hinterlassen. Er wird uns mit Fearghas und Donnghail nach Sinclair folgen.«

»Aber – «

»Wir segeln nach Sinclair, Simon. Das war von Anfang an unser Ziel. Zu Laird Sinclair zu gehen, ihm die Nachrichten meiner Mutter zu geben, damit er sie weiter zum König schicken kann.«

»Ich kann Euch nicht alleine bewachen, Mylady«, sagte Simon frustriert. »Es war schlimm genug, als Tom und ich es zusammen tun mussten, aber jetzt stehe ich ganz allein zwischen Euch und de Buci, und ich glaube wirklich, dass wir von diesem Schiff runtergehen und auf Tom warten sollten, so dass er mir helfen kann, für Eure Sicherheit zu sorgen.«

»Simon«, sagte sie entschieden. »Du und Tom, ihr solltet mich nur zu Rory und seinen Männern bringen und uns dann nach Schottland begleiten. Er ist derjenige, der für meine Sicherheit sorgen und mich nach Sinclair bringen sollte, und genau das tut er. Ich werde dieses Schiff nicht verlassen, und du solltest nicht wollen, dass ich das tue.« Das Letzte hatte sie ziemlich grimmig gesagt. »Nicht, solange de Bucis Männer irgendwo in Ayr sind und darauf lauern, mich zu töten. Wir sind auf der *Mary Margaret* in Sicherheit, und wir bleiben auf der *Mary Margaret*.«

»Aber Tom –«, begann Simon beinahe verzweifelt. Dann schloss er abrupt den Mund, als Rory neben Elysande auftauchte und ihn misstrauisch ansah.

»Legen wir bald ab?«, fragte Elysande und lenkte seine Aufmerksamkeit weg von dem englischen Soldaten.

»Wir haben bereits abgelegt«, sagte Rory ruhig. »Der Kapitän hat Segel gesetzt, sobald wir die Pferde in den Laderaum gebracht hatten. Wir sind unterwegs.«

»Oh«, sagte Elysande leise und sank entspannt gegen ihn. Sie hatte gar nicht bemerkt, dass das Schiff sich bewegte. Allerdings war das Wasser im Hafen ruhig, und sie fuhren nicht schnell.

»Ach, so ist das«, sagte Simon plötzlich. Seine Stimme war kalt.

Elysande sah ihn verwirrt an, dann folgte sie seinem Blick und sah zu ihrer Taille, um die Rory unwillkürlich einen Arm gelegt hatte, um sie an seine Brust zu ziehen. Nach nur einer einzigen Liebesnacht hatte sie sich bereits so an seine Berührung und ungezwungene Zuneigung gewöhnt, dass sie es nicht einmal bemerkt hatte.

»So ist was?«, fragte Rory. In seiner Stimme schwang eine Warnung mit, die Simon ganz und gar ignorierte.

»Das ist der Grund, weshalb Ihr sie drei Tage und Nächte in diesem Schlafzimmer im Gasthaus eingesperrt habt.«

Rory zog die Augen zusammen, aber seine Stimme klang weich, als er sagte: »Wenn du etwas sagen willst, Simon, dann sag es.«

Simon starrte ihn kurz an, aber er richtete sich an Elysande. »Seid Ihr noch Jungfrau?«

Elysande schnappte bei der unverschämten Frage nach Luft, aber Rory antwortete an ihrer Stelle: »Das geht dich gar nichts an. Und solange du nicht willst, dass ich dich von diesem Schiff werfen lasse, würde ich es begrüßen, wenn du nicht auf diese Weise mit meiner Gemahlin sprichst.«

»Gemahlin?«, blaffte Simon schockiert.

»Aye. Ich habe sie dem Gastwirt als meine Gemahlin vorgestellt, Lady Elysande Buchanan, wie du dich vielleicht erinnerst, und sie hat auf den Namen und Titel geantwortet. In Schottland bedeutet das gegenseitiges Einvernehmen, und das heißt, dass wir verheiratet sind«, knurrte er. »Und jetzt geh, ich möchte mit meiner Gemahlin sprechen.«

Nicht nur Simon war von dieser Aussage schockiert, sondern auch Elysande. Wie benommen stolperte sie fast über ihre eigenen Füße, als Rory sie von Simon weg- und in den hinteren Teil des Laderaums führte. Dort blieb er stehen und sah sich um, um sicherzugehen, dass sie ungestört waren. Dann sah er sie besorgt an und fragte: »Alles in Ordnung, Liebes?«

»Aye. Nein. Ich weiß nicht«, sagte sie schließlich. Und dann fragte sie: »Sind wir nach schottischem Gesetz wirklich verheiratet?«

»Aye«, versicherte er ihr. »Oder so gut wie, aber ich verlange nicht, dass du dich daran gebunden fühlst, wenn du es nicht möchtest. Allerdings muss ich gestehen, dass ich es gern möchte«, gab er zu. »Ich möchte nichts lieber in dieser Welt, als dich mit nach Buchanan zu nehmen und dort ordentlich vor einem Priester und im Beisein meiner Schwester und meiner Brüder und all denen, mit denen sie verheiratet sind, zu heiraten. Dich vor ihnen und vor Gott und allem als meine Gemahlin beanspruchen.«

»Das würdest du tun?«, fragte sie, und vor Staunen breitete sich ein Lächeln auf ihren Lippen aus.

»Aye. Ich liebe dich, Mädchen. Ich hätte es dir sagen sollen, als du mir von deinen Gefühlen erzählt hast, aber in dem Moment waren andere Gedanken in meinem Kopf«, gestand er und verzog das Gesicht. »Aber ich sage es dir jetzt. Ich liebe dich so sehr, dass ich sogar mit dir in dieses gottverlassene Land ziehen würde, aus dem du kommst, um dir zu helfen, Kynardersley zu führen. Auch wenn ich es lieber nicht machen würde«, bekannte er.

Als sie ihn immer noch einfach nur anblinzelte, fügte Rory hinzu: »Und damit du es weißt, ich bin nicht nur irgendein siebter mittelloser Sohn ohne Aussichten. Meine Eltern haben mir gutes, fruchtbares Land hier in Schottland hinterlassen, und ich habe genug Münzen mit meinen Heilfähigkeiten verdient, um eine schöne Burg darauf zu errichten. Allerdings liebe ich dich genug, um mit dir nach England zu gehen, wenn du das möchtest, und –« Er brach abrupt ab, sah sich plötzlich hektisch um, lief in die Ecke, wo ein Eimer gleich an der Wand stand. Er war gerade auf die Knie gesunken, als er begann, was immer in seinem Magen war, zu erbrechen.

»Nun, wenn das nicht der bezauberndste Antrag war, den man je gehört hat?«, fragte Alick fröhlich, als er neben ihr stehen blieb.

Elysande starrte ihn ungläubig an.

»Nun, abgesehen vom Spucken«, fügte er hinzu. »Das hat nichts mit dir zu tun. Oder mit der Idee, in England zu leben. Rory wird immer seekrank, wenn er auf einem Schiff ist.«

»Wirklich?« Sie sah Rory besorgt an.

»Aye. Er wird schrecklich krank«, sagte Alick mit einem Schulterzucken und vollständigem Mangel an Besorgnis. »Er wird die ganze Zeit bis Thurso darunter leiden.«

»Oh, um Himmels willen«, hauchte Elysande ungläubig. Dann fragte sie: »Wo ist seine Tasche mit den Kräutern?«

»Noch immer auf seinem Pferd. Warum?«, fragte Alick überrascht.

»Weil ich sie brauche«, sagte sie trocken und beeilte sich, mit Alick auf den Fersen zu den Pferden zu gehen.

»Was hast du vor?«, fragte Alick und nahm die kleine Ledertasche ab, bevor sie nach ihr greifen konnte.

»Ich will ihm eine Tinktur machen, die seinen Magen beruhigen wird«, murmelte sie und öffnete die Tasche.

»Das kannst du?«, fragte Alick interessiert.

»Wenn er die passenden Kräuter dafür hat«, sagte sie und begann, die verschiedenen Gegenstände in der Tasche durchzugehen, murmelte den Namen von denen, die sie suchte, »Fenchel, Ingwerwurzel, Kamillenblüten …«

»Es wundert mich, dass Rory noch nie von so einer Tinktur gehört hat«, murmelte Alick. Er nahm die Kräuter, die sie ihm reichte, und hielt sie in der Hand, während sie weitersuchte.

Elysande zuckte mit den Schultern, zog währenddessen weitere Kräuter heraus. »Meine Mutter und ich haben es von der Frau eines unserer Soldaten. Sie stammte aus einem Küstendorf, und ihr Vater war ein Fischer, der ständig Probleme mit dem Magen hatte, wenn er auf dem Wasser war. Was für einen Fischer ziemlich unpraktisch war. Aber sie hat gesagt, dass das hier ihm helfen würde, und ich habe nicht vergessen, welche Zutaten sie aufgelistet hat.« Sie hörte auf zu suchen und sah ihn erleichtert an. »Er hat alles, was ich brauche.«

Sie schloss die Tasche wieder und sah sich stirnrunzelnd um. »Kann man irgendwo auf diesem Schiff Wasser kochen?«

»Natürlich«, sagte Alick erheitert. »Sie müssen schließlich die Männer auf ihren Reisen ernähren. Komm mit.«

»Wie fühlst du dich jetzt?«

Rory öffnete die Augen und sah den Engel an, der sich über

ihn beugte. Elysande. Sie hatte eine Tinktur gemacht und ihn dazu gedrängt, sie zu trinken. Zuerst hatte er sich geweigert, aus Angst, dass er seinem Magen nur noch mehr geben würde, das er wieder von sich geben konnte. Nachdem sie ihn aber überzeugt hatte, sie doch zu trinken, hatte sie sich auf die Holzplanken gesetzt und seinen Kopf in ihren Schoß gebettet. Eine halbe Stunde hatten sie so verbracht, und während sie abwarteten, ob er die Tinktur bei sich behalten würde, hatte sie ihm mit den Fingern beruhigend über die Stirn gestrichen. Am Anfang hatte es auf der Kippe gestanden, aber Rory hatte sich nicht wieder erbrochen, und jetzt hatte sein Magen sich tatsächlich beruhigt, die Übelkeit war fast vollständig verschwunden.

»Besser«, gab er zu. »Danke.«

»Gern«, sagte sie, und ein erleichtertes Lächeln umspielte ihre Lippen. »Wieso legst du dich nicht ein wenig hin und ruhst dich aus? Du hast letzte Nacht nur wenig Schlaf bekommen. Ein kleines Nickerchen würde dir guttun.«

»Aye.« Er drehte seinen Kopf in ihrem Schoß, um nach Simon zu sehen. Er fand ihn bei den anderen Männern sitzend, auf halbem Wege zwischen hier und den Pferden. Conn, Inan und Alick spielten mit dem englischen Soldaten Karten. Rory beobachtete Simon kurz, aber dann kam er zu dem Schluss, dass die anderen Männer ein Auge auf ihn haben würden. Er setzte sich auf und beugte sich zur Seite, um das zusammengerollte Fell zu nehmen, das neben ihren Beuteln lag. Danach stand er auf, breitete es auf dem Boden aus und reichte dann Elysande eine Hand, um ihr beim Aufstehen zu helfen.

»Was tun wir?«, fragte sie, als er sie auf das Fell schob.

»Wir machen ein Nickerchen«, erklärte er. »Du hast die letzte Nacht nicht mehr geschlafen als ich; es würde uns beiden guttun, ein wenig auszuruhen.«

Sie sagte nichts dazu, aber er bemerkte, dass da eine rosafarbene Röte in ihr Gesicht kroch. Er wusste, dass sie an den Grund für ihren Schlafmangel dachte. Auch er dachte an die Stunden, die sie sich geliebt hatten, und als seine Männlichkeit sich jetzt unter seinem Plaid regte, begann Rory sich zu wünschen, sie hätten eine Kajüte. Aber die gehörte dem Kapitän, und der war nicht bereit gewesen, sie ihnen zu überlassen. Als Rory die Vereinbarung für diese Reise getroffen hatte, hatte ihn das nicht gestört. Er hatte sogar gedacht, dass es wahrscheinlich besser war, wenn sie alle zusammen im Laderaum blieben. Aber jetzt fragte er sich, wie viele Münzen nötig sein würden, um den Kapitän davon zu überzeugen, seine Kajüte doch zur Verfügung zu stellen.

»Willst du dich nicht hinlegen?«

Elysandes Frage riss ihn aus seinen Gedanken, und er sah, dass sie sich auf das Fell gelegt hatte. Sie lag auf der Seite, den Kopf auf einem Arm ruhend als Ersatz für ein Kissen. Rory verschob die Sache mit der Kajüte auf später und ließ sich hinter ihr nieder, legte seinen Arm um sie und zog sie besitzergreifend an sich. Als sie einen kleinen Seufzer ausstieß und ihr Gesäß gegen seine Lenden drückte, musste Rory lächeln und gab ihr einen Kuss aufs Ohr.

Er hatte sie sicher auf dieses Schiff gebracht. In ein paar Tagen würden sie Sinclair erreichen und wahrscheinlich dort bleiben, bis der englische König mit den Lords, die sich gegen ihn verschworen hatten, kurzen Prozess gemacht haben würde. Bis dahin war Sinclair der sicherste Ort für Elysande, und zurzeit gab es nichts, was ihn von dort weggeführt und von ihr getrennt hätte. Sie konnten die Zeit damit verbringen, ihre gemeinsame Zukunft zu planen. Entweder sich darüber klar werden, was sie brauchen würden, um Kynardersley wieder in Ordnung zu bringen, oder aber einen Plan für die Burg entwerfen, die er bauen wollte. Er hoffte, es würde Letzteres sein. Um mit Elysande zusammen zu sein, würde er in England leben, wenn es sein musste … trotz der Tatsache, dass er das Land nicht mochte. Aber er glaubte nicht, dass es gut für Elysande sein würde. Kynardersley würde nie wieder der glückliche Ort ihrer Kindheit sein, an dem sie aufgewachsen war. Nicht, nachdem sie hatte mitansehen müssen, wie ihre Eltern dort gestorben waren. Jedes Mal, wenn sie die Große Halle betrat, würde sie diese Bilder wieder vor sich sehen. Er wollte das nicht für sie. Die dunklen Schatten der Erinnerung in ihren Augen fingen gerade erst an, zu verblassen; er wollte nicht, dass sie an einem Ort lebte, an dem diese Schatten stets gegenwärtig waren.

»Ich liebe dich, Rory.«

Die Worte waren so leise, dass er sie kaum hörte, aber sie waren machtvoll stark, erfüllten ihn mit Wärme, und er schloss den Arm fester um Elysande.

»Ich liebe dich auch, Mädchen.« Er drückte ihr einen Kuss aufs Ohr, bevor er die Augen schloss und sich gestattete, in den Schlaf hinüberzugleiten.

Elysande murrte verdrießlich, als sie zu den Stufen ging, die von der Schiffstoilette wegführten. Dies war ihre erste Reise auf einem Schiff, und es würde auch ihre letzte sein, so viel stand für sie fest. Auf der Kogge gab es keinen Abort.

Das zu erfahren war ein Schock gewesen, aber noch schockierter war sie gewesen, als man ihr beschrieben hatte, was die Leute stattdessen tun mussten, um sich um diese Bedürfnisse zu kümmern. Du meine Güte, das Reisen zu Pferde war wegen der nötigen Suche nach einer geeigneten Örtlichkeiten schon unangenehm genug. Aber auf der *Mary Margaret* war es noch schlimmer. Auf dem Schiff musste man zum Vorderdeck gehen und von dort in das Galion hinuntersteigen, einen Bereich, der sich unter dem Bugspriet befand. Und dort pinkelte man entweder durch die Lücken zwischen den Lamellen ins Meer, oder sie setzten sich – für das größere Geschäft – auf ein Brett, das über die Seitenwand des Schiffes ragte. Das galt natürlich nur für die Männer. Sie musste sich für beide Dringlichkeiten auf das Brett setzen, den nackten Hintern über dem Wasser tief unter ihr.

Elysande fand es nervenaufreibend, ganz besonders, wenn die See rau und der Wind stark war und das Risiko, von dem schmalen Brett ins Meer zu fallen – oder hinuntergeweht zu werden – zunahm. Aber sie hatte auch die seltsamsten Gedanken, wenn sie dort hockte. Sie machte sich Sorgen, ob Haie hoch genug springen konnten, um sie in ihr nacktes Hinterteil zu beißen. Nein, für sie kam eine Seereise nicht mehr infrage. An Land riskierte man zumindest nicht jedes Mal sein Leben, wenn man sich erleichterte.

»Mylady.«

Elysande blieb abrupt stehen, als Simon in das Galion hinunterkam und ihr den Weg versperrte. Es waren zwei Tage vergangen, seit sie Segel gesetzt hatten, und dank der ständigen Einmischung Rorys und der anderen Männer war es fast genauso lange her, seit sie mit Simon gesprochen hatte. Aber irgendwann am nächsten Tag würden sie Thurso erreichen, und Elysande war sich nur zu bewusst, was das bedeutete. Wenn Simon wirklich hinter dem Angriff mit dem Dolch steckte und auch derjenige war, der sie vor das Pferdefuhrwerk gestoßen hatte, würde er die Sache beenden wollen, bevor sie Sinclair erreichten. Ihm lief die Zeit davon.

»Ich wollte mit Euch sprechen, aber es ist schwer, Euch allein anzutreffen«, sagte Simon freundlich. »Der Buchanan weicht normalerweise nicht von Eurer Seite.«

»Ja. Er ist ziemlich beschützend. Aber er hat geschlafen, und ich wollte ihn nicht stören«, murmelte Elysande. Sie hatte Rory nicht stören wollen, weil sie es als erniedrigend empfand, auf dem Brett zu sitzen und von ihm bewacht zu werden, während ihr nacktes Hinterteil im Wind hing. Sicher, er hatte sie in der Nacht vor Beginn ihrer Reise auf der *Mary Margaret* nackt gesehen und beinahe jeden Teil ihres Körpers berührt. Aber das war etwas anderes, als ihr dabei zuzusehen, wenn sie etwas so Intimes tat, wie sich zu erleichtern. Als sie vorhin mit dem starken Bedürfnis aufgewacht war, genau das zu tun, hatte sie ihn und die anderen Männer schlafen lassen und war aus dem Laderaum geschlichen, um allein zum Galion zu gehen. Es war ihr nicht in den Sinn gekommen, dass Simon aufwachen und ihr folgen könnte. Niemand folgte ihr, wenn sie zum Galion ging, abgesehen von Rory. Selbst die Seeleute hielten sich fern und gewährten ihr Ungestörtheit.

Simon kam langsam näher, und Elysande konnte nirgendwo ausweichen, es sei denn, sie würde sich auf das Brett setzen oder stellen. Sie hob die Hand, ein stummer Befehl, dass er stehen bleiben sollte. Zu ihrer Überraschung tat er es. Einige Augenblicke starrten sie sich an. Elysande sah seine zugleich grimmige und klägliche Miene, und sie bemerkte, dass seine Hand am Schwertgriff lag, zupackte und sich wieder lockerte, als würde er einen inneren Kampf ausfechten. Schlagartig wurde ihr klar, dass Rory mit allem recht gehabt hatte. Simon arbeitete für de Buci.

Die Erkenntnis war niederschmetternd. Und sie schmerzte auch ziemlich. Elysande hatte ihre Mutter und ihren Vater an de Bucis Grausamkeit und Niedertracht verloren. Und noch dazu alle Soldaten von Kynardersley außer Tom und Simon. Sie konnte nicht verstehen, wieso er sie an einen solchen Mann verraten konnte. Hatten ihre Eltern ihm so wenig bedeutet, obwohl sie ihm nichts als Freundlichkeit und Fürsorge entgegengebracht hatten? Und was war mit den Soldaten, die seine Kameraden gewesen waren?

Sie reckte das Kinn und sprach mit ausdrucksloser Stimme. »Rory hat recht. Du warst es, der versucht hat, mich zu erstechen.«

Simon versteifte sich; er wirkte bestürzt. Einen kurzen Moment lang hoffte sie, dass Rory sich doch irrte. Bis Simon sagte: »Er weiß es?«

Elysandes Schultern wollten nach unten sacken, aber sie gab dem nicht nach, hielt den Kopf hoch erhoben und ihre Stimme kühl und leer, während sie sagte: »Aye. Und auch, dass du derjenige warst, der mich vor das Pferdefuhrwerk gestoßen hat. Sie alle wissen es.«

Sie sah Panik über sein Gesicht huschen, und auch Hoffnungslosigkeit, und fragte: »Warum, Simon? Ich habe dir vertraut. Mein Vater war gut zu dir. Unsere Familien waren seit Jahren miteinander befreundet. Du warst für uns wie ein Mitglied der Familie. Wieso arbeitest du für de Buci gegen deinen König?«

»Ich habe keine andere Wahl.« Simon fuhr sich mit der Hand über den Schädel, seine Blicke schossen hin und her, als suchten sie nach einem Ausweg.

»Man hat immer eine Wahl«, sagte sie entschieden.

Simon wurde jetzt ruhiger, und er schloss kurz die Augen. Als er sie wieder öffnete, war sein Blick fest und traurig. »Bei dem hier nicht«, sagte er, machte einen Schritt auf sie zu und zog das Schwert aus dem Gürtel.

»Sag mir vorher zumindest, warum«, verlangte Elysande. Zu ihrer großen Erleichterung blieb er stehen.

»Ihr wisst, warum«, sagte er grimmig.

Sie musste ihn so ratlos angesehen haben, wie sie sich bei

dieser Bemerkung fühlte, denn er runzelte die Stirn und sagte: »Mein Vater?«

Elysande schüttelte leicht den Kopf. »Was ist mit deinem Vater?«

»Sein Name steht in Wykemans Nachricht an de Buci. Er ist einer der Verschwörer«, sagte Simon, als müsste das offensichtlich sein. Dann schüttelte er angewidert den Kopf. »Dieser dumme Mistkerl. Ich hätte nie gedacht, dass er etwas so Dummes tut, und ich würde ihn dafür hängen lassen. Aber es geht nicht nur um ihn. Meine ganze Familie würde in Schande leben, man würde uns den Titel und die Ländereien nehmen. Die Verlobten meiner Schwestern würden sich wahrscheinlich weigern, die Eheverträge einzuhalten. Meine Mutter würde im Elend sterben – « Er schüttelte kläglich den Kopf. »Ihr seid für mich jahrelang so etwas wie Familie gewesen, Mylady. Aber sie *sind* meine Familie, und so sehr ich es auch verabscheue, es muss getan werden.«

Als er näher kam, blieb Elysande unerschütterlich stehen und sagte scharf: »Der Name deines Vaters steht nicht in Wykemans Nachricht, Simon. Wer immer dir das gesagt hat, hat dich angelogen.«

Er hielt wieder inne und runzelte fragend die Stirn. »Aber Capshaw hat gesagt …«

»Wer ist Capshaw?«, fragte Elysande ruhig, als er zögerte. »Woher kennst du ihn?«

Simon sah nach unten zu den Lamellen. Er wirkte jetzt besorgt. »Eigentlich kenne ich ihn gar nicht«, sagte er unglücklich. »Ich bin ihm in der Nacht unserer Ankunft in Ayr zum ersten Mal begegnet. Als ich noch mal zum Stall gegangen bin, um Eure Sachen zu holen, hat er dort gewartet. Er sagte, sein Name wäre Capshaw und dass er Wykemans Mann wäre und es ihn überraschen würde, dass ich auf Eurer Seite kämpfe.

Schließlich würde das bedeuten, dass mein eigener Vater gehängt und meine Familie ruiniert würden. Er sagte, dass Vaters Name als Mitverschwörer in den Schriftrollen steht; wenn ich nicht will, dass er am Galgen baumelt und ich den Titel und das Erbe verliere, sollte ich am besten sicherstellen, dass Ihr nie nach Sinclair gelangt oder der König diese Briefe bekommt.« Er spannte die Lippen an. »Ich habe ihn seither mit Informationen versorgt.«

»Verstehe«, murmelte Elysande. »Nun, dieser Mr Capshaw hat gelogen«, versicherte sie ihm. Als er immer noch unsicher wirkte, ob er es glauben sollte oder nicht, fragte sie: »Glaubst du wirklich, meine Mutter hätte mich in deiner Begleitung weggeschickt, wenn der Name deines Vaters in Wykemans Nachricht gestanden hätte? Ich schwöre dir, er steht nicht in diesen Briefen.«

Für einen Moment glaubte Elysande, er würde das Schwert auf den Boden legen und sie um Vergebung bitten, doch er runzelte wieder die Stirn. »Oder Ihr lügt, um Euch zu retten.«

Das ist jetzt wirklich eine Beleidigung, dachte Elysande ärgerlich. Sie starrte ihn finster an, während sie begann, die Röcke nach der Nachricht abzutasten. »Ich lüge nicht, und ich kann dir die Schreiben zeigen, um es zu beweisen. Ich –« Sie hielt besorgt inne und benutzte dann beide Hände, um die Schriftrollen zu finden, die in einer in die Röcke eingenähten Tasche sein mussten. Sie verharrte reglos, als sie begriff, dass sie die Schriftstücke das letzte Mal gesehen hatte, als sie sie in das Kleid gesteckt hatte. Aber dann war sie angegriffen worden, und sie hatte sie nie in dieses Kleid getan, das sie jetzt trug. Nach dem Angriff hatte sie das alte Kleid überhaupt nicht mehr gesehen. Guter Gott, sie hatte die Nachrichten und die Warnung an den König verloren!

»Tom hat sie.«

Elysandes Kopf zuckte bei diesen Worten hoch; sie sah Rory mit gezogenem Schwert das Galion betreten. Sein Erscheinen brachte Simon dazu, die letzten paar Schritte auf Elysande zuzugehen und sie am Oberarm zu packen.

»Es kann aber auch sein, dass der König sie jetzt hat«, fügte Rory hinzu. Sein Blick konzentrierte sich auf Simon, aber seine Frage richtete sich an Elysande: »Geht es dir gut, Liebes?«

»Aye«, antwortete Elysande. Sie ignorierte Simon und fragte: »Was hat Tom?«

»Die Schriftrollen«, erklärte Rory. Er wirkte völlig entspannt, trotz des Schwertes in seiner Hand. »Die Nachricht deiner Mutter an Sinclair und die anderen Nachrichten. Ich habe sie an mich genommen, nachdem du mit dem Dolch angegriffen worden bist, und habe sie Tom gegeben. Dann habe ich ihn, Fearghas und Donnghail auf die *Marie Levieux* geschickt, eine Kogge, die nach Bristol segelt. Ich schätze, sie sind dort bereits an Land gegangen und unterwegs zum Hof. Wenn der Wind ihnen auf ihrer Reise günstig war, könnten sie den Hof auch schon erreicht haben, und der König hat die Warnung deiner Mutter bereits erhalten.«

Elysande starrte ihn mit offenem Mund an, dann schloss sie ihn wieder und fragte: »Wieso hast du mir das nicht gesagt? Ich habe gedacht, mir bleibt das Herz stehen, als ich die Schreiben nicht finden konnte. Ich habe schon befürchtet, ich hätte sie verloren.«

»Ich konnte nicht riskieren, dass jemand es mit anhört, Liebes. Ich wusste nicht, wer für de Buci arbeitet und wer nicht und wer für eine Münze an der Tür lauscht. Wenn de Buci Wind davon bekommen hätte, dass die Jungs mit Wykemans Brief zum Hof unterwegs sind, hätte er alles stehen und liegen gelassen und ein Netz über ganz Südengland gespannt, um die Männer zu ergreifen und die Nachricht abzufangen. Und abgesehen davon, dass ich nicht wollte, dass Tom oder meine Männer getötet werden, wusste ich, dass es wichtig für dich ist, dass der König die Warnung erhält.« Er lächelte leicht. »Aber ich hatte vor, es dir heute oder morgen zu sagen. Ich wollte nur warten, bis es für de Buci zu spät ist, irgendetwas zu unternehmen.« Sein Blick wanderte zu Simon, und er fügte hinzu: »Für den Fall, dass irgendein anderer niederträchtiger Dreckskerl und Verräter, der für de Buci arbeitet, es mit anhört.«

Elysande sah das leichte Zusammenzucken um Simons Augen, und sie spürte, wie seine Hand sich noch fester um ihren Arm schloss. Sie wusste, dass Rory ihm einen Schlag versetzt hatte. Simon war jung und gerade erst in den Ritterstand mit all dessen Idealen von Ehre und Ritterlichkeit erhoben worden, und er hatte das alles verraten. Sie wusste, er würde nicht in der Lage sein, sich mit dem abzufinden, was er getan hatte, auch wenn es für seine Familie gewesen war.

»Simon«, sagte sie weich. »Du musst jetzt dein Schwert weglegen.«

Er wandte ihr ganz langsam den Kopf zu und schloss kurz die Augen, bevor er sie wieder öffnete und fragte: »Schwört Ihr mir, dass mein Vater nicht als Mitverschwörer der Intrige genannt wird?«

»Aye, das schwöre ich«, sagte sie ernst.

Simon nickte erschöpft und sah an ihr vorbei auf das Wasser. Dann hob er den Blick zu den steilen Klippen, die in der Ferne zu erkennen waren. Die Küste Schottlands, auch wenn Elysande keine Ahnung hatte, wo genau sie sich befanden. Irgendwo weit im Norden, vermutete sie, wenn sie nur noch einen Tag von Thurso entfernt waren.

»Simon, nein«, sagte sie, und ihre Stimme war leise und dringend. »Du würdest es niemals schaffen. Du wirst erfrieren oder ertrinken.«

»Und hängen ist besser?«, frage er sanft. Seine Stimme war so leise, dass Rory ihn nicht hören konnte. »Es tut mir leid, dass ich versucht habe, Euch zu töten, Mylady. Es war ein schrecklicher Kampf für mich, jedes Mal. Vielleicht habe ich deshalb versagt«, fügte er ironisch hinzu. Dann zuckte er mit den Schultern und sagte: »Aber obwohl ich weiß, dass ich aufgeben und zulassen sollte, dass sie mich hängen, habe ich den starken Wunsch zu leben … und wenn auch nur lange genug, um ein Wörtchen mit Capshaw zu reden.«

»Simon«, begann sie, aber es war zu spät. Er gab ihren Arm frei, ließ das Schwert fallen, trat an ihr vorbei und verschwand über die Seitenwand des Schiffes.

17

Elysande eilte zur Reling und schaute ins Wasser. Es schien lange zu dauern, aber schließlich sah sie Simon auftauchen, und er begann, auf die fernen Klippen zuzuschwimmen.

»Glaubst du, er wird es schaffen?«, wollte sie von Rory wissen, als sie seine Wärme im Rücken und seine Hände an ihrer Taille spürte.

»Ich weiß es nicht«, sagte Rory ernst. »Aber wenn er es schafft, hoffe ich, dass er nach Frankreich geht oder sonst irgendwohin auf dem Kontinent.«

»Warum?«, fragte Elysande. Sie starrte ihn überrascht an.

»Weil ich ihn töten müsste, wenn wir uns wiederbegegnen«, sagte Rory ernst. »Und ich schätze, dass dir das nicht gefallen würde.«

»Nein, das würde es nicht.« Sie beobachtete, wie Simon sich durch das eiskalte Wasser kämpfte. »Er hat nur versucht, seine Familie zu retten.«

»Indem er dich tötet«, sagte Rory grimmig.

»Würdest du nicht für deine Familie töten?«, fragte Elysande ruhig. Als er daraufhin finster dreinblickte, sagte sie: »Ich hätte de Buci sofort getötet, um meine zu retten.«

Rory atmete mit einem Seufzer aus, schlang einen Arm um sie und zog sie an seine Seite. »Du bist ein leidenschaftliches Mädchen. Habe ich dir schon gesagt, dass mir das an dir gefällt?«

»Nein«, sagte sie und lehnte sich an ihn.

»Nun, so ist es«, versicherte er ihr und drückte ihr einen Kuss auf die Stirn, bevor er sie losließ. »Und jetzt geh.«

»Was?« Elysande wandte sich überrascht zu ihm um, sah den grünlichen Farbton seiner Haut und den Schweiß auf seiner Oberlippe. »Dein Magen … es geht wieder los«, murmelte sie. »Natürlich. Die Wirkung der Tinktur, die ich dir gestern gegeben habe, muss nachgelassen haben.«

»Aye«, stöhnte er und beugte sich über die Reling. »Geh jetzt. Du musst dir dieses Elend nicht mitansehen.«

»Oh, aye, aber von dir auf dem Brett beobachtet zu werden ist so viel angenehmer«, sagte sie trocken und trat an seine Seite. Sie strich seine Haare zurück, damit sie ihm nicht ins Gesicht fielen.

Ihre Worte entlocken Rory ein kleines Lachen, das mit einem Stöhnen endete. Er presste eine Hand auf seinen Magen. »Guter Gott, ich hasse Schiffe.«

»Und doch war es deine Idee, mit einem Schiff nach Sinclair zu reisen«, sagte sie weich und drückte ihm einen Kuss auf den Arm.

»Aye. Es war das Beste, was mir zu deinem Schutz einfiel. Ich würde in die Hölle reiten, um dafür zu sorgen, dass du in Sicherheit bist, Mädchen.«

Elysande spürte, wie ihr das Herz aufging, und sie küsste ihn rasch auf die Wange. »Ich liebe dich. Ich bin sofort wieder zurück.«

Rory stöhnte nur, als sie sein Haar losließ und das Galion verließ.

»Oh, gut. Ich hatte schon angefangen, mir Sorgen zu machen, Mädchen.«

Elysande ging langsamer und lächelte den Kapitän an, der sich näherte. »Worüber habt Ihr Euch Sorgen gemacht?«

»Nun, ich habe gesehen, dass dieser Engländer Euch zum Galion gefolgt ist«, erklärte er. »Hat für mich so ausgesehen, als würde er nichts Gutes im Schilde führen. Deshalb dachte ich,

ich warne Euren Gemahl. Er ist sofort hierher geeilt, aber ihr drei wart so lange da unten, dass ich schon befürchtet habe, der Buchanan würde den Dreckskerl über Bord werfen.«

»Oh, nein«, versicherte Elysande ihm rasch und dann erklärte sie: »Simon ist über Bord gesprungen.«

»Was?«, rief der Kapitän alarmiert.

»Aye. Er hatte vor, mich zu töten. Aber als Rory aufgetaucht ist und er begriffen hat, dass er nicht davonkommen würde, hat er sein Schwert fallen lassen und ist gesprungen. Und danke dafür, dass Ihr meinen Gemahl geweckt und gewarnt habt, Kapitän. Jetzt hoffe ich, dass Ihr mir vergebt, denn ich muss gehen. Rory hat wieder einen unruhigen Magen von den Bewegungen des Schiffes. Ich muss ihm seine Tinktur holen.«

Sie schenkte dem Kapitän ein strahlendes Lächeln und eilte zum Laderaum. Die Männer waren mit den Pferden beschäftigt, fütterten sie und machten um sie herum sauber und striegelten sie, um sie zu beruhigen. Elysande winkte ihnen im Vorbeigehen zu, blieb jedoch nicht stehen, um mit ihnen zu sprechen.

»Simon ist verschwunden«, sagte Alick, der zu ihr trat, während sie rasch den Trank für Rory bereitete. »Und Rory auch.«

»Rory ist am Galion und spuckt«, teilte Elysande ihm mit, ohne Simon zu erwähnen, denn sie wollte in diesem Moment nicht über ihn sprechen. Ihre Gefühle im Hinblick auf ihn waren kompliziert. Ihr war bewusst, dass er versucht hatte, sie zu töten, aber er hatte es aus Angst um seine Familie getan, und sie stellte fest, dass er ihr leid tat.

»Machst du ihm eine neue Tinktur?«, fragte Alick, und sie nickte, während sie die Mischung umrührte. »Kann ich irgendetwas tun?«

Elysande wollte schon ablehnen, dann änderte sie ihre Meinung. »Vielleicht könntest du das Fell wieder ausrollen. Vermutlich hat Rory es zusammengerollt, als er aufgewacht ist. Ich denke, er wird sich hinlegen wollen, bis die Tinktur zu wirken beginnt.«

Als Alick nickte und anfing zu tun, worum sie ihn gebeten hatte, dankte Elysande ihm und verließ mit dem Mittel in der Hand den Laderaum.

Rory hing über der Reling, als sie zu ihm zurückkehrte; er sah erschöpft und blass aus. Er richtete sich auf und trank die Tinktur, die sie ihm reichte. Er hielt aber einen Moment inne, schluckte einige Male, bevor er trank, und dann verhielt er sich absolut still, als hätte er Angst, dass selbst die kleinste Bewegung dazu führen könnte, dass ihm alles wieder hochkam. Elysande nahm ihm den Becher ab und streichelte ihm den Rücken, während sie darauf warteten, dass der Trank zu wirken begann. Ein Lächeln stahl sich auf ihre Lippen, als er reagierte und sich in ihre Zärtlichkeit hineinzurecken und -strecken begann wie eine Katze, die gestreichelt wird.

Kurz danach verließen sie das Galion – zur großen Erleichterung eines Seemanns, der offensichtlich nur darauf gewartet hatte. Im Laderaum setzten sie sich auf das Fell, das Alick ausgebreitet hatte, und als Rory Elysandes Drängen, sich hinzulegen, nachgegeben hatte, bettete sie seinen Kopf in ihren Schoß.

Rory lächelte und schloss die Augen, als sie sofort begann, ihm mit den Fingern durch die Haare zu fahren, und ihm dann sanft über die Stirn rieb. Die Berührung war beinahe so beruhigend wie der Heiltrank, den sie zubereitet hatte. Schließlich öffnete er die Augen und sah sie an.

Rory betrachtete die Form ihrer Augen und die vollen Lippen. Jetzt, da die Blutergüsse abgeklungen waren, konnte er sehen, dass sie eine gut aussehende Frau war. Aber er hatte sich auch zu ihr hingezogen gefühlt, als ihr Aussehen durch die

Verletzungen beeinträchtig gewesen war. Sie besaß eine Stärke und eine Ruhe, die ihn angezogen hatten, eine stählerne Entschlossenheit, die ihn beeindruckt hatte, und er wünschte nur, er hätte sie genauso beeindruckt.

»Das ist ein seltsamer Blick, Mylaird«, sagte Elysande plötzlich. »Woran denkst du?«

Rory erinnerte sich daran, dass er ihr vor nicht allzu langer Zeit die gleiche Frage gestellt hatte, und er antwortete genauso, wie sie es getan hatte. »An dich«, sagte er, und sie lächelten einander an.

»Du weißt, dass ich durch dich nutzlos geworden bin«, sagte er plötzlich.

Elysande wölbte die Brauen. »Durch mich?«

»Aye«, versicherte er seufzend und schloss die Augen. »Von dem Moment an, als ich die Blutergüsse in deinem Gesicht gesehen habe, damals, als ich dich von deinem Pferd gezogen habe, wollte ich nichts anderes, als dir irgendwie helfen. Meine Heilfähigkeiten nutzen, um deine Schmerzen zu lindern.«

»Du hast mich bemitleidet«, sagte sie traurig.

»Nein«, sagte er sofort und öffnete die Augen. »Mädchen, das war kein Mitleid. Du warst so großartig. Bis zu diesem Augenblick wusste ich nicht, dass du verletzt worden warst, aber als ich die Blutergüsse gesehen habe, wusste ich auch, dass du große Schmerzen haben musstest. Und doch hast du dich nie beklagt oder auch nur vermuten lassen, dass dir etwas wehtut. Du hast mit uns Schritt gehalten, obwohl ich ein hartes Tempo angeschlagen habe.« Er erinnerte sich der Hochachtung, die er empfunden hatte. »Und als ich dann deinen Rücken gesehen habe … Mein Gott«, murmelte er. »Ich weiß nicht, wo du die Stärke hergenommen hast, weiterzumachen, aber du hast es getan. Ich war beeindruckt«, gab er zu. »Und ich wollte dich auch beeindrucken. Ich wollte meine sogenannten Fähigkeiten zeigen und dir deine Schmerzen nehmen. Aber am Ende war ich nicht in der Lage, dir überhaupt irgendwie zu helfen.«

»Natürlich hast du mir geholfen, Gemahl«, widersprach Elysande, die sofort errötete, als das Wort Gemahl ihn zum Lächeln brachte.

»Wie habe ich dir denn geholfen?«, fragte er amüsiert.

»Du hast mir den Rücken eingerieben«, erinnerte sie ihn, aber er schnaubte nur zur Antwort.

»Mädchen, es war ein Mittel, das du selbst gemacht hattest, und die Schenkenwirtin hatte dich schon ein paar Mal eingerieben, bevor ich es getan habe. Dafür braucht man keine besonderen Fähigkeiten. Nur Hände.«

Elysande runzelte die Stirn. »Nun, du hast auch meinen Knöchel verbunden, als ich ihn mir verrenkt hatte.«

»Das hätte Alick genauso gut tun können, oder jeder der anderen Männer«, spottete er.

»Du hast meine Stichwunde genäht und die am Kopf verbunden.«

»Aye. Ich war so wild darauf, etwas zu tun, dass ich zwei Stiche gemacht habe, die wahrscheinlich noch nicht einmal nötig gewesen wären«, gab er selbstkritisch zu. »Und was die Kopfwunde betrifft, so habe ich sie nur gereinigt und verbunden, und auch dieser Verband war nicht wirklich notwendig. Jeder hätte das tun können. Du hast keinen Heiler gebraucht.«

»Du hast mir diese Tinkturen gegeben, die meine Schmerzen gelindert haben, als ich nach dem Angriff mit schrecklichen Kopfschmerzen aufgewacht bin«, gab Elysande ihm zu bedenken.

»Das war ein Schlafmittel. Ich habe dafür gesorgt, dass du schläfst, solange du Schmerzen hast, Mädchen. Ich konnte sie nicht lindern«, sagte er resigniert. »Während du eine Tinktur zubereitet hast, von der ich nicht einmal wusste, dass sie überhaupt existiert. Eine, die mir die Übelkeit nimmt, die von den Bewegungen des Schiffes verursacht wird.«

Sie runzelte kurz die Stirn und sagte dann: »Du hast mich seit Monmouth beschützt und dafür gesorgt, dass ich sicher aus Carlisle herausgekommen und nach Ayr gelangt bin.«

»Mädchen, nicht ich habe dich beschützt. In Carlisle hat Mildrede uns alle gerettet, und meine Augen waren verbunden, als du mich aus der Stadt geführt hast«, entgegnete Rory trocken. »Und ich habe dich auch in Ayr nicht richtig beschützt. Du hast dich selbst gerettet, weil du einen kleinen Beutel mit Münzen zwischen deinen wunderschönen Brüsten getragen hast, sodass die Klinge dir kaum einen Kratzer zugefügt hat.«

Elysande biss sich auf die Lippen, um ein Lächeln zu unterdrücken. Er hatte ihre Brüste als wunderschön bezeichnet. »Du bringst mich nach Sinclair und hast Tom, Fearghas und Donnghail mit der Warnung für den König zum Hof geschickt. Du bist ein Held, Gemahl.«

»Hoffen wir es«, sagte er erschöpft. »Wir werden eine ganze Weile nicht wissen, ob sie es geschafft haben oder von de Bucis Männern aufgehalten und niedergemacht wurden.«

Elysande spannte sich bei diesen Worten an. »Ich hoffe nicht. Ich mag alle drei.«

Rory brummte und schloss wieder die Augen. Aber er riss sie erneut auf, als sie sanft seinen Namen sagte.

Sie sah ihn unverwandt. »Es stimmt, dass ich einige Erfahrung im Heilen habe. Aber das bedeutet nur, dass ich dir helfen kann, wenn du Hilfe brauchst, während du andere heilst. Und«, fügte sie fest hinzu, als er Anstalten machte, sie zu unterbrechen, »seit unserer ersten Begegnung hast du mich immer wieder beeindruckt. Du hast freiwillig deine Zeit und deine eigenen Münzen geopfert, um einem Mädchen zu helfen, von dem du bis zu jenem Tag auf der Lichtung noch nie gehört hattest. Du hast mir auch sehr wohl das Gefühl gegeben, in Sicherheit zu sein, und du hast mir Hoffnung gegeben.« Sie sah ihm ernst in die Augen. »Das sind keine Dinge, die man in einem Buch lernen kann. Sie sind …« Sie hielt kurz inne, suchte nach dem richtigen Wort, und dann sagte sie einfach: »Sie sind du. Du bist ein guter Mann, Rory, ein Mann, der einer englischen Schankwirtin Freundlichkeit entgegenbringt, obwohl sie dich zuerst schlecht behandelt hat, und der einen König rettet, der dein Feind ist – einfach, weil es richtig ist.« Sie lächelte. »Du bist ein Mann, der es wert ist, geliebt zu werden.« Sie legte den Kopf schief und fügte hinzu: »Die Leute mögen einen Heiler brauchen, aber sie lieben ihn nicht. Lieben tun sie den Menschen.«

Rory starrte sie eine kleine Weile einfach nur an, ließ ihre Worte auf sich einwirken. Dann zog er sie zu sich auf das Fell. Als er sie in den Armen hielt, so, wie er es liebte, sie des Morgens in den Armen zu halten, küsste er sie auf den Scheitel und sagte: »Ich danke deiner Mutter, dass sie dich zu mir geschickt hat. Sie hat dich als ihren Schatz bezeichnet, und sie hatte recht. Denn das bist du auch für mich.«

Epilog

»Ich möchte, dass ihr alle bereit seid«, knurrte Rory leise. »Wenn der König versucht, unsere Ehe zu annullieren und Elysande wegzubringen, müssen wir rasch handeln. Ich werde nicht – «

»Was flüstert ihr Männer da?«

Rory schloss abrupt den Mund und wandte sich um, als er seine Frau so verärgert sprechen hörte. Er sah, dass sie sich aus dem Stuhl hochkämpfte, den die Wachen des Königs eilig herbeigebracht hatten, nachdem sie begriffen hatten, in welchem Zustand sie sich befand. Rasch eilte er zu ihr und nahm ihren Arm.

»Du solltest sitzen bleiben, bis wir aufgerufen werden, Mädchen«, schalt er grimmig und versuchte, sie in den Stuhl zurückzudrängen. »Genau genommen solltest du auch die Beine hochlegen. Sie sind in letzter Zeit immer sehr geschwollen.« Er sah sie finster an. »Ich kann nicht glauben, dass du damit einverstanden warst, in deinem Zustand zum englischen Hof zu reisen.«

»Ich bin erst im fünften Monat, Gemahl«, besänftigte Elysande ihn. »Alles ist gut.«

»Fünf Monate, die wie neun aussehen«, bemerkte Alick mit einem Grinsen. »Ich denke, wir werden demnächst noch mehr Zwillinge in der Familie haben.«

»Aye«, bestätigte Rory leise und schluckte gegen das schiere Entsetzen an, das diese Vorstellung in ihm erzeugte. Gott im Himmel! Sie hatten gerade erst mit dem Bau ihrer Burg begonnen; es würde fünf bis sieben Jahre dauern, sie fertigzustellen. Natürlich konnten sie einziehen, sobald der Wohnturm fertig war, aber auch das würde noch mindestens zwei Jahre dauern, und sie würden dort im beständigen Chaos leben. Hinzu kam der Lärm der Bauarbeiten an der noch zu errichtenden Mauer und den restlichen Gebäuden. Die Küchen, die Garnison, die Kapelle, die Türme …

In der Zwischenzeit lebten sie in Aulays und Jettas Jagdhaus. Als er das mit Aulay abgesprochen hatte, schien es eine gute Idee zu sein. Sie würden auf Buchanan niemandem im Wege sein, und das Jagdhaus lag auch näher an seinem eigenen Besitz und der sich im Bau befindlichen Burg, deren Bauarbeiten er beaufsichtigte. Allerdings dachte er allmählich, dass es keine ganz so großartige Idee war. Es hatte nichts mit dem Jagdhaus an sich zu tun. Rory liebte es. Es war voller guter Erinnerungen an Jagdausflüge mit Freunden und der Familie. An die jüngsten Aufenthalte dort mit seinen Brüdern und seinem Schwager, als die Frauen Zeit für sich allein gebraucht und daran gearbeitet hatten, die verbliebenen Buchanan-Männer zu verheiraten.

Aye, Rory liebte das Jagdhaus … als Ort, wo er sich erholen konnte. Er genoss es weniger, dort ständig zu leben. Es war einfach zu klein für seine wachsende Familie, und er meinte damit nicht nur Elysande und die zu erwartenden Zwillinge. Das wäre in Ordnung gewesen. Aber Tom, Elysandes Gefolgsmann, war ebenfalls dort und auch Conn, Inan, Fearghas und Donnghail, die Aulay ihm als Hochzeitsgeschenk überlassen hatte – natürlich erst, nachdem er sie gefragt hatte, ob sie damit einverstanden waren.

Rory war seinem Bruder dankbar, dass er ihm die Männer gegeben hatte. Sie würden in der Burg, die er baute, seine wichtigsten Leute sein. Bis dahin allerdings schliefen die Männer – einschließlich Tom – alle im Hauptraum im Erdgeschoss auf dem Boden, während er und Elysande das Schlafzimmer oben hatten. Und dann war da noch die Dienerin, die Jetta ihnen nach der Hochzeit für Elysande geschickt hatte. Sie schlief auf einer Pritsche im Korridor vor dem Schlafzimmer. Aber schon bald würden noch mehr Mitglieder ihrer Familie hinzukommen. Wenn diese Audienz beim englischen König vorüber war, würden sie ein Schiff in den Norden nach Carlisle nehmen, wo sie einen oder zwei Tage bleiben würden, um Mildrede und die anderen zu besuchen, bevor sie mit einem anderen Schiff nach Hause fahren würden. Rory hatte das alles so arrangiert, damit Elysande in ihrem Zustand nicht unter den Strapazen leiden musste, die es bedeutet hätte zu reiten. Die Männer segelten allerdings nicht mit ihnen. Sie würden auf dem Landweg reisen, und er hatte der Bitte seiner Frau entsprochen, dass sie auf dem Rückweg in Kynardersley haltmachten und nach ihren Leuten sahen. Elysande hoffte, dass sie Betty mitbringen würden und den Jungen Eldon, falls die beiden de Buci überlebt hatten und bereit dazu waren.

Rory war nicht in der Lage gewesen, sich der Bitte zu widersetzen. Die beiden hatten immerhin geholfen, Elysande das Leben zu retten. Er hatte sich auch nicht weigern können, Tom zu gestatten, nach einer älteren Dienerin zu schauen und sie ebenfalls einzuladen, mitzukommen. Es war eine Frau namens Ethelfreda, die Elysandes Kindermädchen gewesen war. Elysande hoffte, dass sie bereit war, nach Schottland zu ziehen und das Kindermädchen für ihr Kind zu sein.

Für ihre Kinder, berichtigte Rory sich, denn er war ziemlich sicher, dass seine Frau Zwillinge bekommen würde. Was bedeutete, dass schon bald fünf Soldaten, drei Dienerinnen, ein Junge, zwei Säuglinge und er und Elysande zusammengepfercht in dem Jagdhaus leben würden, das aus zwei Zimmern bestand. Glücklicherweise hatte der Winter den eisernen

Griff gelockert, in dem er das Land in diesem Jahr gehalten hatte, und es war wärmer geworden. Denn Rory war sich ganz sicher, dass er und seine Männer am Ende draußen unter den Sternen schlafen würden, bis er etwas gebaut hatte, in dem sie alle leben konnten. Er hatte gehofft, im Jagdhaus bleiben zu können, bis zumindest der Wohnturm fertig war, aber das konnte zwei Jahre dauern, und er und die Männer konnten während des nächsten Winters unmöglich draußen schlafen.

»Es war nicht so, als hätte ich eine Wahl gehabt, Gemahl«, sagte Elysande jetzt und zog seine Aufmerksamkeit auf sich. »Er ist mein König. Er hat meine Anwesenheit hier befohlen, und ich bin gekommen.«

»Du bist jetzt Schottin, Mädchen. David ist dein König«, knurrte er.

»Das ist er«, stimmte sie ihm beruhigend zu und tätschelte ihm den Arm. »Ich habe zwei Könige und einen Gemahl. Meine Güte, hat eine Frau jemals mehr Männer gehabt, die sie herumkommandieren?«

»Du –« Rory verstummte, als sich die Tür neben ihnen öffnete und Elysandes Name gerufen wurde. Nun, ihr alter Name. Elysande de Valance. Sie war jetzt Elysande Buchanan, und zwar seit sie von einem Priester getraut worden waren, einen Monat nach ihrer Ankunft auf Sinclair. Es wäre sogar noch früher geschehen, wären sie in der Lage gewesen, es zu arrangieren. Es hatte jedoch einige Zeit gedauert, bis alle zur Hochzeit da waren, darunter auch Tom, Fearghas und Donnghail. Elysande hatte sich geweigert zu heiraten, bevor die drei Männer von ihrer Mission zurückgekehrt waren und sie wusste, dass es ihnen gut ging und der König gewarnt worden war.

»Mach nicht so ein finsteres Gesicht, Gemahl, es wird alles gut werden«, flüsterte Elysande, während sie den beiden mit

Lanzen bewaffneten Soldaten zur Tür folgten. Tom, Fearghas und Donnghail hielten sich dicht hinter ihnen. Alick, Conn und Inan hingegen warteten draußen im Wald vor der Stadt mit einer kleinen Armee, für den Fall, dass sie Elysande dem König stehlen mussten.

Rory dachte darüber nach und seufzte eingedenk der zuversichtlichen Worte seiner Frau. Er konnte nicht sagen, ob sie selbst daran glaubte. Das war etwas, das er über Elysande herausgefunden hatte. Sie war nicht immer so zuversichtlich und ruhig, wie ihre gelassene Haltung vermuten ließ. Sie gehörte nur einfach nicht zu den Frauen, die hysterische Anfälle bekamen oder vor Panik zu schreien begannen. Sie verlor selten die Kontrolle, abgesehen davon, wenn er sie liebte. Nur dann ließ sie sich gehen und gab sich ihm ganz hin. In der übrigen Zeit hielt sich sich immer im Zaum und dachte nach, bevor sie irgendetwas tat. Das gefiel ihm an ihr.

»Oh, Lady Elysande. Wie erfreulich, endlich die Frau zu treffen, der wir sowohl mein eigenes Leben wie auch das meines Sohnes zu verdanken haben.«

Rory musterte den König von England ein wenig misstraurisch, als sie vor den Thron geführt wurden, auf dem der König saß. Ein paar Fuß davor mussten sie stehen bleiben. Edward III. war jung, erst Mitte zwanzig. Rory hatte das gewusst, war aber dennoch überrascht, dass der König jungenhafter wirkte, als er erwartet hatte.

»Eure Majestät.« Elysandes sanfte Stimme zog Rorys Aufmerksamkeit auf sie, und er runzelte die Stirn, als er bemerkte, dass sie einen tiefen Hofknicks machte. Er war sich sicher, dass sie aufgrund ihrer Schwangerschaft nicht in der Lage sein würde, sich allein wieder zu erheben. Er wurde aus seiner Besorgnis gerissen, als sie ihn von der Seite anstarrte und flüsterte: »Verbeug dich.«

Rory machte eine finstere Miene, aber er tat, was sie forderte. Es war am besten, eine hochschwangere Frau nicht aufzuregen, und das war der einzige Grund, warum er sich vor dem englischen König verbeugte, versicherte er sich. Er war fest davon überzeugt, dass dies auch der einzige Grund war, warum Fearghas und Donnghail sich ebenfalls verbeugten. Niemand von ihnen wollte Elysande enttäuschen. Tom verbeugte sich natürlich, weil er Engländer war. Aber das war etwas, das sie ihm vergaben.

»Bitte, Lady Elysande, steht auf«, sagte König Edward III.; er klang aufrichtig besorgt. »Kommt, setzt Euch zu mir. Ich vermute, Ihr solltet nicht stehen müssen. Hätte ich gewusst, in welchen Umständen Ihr seid, hätte Ich Euer Erscheinen hier verschoben.«

»Oh, es ist in Ordnung, Eure Majestät«, sagte Elysande atemlos, als Rory sie unter den Armen packte und ihr half, sich wieder hinzustellen, ohne dass sie sich übermäßig anstrengen musste. Sie lächelte ihn dankbar an, watschelte nach vorn und ließ sich auf den Stuhl plumpsen, der rasch hergebracht und neben den König gestellt worden war.

Rory versuchte, ihr zu folgen; er wollte in Elysandes Nähe bleiben, aber die Wachen, die sie hereingeführt hatten und beiderseits ihrer kleinen Gruppe standen, kreutzen sofort ihre Lanzen vor ihm. Das sollte wohl bedeuten, dass er dort warten musste, wo er stand. Und vermutlich hatte er in dieser Sache gar keine andere Wahl. Es gefiel ihm trotzdem nicht.

»Lady Elysande, ich muss Euch für Euren Beitrag an der Aufdeckung der Verschwörung danken, die de Buci und seine Helfer gegen uns angezettelt hatten. Und ich möchte Euch mein Beileid aussprechen über den Verlust Eurer Eltern und ihrer Soldaten. Ich habe Euren Vater gemocht. Er war ein guter Mann.«

»Ja, das war er«, murmelte Elysande, und Rory runzelte die Stirn, als er ihre raue Stimme hörte und Tränen in ihren Augen schimmern sah. Aber Elysande weinte nicht. Eigentlich weinte sie nie. Aber während der vergangenen Monate ihrer Schwangerschaft war sie empfindsamer geworden. Es gefiel ihm nicht, sie weinen zu sehen. Sein Herz begann ihm dann unweigerlich wehzutun. Glücklicherweise gewann sie rasch die Kontrolle über sich zurück, räusperte sich und sagte: »Und danke für Euer Beileid. Ich bin einfach nur froh, Euch wohlauf zu sehen, und dass de Buci keinen Erfolg hatte. Das Opfer meiner Eltern war also nicht umsonst.«

König Edward nickte. Er wandte leicht den Kopf, als der Mann, der schräg hinter ihm stand, sich vorbeugte und ihm etwas ins Ohr flüsterte. Er deutete dabei auf Rory und die anderen Männer. Der Blick des Königs folgte seiner Geste zu Rory, während er zuhörte, dann seufzte er und nickte, ehe er sich wieder an Elysande wandte.

»Ich habe gehört, dass Ihr geheiratet habt?«, fragte er sanft und fügte dann ernst hinzu. »Ohne zuerst meine Erlaubnis einzuholen?«

Rory spürte, wie seine Hände sich zu Fäusten ballten, als er sich auf Ärger gefasst machte. Er war fest davon überzeugt, dass er recht hatte. Der König würde eine Annullierung verlangen.

»Aye«, murmelte Elysande und lächelte den König schief an. »Und ich fühle mich schrecklich deswegen. Denn obwohl ich wusste, dass Ihr es sicherlich gutheißen würdet, wenn ich den Mann heirate, der Euch das Leben gerettet hat, war ich doch ziemlich bekümmert, dass er sich gezwungen sah, mir die Ehe anzubieten, um meinen Ruf zu retten. Ganz besonders, da er nur in meinen Bemühungen, Euch zu retten, ruiniert worden ist.«

Als sie aufhörte zu sprechen und ihm ein liebliches Lächeln

schenkte, saß der König einen Moment einfach nur da und sah sie an. Dann sagte er: »Der Mann, der …«

»Euch das Leben gerettet hat, aye«, erklärte sie sanft und fragte dann: »Wusstet Ihr das nicht?«

König Edward drehte sich um und sah Rory hinter den gekreuzten Lanzen in seinem schönsten Plaid stehen. Er wandte sich wieder Elysande zu. »Ich habe es so verstanden, dass Ihr – Das heißt, der Brief ist von Eurer Mutter …«

»Aye. Aber ich fürchte, ich wäre nie imstande gewesen, ihn Euch zukommen zu lassen, Eure Majestät. Ich habe mir alle Mühe gegeben, aber am Ende war es mein Gemahl Rory Buchanan, der einen Weg gefunden hat, Euch die Warnung zukommen zu lassen. Während ich nach einem Angriff durch einen von de Bucis Helfern bewusstlos im Bett lag, hat er die Nachrichten genommen, die ich versteckt hatte, und sie Tom, meinem Gefolgsmann, gegeben. Dann hat er für ihn eine Passage auf einem Schiff gekauft, das nach Süden unterwegs war. Er hat ihm auch zwei seiner besten Männer mitgegeben, die für eine sichere Reise zum Hof sorgen sollten, Fearghas und Donnghail«, informierte sie ihn. Und dann zeigte sie auf Rory und die Männer und sagte: »Das sind sie. Die beiden großen Männer, die bei Tom stehen, sind Fearghas und Donnghail.«

»Guter Gott, sie deutet auf uns«, hörte Rory Fearghas alarmiert zischen. »Was erzählt sie ihm?«

»Ich weiß es nicht«, murmelte Donnghail. »Ich habe nicht darauf geachtet. Tu einfach so, als würden sie uns nicht unhöflich anstarren, vielleicht hören sie dann damit auf.«

»Lady Elysande lächelt«, meinte Fearghas. »Sollen wir zurücklächeln?«

»Ich bin mir nicht sicher. Sie lächelt, aber der englische König sieht mir ein bisschen verstimmt und verwirrt aus«, erklärte Donnghail.

Rory sagte nichts darauf; er musste sich große Mühe geben, nicht zu lachen. Denn seine wunderschöne Frau war brillant, und der König wirkte tatsächlich verstimmt und verwirrt, während er zuhörte, als sie ihm erklärte, dass er, Rory Buchanan, ein Schotte, der Held der Geschichte war. Zweifellos tat sie das in der Hoffnung, dass es dem König schwerfallen würde, ihre Heirat mit einem Mann zu annullieren, der ihm offensichtlich das Leben gerettet hatte. Und Rory vermutete, dass er tatsächlich eine Rolle in dieser Sache gespielt hatte. Aber die Wahrheit war, dass er es für Elysande getan hatte. Es hätte ihn nicht im Geringsten interessiert, ob der englische König lebte oder starb.

Bevor Fearghas und Donnghail sich entscheiden konnten, ob sie lächeln sollten oder nicht, sprach Elysande weiter, und die Aufmerksamkeit des Königs galt wieder ihr.

»Ihr seht also, mein Gemahl ist der wahre Held. Ohne ihn, fürchte ich, hättet Ihr niemals rechtzeitig gewarnt werden können.«

»Ich verstehe«, murmelte der König und senkte den Kopf. Wahrscheinlich, um seine Miene zu verbergen, dachte Rory, die zweifellos mit jedem Moment finsterer wurde.

»Deshalb habe ich mich so schlecht gefühlt, dass er mir die Ehe anbieten musste, um meinen Ruf zu retten«, murmelte Elysande mit einem traurigen Seufzer.

Der König blickte auf. »Euren Ruf? Ihr hattet schon zuvor davon gesprochen.«

»Aye. Nun, meine Bemühungen, Euch die Warnung zukommen zu lassen, haben es erforderlich gemacht, dass ich allein mit acht Männern unterwegs war, von denen keiner mein Gemahl oder ein Verwandter von mir war. Ich fürchte, mein Ruf ist dadurch ziemlich rasch ruiniert worden. Und dann hat er damit begonnen, mich als seine Gemahlin vorzustellen, um mir

Beleidungen von anderen zu ersparen, und ich habe dem nicht widersprochen, was, wie Ihr wisst, in Schottland bedeutet, so gut wie verheiratet zu sein.«

»Oh. Verstehe.« König Edward runzelte die Stirn.

»Als er mich dann gefragt hat, ob ich ihn ordentlich vor einem Priester heiraten würde«, sprach Elysande weiter, »habe ich gedacht, dass Ihr sicher wollen würdet, dass ich den Mann heirate, der eine so wichtige Rolle dabei gespielt hat, Euer Leben und das Eures Sohnes zu retten, aber ich hatte auch Bedenken. Ich hatte das Gefühl, dass ich einen Mann voller Ehre und Integrität ausnutze. Aber ich hatte inzwischen begonnen, ihn zu lieben.« Sie hielt inne und lächelte wieder lieblich. »Wie könnte ich einen Mann nicht lieben, der meinen König gerettet hat?«

Nach diesen Worten blinzelte der König wieder, wie Rory amüsiert bemerkte.

»Glücklicherweise scheinen wir gut miteinander auszukommen«, sprach Elysande weiter. Sie legte eine Hand auf ihren angeschwollenen Bauch und fügte hinzu: »Und wie Ihr sehen könnt, hat diese Verbindung Früchte getragen.«

»Aye.« König Edward starrte auf ihren Bauch. Das Stirnrunzeln kehrte zurück.

»Allerdings«, sagte Elysande und lenkte seine Aufmerksamkeit wieder auf ihr Gesicht, »leben wir jetzt in Schottland und bauen uns dort eine Burg, Eure Majestät.«

»Was ist mit Kynardersley?«, fragte der König sofort. Er stürzte sich auf das Thema wie eine Katze auf eine Maus. Rory wusste, dass dies der Knackpunkt der ganzen Angelegenheit war. Der englische König würde kaum einen Schotten als Lord eines mächtigen Besitzes im Süden von England wollen.

»Das ist das Dilemma, Eure Majestät«, bekannte Elysande ernst. »Ich stelle fest, dass ich es nicht über mich bringe, nach

Kynardersley zurückzukehren. Die Erinnerung an die Gräuel, die ich dort mitansehen und erleiden musste …« Sie schüttelte den Kopf, und ihre Augen wirkten tränenumflort. »Aber natürlich würde ich meinem Kind nicht sein Geburtsrecht verweigern, deshalb habe ich gehofft, dass Ihr es in Betracht ziehen könntet, einen Verwalter zu benennen, der sich um die Burg und die Ländereien kümmern wird, bis mein Kind alt genug ist, es selbst zu tun.«

Der König wirkte so erleichtert, dass Rory sich wieder große Mühe geben musste, nicht zu lachen. Elysande hatte ihm gerade die Sorge abgenommen, dass ein Schotte Lord eines seiner wohlhabendsten und mächtigsten Besitztümer werden könnte. Und ihn davor bewahrt, eine Annullierung zu erzwingen, die ihn wie einen undankbaren Mistkerl hätte aussehen lassen.

»Natürlich, Eure Majestät, sind mein Gemahl und seine Männer zusammen mit Tom nicht die einzigen Menschen, denen wir Dankbarkeit dafür schulden, dass Euch das Leben gerettet wurde«, sagte Elysande jetzt.

»Sind sie das nicht?«, fragte König Edward argwöhnisch.

»Nein«, versicherte sie ihm. »Da sind auch noch die Einwohner von Carlisle.«

»Carlisle?«, fragte er unsicher.

»Oh ja«, versicherte sie ihm. »Ich muss Euch sagen, Eure Majestät, dass die Leute von Carlisle Euch sehr lieben, und dass sie sich selbst in Gefahr begeben haben, um uns zu helfen. Ihr würdet stolz auf sie sein, wenn Ihr gesehen hättet, wie sie zu Eurem Wohl zusammengearbeitet haben, und Ihr würdet erröten, wenn Ihr ihre Liebe und ihr Lob für Euch hören könntet. Eine Schenkenwirtin namens Mildrede und ihr Ehemann Albert von der Schenke *Zum Hahn und Bullen* ebenso wie Elizabeth, die Frau des Tuchhändlers, und ein Schmied namens Robbie haben sehr viel getan, um dafür zu sorgen, dass wir entkommen konnten, um Euch die Warnung zukommen zu lassen, als de Bucis Männer uns in diese schöne Stadt gefolgt sind.«

Rory spürte seine Mundwinkel zucken, als er das hörte. Er konnte es kaum abwarten, Mildrede davon zu erzählen, wenn sie auf dem Rückweg in Carlisle haltmachten. Die Frau würde über alle Maßen zufrieden sein, wenn sie hörte, dass sie dem König gegenüber lobend erwähnt worden war.

»Dann müssen wir sicherlich eine besondere Belohnung nach Carlisle schicken, und einen persönlichen Brief und ein Geschenk an diese Schenkenwirtin, die Frau des Tuchhändlers und den Schmied«, sagte der König ernst.

»Ich bin mir sicher, das würden sie zu schätzen wissen, Eure Majestät«, versicherte Elysande ihm.

»Und ich werde Eure Heirat mit einem Geschenk ehren«, fügte der König hinzu.

»Das ist nicht nötig, Eure Majestät. Es genügt, dass Ihr sie billigt«, sagte Elysande sofort. »Ihr werdet uns Euren Segen geben, Eure Majestät, oder?«

»Wie könnte ich nicht Eure Heirat mit dem Mann segnen, der mir das Leben gerettet hat«, sagte König Edward süßlich-sauer, und Rory entspannte sich, lauschte jetzt dem Rest der Unterhaltung nur noch mit halbem Ohr. Er fing etwas über eine Belohnung auf, und dann kam eine Einladung an Elysande, der Hinrichtung de Bucis und seiner Mitverschwörer beizuwohnen, was sie jedoch ablehnte. Schließlich stand der König auf und half Elysande höchstpersönlich, vom Stuhl aufzustehen, dann legte er ihr die Hände auf die Schultern und gab ihr einen Kuss auf die Wange, dankte ihr noch einmal dafür, dass sie geholfen hatte, ihn vor seinen Feinden zu retten.

Zu Rorys großer Überraschung begleitete der König Elysande höchstpersönlich an seine Seite.

»Er kommt hierher«, flüsterte Fearghas hinter ihm.

»Aye«, rumpelte Donnghail.

»Er wird sich wahrscheinlich bei uns dafür bedanken, dass wir geholfen haben, ihn zu retten«, sagte Tom, ohne die Lippen groß zu bewegen.

»Huh«, murmelte Fearghas. »Er wird uns aber nicht auch küssen, oder?«

Rory spürte wieder ein Lachen in sich aufsteigen und verbarg es rasch hinter einem Hüsteln. Dann war der englische König auch bei ihnen, schüttelte ihm und den anderen die Hand und dankte ihnen für ihre Unterstützung.

Als er fertig war, wandte der König sich noch einmal an Rory und sagte: »Ihr habt eine sehr schöne und kluge Frau, Buchanan. Passt gut auf sie auf.«

Rory wölbte die Brauen angesichts der Art und Weise, wie Edward das »klug« betonte. Es war eine Botschaft. Der König hatte sich nicht völlig von Elysandes Geschichte einwickeln lassen. Aber er hatte sie akzeptiert, weil sie seine Probleme löste. Es schien, als wäre der junge König zumindest klug. Was vielleicht für Schottland keine sehr gute Sache war, wenn England jemals seine Streitigkeiten mit Frankreich beilegen und seine Aufmerksamkeit wieder auf die Schotten richten sollte, aber er sagte nur: »Das werde ich tun.«

Zu seiner großen Erleichterung waren sie wenige Augenblicke später wieder draußen im Vorzimmer der Halle und gingen zum Ausgang.

»Siehst du, ich habe dir gesagt, alles würde gut werden, Gemahl.« Elysande klang zufrieden, während sie zwischen den vielen Leuten in der Burg hindurchgingen.

»Aye, das hast du«, gab Rory zu. »Ich werde niemals wieder an dir zweifeln, Gemahlin.«

»Ich habe bemerkt, dass du dich beim König gar nicht für deine Belohnung bedankt hast. Hat sie dir nicht gefallen?«

»Belohnung?« Rory sah sie fragend.

»Nun, es ist zum Teil ein Hochzeitsgeschenk und zum Teil eine Belohnung dafür, ihm das Leben gerettet zu haben«, sagte Elysande. »Ich finde sie sehr großzügig.«

»Ist sie das?« Rory nickte der Wache zu, die die Türen für sie öffnete, damit sie die Burg verlassen konnten. »Was ist es denn?«

»Du hast es wirklich nicht gehört?«, fragte Elysande und sah ihn misstrauisch an.

»Nein. Ich war wohl etwas abgelenkt«, räumte er ein, aber er sagte ihr nicht, dass er darüber nachgedacht hatte, wie voll es schon bald im Jagdhaus werden würde. »Was ist es für eine Belohnung?«

Elysande zögerte und schüttelte den Kopf. »Weißt du, ich denke, ich mache es zu einer Überraschung.«

Bei diesen Worten lächelte Rory amüsiert; eigentlich interessierte es ihn gar nicht. Seine Gedanken kreisten um andere Dinge. Und dazu gehörte nicht zuletzt die Aufgabe, seine Ehefrau zum Hafen und auf das Schiff zu schaffen, das dort auf sie wartete. Er mochte London wirklich nicht.

Ein sanftes, warmes Tätscheln seines Ohrs weckte Rory. Er lächelte, noch bevor er ganz wach war, öffnete die Augen und schlang die Arme um seine Frau, die neben dem Bett stand und sich über ihn beugte. Ein Monat war vergangen, seit sie dem König begegnet waren und einen kurzen, aber überraschend vergnüglichen Zwischenhalt in Carlisle eingelegt hatten. Elysande war jetzt sogar noch umfangreicher, aber sie war für ihn immer noch hinreißend. Er konnte nicht widerstehen und versuchte, sie zurück ins Bett zu ziehen.

»Nein«, sagte sie lachend und drückte ihm die Hände gegen die Brust. »Du musst aufstehen.«

»Wieso bist du schon angekleidet?«, fragte Rory, während er mit der Hand über ihr Arisaidh strich.

»Dein Baby war unruhig und hat mich früh geweckt«, erklärte sie. »Und jetzt hoch mit dir.«

»Nein. Komm wieder ins Bett, Liebes. Du kannst einen Mann nicht einfach so wecken und dann erwarten, dass er nicht auf Ideen kommt«, beklagte er sich, ließ eine Hand ihren Rücken hinunter zu ihrem Gesäß wandern und drückte es sanft. »Du weißt, wie gern ich dich am Morgen liebe.«

»Aye, das weiß ich«, lachte sie. »Aber du musst aufstehen. Das Geschenk des Königs ist eingetroffen, und du musst kommen und es dir ansehen.« Sie zwinkerte ihm aufgeregt zu. »Ich weiß einfach, dass du damit sehr zufrieden sein wirst.«

Rory zögerte kurz; seine Begierde kämpfte gegen seine Neugier, aber als Elysande sich seinem Griff entzog und aufrichtete, um zur Tür zu gehen, ließ er die Neugier siegen. Er schlug die Felle zurück, um aufzustehen. Allerdings hastete er nicht sofort hinter ihr her, sondern nahm sich Zeit, sich Wasser ins Gesicht zu spritzen und um seine persönlichen Bedürfnisse zu kümmern. Dann legte er sein Plaid an und verließ das Zimmer.

Nur Ella, die Dienerin, die Jetta ihnen für Elysande geschickt hatte, war im Erdgeschoss, als Rory nach unten ging. Bevor er fragen konnte, wo seine Frau war, lächelte die Dienerin und deutete zur Tür. Seine Augen weiteten sich vor Überraschung, als er vor dem Haus seine Brüder Alick und Aulay hoch zu Pferde erblickte. Er begrüßte sie mit einem Lächeln, das jedoch erstarb, als er Elysande sah. Sie saß auf ihrer Stute, sein gesatteltes Pferd stand hinter ihr.

»Was tust du da, Mädchen? Du solltest in deinem Zustand nicht reiten«, mahnte er sofort und ging in der Absicht zu ihr, sie vom Pferd zu heben.

»Ich bin schwanger, nicht krank, Gemahl. Und ich habe noch drei Monate, bis der Zeitpunkt gekommen ist«, sagte Elysande und winkte ihn weg. »Abgesehen davon würde es zu lange dauern, wenn wir zu Fuß gehen. Ich verspreche dir, dass ich langsam reiten und vorsichtig sein werde. Und jetzt steig auf. Ich kann es kaum erwarten zu erleben, dass du unser Geschenk siehst.«

»Ich auch nicht«, sagte Aulay ebenso trocken wie erheitert, was Rory veranlasste, seinen Bruder fragend anzusehen. Der antwortete aber nicht auf die stumme Frage, sondern sagte nur: »Steig auf, Bruder. In meiner Bucht ist ein Schiff, das ich möglichst schnell wieder von dort weghaben will.«

»Ein Schiff?«, fragte Rory und stieg jetzt auf.

»Aye. Es hat dein Geschenk gebracht«, teilte Alick ihm lachend mit. Offenbar nicht in der Lage, sich zu beherrschen, gab er seinem Pferd die Sporen und brachte es dazu, sich im Trab zu dem Pfad zu begeben, der zum Meer führte.

Elysande folgte ihm sofort in gemäßigterem Tempo, während Rory noch in den Sattel stieg. Er warf seinem ältesten Bruder einen Blick zu, als er die Zügel nahm.

Bevor er noch einmal fragen konnte, um was es ging, schüttelte Aulay den Kopf und sagte: »Von mir wirst du kein Wort hören.« Dann ritt er den anderen nach, überließ es Rory, ihm zu folgen.

Vom Jagdhaus war es nicht weit bis zum Strand, und das war auch alles, was er war, ein Strand. Es gab keinen Kai, an dem Schiffe hätten festmachen können.

Oder drei Schiffe, genau genommen, dachte Rory, als er auf die drei großen Schiffe starrte, die vor der Küste ankerten. Unzählige kleinere Ruderboote wurden von dort zum Strand gerudert, jedes von ihnen voll besetzt mit Männern, die sich zu denen gesellten, die bereits am Strand herumliefen.

»Was zur Hölle …«, hauchte Rory und starrte die Männer an, die von den Schiffen mit der Flagge des englischen Königs herbeiströmten.

»Ist das nicht wundervoll?«, fragte Elysande mit aufgeregter Stimme.

Rory sah seine Frau an, die versuchte, von ihrem Pferd abzusteigen. Er fluchte leise, sprang aus dem Sattel und half ihr auf den Boden, bevor sie sich möglicherweise verletzte.

»Danke, Gemahl«, sagte sie ein bisschen atemlos. Sie schaute zu der englischen Armee, die sich auf dem Strand sammelte, winkte den Männern zu und wiederholte: »Aber ist es nicht wundervoll? Das Geschenk des Königs besteht darin, uns Arbeiter zu schicken, die uns helfen, die Burg zu bauen.«

»Was?«, fragte Rory verblüfft.

»Aye. Er hat tausend Männer geschickt!« Sie lächelte breit. »Das verdoppelt die Anzahl unserer Arbeiter und halbiert die Zeit, die wir für den Bau benötigen.«

»Tausend Männer«, sagte Rory bestürzt. »Gott im Himmel, er hat eine Armee geschickt.«

»Das sind Steinmetze und Arbeiter, Gemahl, keine Soldaten.« Elysande lachte aufgeregt.

»Das sind tausend Engländer in Schottland, Gemahlin«, entgegnete Rory. »Das ist eine Invasion, kein Geschenk. Es wird einen verdammten Krieg entfachen.« Er rieb sich mit einer Hand wild durch die Haare und schüttelte den Kopf. »Wenn sich das erst herumspricht, werden die Clans hier auflaufen, um diese Bastarde zu verjagen.«

»Was?«, rief Elysande alarmiert. »Aber sie sind ein Geschenk des Königs. Er wäre gekränkt. Und sie werden dafür sorgen, dass der Bau schneller vorangeht. Du darfst nicht zulassen, dass die Clans sie verjagen!«

Rory runzelte die Stirn, als er ihre Bestürzung bemerkte,

und legte den Arm um sie. »Beruhige dich. Ich werde mir etwas ausdenken, wie ich es den Nachbarn erkläre, damit sie keine Probleme machen.«

»Dann lass dir am besten schnell was einfallen, Bruder. Es sieht ganz so aus, als müsstest du es schon bald erklären«, sagte Aulay. Rory drehte sich zu ihm um, und sein Blick folgte dem seines Bruders zu dem Pfad. Er sah, dass er sich mit Männern auf Pferden füllte. Er hatte gerade MacGregor erkannt, einen von Aulays Nachbarn, als Elysande glücklich aufschrie.

»Das sind Tom und die Jungs. Oh, und da sind Betty und Eldon.« Sie war sofort weg und watschelte den Strand entlang zu der rasch größer werdenden Gruppe.

»Hat sie Conn, Inan, Fearghas und Donnghail gerade ›Jungs‹ genannt?«, fragte Aulay verblüfft.

Rory winkte die Überraschung seines Bruders beiseite und eilte hinter seiner Frau her. Für ihre Leibesfülle war sie bemerkenswert schnell und hatte die Gruppe beinahe erreicht, als er sie einholte. Während er versuchte, herauszufinden, was da eigentlich vor sich ging, griff er nach ihrem Arm, um sie beschützend an seine Seite zu ziehen. In diesem Moment schrie sie plötzlich wieder auf und eilte davon. Sie ging an Tom vorbei in die Menge hinein, wo sie von einer älteren Frau mit weit ausgebreiteten Armen empfangen wurde. Ihr ehemaliges Kindermädchen, begriff Rory, denn er hörte, wie sie sagte: »Ethelfreda! Du bist hier! Danke, ich hatte mir schon Sorgen gemacht, dass du vielleicht nicht bereit wärst zu kommen.«

»Natürlich wollte ich kommen, Liebes«, murmelte die alte Frau und umarmte Elysande fest, wiegte sie hin und her. »Für Euch und die Babys, die Ihr tragt, wie ich sehe, würde ich in die Hölle gehen … und ich komme sogar nach Schottland.«

»Oh, Ethel«, schniefte Elysande und löste sich etwas von der Frau, um ihr einen Kuss auf die Wange zu geben. Dann fiel ihr

Blick auf jemand anderen. Sie öffnete die Arme und zog weinend eine jüngere Dienerin in ihre Umarmung. »Betty! Gott sei Dank, es geht dir gut. Ich hatte mir solche Sorgen um dich gemacht.«

»Es geht mir gut, Mylady«, flüsterte die junge Dienerin und ließ sich von Elysande umarmen.

»Aber fast wäre es nicht so gewesen«, sagte ein Junge mit einer frischen Narbe auf der Wange; er kam auf die Frauen zugelaufen. »De Buci hat sie furchtbar geschlagen, Mylady. So schlimm wie Euch. Aber sie hat ihm nichts gesagt. Sie war so mutig«, erzählte er, und dann biss er sich auf die Lippe und gab zu: »Ich war es, der ihm gesagt hat, dass Ihr nach Norden unterwegs seid, Mylady, und es tut mir leid, dass ich es getan habe. Es tut mir furchtbar leid.« Tränen sammelten sich in seinen Augen. »Ich habe ihm nichts gesagt, als er mich geschlagen hat, aber ich konnte es nicht ertragen, noch einen Moment länger zuzusehen, wie er Betty geschlagen hat. Er hätte sie sicher getötet, und das hätte ich nicht mitansehen können. Aber es tut mir leid, dass ich es gesagt habe. Wirklich. Bitte seid nicht wütend auf mich und schickt mich nicht weg.«

»Oh, Eldon«, seufzte Elysande. Sie ließ Betty los und umarmte den Jungen. »Du hast das Richtige getan. Du hast Betty gerettet, und obwohl du es ihm verraten hast, hat de Buci uns nicht gekriegt. Ich bin nicht wütend. Es ist alles gut.«

»Danke, Mylady«, schluchzte der Junge und vergrub sein Gesicht an ihrem Bauch, als sie ihn weiterhin umarmte.

»Er hat sich die ganze Zeit Sorgen gemacht, dass sie wütend auf ihn sein würde«, murmelte Tom und sah zu, wie seine Herrin den Jungen beruhigte.

Rory nickte, ehe er sich an MacGregor wandte, der gerade absaß. Jetzt erst erkannte er den Mann, der neben dem Clan-Chief vom Pferd stieg – es war sein Bruder.

»Niels«, begrüßte er ihn überrascht. Er umarmte ihn und klopfte ihm auf den Rücken. »Was tust du hier?«

»Ich hatte geschäftlich in Glasgow zu tun und war auf dem Rückweg, als ich auf deine Männer und ihre Eskorten gestoßen bin«, sagte Niels mit einem schiefen, erheiterten Grinsen, nachdem sie sich voneinander gelöst hatten. »Ich habe es für das Beste gehalten, mich der Gruppe anzuschließen, um dafür zu sorgen, dass alle sicher hier ankommen.«

Rory grinste bei dieser Bemerkung. »Zwei Frauen und ein Junge verdienen kaum …« Seine Stimme versiegte, als er begriff, was Niels gesagt hatte: *deine Männer und ihre Eskorten*, und nicht: *deine Männer, die diese kleine Gruppe eskortieren.* Sein Blick fiel auf MacGregor und dann auf die anderen Männer, die jetzt näher gerückt waren, um sich zu ihnen zu gesellen. Er erkannte die meisten von ihnen; sie alle waren die Anführer von Clans: der Douglas, der Ferguson, der Kennedy, der Wallace, der Stewart, der Erskine und der MacGregor.

»Eskorten?«, fragte Rory unsicher, als Aulay und Alick zu ihnen traten.

»Ah, Mylaird«, sagte Tom und zog Rorys Blick auf sich; der englische Soldat wirkte nervös und schien sich extrem unbehaglich zu fühlen. »Ich weiß, dass wir eigentlich nur losgeschickt wurden, um Betty, Eldon und Ethelfreda mitzunehmen, aber …«

»Die anderen wollten auch mitkommen«, erklärte Donnghail, als Tom nicht weitersprach.

»Die anderen?«, fragte Rory vorsichtig, während sein Blick zu der Gruppe wanderte, die sich um seine Frau versammelt hatte. Jetzt erkannte er, dass es nicht nur Soldaten waren, wie er zuerst angenommen hatte. Es waren Frauen und Männer und Kinder, die er noch nie gesehen hatte, alle in englischer Kleidung. Grob geschätzt kam er auf mindestens dreißig.

»Aye«, sagte der Kennedy. Auf dem Gesicht des graubärtigen Mannes zeigte sich Erheiterung, als er Rorys bestürzte Miene sah. »Eure Frau und ihre Eltern wurden von ihren Leuten offenbar sehr geliebt. Was keine Überraschung ist, vermute ich. Ich habe gehört, dass Lady Elysandes Mutter als Schottin geboren wurde.«

»Aye«, sagte Rory stirnrunzelnd, während er versuchte, genau zu zählen, wie viele Bedienstete hier waren. Es war schwer zu sagen, weil jetzt auch so viele Soldaten herumstanden.

»Bedauerlich ist nur, dass all die Bediensteten und die anderen Engländer sind«, meinte jetzt der Ferguson. »Als meine Männer zu mir gekommen sind, um mir zu sagen, dass mindestens fünfzig Engländer mit einer Schar Schotten durch unser Land stapfen, habe ich sie angehalten. Als mir klar wurde, dass es Eure Männer waren und die Leute Eurer Frau, habe ich natürlich einige meiner Männer zusammengetrommelt, um dabei zu helfen, sie zu eskortieren. Als Engländer hätten sie alle möglichen Probleme bekommen können. Einige Clans nehmen das nicht so gut auf.«

»Als sie mein Land erreicht haben, war es in etwa das Gleiche«, sagte jetzt der Douglas. »Ich habe ebenfalls ein paar Männer zusammengerufen, um die Eskorte zu verstärken.«

Die anderen erklärten, dass es bei ihnen ebenfalls so gewesen war. Rory nickte und murmelte ihnen einen Dank zu, aber dann wandte er sich an Tom und fragte: »Fünfzig? Du hast fünfzig von ihnen hergeholt?«

»Und es kommen noch mehr«, sagte Fearghas. »Sie sind nur ein bisschen langsamer, wegen der Schafe und so. Wir haben sie bei Conn und Inan zurückgelassen, die sie jetzt eskortieren, während wir diese Gruppe hergebracht haben. Ich schätze, die anderen werden in etwa einer Woche hier ankommen.«

»Noch mehr?«, quäkte Rory. »Was für Schafe? Was zum –«

»Oh, Gemahl!«

Rory verstummte abrupt, als Elysande freudestrahlend zu ihm geeilt kam.

»Ist es nicht wunderbar?«, rief sie und umarmte ihn fest. »Es haben so viele mehr überlebt, als ich gehofft hatte, und sie alle wollten herkommen, um mit uns zu leben.« Sie machte einen Schritt zurück und sagte: »Oh, jetzt haben wir einen Schmied, einen Koch, einen Müller, zwei Stallknechte, die Schenkenbesitzerin, unsere eigene Näherin und Dienerinnen und – oh, eine ganze Burg voller Leute!«

»Aber keine Burg, in der wir sie unterbringen können«, murmelte Rory und rieb sich die Stirn.

»Noch nicht, aber bald«, sagte sie sofort. »Mit den Männern, die der König geschickt hat, sollte die Burg im Handumdrehen gebaut sein.«

Elysande wartete seine Antwort nicht ab, sondern wirbelte wieder davon, um weitere Menschen zu begrüßen.

Rory starrte ihr nach. Er bemerkte, wie glücklich sie wirkte. Er vermutete, dass er jetzt die Elysande sah, die sie gewesen war, bevor de Buci bei ihnen aufgetaucht war und so viel Unheil in ihrem Leben angerichtet hatte. Oder so nah dran, wie sie der jungen Frau, die sie einst gewesen war, nur kommen konnte. Sie glühte regelrecht vor Freude darüber, mit diesen Leuten wieder zusammen zu sein. Aber sie war mit ihnen aufgewachsen, und sie liebten sie genug, um ihr nach Schottland zu folgen. Sie bekam ihr Zuhause zurück, ohne dass sie einen Fuß in die Burg setzen musste, die die schrecklichen Erinnerungen an die Ermordung ihrer Eltern barg. Und irgendwie musste er einen Weg finden, dass sie dieses Zuhause, diese Leute behalten konnte.

»Sie werden nicht alle in das Jagdhaus passen«, sagte Aulay plötzlich, als könnte er Gedanken lesen.

Rory schloss für einen Moment die Augen, dann durchbohrte er Fearghas förmlich mit seinem Blick. »Schafe?«

»Aye. Schafe, eine Wagenladung Hühner, ein Dutzend Kühe und sogar ein paar Pferde. Hauptsächlich aber Schafe, etwa einhundert, würde ich schätzen«, sagte Donnghail, als Fearghas nur nickte. Und fügte hinzu: »Als wir von dort aufgebrochen sind, hatte der englische König noch keinen Verwalter dort eingesetzt, um das Land zu bewachen. Ich vermute, wer immer es ist, wird nicht sehr glücklich darüber sein, wenn er dort ankommt und feststellt, dass die Burg ziemlich leer ist. Aber wir dachten, er wird vermutlich de Buci die Schuld dafür geben, und es sollte daher in Ordnung sein, wenn wir Lady Elysandes Leute hierherbringen.«

»Guter Gott«, stöhnte Rory und rieb sich die Stirn noch heftiger. Er hatte Schafe. Und Kühe, Hühner, Bedienstete. Nur nichts, wo er sie unterbringen konnte.

»Sie werden eindeutig nicht alle in das Jagdhaus passen«, wiederholte Aulay seine Bemerkung, als hätte Rory sie beim ersten Mal nicht gehört.

»Ist das nicht die Flagge des englischen Königs?«, fragte der Anführer des Erskine-Clans plötzlich.

»Aye, das ist sie«, antwortete der Stewart. »Wieso versammelt sich ein Haufen Engländer an Eurem Strand? Werden wir überfallen?«

»Es ist verdammt gut, dass wir hergekommen sind, wenn die Engländer eine Invasion planen«, sagte der Anführer des Wallace-Clans grimmig und zog sein Schwert. »Wir werden die Dreckskerle das Laufen lehren!«

»Nein!«, rief Rory abrupt und reckte die Schultern. »Das ist keine Invasion. Und wenn irgendeiner von euch irgendwann noch einmal vom Nutzen meiner Heilfähigkeiten profitieren möchte, solltet ihr die Männer in Ruhe lassen. Sie sind ein Geschenk des englischen Königs an meine Frau, weil sie ihm das Leben gerettet hat. Er hat sie geschickt, damit sie helfen, die Burg zu errichten, die ich gerade baue, so dass sie ein Zuhause hat, um unsere Kinder großzuziehen. Und ich werde jetzt jede verdammte Hilfe benötigen, die ich kriegen kann, seit es so aussieht, als hätte ich eine ganze Burg voller Bediensteter und keinen Ort, an dem ich sie unterbringen kann.«

Einen Moment herrschte Schweigen, bis einer der Clan-Chiefs sagte: »Aye, Ihr braucht definitiv einen Ort, um diese Leute unterzubringen. Sie werden nicht in Aulays Jagdhaus passen.«

»Was Ihr braucht, ist eine Motte zur Überbrückung, bis die richtige Burg fertig ist«, sagte ein anderer nachdenklich. Rory starrte den Mann erstaunt an. Das war die Lösung. Eine Motte – eine Erdhügelburg, wie sie einst üblich gewesen war. Eine Holzkonstruktion auf einem Erdhügel, mit einer Mauer aus Holz darum herum. So etwas konnte ziemlich rasch gebaut werden. Nun, William der Eroberer hatte eine in achtzig Tagen gebaut, mit nur fünfzig Männern. Mit den zweitausend, die er hier hatte, konnten sie sie leicht in einer Woche fertig haben, und es würde ihnen einen Ort geben, an dem sie leben konnten, bis die richtige Burg fertig war.

»Ich hoffe, Ihr erwartet nicht, dass wir eine Motte für Euch bauen. Der König schickt uns, damit wir ein ordentliches Steingebäude errichten. Wir bauen keine Motten.«

Rory wirbelte herum, als er das hörte. Ein kleines Kontingent aus Engländern hatte sich näher an sie herangetraut, während die anderen fünf- oder sechshundert, die bereits an Land waren, aus sicherer Entfernung vom Strand her zusahen. Noch immer kletterten Männer von dem Schiff in kleinere Boote, um ans Ufer gebracht zu werden.

»Also, hört her«, sagte der Ferguson und trat an Rorys Seite.

»Wenn der König euch hergeschickt hat, damit ihr baut, werdet ihr bauen und – «

»Nein, lasst das«, sagte der MacGregor und unterbrach den älteren Mann. »Sie verfügen vermutlich ohnehin nicht über die Fähigkeiten, eine richtige Motte zu bauen. Es ist besser, wenn das die schottischen Baumeister tun. Wir wollen eine stabile Motte haben.«

»Glaubt Ihr, unsere Steinmetze wissen, was sie tun müssen?«, fragte Ferguson jetzt mit einem Stirnrunzeln. »Es ist eine alte Fähigkeit.«

»Wisst Ihr, wie es geht?«, fragte der MacGregor ihn.

»Aye«, sagte Ferguson sofort.

»Nun, dann lasst es uns selbst machen. Mit all diesen Kriegern und Bediensteten werden wir das verdammte Ding hochgezogen haben, noch bevor die Engländer alle ihre Männer und ihre Werkzeuge ans Ufer geschafft haben.«

Rory stand mit offenem Mund da, als alle außer Aulay, Alick, Tom, Fearghas und Donnghail plötzlich weggingen, dabei darüber sprachen, was sie brauchen würden, um ihm ein vorübergehendes Zuhause zu bauen.

»Es sieht so aus, als würdest du eine Motte zur Überbrückung bekommen«, sagte Aulay erheitert.

»Aye.« Rory seufzte das Wort und schloss dann den Mund. Er sollte erleichtert sein, aber er vermutete, dass ihm in Zukunft noch jede Menge Kopfschmerzen bevorstanden, da jetzt drei verschiedene Gruppen von Männern zusammen waren. Er bezweifelte aufrichtig, dass die fast eintausend schottischen Steinmetze und Arbeiter, die bereits an der Burg arbeiteten, die Ankunft der englischen Steinmetze und Arbeiter gut aufnehmen würden. Und was die Männer betraf, die sich entschlossen hatten, ihm eine Motte zu bauen … Clans waren noch nie dafür bekannt gewesen, dass sie gut zusammenarbeiteten.

Kopfschüttelnd schob Rory diese Sorgen erst einmal beiseite und machte sich auf die Suche nach seiner Frau. Er würde sie ins Jagdhaus bringen, wo sie sicher war, die Beine hochlegen konnte und so viele von ihren Leuten wie möglich um sich hatte. Danach würde er die Männer zum Bauplatz führen.

Ein dumpfes Geräusch und ein Fluch rissen Elysande aus dem Schlaf. Sie öffnete die Augen und hörte die geflüsterte Entschuldigung ihres Gemahls. Sie lächelte in sich hinein. Wieder einmal war er auf dem Weg durch den Korridor über Eldon gestolpert. Vielleicht auch über Betty oder Ethelfreda oder eine der anderen Frauen oder Kinder, die jetzt nachts das Jagdhaus bevölkerten. Es waren viele – zu viele genau genommen –, und Rory musste sich auf Zehenspitzen zwischen den Leuten hindurchschlängeln und hoffen, dass er nicht aus Versehen auf jemanden trat, wenn er abends ins Bett wollte. Aber er beklagte sich nicht.

Sie hätte es ihm allerdings nicht verübeln können, wenn er sich beklagt hätte. Der arme Mann kehrte normalerweise immer erst spät nachts ins Jagdhaus zurück, und er war dann erschöpft von den langen Tagen, an denen er den Bau der Burg beaufsichtigen und helfen musste, die Motte zu errichten. Obwohl sie vermutete, dass er nur wenig wirklich geschafft bekam. Seit die Männer des Königs und die Clans und ihre Leute zwei Wochen zuvor angekommen waren, schien er die meiste Zeit damit beschäftigt zu sein, die englischen und schottischen Steinmetze davon abzuhalten, einander umzubringen. Und zu verhindern, dass ein umfassender Krieg zwischen den verschiedenen Clans ausbrach, die versuchten, gemeinsam an der Motte zu arbeiten.

Sie hörte das schwache Quietschen, als er die Schlafzimmertür öffnete, und wartete still, während er eintrat, die Tür schloss und zum Bett ging. Elysande hörte, wie sein Plaid zwischen Tür und Bett auf den Boden fiel. Seine Tunika folgte zwei Schritte später, dann kroch er hinter ihr ins Bett. Als er den Arm um sie legte und sanft mit seiner großen Hand über ihren dicken Bauch strich, lächelte sie und legte ihre Hand auf seine.

»Gute Nacht, Gemahl«, flüsterte sie und drückte seine Hand.

»Gute Nacht, Gemahlin. Habe ich dich geweckt?«, fragte er besorgt und gab ihr einen Kuss in den Nacken.

»Nein«, log sie, denn sie wusste, dass er sich sonst schlecht fühlen würde, und sie wollte nicht, dass er zu allem Übrigen auch noch diese Bürde trug. Sie spürte, wie er sich entspannte, und schloss die Augen. Sie rechnete damit, dass er einschlafen würde, aber dann sprach er wieder.

»Die Motte ist fertig.«

Elysande riss die Augen auf und drehte sich auf den Rücken, um ihn anzusehen. Es war jedoch zu dunkel, und sie konnte seine Miene nicht erkennen. »Wirklich?«

»Aye. Wir sind heute Nacht fertig geworden.« Zufriedenheit schwang in seiner Stimme. »Morgen können wir alle dort einziehen. Wir müssen nicht mehr hier übereinander stolpern.«

»Und die Clans werden aufbrechen«, fügte sie hinzu. Es machte sie besonders glücklich. Wenn sie zusammenarbeiteten, war das so ähnlich, als hätte man ein Dutzend Köche in der Küche, die alle die Aufsicht über die Zubereitung der Mahlzeiten haben wollten, alle unterschiedliche Herangehensweisen hatten und dachten, dass ihr Weg der beste sei. Es erstaunte sie, dass bisher alle das Projekt lebendig überstanden hatten.

»Die Hälfte von ihnen ist bereits weg, und die andere Hälfte will morgen nach dem Frühstück aufbrechen«, erzählte Rory ihr.

»Und dann werden wir für uns sein«, sagte Elysande mit einem zufriedenen kleinen Seufzer. Sie drückte seinen Arm.

»Für uns, abgesehen von den fünf Soldaten, sechzig Bediensteten, einhundert Schafen, ein Dutzend Hühnern, zwei Kühen, sechs Pferden und zweitausend Steinmetzen und Arbeitern, die ganz in der Nähe jeden Tag drauflos hämmern«, sagte Rory trocken.

Elysane kicherte, als er sich so beklagte, und drehte sich auf die Seite, um ihn anzusehen. »Wir können immer noch gelegentlich hierherkommen, wenn du eine Auszeit brauchst. Aulay hat uns gesagt, dass wir das Jagdhaus so lange nutzen können, bis die Burg fertig ist.«

»Aye, das hat er gesagt, nicht wahr?«, murmelte Rory und zog sie näher zu sich. Er strich mit der Hand über ihren Rücken, gab ihr einen Kuss auf die Wange und seufzte. »Ich liebe dich, Elysande. Ich bin sehr froh, dass deine Mutter dich zu mir geschickt hat.«

»Ich auch«, flüsterte sie zurück. »Und ich liebe dich auch.«

Als seine Antwort in einem leisen Schnarchen bestand, glitt ein Lächeln über ihre Lippen. Es machte ihr nichts, dass er eingeschlafen war und ihre Worte nicht gehört hatte. Sie hatte es ihm schon zuvor gesagt und würde es ihm wieder sagen. Ja, sie nahm sich vor, es ihm für den Rest ihres Lebens mindestens ein Mal am Tag zu sagen. Denn sie liebte ihn, und sie war ebenfalls dankbar, dass sie zu ihm geschickt worden war. Elysandes Mutter mochte sie in dem Brief an Rory als Schatz bezeichnet haben, aber die Wahrheit war, dass ihr mutiger, gut aussehender Highlander-Gemahl der Schatz war, und er gehörte ihr ganz allein.

»Ich liebe dich auch, mein Highland-Schatz«, flüsterte sie leise und schloss die Augen.